KIKKI OSKAR

EIGENTLICH MAG ICH DICH

SIBOST

SIBOST Verlag

Sabrina Bomke & Michael Sindija

Neuheikendorfer Weg 123 A
24226 Heikendorf
www.sibost-verlag.de

Lektorat & Korrektorat: Gedankengut
Bilder: Shutterstock
Cover/Umschlagsgestaltung: D-Design Cover Art
Satz/Layout: Florian Koßmann

ISBN 978-3-98942-588-0

KIKKI OSKAR

EIGENTLICH MAG ICH DICH

SIBOST

PROLOG

Anton

Der Tod ist unvermeidbar. Ob du es willst oder nicht: Jeder wird irgendwann einmal sterben.

Auch du.

Du kannst so vorsichtig wie möglich sein. Ernähre dich gesund und treibe viel Sport. Aber der Tod verfolgt dich ständig, unabhängig von deinem Lebensstil. Er ist wie ein Assassine, der auf den richtigen – oder auch falschen – Moment wartet.

Dass ich jedoch heute mit dem Thema Tod konfrontiert werde, hätte ich nicht gedacht.

Ich spüre mich nicht. Spüre meinen ganzen Körper nicht. Keine einzige Gliedmaße. Es ist, als wäre mein Geist anwesend, doch irgendwo, in irgendeiner Dimension, hat er meinen Körper verloren und irrt nun ziellos durch die Welt.

Ich erinnere mich an nichts. Meine Gedanken sind wie ein schwarzes Loch, das alles wie mit einem Strohhalm angesogen hat. Ich weiß nicht, was ich zuletzt getan habe oder mit wem ich unterwegs war.

Eine beißende Leere hallt in meinem Gehirn, prallt von der einen zur anderen Seite. Dieser Druck, der so leise, aber doch so schmerzhaft ist, zieht quälend langsam durch meinen Kopf.

Mein Lebensinstinkt setzt ein und ich versuche zu sehen, erkenne aber nichts anderes als das tiefe Schwarz, das über mir schwebt wie die dunkelste Finsternis. Ich habe keine Ahnung, wo ich bin.

»Hallo? Können Sie mich hören?« Eine tiefe männliche Stimme ertönt, doch es klingt, als würde diese Stimme weit entfernt sein. Vielleicht kommt sie aus einem Radio oder dem Fernseher. Sie ist viel zu weit weg, als dass ich reagieren würde.

Stechende Kopfschmerzen setzen ein, zucken in Blitzgeschwindigkeit durch mein Gehirn bis in die Augen.

Poch. Poch. Poch.

Alles in mir wehrt sich. Dieser plötzliche Schmerz überfährt mich wie ein Zug. Immer wieder. Bis ich einen schmerzerfüllten, verzweifelten Schrei nicht mehr unterdrücke.

Poch. Poch. Poch.

»Ich brauche hier Hilfe. Kommt jemand?« Die Stimme hat sich keinen Meter bewegt und klingt immer noch weit entfernt.

Schwere Schritte kommen näher. Etwas wird klirrend auf den Boden gelegt. Etwas aus Metall?

»Platzwunde am Kopf. Sofort die Blutung stillen.« Ich höre wieder die tiefe, kratzige Stimme des Mannes.

Scheiße, ich glaube, ich habe den Fernseher angelassen. Irgendeine Notarzt-Serie läuft bestimmt im Hintergrund …

Ich will mich winden, meine Augen dazu zwingen, sich zu öffnen. Ich will endlich wieder etwas sehen und mir selbst bestätigen, dass ich entspannt zu Hause auf dem Sofa liege.

»Hören Sie mich jetzt?«

Spricht der Mann mit mir?

Ich will antworten, doch mein Mund bewegt sich nicht. Meine Gesichtsmuskeln sind schlaff, als würden sie nicht mehr zu mir gehören.

»Stabile Seitenlage. Wann kommt die Feuerwehr?«

»Müsste jede Sekunde da sein.« Ich vernehme eine weibliche Stimme. Sie klingt melodisch, beruhigend.

Ich sammele all meine Konzentration, bündele sie und fokussiere mich auf meine Augen. Voller Willenskraft reiße ich sie auf, sehe endlich wieder etwas. Erst verschwommen, dann immer klarer. Als hätte jemand von jetzt auf gleich das Licht in einem abgedunkelten Raum eingeschaltet.

Blaulicht.

Nachthimmel.

Sanitäter, die an mir arbeiten.

»Können Sie jetzt antworten?«, fragt der Mann mit der tiefen Stimme wieder.

»Ja.« Ich zucke bei diesem einzigen schmerzhaften Wort zusammen. Meine Stimme ist belegt. Ein riesiger Kloß im Hals legt meine Stimmbänder lahm.

Etwas Schleimiges tropft in mein Auge und brennt unaufhörlich. Ich zucke zusammen, während ich es mit meinem Handrücken wegwische.

Rote Flüssigkeit.

Blut.

Sirenen lenken mich von diesem unerklärlichen Anblick ab. Aus dem Augenwinkel erkenne ich die Feuerwehr, die ihren Wagen parkt und einen Löschschlauch herausholt.

Doch was brennt überhaupt?

Plötzlich schleicht sich der Geruch von geschmolzenem Gummi in meine Nase. Beißt sich in mir fest wie eine Zecke.

»Können Sie mir sagen, ob noch jemand bei Ihnen im Fahrzeug war?« Der Sanitäter mit der tiefen Stimme hockt nun neben mir und drückt etwas gegen meine Stirn.

Urplötzlich wird mir speiübel, Magensäure steigt auf und brennt in meiner Speiseröhre. Als hätte mir jemand in die Magengrube getreten. Und das nicht nur einmal.

Jetzt erinnere ich mich.

KAPITEL 1

Wanda

Hamburg, Deutschland

Mit aufgeblasenen Wangen gebe ich alles, um dem Unterrichtsgeschehen zu folgen, aber meine Gedanken kreisen zu sehr um Jasper. Und warum er mich verlassen hat …

Arsch.

Die Nachricht, die vor einigen Tagen bei mir, zerriss mich. Mein Herz, meine Gefühle und das wenige Selbstbewusstsein, das ich seit dem Beginn unserer Beziehung gesammelt hatte.

Wie eine Seifenblase zerplatzte die Liebe, von der ich hoffte, dass sie die einzig Wahre war.

Jasper: *Wenn du dich selbst nicht akzeptierst, färbt das auf mich ab. Ich möchte eine Freundin haben, die sich selbst liebt. Ich kann das nicht mehr.*

Arsch-Arsch.

Der Drang, diese fiese Nachricht immer wieder durchzulesen, ist ekelhaft, aber ich kann nicht anders. Kann und will nicht glauben, dass Jasper das wirklich geschrieben hat.

Die Abneigung mir selbst gegenüber hängt vielleicht auch damit zusammen, dass er jedes Wochenende ohne mich feiern geht und andauernd mit irgendwelchen Frauen, mit denen ich mich natürlich vergleiche, fotografiert wird.

Und dabei ist Jasper nicht einmal berühmt. Er sieht nur gut aus.

Zu gut.

Seine ständigen Flirtereien haben mich verrückt gemacht. Immer mehr hatte ich an mir selbst gezweifelt und seine niveaulosen Kommentare haben mir dabei nicht geholfen.

»Narben sind nichts Schlimmes. Stell dich nicht so an«, sagte er zu mir. Andauernd. Als hätte ich nur etwas Spinat zwischen den Zähnen gehabt.

Arsch-Arsch-Arsch.

»Was mich nun besonders interessiert: Wo werden Sie nach der Ausbildung arbeiten?«, fragt mein Produktionstechniklehrer Herr Krause in die Runde. Wie sein Nachname es witzigerweise beschreibt, hat er krauses graues Haar, das innerhalb der letzten drei Jahre einiges an Dichte verloren hat.

In einem Monat feiern wir unseren Abschluss und ich kann es kaum erwarten, diese Schule hinter mir zu lassen und ins Berufsleben einzusteigen.

Ich schürze neugierig die Lippen und lasse den Blick durch den Raum wandern. Vorbei an sämtlichen Schränken, an denen Spinnweben hängen. Das grelle, nahezu grüne Licht der Deckenlampen verschönert dieses heruntergekommene Klassenzimmer im Kellergeschoss erst recht nicht.

»Freiwillige vor.« Herr Krause tippt mit seinen Fingern auf dem Pult herum, zeigt seine Ungeduld. Dass er von unserer fehlenden Motivation am Ende der Ausbildung genervt ist, ist unübersehbar. Seine Halsschlagader schwillt an, wie immer, wenn er Stress hat.

Ich seufze, zücke mein Handy und lege es auf den Schoß.

Wanda: *Steve, es ist so weit. Ich muss allen sagen, dass ich bald arbeitslos bin!*

Ich kaue auf meiner Unterlippe herum. Hoffe auf eine schnelle Antwort meiner besten Freundin.

Prompt sehe ich, dass sie tippt.

Steve: *Sag es, wie es ist. Sie hatten keinen Platz für dich. Sparen Geld durch die Anstellung von Azubis, die Dummköpfe.*

Wanda: *Ich weiß nicht … Sind irgendwelche Briefe für mich angekommen? Einladungen zu Vorstellungsgesprächen?*

Um der Katastrophe entgegenzuwirken, habe ich einige Bewerbungen abgeschickt, doch aus irgendeinem Grund noch keine Antworten bekommen. Manchmal habe ich das Gefühl, ich habe die Ausbildung umsonst gemacht …

Steve: *Nope. Du hättest nicht in dieses emotionale Loch nach dem Kündigungsschreiben fallen sollen. Dann hättest du vielleicht schon einen neuen Job.*

Wanda: *Hätte, hätte, Fahrradkette.*

»Also, ich werde bei den *Silverlight Studios* anfangen. Ich freue mich so sehr darauf, endlich Kinofilme begleiten zu dürfen«, erzählt Ida voller Freude, während ihre Stimme von Wort zu Wort immer mehr quietscht.

Ich kann ihr überhebliches Gehabe nicht mehr hören …

Die *Silverlight Studios* sind *die* Produktionsfirma in Deutschland. Wenn man dort einen Arbeitsplatz sicher hat, bekommt man überdurchschnittliches Gehalt und extra Urlaubstage. Ein Traum.

Hätte ich meine Kündigung nur früher bekommen. Dann wäre meine Bewerbung auch bei ihnen gelandet …

Wanda: *Da ist sie wieder. Die Geschichte von den Silverlight Studios. Langsam kann ich sie auswendig.*

Steve: *Du bist nur neidisch :D*

Wanda: *Hör auf, mich zu durchschauen! :D*

Natürlich möchte ich die Klassenbeste sein.

Natürlich möchte ich Ida in allem schlagen.

Und natürlich möchte ich den coolsten Job von allen haben und in irgendwas erfolgreicher sein als meine Kollegen und Kolleginnen. Immerhin haben sie schon makellose Haut, von der ich nur träumen darf.

Aber ich habe bald gar keinen Job mehr und wenn es schlecht läuft, muss ich zurück zu meinen Eltern ziehen.

»Ich ziehe nach Ibiza und werde DJ.« Mein Sitznachbar Jonas grinst Herrn Krause, dessen Blick kaum zu deuten ist, an.

Irgendeine Mischung aus Überraschung und Wut.

»Wow. Das ist … toll, Jonas«, sagt er durch das gekünsteltste Lächeln, das ich jemals gesehen habe. Wenn Herr Krause weiterhin so breit lächelt, bekommt er noch einen Krampf.

Langsam lenkt er seinen Blick auf mich und sieht mich abwartend an.

Shit. Jetzt bin ich an der Reihe.

Eine panische Gänsehaut überrollt mich wie ein Tsunami. Ich schüttele mich, streiche über meine Oberarme.

Ich will keine Niederlage eingestehen.

Idas herausfordernder Blick lastet schwer auf mir und ihre strahlendblauen Augen formen sich zu Katzenaugen. Die Nase ist gerümpft und lässt sie aussehen wie ein böses Kaninchen, dem die Karotte geklaut wurde.

Bei diesem Gedanken unterdrücke ich ein Prusten.

»Wanda?«, fragt mein Lehrer.

Ich hebe die Augenbrauen. Komme zurück ins Hier und Jetzt. Nervös rutsche ich auf meinem Stuhl herum.

»Ach, ich?« Ich versuche, Zeit zu schinden. »Ich … Ich werde etwas ganz Besonderes machen. Bei meinem jetzigen Betrieb bleibe ich nicht, weil ich ein sehr cooles Angebot bekommen habe. Aber ich darf leider noch nichts erzählen. Das ist alles top-secret.«

Ich möchte mich selbst ohrfeigen. Diese Notlüge auszusprechen, ist ein Fehler. Das weiß ich jetzt schon.

Idas Kinnlade klappt herunter. Ihre Kaninchennase ist wie verflogen. Das Gerücht – oder auch den Fakt –, meine Firma hätte mich rausgeschmissen, habe ich gerade wie eine Seifenblase zerplatzen lassen.

»Oh. Ich hoffe, du darfst am letzten Schultag weitere Details offenlegen. Das klingt höchst interessant.« Herr Krause nickt mir zu. Ich glaube, sein verkrampftes Grinsen hat sich entspannt.

Ich presse automatisch meine Lippen aufeinander und zwinge mir ein Lächeln ab.

Während er meine anderen Klassenkameraden befragt, fällt in meinem Inneren ein Kartenhaus zusammen.

So unauffällig wie möglich tippe ich wieder auf meinem Handy herum.

Wanda: *Ich hab Mist gebaut. So richtig.*

Steve: *Schon Schulschluss? Wo hast du dein Auto jetzt gegen gefahren? Eine Kuh?*

Unweigerlich fange ich an zu lachen und kaschiere dies mit einem gespielten Hustenanfall. Vor kurzem habe ich mein Auto auf einem riesigen Stein geparkt und musste vom Abschleppdienst heruntergezogen werden. Das mit der Kuh wäre gar nicht abwegig.

Wanda: *Schön wär's. Ich habe der ganzen Klasse, inklusive Ida, erzählt, ich hätte einen Top-Secret-Job, der besser als alle anderen wäre. Dabei hab ich gar nichts! Nada! Wie reite ich mich da jetzt raus?*

Steve: *Manchmal zweifle ich an deiner Intelligenz. Warum musst du dich immer mit allen messen? Hör auf, so neidisch zu sein!*

Weil ich endlich mal irgendwo überlegen sein möchte. Wegen etwas Gutem im Mittelpunkt stehen möchte …

Schnaufend wende ich den Blick vom Display ab und schaue gedankenverloren Richtung Tafel. Als würde dort die Antwort auf all meine Probleme stehen, die dieses drückende Gefühl in meinem Magen auflöst.

Wanda: *Liebe Stephanie, du bist meine beste Freundin. Hilf mir und hör auf, die Klügere zu spielen! Reite mich aus der Scheiße!*

Steve: *Wenn du aufhörst, mich bei meinem richtigen Vornamen zu nennen …*

Grinsend schaue ich auf mein Handy. Ich sehe Steve förmlich auf dem Sofa liegen. Mit einer großen Furche auf ihrer Stirn, die immer tiefer wird, je öfter ich sie Stephanie nenne.

Wanda: *Ja. Ich schwöre. Und nun hilf mir!*

Steve: *Ich denk mal drüber nach.*

Als Frisörin in einem schicken Salon hat meine Freundin viele Kontakte zu den unterschiedlichsten Menschen in Hamburg. Vielleicht kann sie etwas ausrichten.

Während einige Klassenkameraden immer noch von ihren Plänen berichten, fängt mein Kopf an zu rauchen. Ich muss unbedingt eine Lösung finden. Auf keinen Fall will ich mich vor der Klasse – und vor allem vor Ida – blamieren.

KAPITEL 2

Anton

München, Deutschland

»Wow, was für eine schöne Wohnung.« Die namenlose Blondine – Shit, ich sollte nächstes Mal besser zuhören – schlendert an mir vorbei und schaut sich im Flur um. Dabei wackeln ihre hohen Absätze bei jedem Schritt, zeigen die Menge Drinks, die wir schon gemeinsam hatten.

Vielleicht war es etwas zu viel Alkohol.

Aber nur etwas.

Ich stehe hinter ihr und verweile in der teuer riechenden Birnen-Parfüm-Wolke, die sie hinter sich herzieht. Die Schlüssel lege ich auf einen kleinen weißen Schrank im Eingangsbereich und ziehe meine schwarzen Sneakers aus.

Die moderne Beleuchtung meines Flurs hüllt die weißen Wände und Möbel mit seinem warmen Deckenlicht in einen goldenen Schein.

»Was für eine Aussicht!« Die Stimme der Frau kommt aus meinem Wohnzimmer. Wahrscheinlich schaut sie aus einem meiner bodentiefen Fenster, aus denen man die Isarvorstadt im seichten Laternenlicht erstrahlen sieht.

Seit einigen Jahren wohne ich in München und bin in

dieser Stadt mehr als glücklich. Als Skispringer ist der Wohnort praktisch. Von hier aus komme ich gemütlich zu vielen Wettkampfstationen, ohne hunderte Kilometer fahren zu müssen.

Ich brauche den Trubel und die vielen Menschen in dieser Stadt, um mich nicht in meinen Gedanken zu verlieren. Seit fast einem Jahr will ich meine Vergangenheit hinter mir lassen und Ablenkung scheint dafür die beste Medizin zu sein.

»Soll ich dir den Balkon zeigen?«, rufe ich durch die Wohnung. Ich schwanke über die Türschwelle zum Wohnzimmer.

Dort entdecke ich … Katja? Kathrin? Ich weiß es wirklich nicht mehr, konzentriere mich nur auf ihre verschwommene Silhouette.

In dem Club, in dem wir bis vor einer halben Stunde waren, habe ich einige Drinks bestellt und den Abend genossen. Mit verschiedenen Frauen war ich auf der Tanzfläche und bin mit ihnen auf Tuchfühlung gegangen, bis mir diese wunderschöne Blondine ins Auge gesprungen ist. Lange Beine, ein kurzes schwarzes Kleid, das ihre Rundungen gekonnt umspielt, und für mich wie Geschenkpapier aussieht. Geschenkpapier, das ich bald achtlos von ihr reißen werde.

Eine Mischung aus Alkohol und Softgetränken schießt aus meinem Magen, sammelt sich in meinem Mund. Abrupt bleibe ich neben dem Esstisch stehen und schlucke alles gequält herunter.

Ich will jetzt nicht kotzen.

Ich will diese Blondine in mein Bett bekommen und meine Sorgen vergessen.

Sie öffnet die Balkontür und tritt in die abgekühlte Nachtluft, die nun in den Wohnbereich strömt. Eine Gänsehaut prickelt auf meinen Oberarmen, lässt mich unwillkürlich erschaudern.

Meine Begleitung lehnt sich an das metallene Geländer und betrachtet die Stadt, die vor uns liegt. Nur wenige Menschen sind um diese Uhrzeit auf den Straßen unterwegs. Diese ungewöhnliche Leere hüllt München in eine angenehme Stille ein. Nur die Straßenlaternen und der Mond schenken uns gedimmtes Licht, doch das reicht aus, um die Rückenansicht der Blondine zu betrachten. Eine schmale Taille und ein Po, in den ich zu gern kneifen würde.

Mit einem spitzbübischen Lächeln im Gesicht trete ich nach draußen und stolpere über die einzige Stufe, die mich von einer heißen Nacht trennt. Überstürzt poltere ich nach vorn und fange ich mich in letzter Sekunde, bevor ich mit den kalten Fliesen Bekanntschaft gemacht hätte.

»Hier könnte ich für immer bleiben.« Die Blondine legt den Kopf schief. Ihre Haare, die glatt auf den Schultern liegen, wehen in der leichten Brise.

Nein, du bleibst nur heute Nacht. Dann werden wir uns wahrscheinlich nie wiedersehen.

Langsam schreite ich von hinten an sie heran und lege meine

Hände an ihre Taille. Als wäre sie eine zerbrechliche Vase, streichle ich über ihre Rundungen und versuche, meinen Kopf auszuschalten.

Der Alkohol zeigt seine Wirkung und benebelt meine Sinne, doch meine Gedanken kreisen immer noch um Lina. Seit vielen Monaten.

Es fühlt sich mit dieser Frau nicht so an wie mit ihr. Es wird sich niemals mehr so anfühlen. Ich werde nie wieder dieses freie Gefühl verspüren, das ich mit ihr hatte. Diese Leichtigkeit. Das Lebensgefühl. Freude. Pure Freude.

Niemand wird Lina je ersetzen.

Trotzdem trete ich einen Schritt näher an meine Begleitung heran und drücke mein Becken gegen ihren Po. Zuckend atme ich ein, als hätte ich mich verbrannt, aber auf eine schöne, aufregende Weise. Mein Körper kann immer etwas mit einem guten Hintern anfangen.

Meine Mitte zuckt verlangend, will mehr. Mehr von dieser Frau. Den Kopf lasse ich auf ihre linke Schulter gleiten und kreise mein Becken.

Sie seufzt leise und lehnt sich nach hinten. Wieder steigt mir ihr Parfum in die Nase und erinnert mich abermals daran, dass sie nicht Lina ist. Ihren lieblichen Duft werde ich nie wieder riechen. Das blumige Parfum, das sich mit ihrem eigenen Geruch vermischte. Eine einzigartige Note, die nun für immer verloren ist.

Meine Augen presse ich fest zusammen, als könnte ich so die herzzerreißenden Erinnerungen verdrängen. Meine Erinnerungen an diesen schrecklichen Unfall, für den ich mir immer noch die Schuld gebe.

Nein, der Unfall, an dem ich tatsächlich schuld bin. Ich kann es nicht mehr leugnen. Ich war der Auslöser. Das wusste ich immer tief im Inneren.

Sorgen fressen sich in mein Herz, durchlöchern es mit Messerstichen, die mich für immer an diesen schrecklichen Tag erinnern sollen. Mein persönliches Gefängnis sind.

Die Blondine dreht sich um. Mit ihren blauen Augen

funkelt sie mich im dämmrigen Licht an und lässt meine Sorgen-Seifenblase zerplatzen. Ein zaghaftes Lächeln umspielt ihre vollen Lippen, über die sie wie in Zeitlupe mit ihrer Zunge fährt.

Scheiße, worüber wird ihre Zunge in den nächsten Minuten noch fahren?

Mein erregter Geduldsfaden platzt. Ohne darüber nachzudenken, lege ich meine Lippen auf ihre. Streiche zart mit der Zunge über ihren süßen, klebrigen Lipgloss. Sie seufzt erregt in meinen Mund, als sie ihre Hände in meinen dunkelblonden Haaren festkrallt und mich näher an sich heranzieht.

Mein Körper reagiert auf ihre bestimmende Art. Eine geballte Kraft versammelt sich in meiner Mitte und will mehr Platz. Mehr Freiraum, um zumindest für die nächsten Minuten nur Anton zu sein. Der normale Anton ohne schreckliche Vergangenheit. Der Anton, der kein Star-Athlet ist.

Ich bin froh, mich einfach nur hingeben zu müssen. Mein Herzschlag beschleunigt sich und meine Ohren rauschen, als hätte mich jemand unter Strom gesetzt.

Während meine Hände endlich zu ihrem Hintern wandern, ziehe ich die Frau mit mir und befördere sie auf die große Sonneninsel, die in einer Ecke auf dem Balkon steht.

Wir fallen rückwärts hinauf. Ein Schrei gemischt mit einem Lachen entweicht aus ihrer Kehle.

Die Blondine schnurrt wie eine Katze, als ihre Finger über meinen Brustkorb streifen. Akribisch fährt sie jeden Bauchmuskel nach, der sich unter dem dünnen Stoff des T-Shirts abzeichnet.

Ich schließe gelassen die Augen und warte sehnsüchtig auf die heißen nächsten Minuten.

Ungeduldig zupft sie an meinem schwarzen Shirt. Ich erhebe mich, damit sie es über mich streift und achtlos zur Seite wirft.

»Heiß«, flüstert sie mit kratziger Stimme und nimmt sich Zeit, wieder mit ihrem Zeigefinger über meine Bauchmuskeln zu fahren. Aber dieses Mal ohne lästigen Stoff dazwischen. Haut an Haut.

Als Skispringer bin ich durchtrainiert und weiß, wie gut ich bei den Frauen ankomme. Mit meinen Muskeln punkte ich immer. Sie sind wie eine persönliche Eintrittskarte und erleichtern es mir, jemanden zu finden, der mich ablenkt.

Meine Hände schiebe ich unter ihr Kleid und ziehe es weit hoch, damit sich meine Begleitung locker auf meinen Schoß setzen kann. Ich beiße mir auf die Unterlippe, als ich ihren festen Po zu fassen bekomme und ihn genüsslich knete. Seufzend schließe ich die Augen und lehne den Kopf nach hinten. Suche wieder nach dieser gedanklichen Zone, in die ich schlüpfe, wenn ich abschalte.

Meine Bewegungen an ihrem Hintern sind wie automatisiert, schleichen sich Richtung Mitte, die verdammt heiß unter meinen Fingerkuppen prickelt. Ich weiß genau, wie ich diese Frau verrückt mache.

Mein Herz schlägt schnell. Viel zu schnell. Als würde ich oben auf der Schanze sitzen und kurz davor sein, von meinem Trainer abgewunken zu werden. Der Nervenkitzel, der mich beim Springen verfolgt, verfolgt mich auch beim Sex.

Ich liebe es. Gerade als ich den Reißverschluss meiner Hose öffnen und meiner Begleitung meine volle Pracht, die sich gierig gegen den Jeansstoff drängt, präsentieren möchte, sucht sich das Gemisch aus Alkohol und Softgetränken wieder einen Weg durch meine Speiseröhre. Ich verharre in meiner Position und konzentriere mich in meinem Zustand darauf, alles herunterzuschlucken und zu verdrängen.

Die Blondine bemerkt meine Starre und schaut mich mit ihren großen blauen Augen an. »Was ist los?«

Ich kann nicht antworten, sonst würde mein Erbrochenes direkt in ihr Gesicht schießen, also schüttele ich nur meinen Kopf und presse die Lippen so fest wie möglich aufeinander.

Sie verzieht den Mund, als hätte ich eine Tarantel im Gesicht und klettert von meinem Schoß. »Geht's dir gut?«

Endlich schlucke ich alles hinunter und atme zitternd durch. Das ist gerade noch mal gutgegangen, aber ich muss mich Richtung Badezimmer bewegen. Schnell. Lange bleibt der Alkohol nicht mehr in mir.

»Du musst gehen«, sage ich nun und presse die Lippen danach wieder schlagartig aufeinander. Speichel sammelt sich in meinem Mund, kündigt das Erbrechen an.

»Was? Wir waren doch gerade dabei, uns-«

»Nein. Geh. Sofort.« Ich rolle mich so langsam wie möglich von der Sonneninsel und nehme die Blondine an die Hand. Eilig schiebe ich sie Richtung Wohnungstür und öffne sie.

»Mir geht's nicht gut. Auf Wiedersehen.«

Oder auch nicht.

Die Frau zieht ihre Augenbrauen zusammen. Diese eisblauen Augen strahlen nun nicht mehr so sehr wie draußen auf dem Balkon.

»Was für ein Arsch bist du eigentlich? Nimmst mich mit nach Hause und servierst mich mitten drinnen wieder ab?«

Ihre Stimme hallt durch das Treppenhaus.

Schnell lege ich einen Finger auf meine Lippen.

»Was? Soll ich leise sein?« Ihre Stimme wird immer lauter. Das Echo schmerzt in meinen Ohren. »An alle, die jetzt zuhören: Anton Mayr ist ein Arschloch!«

»Sei leise.«

»Und ich dachte, du wärest ein guter Kerl.« Mit diesem Satz dreht sich die Blondine um und torkelt die Treppenstufen hinunter.

Ein guter Kerl. Das wäre ich gerne gewesen.

Ich stehe wie angewurzelt zwischen Hausflur und meiner Wohnungstür und lehne den Kopf gegen den kalten Türrahmen. Ein Schmerz zieht durch meinen Körper, als würde eine unsichtbare Macht mein Herz ergreifen und quälend langsam zerdrücken.

Ich weiß, ich habe alles verbockt. Nicht nur den Sex mit der Blondine, sondern einfach alles. Das komplette letzte Jahr habe ich verbockt und kassiere dafür nun die Quittung.

Wenn ich nur diesen einen Fehler nicht gemacht hätte … Wenn ich Lina doch irgendwie gerettet hätte.

Ich vernehme ein leises Quietschen zu meiner Rechten. Die Wohnungstür neben mir wird geöffnet und Frau Sonderburger lugt durch einen kleinen Spalt.

Mit dem seidenen Bademantel und den grauen Haaren, die in einem perfekten Dutt zusammengebunden sind, sieht es nicht so aus, als hätte sie bereits geschlafen. »Anton, was ist hier los?« Ihre Stimme ist leise und gefasst. Jedoch macht sie sich Sorgen. Die große Falte zwischen ihren dünnen Augenbrauen verrät sie.

Meinen Kopf drehe ich weiter zu ihr. Trotzdem lasse ich ihn gegen den Türrahmen gelehnt, weil ich irgendeine Unterstützung brauche. Mein Mageninhalt ist ruhig, rumort nicht mehr in mir, seitdem mein Date verschwunden ist.

»Nichts«, nuschele ich.

Sie schüttelt den Kopf und tritt in den Hausflur hinein. »Das klang aber gerade anders. Warum ist das junge Mädchen so wütend aus deiner Wohnung gestampft?«

Wenn Frau Sonderburger mit mir redet, fühlt es sich oft an, als würde ich mit meiner Oma reden. Sie müssten ungefähr im gleichen Alter sein, auch wenn Frau Sonderburgers Haut viel jünger aussieht.

Ich verschränke die Arme vor der Brust und fühle mich wie ein kleines Kind, das erklären muss, warum es Streit hatte.

»Anton?«

Mein Inneres will mir einen Ruck geben, mir heftig in den Rücken treten und ihr alles erzählen. Aber ich bin nicht bereit.

Ich seufze leise. »Ich war feiern und habe sie zu mir nach Hause mitgenommen. Wir … Wir waren gerade dabei … und dann …«

»Musstest du an Lina denken?«

Ein unsichtbares Messer rammt sich in meine Brust. Ohne Vorwarnung. Mit voller Wucht. Mein Körper krampft, die Finger grabe ich wie ferngesteuert in meine Oberarme hinein.

Da ist er wieder. Dieser Schmerz, den ich vergessen wollte. Der Schmerz, der zu gern mitten in der Nacht auftritt und mir den letzten Schlaf raubt.

Es ist eine Sache, an Lina zu denken. Aber es ist eine andere Sache, wenn jemand ihren Namen laut ausspricht. Das macht ihren Tod so real.

»Das habe ich mir schon gedacht.« Frau Sonderburger redet nicht auf eine besserwisserische Weise, sondern eher mit einem traurigen Unterton. Manchmal habe ich das Gefühl, sie ist die einzige Person im Universum, die mich wenigstens ein bisschen versteht. »Du vermisst sie. Das ist etwas ganz Natürliches und gehört zum Heilungsprozess. Mir ging es doch genauso, als ich Hermann verlor.« Sie atmet laut aus. Die sonstige Röte, die meine Nachbarin so jung und frisch aussehen lässt, ist verschwunden.

Vor zwei Jahren verstarb ihr Ehemann. Lina und ich kümmerten uns seither um sie. Als der Unfall geschah, war Frau Sonderburger die Erste, die ich anrief. Nicht mein Kumpel Rupert, nicht meine Eltern. Es war sie. Ich wusste, dass ich Mist gebaut hatte und wollte mich ihnen und ihrer Enttäuschung nicht stellen.

»Es wird einfach nicht besser. Es wird immer schlimmer«, flüstere ich. Mein Mageninhalt stößt wieder auf, doch dieses Mal weiß ich nicht, ob es der Alkohol ist oder die Erinnerung an den schlimmsten Tag meines Lebens. »Ich habe das Gefühl, ich sterbe von innen nach außen.«

»Vielleicht solltest du dich mehr auf dich konzentrieren, Anton. Weniger Frauengeschichten und Alkohol. Mehr Selbstliebe.«

»Du liest zu viele Ratgeber.« Schützend verschränke ich die Arme vor der Brust, starre auf die weißen Fliesen vor mir.

»Und die tun mir gut.« Kleine Falten legen sich um Frau Sonderburgers graue Augen. »So, es ist spät. Leg dich ins

Bett und schlaf deinen Rausch aus, ja? Ich lege dir morgen früh zwei Brötchen vor die Tür.«

Langsam komme ich in Bewegung und verlasse meine verkrampfte Position. »Okay. Danke. Gute Nacht.«

»Gute Nacht, Anton.«

Wir verlassen den Hausflur und begeben uns in unsere Wohnungen.

Mit einem schmerzenden Herzen lehne ich mich von innen gegen die Tür und schließe die Augen.

Ich will Lina nicht vergessen. Niemals. Aber ich muss irgendwie weiterleben und darf nicht ewig mit einem gebrochenen Herzen leben. Sie hätte das bestimmt nicht gewollt.

KAPITEL 3

Wanda

Hamburg, Deutschland

An diesem regnerischen Samstag ich bin froh, heute keine Pläne zu haben. Die Sorge über meine Lüge liegt mir so schwer im Magen, dass ich mich auf keine Aktivität hätte konzentrieren können.

Die Tomatensoße auf dem Herd neben mir blubbert vor sich hin wie meine Gedanken. Ich stehe wie in Trance in Steves und meiner Küche. Meine Sicht verschwimmt und holt mich wenigstens für kurze Zeit aus meiner Misere heraus.

Ein besonderer Job? Als Mediengestalterin? Was könnte ich machen?

Filmindustrie? Ist nichts Besonderes.

Social Media? Mainstream.

»Das riecht fantastisch.« Steve betritt die Küche und wirft ihre Handtasche achtlos in eine Ecke.

Ich erwache aus meinen tiefen Gedanken und schiebe die Sorgen beiseite wie Hausaufgaben, die ich nicht erledigen möchte. »Danke. Kannst du die Auflaufform aus dem Schrank holen?«

»Klar.« Sie hüpft zu mir und kramt im Schrank herum. »Was beschäftigt dich? Ich rieche deinen Unmut bis hierher.«

Wie von Zauberhand erscheint die Auflaufform neben mir auf der Arbeitsplatte. Schmollend schaue ich zu meiner Freundin. Sie legt den Kopf schief und sieht mich eindringlich an. Ihre dunkelbraunen Locken liegen perfekt auf den Schultern, als würde sie aus einem Shampoo-Werbespot kommen und mir das neueste Produkt mit Super-Doppel-Mega-Serum verkaufen wollen.

»Steve, ich weiß nicht, was ich machen soll.« Die Unterlippe schiebe ich dabei immer weiter nach vorne wie ein kleines Kind. »Meine dumme Lüge frisst mich auf.«

»Geht es um den Job? Ich werde mich heute Abend mal umhören. Vielleicht kennt jemand jemanden, der jemanden kennt und so weiter.«

»Das wäre ein Traum, ist aber unrealistisch. Ich will meine Niederlage nicht eingestehen.«

»Dann hättest du von Anfang an nicht so verbissen sein sollen. Dein Job soll *dich* glücklich machen. Nicht andere.« Steve stupst mit dem Zeigefinger gegen meine Nase.

»Wenn das nur so einfach wäre …« Genervt nehme ich den Topf von der Herdplatte, puste dabei eine verlorengegangene Haarsträhne von meiner Wange. »Wie war die Arbeit?«, frage ich, während ich abwechselnd Nudelplatten und Soße in die Auflaufform gebe.

Steve stellt den Backofen an. »Ganz okay. Ein paar Männerhaarschnitte und bei einer Kundin durfte ich ein blondes Balayage machen. Das sah Hammer aus. Hab ich auf Instagram gestellt.«

»Dann guck ich da nachher mal rein. Könntest du meine blonden Strähnen auch bald nachfärben? Für einen Freundschaftspreis von … einer Lasagne?« Ich lege mein bestes Lächeln auf.

Wenn ich bald keinen Job mehr habe, kann ich mir einen Frisörbesuch nicht mehr leisten. Nicht einmal eine Fahrt mit der S-Bahn zum Frisör wäre drin …

»Eine Lasagne?« Steve zieht ihre braunen Augenbrauen nach oben und stemmt die Hände in die Hüften. Sie könnte gerade genauso gut meine Mama sein.

»Und Nachtisch! Ein Eis!« Flehend falte ich die Hände.

»Okay, okay.« Sie lacht. Weiß bestimmt, wie verzweifelt ich bin. »Ist abgemacht. Aber nur, weil ich dich so gern hab, ja?«

»Danke dir.«

Als die Lasagne im Ofen ist, setzen wir uns an den kleinen Esstisch in der Ecke der Küche.

Ich zähle die orangenen Blumen auf unseren Fliesen ab. Will mich auf etwas anderes konzentrieren als auf meine Job-Lüge und den dazugehörigen sozialen Untergang.

»Irgendwann klebe ich diese hässlichen Dinger über.« Ich streiche über die Fliesen. Ein leichter Staubfilm zeichnet sich auf meinen Fingern ab, den ich in meiner Jogginghose abwische. »Igitt. Und ich muss Staubwischen.«

»Ich treffe mich heute Abend mit Vera im Q5. Wie sieht's aus? Kommst du mit?«

Mit zusammengepressten Lippen schüttele ich den Kopf. Mein Herz ist zu besorgt für eine Party. Ich kann nicht ausgelassen feiern, wenn mein Leben auf einer Lüge basiert. Mein Brustkorb zieht sich zusammen wie ein trockener Schwamm.

Ich realisiere erst jetzt, was für einen riesigen Mist ich gebaut habe. Nicht nur die Lüge, nein. Ich bin bald arbeitslos in einer verdammt teuren Stadt. Und ich habe nicht viele Rücklagen. »Ich will lieber in Selbstmitleid versinken.«

Steve seufzt, ergreift meine Hand. »Wanda, wir werden eine Lösung finden. Und wenn nichts mehr geht, darfst du halt am Tag deines Abschlusses immer noch nichts über deinen *mysteriösen* Job verraten. Du *musst* es deiner Klasse und Ida doch nicht erzählen. Du musst nichts beweisen.«

»Sie werden aber weiter nachhaken. Auf Social Media oder wenn man sich mal über den Weg läuft …«

Und mein Ego wird auch nachhaken. Für den Rest meines Lebens wird es mich daran erinnern, nicht das erreicht zu haben, was ich wollte. Nicht die Beste in irgendwas zu sein.

»Na gut, ich habe es versucht«, sagt Steve mehr zu sich selbst als zu mir. Sie spielt an ihrem Riemchenarmband. »Also liegst du heute Abend in deinem Bett und schaust Grey's Anatomy?«

»Genau. Mit einem riesigen Becher Karamelleis auf dem Schoß.« Ich zwinge mir ein Lächeln ab, aber meine Freundin schüttelt nur den Kopf.

»Wir finden eine Lösung, du Nudel.«

Am Abend sitze ich auf dem Bett in meinem Zimmer. Der Laptop steht vor mir auf der Bettdecke und summt erschöpft vor sich hin. In eine Wolldecke gekuschelt und mit meinem Eisbecher in der Hand schaue ich meine Serie.

»Warum sucht Christina ihren verdammten Schuh? Die haben Wichtigeres zu tun«, nuschele ich zwischen zwei

Löffeln Eis und zeige dramatisch Richtung Bildschirm, als würde ich mich mit irgendjemandem unterhalten.

Als das Schuh-Drama noch weitergeht, stelle ich das Eis auf den Nachttisch und zücke mein Handy. Schnell durchforste ich die Stellenanzeigen. Aber ich entdecke nur neue Anzeigen von Kunststoffherstellern und Kleidungsmarken. Das ist alles nichts Besonderes.

Ach, Mann.

Es wäre eine Genugtuung, einen Job ohne Steves Hilfe zu finden, aber das ist Wunschdenken. Sie ist einfach viel zu überzeugend und aufdringlich. Darauf springt jeder an. So hat sie ihren Job in diesem trendigen Salon bekommen.

Glückspilz.

Und ich darf in meinem WG-Zimmer versauern und mich über meine Lüge ärgern.

Während ich mir die Anzeige vom Kunststoffhersteller doch noch einmal ansehe – obwohl sich alles in mir sträubt –, schiebt sich eine Push-Benachrichtigung in den Vordergrund.

Jasper1998 hat einen Beitrag gepostet.

»Auch das noch.«

Natürlich habe ich vergessen, die Benachrichtigungen auszustellen, als wir uns trennten. Damals fand ich es süß, über jeden Post von Jasper informiert zu werden. Jetzt wird mir bei dieser Benachrichtigung nur noch übel.

Jasper1998: *Party mit meinen Girls.*

Mir wird sogar mehr als übel. Ich möchte kotzen. Im Strahl.

Es ist mir ein Rätsel, wie ich mich auf so ein Arschloch

einlassen konnte. Die Demütigung und das Bodyshaming, das ich in unserer Beziehung aushalten musste, haben mich fertiggemacht. Diese ständigen Kommentare zu meinem Körper waren wie Würmer, die sich immer weiter in mich hineingefressen hatten. So weit, bis sie an meinem Gehirn ankamen und mir pausenlos zuflüsterten, dass ich nicht gut genug wäre.

Einige dieser Würmer leben immer noch in mir und wollen einfach nicht ausziehen.

KAPITEL 4

Anton

München, Deutschland

Tatsächlich finde ich am nächsten Morgen eine Papiertüte mit zwei Vollkornbrötchen vor der Tür. Frau Sonderburger hat ihr Wort gehalten und ich bin dankbar, so eine nette Nachbarin zu haben.

Ich habe viele Bekannte, doch wenige enge Freunde. Das ist mit meinem Job als Skispringer nicht anders zu lösen. Ich kann nicht wie viele andere jedes Wochenende feiern gehen. Ich habe Trainingspläne, die ich einhalten muss. Im Winter bin ich kaum erreichbar, weil wir fast jedes Wochenende einen Wettkampf haben. Und wenn das nicht der Fall ist, muss ich trainieren.

Deshalb nutze ich die Zeit außerhalb der Saison, um mein Leben zu leben. Partys, Frauen, Alkohol, Abschalten. Einfach das Leben, das ich versuche, aufrecht zu erhalten, genießen.

Ich ignoriere die dröhnenden Kopfschmerzen, die bei jedem Schritt einem Presslufthammer ähneln, und schlendere durch die lichtdurchflutete Wohnung.

»Alexa, mach das Radio an.«

Ich bin immer wieder stolz darauf, Gäste herumzuführen und ihnen zu zeigen, was ich erreicht habe und was ich mir nun leisten kann. Ich habe damals klein angefangen und hätte niemals damit gerechnet, eines Tages von meinem Lieblingssport leben zu können.

Ich mache es mir am Esstisch gemütlich, während ich meine Brötchen mit Avocado und Käse belege. Der Kaffee läuft mit einem Brummen von meinem Vollautomaten in eine kleine Tasse und hüllt den Wohn- und Essbereich mit einer angenehmen Kaffeenote ein. Die Sonne kriecht langsam hinter den wenigen Wolken am Himmel hervor und strahlt durch die hellen Vorhänge. Der Raum leuchtet förmlich, gibt mir dieses entspannte Sommergefühl.

Mein Handy vibriert laut auf dem Glastisch und zeigt eine neue Nachricht an.

Rupert: *Jooo, nimmst du mich nachher mit zum Lehrgang?*

Mist. Das ist heute.

Am Nachmittag treffen wir Athleten uns für einen zweitägigen Lehrgang mit unserem Trainer Johann. Ich hole meinen Kaffee und setze mich zurück an den Tisch.

Anton: *Ja, kann ich machen. Ich habe aber starke Kopfschmerzen …*

Rupert muss nicht wissen, woher die Kopfschmerzen kommen. Manchmal ist es mir unangenehm, ihm von meinen Abenden zu erzählen. Er teilt meinen Lebensstil nicht unbedingt.

Rupert: *Hab' ich mir irgendwie schon gedacht. Die Fotos im Internet sprechen Bände.*

Autsch. Wer hat denn schon wieder Fotos von mir veröffentlicht?

Rupert: *Soll ich dich sonst abholen? Ich kann früher losfahren, damit wir rechtzeitig ankommen.*

Ich gebe mich geschlagen, schicke einen Daumen-nach-oben-Emoji zurück und widme mich wieder meinem Frühstück.

Rupert ist ein guter Kerl. Einige Dinge, die ich anstelle, stören ihn, doch er versucht, trotzdem für mich da zu sein und mich zu unterstützen. Er weiß, dass ich es nicht immer leicht habe und ist seit dem Unfall ein noch aufmerksamerer Freund geworden. Er ist neben Frau Sonderburger einer meiner engsten Vertrauten.

Als ich den letzten Bissen meines Brötchens kaue, öffne ich Instagram, um nach den besagten Fotos von letzter Nacht zu suchen, aber so weit komme ich gar nicht. In meinen Direktnachrichten finde ich eine wütende Mitteilung. Die Vorschau zeigt mir nur die Worte »Du dummes Arschloch«.

Mit angehaltenem Atem drücke ich drauf und lese sie mir durch.

Oh.

Das ist wohl die Blondine von letzter Nacht.

Meine Hände umschließen krampfhaft das Handy. So sehr, dass die Fingerknöchel weiß hervortreten. Alles in mir spannt sich an, will meine gebündelte Trauer herauslassen. Aber das lasse ich nicht zu und knalle das Handy abrupt auf den Tisch. Ich stehe schnell auf, als wäre der Stuhl urplötzlich heiß geworden und schaue zur Wanduhr gegenüber. Rupert wird in vierzig Minuten vor meiner Wohnung stehen.

Eilig gehe ich ins Schlafzimmer und packe meine Tasche. Einige T-Shirts hole ich aus der Kommode, genauso wie ein paar Shorts. Als ich meinen Sprunganzug aus dem Kleiderschrank hole, ertönt eine Nachricht aus dem Radio, die sich wie ein Echo bis in mein Schlafzimmer schleicht.

»Stau auf der A9 Richtung Norden. Bitte umfahren Sie diese Strecke gründlich. Gerade findet ein Feuerwehreinsatz statt. Ein Auto steht in-«

»Alexa! Radio aus!«, schreie ich.

Sofort stellt die KI die Nachrichten aus.

Mein Herz hämmert heftig in der Brust, die kurz davor ist, zu explodieren. Ein Druck, so schwer wie Tausend Elefanten, legt sich auf meinen Oberkörper und will mich zerquetschen. Mir all meinen Sauerstoff rauben.

Erinnerungen suchen mich heim. Blaulicht. Der Geruch von geschmolzenem Gummi.

Ein Schrei.

Mein Schrei, als ich sehe, was geschehen ist.

KAPITEL 5

Wanda

Hamburg, Deutschland

Nach meinem Grey's-Anatomy-Marathon betrete ich am nächsten Morgen die Küche und finde eine gut gelaunte Steve am Esstisch vor. Lächelnd beißt sie in ihr Brötchen und wippt auf dem Stuhl auf und ab, als sie mich entdeckt.

»Guten Morgen.« Grummelig lasse ich mich auf den Stuhl gegenüber von ihr fallen.

Obwohl sie diejenige ist, die feiern war, scheine ich heute der Miesepeter zu sein.

»Guten Morgen, Wanda. Schlecht geschlafen?«

Mit einem lauten Seufzer lasse ich meinen Kopf auf die Tischplatte knallen. »Vielleicht. Ich konnte einfach nicht mit der Serie aufhören. Der Flugzeugabsturz war zu spannend.«

Und dann noch die Sorgen um meinen nicht vorhandenen Job …

»Es wundert mich, dass du erst bei der achten Staffel bist.«

»Erst? Ich habe vor vier Monaten mit der Serie angefangen. Das ist eine sehr gute Leistung.« Ich schaue in die Tüte des Bäckers, nehme mir das letzte Brötchen, schneide es auf und belege es mit Käse. »Wie war die letzte Nacht? Was habt ihr gemacht?«

Steve lehnt sich zurück und nimmt einen Schluck ihres Kaffees. »Wir haben im Club einige Kerle kennengelernt und mit ihnen gequatscht. Nichts Ernstes, keine Sorge.«

»Du brauchst trotzdem mal einen Freund.« Eigentlich sollte das ein stiller Gedanke sein, doch irgendwie ist er mir doch herausgerutscht. Ich presse meine Lippen aufeinander.

Ich würde mich so sehr für Steve freuen, wenn sie in einer Beziehung wäre. Ein starkes Gegengewicht würde ihr guttun.

Meine Freundin will gerade einen weiteren Schluck Kaffee trinken, als sie in der Bewegung verharrt. »Themenwechsel. Also, ich bin gestern nicht weitergekommen wegen deines Jobs.«

Das wäre zu schön gewesen. Sie kann nicht immer meine gute Fee in Not sein.

»Ach, Mann.« Mir fällt ein Brötchenkrümel aus dem Mund.

Steve schaut mich mit gerümpfter Nase an. »Es tut mir leid. Ich habe wirklich alles und jeden gefragt.« Sie kratzt sich am Hinterkopf und grinst. »Eines muss ich dir aber noch erzählen: Gestern war da so ein Kerl im Club, der hatte ein Hotdog-Kostüm an. Ich weiß gar nicht, wie er vom Türsteher reingelassen wurde.« In ihren Augen sammeln sich Tränen. Wie jedes Mal, wenn sie kurz davor ist, zu prusten. »Warte, ich suche kurz sein Profil. Wir haben gestern miteinander getanzt. Du musst dir das ansehen.«

Ich lege das Brötchen auf dem Teller ab und warte darauf,

dass meine Freundin mir den Typen zeigt. Sie dreht ihr Handy in meine Richtung. Auf dem Display entdecke ich einen Mann mit schwarzem Haar und einer ausgeprägten Kinnpartie, der in einem lächerlich übergroßen Hotdog-Kostüm steckt. Jetzt ärgere ich mich doch, gestern Abend nicht dabei gewesen zu sein.

»Witzig, oder?« Steve grinst immer noch.

»Ja, da kann ich dir nur zustimmen.« Ich zwinge mir ein zartes Lächeln ab und esse mein Käsebrötchen genüsslich, während Steve weiter durch Instagram scrollt.

Vielleicht muss ich diese ganze Lüge über Bord werfen und mich einfach bei diesem Kunststoffhersteller bewerben. Es ärgert mich und kratzt ungemein an meinem Ego, aber arbeitssuchend will ich nach Beendigung der Ausbildung auch nicht sein.

Steves Faust landet auf dem Küchentisch. Der Teller vor mir scheppert, das Messer stimmt klirrend mit ein. Ich schrecke hoch, lasse den Rest meines Brötchens fallen. Noch ein Schlag auf den Tisch. Steve hat ein breites Grinsen im Gesicht.

»Wanda! O mein Gott! Ich könnte eine Lösung haben!«

Jetzt hat sie meine volle Aufmerksamkeit. Ich setze mich aufrechter hin, lehne mich ein wenig über den Esstisch. »Was? Schieß los!«

»Alle sagen immer, Instagram sei Zeitverschwendung.«

»Aber? Hör auf, mich auf die Folter zu spannen!« Jeglicher Muskel in mir spannt sich an. Wenn Steve eine Idee hat, ist sie meistens gut …

»Ich habe mir gerade die Stories vom Hotdog-Typen angesehen und schau mal, was er repostet hat.« Steve hält mir das Handy hin und ich reiße es ihr schnell aus der Hand.

Ich schaue mir den Beitrag mit angehaltenem Atem an. Überfliege die weißen und hellblauen Schriften, die verkünden, dass jemand gesucht wird, der mit einer Kamera und einem Schnittprogramm umgehen kann.

»Der Deutsche Skiverband? Sind die für die Skipisten zuständig?« Ich bin nicht die Richtige für diesen Job. Ich habe keine Ahnung vom Skifahren. Oder von Schnee generell.

Steve zuckt die Schultern. »Geh mal auf deren Profil. Vielleicht steht da noch mehr zur Stellenanzeige.«

Tatsächlich komme ich über den Link im Profil zur offiziellen Website und lese mir die Anzeige nun genauer durch. Trotzdem bin ich kritisch. Sie suchen nicht explizit nach einer Mediengestalterin. Jeder, wirklich jeder, könnte sich auf diesen Job bewerben. Deshalb habe ich die Anzeige wohl selbst nicht gefunden.

»Ich weiß nicht.« Ich kaue auf meiner Unterlippe herum, nestele an Steves rosa Handyhülle.

Warum mache ich die Ausbildung, wenn ich danach nicht einmal als Mediengestalterin arbeite? Dann wäre doch alles für die Katz gewesen.

»Was stört dich an der Anzeige?«

»Das Gehalt. Die werden bestimmt unterdurchschnittlich bezahlen. Wesentlich weniger als andere Firmen.« Und da zerplatzt die Traumblase, die sich langsam aufbauen wollte.

»Weil sie keinen Mediengestalter suchen.«

Ich nicke und mein Herz wird schwer. Als hätte die Gravitation in diesem Raum schlagartig zugenommen und würde mich dem Erdboden zum Fraß vorwerfen.

Der Job beim Skiverband wäre auf jeden Fall etwas Besonderes, aber ist er überhaupt für mich Sportmuffel geeignet? Wir Norddeutschen kennen keinen Schnee.

Akribisch studiere ich die Stellenanzeige ein weiteres Mal. »Sie suchen jemanden, der die deutschen Skispringer für eine Saison begleitet. Ich habe noch nie Skispringen gesehen«, beschwere ich mich und lasse das Handy auf den Tisch gleiten. »Wir leben in Hamburg. Das Wort *Ski* befindet sich nicht in unserem Wortschatz.«

Also werde ich sowieso keine Chance haben. Ich weiß nichts über diesen Sport.

Steve nimmt ihr Handy, steht auf und hockt sich neben mich. Sie scheint immer noch von der Idee überzeugt zu sein. »Schau mal, du bekommst eine Vergütung und sie kommen für den Aufenthalt und die Verpflegung auf.«

Meinen Blick lasse ich nun wieder auf das Display gleiten. An sich ist das ein gutes Angebot und ich könnte ein bisschen was erleben und reisen. Trotzdem weiß ich nichts über den Sport und werde keine Begeisterung verkaufen können. Im Lügen bin ich anscheinend nicht gut.

»Da hast du deinen besonderen Job, Wanda.«

»Und wenn ich etwas zum Skispringen gefragt werde?«

»Dann müssen wir uns eben mit dem Thema beschäftigen. Heute ist Sonntag und wir haben keine Pläne. Perfekt.«

Warum ist diese Frau nur so überzeugend?

Dass ich mich mal einen kompletten Tag mit dem Thema Skispringen auseinandersetzen würde, hätte ich beim Aufstehen noch nicht gedacht.

Also decken Steve und ich den Esstisch ab, setzen uns ins Wohnzimmer und durchforsten das Internet nach diesem

Sport. Wikipedia-Einträge, YouTube-Videos, Instagram. Wir werden zu kleinen Stalkern, aber wenn Steve eines gut kann, dann ist es, Menschen im Internet ausfindig zu machen. Sie ist besser als das FBI.

Wir lesen uns Zeitungsartikel durch, in denen über die vergangenen Wettkämpfe berichtet wird, und stellen fest, dass das deutsche Team kaum Erfolge zu verzeichnen hat. Dieser Anton Mayr scheint der Einzige aus unserer Nation zu sein, der innerhalb der letzten Jahre auf einem Podium war.

Am Abend betritt Steve unser Wohnzimmer mit zwei Tassen in der Hand, aus denen Dampf aufsteigt. Ich sitze mit meinem Laptop auf dem dunkelgrauen Sofa und schaue eine weitere Folge Grey's Anatomy. Meine schwarze Jogginghose und den grauen Hoodie vom Tag habe ich gegen einen blauen Zweiteiler getauscht.

»Zeit für Kakao!« Steve setzt sich neben mich. Die beiden grauen Tassen stellt sie auf den Couchtisch. »Und Zeit für deine Bewerbung!«

»Nein!« Ich fühle mich nicht bereit, eine Bewerbung zu verfassen, in der ich falsche Begeisterung schildere. Nach den vielen Videos, die ich über das Skispringen gesehen habe, habe ich Angst vor diesem Sport bekommen und mich von dem Wort *Begeisterung* immer weiter entfernt. Die Sturz-Zusammenfassungen auf YouTube machen es nicht besser und zeigen, wie gefährlich der Sport eigentlich ist.

»Sehr geehrte Damen und Herren, ich bin Wanda Leferre und seit Jahren ein riesiger Fan des Skispringens«, beginnt Steve vorzutragen, während sie nach ihrer Tasse greift.

»Lüge!«, unterbreche ich sie mit einem kleinen Lächeln und nehme mir ebenfalls meinen Kakao.

»Durch Instagram bin ich auf Ihre Stellenanzeige aufmerksam geworden und wusste direkt, dass ich wie gemacht für diesen Job bin«, fährt Steve fort und lehnt sich auf dem Sofa zurück. Ihre Beine hat sie gemütlich angewinkelt. »Schreib mit! Das wird ein Meisterwerk!«

»Und noch mal: Lüge!« Ich kichere in meinen Kakao hinein und starte mein Schreibprogramm.

»Ich bin auf der Suche nach einer Herausforderung.« Steve zwinkert mir zu. »Schau mal, die Passage wäre nicht gelogen.«

»Wow.« Ich schreibe mit.

»Und gelogen wäre auch das falsche Wort. Wir übertreiben nur. Wer macht das nicht in seinem Anschreiben?«

»Ich?« Ich ziehe die Augenbrauen hoch.

Eigentlich wollte ich nicht noch mehr Lügen in meinem Leben verbauen …

Steve kräuselt die Nase, wodurch ihr Gesicht nur noch runder wirkt als sonst. »In deinen letzten Bewerbungen bei Filmstudios stand im Anschreiben irgendetwas von *Begeisterung für die Arbeit an Wochenenden*.«

Erwischt.

Beschämt senke ich den Blick.

Okay. Vielleicht flunkern doch alle ein bisschen in ihren Bewerbungen.

Steve und ich sitzen noch zwei weitere Stunden an meinem Laptop, bis ich erschöpft auf das Senden-Symbol in meinem E-Mail-Postfach klicke.

KAPITEL 6

Anton

Oberstdorf, Deutschland

Sobald ich in meinem Sprunganzug stecke und die Schanze vor mir sehe, ist es, als würde jemand mein Gehirn ausschalten. Alle Sorgen sind vergessen. Alles, was mich vor wenigen Sekunden noch bedrückt hat, liegt in weiter Ferne. Ich liebe diesen Sport und das Gefühl, frei zu sein. Schwerelos sein wie ein Astronaut oder ein Vogel, der überall hinfliegen kann.

Mit meinen Ski, die ich locker auf der Schulter trage, steige ich die letzten Stufen zum Absprungbalken hinunter.

Es ist ein heller Sommertag. Die Sonne steht weit oben am Himmel und strahlt ohne jeglichen Schutz der Wolken auf uns hinunter. Die Schanze ist mit grünem Rasen präpariert, damit wir auch ohne Schnee trainieren können. Zwar macht das Springen nicht so viel Spaß wie im Winter, aber ich bin froh über diese Möglichkeit.

Mit mir auf der Schanze sind Rupert, Mario, Till, Lasse und Marvin. Wir werden sehr wahrscheinlich der A-Kader für die kommende Wintersaison sein.

Mario sitzt vor mir auf dem Balken und macht sich für den Sprung bereit. Einige Meter entfernt steht unser Trainer

Johann, der uns einzeln mit einer Fahne abwinkt und mit seiner Kamera filmt, auf dem Trainerturm.

Mario stößt sich vom Balken ab und fährt den Anlauf hinunter, bevor er nach wenigen Sekunden am Schanzentisch abspringt und aus meinem Sichtfeld verschwindet.

Ich befestige die Ski an meinen Schuhen und gleite auf den Balken. Vor mir erstrecken sich die wunderschönen, grünbewachsenen Berge, die Oberstdorf umringen. Als wäre dieser kleine Ort eine Bühne und die Berge die Zuschauerränge. Gleichzeitig umgeben mich mehrere Schanzen unterschiedlicher Größen, die in der Oberstdorfer Arena stehen. Einmal im Jahr findet hier ein Springen der Vierschanzentournee mit 27.000 Zuschauern statt.

Bei dem Gedanken zupft ein Lächeln an meinen Lippen. Unweigerlich kribbelt diese Euphorie in mir, wenn ich meinen Gedanken weiterspinne. 27.000 Menschen, die mir zujubeln werden. Ich kann es kaum erwarten, wieder im Winter von den Schanzen zu springen. Vor Publikum und Live-Fernsehen.

Johann winkt mich mit seiner Fahne ab. Mit erhöhtem Puls atme ich tief durch und versuche, mich zu beruhigen. Es ist keine Angst, die in mir kribbelt. Ich freue mich nur auf das schwerelose Gefühl, in das ich gleich befördert werde und das meinen Kopf für kurze Zeit ausschalten wird.

Als ich sechs Jahre alt war, schaute ich zum ersten Mal Skispringen im Fernsehen. Bewundernd sah ich den Athleten zu und staunte über ihr Talent und den Mut, sich von einem solchen Betonklotz zu trauen. Es war für mich kaum vorstellbar, dass sie sich mit fast einhundert Stundenkilometern die Sprungschanze hinunterstürzten und – meistens –

mit einem perfekten Telemark landeten. Zumindest tat das mein absoluter Lieblingsspringer, der Finne Mika Virtanen. Sein überwältigendes Talent brachte mich dazu, meine Eltern so lange zu nerven, bis sie mich beim örtlichen Skisprungverein anmeldeten.

Ich stoße mich vom Balken ab, der Wind rauscht in meinen Ohren. Mein Fokus liegt auf dem Schanzentisch, der Kante, von der ich abspringen muss. Innerhalb weniger Millisekunden muss ich von der Hocke in die Flugposition. Ich komme dem Ende des Anlaufs immer näher, spanne meine Beine an und stoße mich ab. Ich spüre jede Faser meines Körpers, schicke einen Adrenalinstoß durch ihn hindurch. Mit zusammengepressten Lippen fokussiere ich mich auf die rote Linie des Auslaufs und lande wenige Meter vor ihr. Mit ausgestreckten Armen setze ich den Ausfallschritt und lasse mich langsam ausfahren.

Als ich unten bremse, schnalle ich meine Ski ab und gehe einige Stufen hinauf zu Johann, um meine Leistung zu analysieren. Er spult das Video meines Sprungs zurück, als ich ankomme.

»Wie war ich?« Voller Selbstbewusstsein schaue ich ihm über die Schulter.

Johann dreht sich zu mir und sieht mich an. Seine Augen formen sich zu Katzenaugen. Als würden sie mich anvisieren, um mich innerhalb einer Millisekunde zu zerreißen. Feine Falten zieren Johanns Gesicht, werden von einem Vollbart eingerahmt. Mit seinem roten Sport-Shirt und den schwarzen Shorts ist er als Trainer unverkennbar. »Der Sprung war gut. Sei nächstes Mal nicht zu spät am Schanzentisch. Das war heute grenzwertig.«

Fand ich nicht, aber okay.

»Alles klar, Boss«, antworte ich trotzdem und nicke langsam.

Gerade, als ich und gehen will, um eine Unterhaltung über die letzte Nacht zu vermeiden, redet Johann weiter. Ich drehe mich wie in Zeitlupe zurück zu ihm um.

»Du musst das Feiern einschränken. Es kann nicht sein, dass ich zwei- bis dreimal pro Woche Bilder und Videos zugeschickt bekomme, in denen du betrunken bist und Frauen anbaggerst.« Seine Muskulatur versteift sich. Sein sonst so blasser Hautton ist wie vom Erdboden verschluckt. Eine gewisse Röte umspielt seine braunen Augen. »Unsere Sponsoren sehen das auch so.«

Ich stelle die Ski ab und lege den Kopf schief. Als würde ich ernsthaft über seine Worte nachdenken – was ich aber nicht tue. »Was ich privat mache, ist meine Angelegenheit.«

»Nein, du bist eine Person des öffentlichen Lebens. Unsere Sponsoren springen ab, wenn ihnen unser Lebensstil nicht gefällt. Wir könnten alles verlieren.« Johann stemmt seine Hände in die Hüften. »Unsere Techniker, die Physios …«

Bin ich etwa Rapunzel und werde eingesperrt? Will Johann mir wirklich das Leben verbieten? Ich bin jung. Er soll mich einfach leben lassen. Ich kann nichts dafür, dass er damals in meinem Alter zu schlecht im Skispringen war und nur Trainer geworden ist.

»Ich kann dich auch in den B-Kader versetzen lassen, wenn du nicht mit uns kooperierst«, sagt er, als ich nicht reagiere.

Ha. Das glaubt auch nur er. Diese Unterhaltung hatten wir schon viel zu oft. Johann würde mich niemals zu den Nachwuchsspringern stecken.

»Das kannst du nicht«, antworte ich mit einem siegessicheren Grinsen. »Ich bin der beste und konstanteste Springer, den du hast. Das würdest du niemals tun.«

Johann öffnet den Mund, schließt ihn jedoch wieder, bevor er etwas sagt. Seine prägnanten Kiefermuskeln verhärten sich. Bilden eine klare Kante.

»Also dann …«, verabschiede ich mich und will zu meinen Ski greifen.

»Warum tust du das?«

Ich seufze. Langsam drehe ich mich wieder zu ihm. »Was genau meinst du?«

»Na, das Trinken. Das Feiern. Einfach alles. Warum? Bist du süchtig?«

Ein Schnaufen verlässt meine Nase. Kopfschüttelnd fixiere ich den Holzboden unter mir. »Ich bin nicht süchtig. Ich trinke, weil-«

Ich weiß nicht, warum ich so viel trinke. Na ja, vielleicht weiß ich es schon. Aber was interessiert das Johann? Solange ich gut springe, sollte ihn das nicht jucken.

»Weil du der Wahrheit nicht ins Auge blicken kannst?«

Schachmatt.

Ich fühle mich ertappt und durchschaut. Mein Herz will aufhören zu schlagen, um den Schmerz nicht spüren zu müssen, der gerade durch meine Adern schießt. Der Schmerz, der durch Johanns Worte ausgelöst wurde und jede Freude, jedes Fünkchen Glück in mir wie einen Luftballon zerplatzen lässt.

Wortlos nehme ich meine Ski und gehe zum Auslauf, an dem Rupert in diesem Moment nach seinem Sprung ankommt.

Die Ski schmeiße ich ins Gras, dann nehme ich meinen Helm ab und setze mich dazu.

Auch Rupert kommt leise angefahren. Er löst seine Schuhe aus der Bindung und setzt sich neben mich. Seine dunkelgrünen Augen fixieren mich, als würde er versuchen, meine Gedanken zu lesen. »Weißt du, jeder hat mal schlechte Phasen im Leben. Als Alexandra mich verlassen hat, ging es mir nicht anders. Ich wollte nichts mehr machen und habe mich verloren gefühlt. Doch nach einiger Zeit wurde der Schmerz in meiner Brust weniger und irgendwann war ich wieder bereit, neue Menschen in mein Leben und mein Herz zu lassen.« Rupert lächelt schief, als ich ihn betrachte. Die schiefe Nase, die er durch einen fiesen Sturz beim Landen bekommen hatte, sieht nun noch krummer aus. Das lässt ihn irgendwie noch sympathischer wirken, als er bereits ist. Er ist das genaue Gegenteil von mir. Lebensfroh und … nett.

Ich seufze, rupfe gedankenverloren Gras aus dem Boden. »Rupert, weißt du, was der Unterschied zwischen deiner und meiner Geschichte ist?«

Er sieht mich an, als würde er die Antwort nicht kennen, und zieht die buschigen roten Augenbrauen zusammen.

Ich nehme einen tiefen Atemzug. Es tut weh, das jetzt zu sagen, aber er versteht mich nicht. Niemand versteht mich. »Alexandra lebt noch, Lina nicht.«

Rupert presst die Lippen aufeinander und antwortet nicht. Alles, was ich höre, sind die anderen Lehrgangsmitglieder, die die Schanze hinunterspringen und landen.

»Sorry«, sagt er nach einer Weile und vergräbt das Gesicht in seinen Händen.

KAPITEL 7

Wanda

Hamburg, Deutschland

Vor einer Woche haben Steve und ich meine Bewerbung losgeschickt und ich habe immer noch nichts vom DSV gehört. Nicht einmal eine Eingangsbestätigung habe ich bekommen. Da sich die Sorgen um meine Zukunft in meinem Magen ausgebreitet haben wie ein unangenehmer Hautpilz, habe ich noch eine Bewerbung an diesen Kunststoffhersteller geschickt, obwohl ich da nicht arbeiten möchte. Aber zurück zu meinen Eltern ziehen, ist für mich keine Option. Ich bin erwachsen und muss deshalb erwachsene Lösungen für meine Probleme finden. Also flunkere ich bei Bewerbungen …

»Ich finde diese Farbe echt schön«, sagt Steve, während sie einen Pinsel in der Hand hält. Ein einzelner Tropfen löst sich von den Borsten und fällt auf die Plastikfolie unter uns.

Wir haben uns dazu entschlossen, eine Wand im Wohnzimmer dschungelgrün zu streichen. Die graue Couch mit den cremefarbenen Kissen rundet diesen Bereich ab, lässt ihn mit den Hängepflanzen erfrischend wirken.

»Du hast da übrigens ein *wenig* Farbe im Gesicht.« Steve

wedelt mit dem Pinsel in der Luft herum und deutet damit auf mich.

»Ach, echt? Wo?« Ich streiche mit dem Arm über mein Gesicht, entdecke aber keine überschüssige Farbe.

»Genau da!« Wie aus dem Nichts drückt meine Freundin ihren Pinsel gegen meine Nase. Ihre braunen Augen leuchten vor Freude.

»Ah! Du Blöde!« Ich gackere vor mich hin. Sofort drehe ich mich weg, umklammere das warme Holz meines Pinsels und visiere sie an. »Das gibt eine Revanche.«

»Niemals!« Steve grunzt und hält sich erschrocken eine Hand vor den Mund.

Ich stürme auf sie zu, dränge sie in unserem kleinen Wohnzimmer in eine Ecke. Steve flucht, hält ihre Hände schützend vors Gesicht, aber es hilft nichts. Ich streiche wie eine Verrückte mit meinem Pinsel über ihr Gesicht, bis ein Großteil dunkelgrün ist.

»Nimm das, Steve!«

Lachend bricht meine Freundin auf dem Boden zusammen und lässt ergeben den Pinsel fallen. »Okay, Stopp! Ich hisse die weiße Flagge … oder den grünen Pinsel!« Eine einzelne Träne rollt ihre Wange hinunter auf das schwarze Maler-T-Shirt.

Prustend setze ich mich neben Steve und lege den Pinsel neben ihren auf die Plane. Sanft wische ich mir mit dem Ärmel meines weißen Oversized-Shirts übers Gesicht.

»Jetzt sieht der Raum übrigens fast so aus wie die vielen Zimmer auf Pinterest«, bemerke ich und weiß selbst nicht, ob ich das positiv oder negativ meine. »Gehst du heute noch aus?«

Steve schüttelt den Kopf. Ihr gewellter Pferdeschwanz wackelt mit der Bewegung, peitscht mir ins Gesicht. »Nee, ich bleibe heute Abend hier. Morgen früh muss ich fit sein, weil ich eine Kundin habe, die ich bestimmt fünf bis sechs Stunden behandeln darf. Extensions und Haare färben.«

»Wow. Ich glaube, das wäre mein Horror«, gebe ich zu, während ich aufstehe, mir die große Rolle nehme und sie in Farbe tunke.

So viel Spaß wir auch haben, die Wand muss endlich fertig werden.

»Es ist unheimlich anstrengend, die ganzen Extensions zu befestigen, aber die Freude in den Augen der Kunden gleicht das wieder aus.« Sie steht auf und stellt sich kritisch hinter mich. »Rechts musst du noch mal mit der Rolle rüber.«

»Ay, ay, Captain!«

Gerade als ich die rechte Seite fertig gemalt habe, klingelt mein Handy. »Das müsste Mama sein. Sie hat dieses Wochenende noch nicht angerufen.« Behutsam lehne ich die Rolle gegen die Wand.

Schlurfend begebe ich mich zum Handy und schaue aufs Display. Aber nicht Mamas Name leuchtet dort, sondern eine fremde Nummer aus München.

»Das ist bestimmt wieder ein Spam-Anruf«, fluche ich und lege den Kopf in den Nacken. »Wie viele Millionen habe ich jetzt wieder geerbt?«

»Geh trotzdem ran!« Steve geht mit der Farbrolle an mir vorbei zur Spule.

Ich verdrehe die Augen und drücke auf den grünen Hörer. »Hallo?« Genervter könnte ich den Anruf nicht annehmen, aber ich habe echt keine Lust, mit diesen Menschen zu telefonieren.

Die freie Hand stemme ich in die Hüfte.

»Hallo, hier ist Frau Esslinger vom Deutschen Skiverband. Spreche ich mit Frau Leferre?«

Ich umklammere das Handy, als wäre es mein letzter Anker. Die letzte Rakete zum Mond, bevor die Erde explodiert.

Es ist kein Spam-Anruf.

Es ist kein Spam-Anruf!

Abrupt werde ich stocksteif. Meine Muskeln verhärten sich. »Ja, genau. Das bin ich.« Meine Stimme gleicht der einer Maus … wenn sie sprechen könnte.

»Wunderbar. Vielen Dank für Ihre Bewerbung bei uns. Ich möchte Ihnen mitteilen, dass Sie in der engeren Auswahl sind und wir Sie gerne zu einem Vorstellungsgespräch einladen möchten.«

Auch Steve hat meinen Stimmungswechsel bemerkt, lehnt die Rolle an die Theke und stellt sich neben mich. Ihre Augen sind weit aufgerissen, während sie irgendwelche albernen Bewegungen macht. Mit schiefgelegtem Kopf hebt sie ihre Hände fragend hoch. Als ich nicht reagiere – weil ich mich verdammt noch mal nicht ablenken lassen will –, geht sie in die Hocke und springt plötzlich hoch. Ich erschrecke und taumele einen Schritt zurück. Sofort kralle ich mich ans Handy, damit ich es nicht versehentlich fallen lasse. Aber ich verstehe ihren Wink und nicke heftig. Steve hebt eine Faust in die Luft und läuft hektisch um mich herum. Am Sofa vorbei, polternd über unsere Teppichkante und dann wieder zurück.

Schnell lege ich einen Finger auf meine Lippen, damit sie aufhört.

»Das ist klasse. Ich freue mich«, bringe ich mit kratziger Stimme hervor.

»Da Sie nicht in der Nähe wohnen, möchten wir das Gespräch gerne über einen Videocall machen. Ist das für Sie in Ordnung? Natürlich können Sie auch persönlich vorbeikommen, doch wir möchten Ihnen diesen großen Aufwand gerne ersparen.«

»Es wäre super, wenn wir das über einen Videocall machen könnten«, antworte ich und versuche, so professionell wie möglich zu klingen, obwohl ich gerne wie Steve wie ein Pferd durch die Wohnung galoppieren möchte.

Frau Esslinger und ich machen einen Termin für Montag ab. Danach verabschieden wir uns voneinander.

Kaum nehme ich mein Handy vom Ohr, hält Steve meine Schultern fest und drückt sie aufgeregt. Ihre braunen Augen sehen viel größer aus als sonst, ein übergroßes Grinsen liegt in ihrem Gesicht. »Du hast ein Vorstellungsgespräch beim DSV, richtig?«

Immer noch unter Schock stehend, nicke ich. Es ist wie ein Fiebertraum … Nun muss ich wirklich beweisen, dass ich Ahnung von diesem Sport habe … und mich dafür begeistern kann.

Oje.

KAPITEL 8

Anton

München, Deutschland

Johanns schnippische Antwort kratzt auch Tage später noch an meinem Ego, als ich in Trainingsklamotten meine Wohnung verlasse, um joggen zu gehen.

Was fällt ihm ein? Natürlich kann ich der Wahrheit ins Auge blicken. Lina wird nie wieder zurückkommen. Das ist mir bewusst.

Als hätte mich jemand mit einem Stein abgeworfen, bleibe ich plötzlich wie angewurzelt im Hausflur stehen und lehne mich gegen die Wand. Unerwarteter Schmerz brennt sich durch meinen Körper wie ein Lauffeuer. Zuckt durch meine Fingerkuppen. Jede Faser meines Körpers steht in Flammen.

Sie wird nie wieder zurückkommen.

Nie wieder.

Lina wird nie wieder in meinen Armen liegen. Ich werde nie wieder ihre Wärme spüren.

Tränen sammeln sich in meinen Augen. Mein Schmerz sucht sich einen Mittelpunkt. Meinen Hals. Er schnürt ihn zu, kratzt ihn von innen auf, damit ich spüre, was ich getan habe.

Ich atme tief durch, schüttele den Schmerz ab und gehe langsam die Stufen weiter nach unten.

Ich will nicht weinen. Nicht mehr. Die Kraft, weiter zu weinen, habe ich schon lange verloren.

Die warme Münchener Sommerluft schlägt mir entgegen, als ich das Mehrfamilienhaus verlasse und einen Park in der Nähe ansteuere. Würde Johanns Bemerkung nicht weiterhin in meinem Kopf herumspuken, könnte es ein entspannter Lauf sein. Ich jogge unter strahlendblauem Himmel. Durch die Sonne sieht er viel leuchtender aus als in den letzten Tagen. Sie verdrängt meine Trauer und schiebt sie in eine Ecke. Dadurch ist die Trauer zwar nicht fort, aber von der kleinen Ecke aus ist sie kaum noch hörbar. Wie ein ätzendes Flüstern. Oder eine nervige Mücke.

Mit gerunzelter Stirn passiere ich leere Parkbänke, deren Holz mit Filzstift verziert wurde und eile an nahezu leeren Wiesen vorbei. Nur wenige Menschen sitzen auf Decken und genießen diesen warmen Morgen. Das sonst so volle München scheint heute wie ausgestorben zu sein.

Ich jogge meine übliche Runde schneller als gewöhnlich, um der Wut in meinem Bauch ein Ventil zu geben. Sonst schlage ich noch auf irgendeinen Baum ein.

Ich will die Vergangenheit vergessen und endlich wieder leben. Der Schmerz, den ich seit dem Unfall empfinde, ist kaum auszuhalten und ich würde alles dafür tun, um ihn loszuwerden. Alles. Wirklich alles.

Mein Herz rast. Schweißperlen tropfen meine Stirn hinunter und landen im Auge, das sofort anfängt zu brennen. Schnell wische ich mir mit meiner Hand übers Gesicht, dann presse ich die Kiefer aufeinander und laufe weiter.

In der Nähe einer weiteren leeren Parkbank mache ich nach einer Stunde Halt und beginne mein Cooldown-Programm. Denn das Letzte, was ich jetzt brauche, ist Muskelkater.

Hechelnd beuge ich mich vor und fahre meinen Körper herunter. Trotzdem hämmert mein Herz immer noch schmerzend gegen meinen Brustkorb, trommelt von innen dagegen wie ein Gorilla, obwohl der Puls ruhiger geworden ist. Doch seine Ruhe kann sich nicht auf mein Gemüt ausbreiten.

»Irgendwie laufen wir uns oft über den Weg.« Eine melodische Stimme ertönt hinter mir.

Mit gerunzelter Stirn drehe ich mich um. Vor mir steht eine brünette Frau in meinem Alter. Die Hände stemmt sie locker in die Hüften, um die sich eine enge schwarze Leggings schmiegt. Ihre üppige Oberweite wird von einem pinken Sport-BH perfekt zusammengehalten und hypnotisiert mich wie die Schlange im Dschungelbuch.

Tatsächlich habe ich sie in letzter Zeit öfter gesehen, als ich im Park joggen war. Das makellose Gesicht und die perfekt gewellten Haare, die sie in einem Pferdeschwanz trägt, sind mir einige Male aufgefallen.

Aber im Park bin ich einzig und allein für den Sport. Dort will ich möglichst alles ausblenden und mich nur auf meinen eigenen Körper konzentrieren.

»Ja, stimmt. Ich bin Anton.« So locker wie möglich setze ich mein Programm fort, auch wenn unsere Anziehung nahezu greifbar ist. Dieses Knistern in der Luft. Diese Blicke, die sie mir zuwirft. Die vollen Lippen, über die sie mit ihrer Zunge fährt …

»Miriam«, antwortet sie und wickelt eine Strähne ihres Pferdeschwanzes um den Finger. »Du scheinst sehr sportlich zu sein.«

»Ja, Sport ist alles für mich.« Ich möchte nicht erzählen, dass ich Skispringer bin. Das wirft so viele Fragen auf, die ich gerade nicht beantworten will. Eigentlich will ich nur laufen und an nichts anderes denken. »Und du?«

»Sport ist für mich ein guter Ausgleich zum Alltagsstress im Büro. Kommst du denn aus München? Werden wir uns weiterhin hier sehen?«, fragt sie und stellt sich aufrechter hin. Ihr Brustansatz ist deutlicher sichtbar und ragt aus ihrem Sport-BH heraus. Zwei perfekte runde Wölbungen. Die würden perfekt in meine Handflächen passen.

Ich stelle mein Bein auf die Parkbank, um meine Waden zu dehnen. »Ja, in der Regel schon. Ich bin beruflich aber sehr eingespannt und für längere Zeit weg.«

»Oh, wie schade. Für den Fall könnten wir natürlich auch Nummern austauschen.« Miriam kommt mir nun näher. Ihr blumiges Parfum erinnert mich an das von …

Nein.

Ich schüttele mich, beiße schmerzhaft auf das Innere meiner Wangen. Die Trauer kriecht aus ihrer Ecke hervor und ist keine nervige Mücke mehr. Eher ein polternder Elefant.

Ablenkung.

Konzentriere dich auf diese Frau, Anton.

Ein zaghaftes Lächeln legt sich auf meine Lippen.

Vielleicht tut mir diese Art von Ablenkung gut …

Gerade möchte ich mich aus meiner Dehnposition erheben, als mein Blick das Tattoo auf meiner Wade streift. Kleine Engelsflügel, die ein Herz umschließen. Dünne Linien, fein säuberlich gestochen. Lina glaubte an Schutzengel. Dass ich auch noch Skispringer bin und mehrere Meter über dem Boden fliege, hat sie aus irgendeinem Grund nur darin bestärkt, daran festzuhalten. Als hätte das Schicksal ihr einen eigenen Schutzengel gegeben. Nur war ich leider genau das Gegenteil.

Es fühlt sich an, als würde jemand in meinen Oberkörper greifen, mein Herz in die Hand nehmen und es quälend langsam drücken. Mir bleibt die Luft weg. Panisch öffne ich den Mund zum Atmen, doch meine Lunge ist wie versteinert.

Von jetzt auf gleich entferne ich mich gedanklich von der Welt – von dieser wunderschönen Frau – und schwebe im Nirgendwo. Irgendwo zwischen der Gegenwart und der Liebe, die ich in der Vergangenheit einst empfand. Die Liebe, die ich eigenhändig zerstört habe.

Mein Magen verkrampft, schickt eine Ladung Magensäure hinauf. Brennender Schmerz kribbelt in meinem Mund, will mir die Hölle, in der ich mich seit fast einem Jahr befinde, zu spüren geben.

»Ich muss gehen«, presse ich heraus, schließe den Mund sofort, um nicht zu kotzen.

Und Peng. Die anziehende Stimmung zwischen uns beiden ist wie verflogen. Eine Brise, die nun weiterzieht.

Miriam werfe ich einen schnellen Blick zu, dann verlasse ich joggend den Park, um so viel Abstand wie möglich aufzubauen.

KAPITEL 9

Wanda

Hamburg, Deutschland

»Scheiße, ich muss meine Unterwäsche wegräumen!«, fluche ich.

Mein Zimmer für das Vorstellungsgespräch vorzubereiten, ist schwieriger als eine Wanderung zum Mount Everest. Ich bin nicht unbedingt die ordentlichste Person und war bis eben gerade der Meinung, dass man die hintere Ecke meines Zimmers mit der Webcam nicht sehen kann. Kann man aber.

Kacke.

Also hechte ich vom Schreibtischstuhl, als würde ich einen Volleyball fangen wollen, und stürze mich auf die Hello-Kitty-Unterhose in der Ecke meines Zimmers.

»Ha!« Ich drehe mich, werfe das Teil Richtung Wäschekorb, als wäre ich ein Basketball-Star. »Treffer!«

Beim Aufräumen kamen mehrere benutzte Teller, ein Zeugnis, was ich schon lange gesucht habe, und mein Kuschelwaschbär Hugo zum Vorschein, den ich schon verloren geglaubt hatte.

Um alles ein letztes Mal zu prüfen, setze ich mich wieder

an den Schreibtisch und schalte die Webcam an.

»Alles sauber, Wanda. Entspann dich.« Ich will nicht nervös sein, aber es ist – zumindest gefühlt – meine letzte Chance auf einen annähernd coolen Job.

Um mich abzureagieren, wippe ich unkontrolliert mit den Füßen auf dem Boden. Während ich auf meiner Unterlippe kaue, wandert mein Blick zu Hugo. »Du hast ein Leben. Süß aussehen und den ganzen Tag schlafen. Das würde ich auch gerne.«

Innerhalb der letzten Stunden habe ich mir noch mal einige Videos zum Skispringen angesehen und versucht, mir so viel wie möglich über diesen Sport zu merken. Die norwegischen Springer veröffentlichen YouTube-Videos zu ihrem Alltag, sodass ich einen guten Einblick in ihr – und eventuell auch mein zukünftiges – Leben bekommen konnte.

Als ich ein letztes Mal prüfend in die Webcam schaue, starre ich wie hypnotisiert auf meinen nackten rechten Oberarm. Auf diese unebene Maserung auf meiner Haut, die ich so sehr verachte.

»Scheiße! Warum habe ich ein T-Shirt an?!«

Stöhnend erhebe ich mich. Die Uhr tickt. Nicht mehr lange, dann ruft die Frau vom DSV an. Ich eile zum Spiegel, greife währenddessen zum schwarzen Cardigan, der über der Türklinke hängt.

Nur für eine Millisekunde debattiere ich darüber, ob ich mich offen und ehrlich präsentieren sollte. Diese unregelmäßigen, rauen Striemen, die durch die heiße Kohle verursacht wurden, präsentieren soll wie ein Tier im Zoo. Innerhalb der letzten Jahre habe ich so viel ausprobiert. Cremes, Bäder, Wickel. Nichts hat geholfen. Ich bin für immer entstellt.

Wenn ich als Kind doch nur nicht an Papas Grill gekommen wäre … So eine einfache Dummheit.

Mein Hals kratzt. Wie jedes Mal, wenn ich mich zu lange im Spiegel betrachte. »Nicht heute.« Ich schüttele den Kopf, streife den Cardigan über.

»Geht's schon los?«, höre ich Steve fragen. Schlüssel klimpern im Flur, dann knallt die Wohnungstür zu und schickt einen lauten Hall durch den Hausflur. »Upps!«

»Noch nicht. Fünf Minuten noch!«, rufe ich in den Flur zurück.

Die nötigen Apps habe ich geöffnet. Jetzt fehlt nur noch der Anruf von Frau Esslinger.

Steve späht durch den Türspalt, ihre wallende Mähne rutscht dabei über die Schulter. »Du schaffst das. Skispringen ist dein Lieblingssport!«

»Ja ja«, antworte ich schmunzelnd. Ich bin gespannt, ob ich mich wirklich gut verkaufen kann. In meinem Kopf klingt es so einfach, so überzeugend. Aber in der Realität sieht es bestimmt anders aus.

Steve zieht die Tür hinter sich zu und nun sitze ich vor dem Laptop und warte auf den womöglich karriereentscheidenden Anruf.

Wer hat noch mal den Gesamtweltcup letztes Jahr gewonnen? Robert … Nein … Rainer … Ach, Mist.

Ich zucke zusammen. Der Klingelton meiner Videocall-App unterbricht mich beim Denken. Jetzt geht es los.

Ein letzter tiefer Atemzug, ein letzter Blick in die Webcam, dann drücke ich auf den grünen Hörer.

Nachdem Frau Esslinger und ich uns kurz über banale Dinge unterhalten haben, gehen wir endlich zu den Fragen des Vorstellungsgesprächs über.

»Frau Leferre, was verbinden Sie mit dem Sport? Die Athleten die ganze Saison lang zu begleiten, bedeutet auch, dass Sie Ihr Privatleben zurückschrauben und viele Stunden in der Kälte verbringen müssen. Was treibt Sie an?«

Meine dämliche Lüge treibt mich an.

Schnell unterdrücke ich ein dämliches Grinsen. Ich möchte nicht flunkern, sondern rede stattdessen um den heißen Brei herum.

»Das Skispringen ist ein einzigartiger Sport. Wer kann schon behaupten, dass er fliegen kann? Mich fasziniert der Mut der Springer. Wie sie sich einfach diese Schanzen hinunterstürzen … Das ist etwas, was ich niemals machen könnte.« Ich versuche, zu lächeln. Aber ich habe das Gefühl, mein Lächeln ist eher eine versteinerte Grimasse. »Die Kälte macht mir nichts aus. Für meinen jetzigen Arbeitgeber musste ich viele Tierreportagen in Dänemark im Schnee drehen. Daran bin ich also gewöhnt.«

Das stimmt sogar. Irgendwann war ich mal an dem Punkt, an dem ich wortwörtlich eins mit der Natur wurde. Als der Schnotter in meinem Gesicht einfror und meine Nase so rot war wie die von Rudolf.

Ich bin abgehärtet.

»Oh, das freut mich. Die Kälte ist immer so eine Sache, die viele Bewerber und Bewerberinnen abschreckt. Haben Sie denn einen Springer, den Sie besonders unterstützen? Vielleicht sogar einen deutschen Springer?« Ein Lächeln zupft an Frau Esslingers Mund. Sie faltet gespannt ihre Hände.

Ist das jetzt eine Fangfrage? Wenn ich einen Namen nenne, stempelt sie mich als Groupie ab?

Da mir die Namen der Springer sowieso vor lauter Aufregung wieder entfallen sind, muss ich mir etwas einfallen lassen. »Tatsächlich habe ich keinen Favoriten. Ich freue mich einfach, wenn alle heile von der Schanze herunterkommen.« Das stimmt wirklich. Skispringen ist beängstigend. »Besonders freue ich mich jedoch, wenn Athleten gewinnen, von denen man es nicht erwartet hätte. Die Underdogs.«

Genauso ein Underdog bin ich nämlich in diesem Interview. Falls ich den Job bekomme, raste ich aus.

»Das sind die deutschen Skispringer auf jeden Fall«, sagt Frau Esslinger. Ihr belustigter Unterton ist unüberhörbar. »Sie sind gerade wieder dabei, sich aus einer schlechten Phase heraus zu kämpfen. Umso schöner ist es, wenn dieser Prozess mit der Kamera begleitet wird.«

»Dafür bin ich durch meine bald abgeschlossene Ausbildung definitiv qualifiziert.« Ich muss mich gut verkaufen. Ich *muss* es einfach schaffen.

»Ja, das sehe ich. Ich bin erstaunt, dass Sie sich auf unsere Stelle beworben haben.«

Kurz sammele ich meine Gedanken, dann erkläre ich mich. »Ich habe nach etwas Besonderem gesucht. Nach einer Stelle, die einzigartig und selten ist. Sie kamen da mehr als gelegen und bieten einen außergewöhnlichen Job an, der eine Once-In-A-Lifetime-Möglichkeit ist.« Jetzt habe ich meine Intentionen preisgegeben. Ob das so schlau ist, wird sich zeigen.

Frau Esslingers Gesichtsausdruck bleibt eisern. Irgendwas zwischen einem vorsichtigen Lächeln und einem nachdenklichen Stirnrunzeln. Zu gerne wüsste ich, ob ihr mein

Anliegen gefallen hat oder ob ich mich damit ins Aus geschossen habe.

Sie blättert durch einige Unterlagen vor ihr auf dem Schreibtisch, dann schaut sie wieder in die Kamera. »Wunderbar. Haben Sie noch irgendwelche Fragen?«

Kaufen Sie mir alles ab? Habe ich Sie überzeugt? Oder sehe ich aus wie eine verdammte Lügnerin?

»Nein, aber danke der Nachfrage.« Selbstsicher nicke ich in die Kamera, obwohl ich mich so gern verstecken möchte.

»Wunderbar. Dann vielen Dank für das Gespräch. Wir werden uns in ungefähr einer Woche bei Ihnen melden.«

»Super, vielen Dank.«

Wir beenden den Videoanruf. Mit zitternden Händen drücke ich auf den roten Hörer.

Sofort platzt Steve in mein Zimmer. »Das wird schon! Du hast dich gut verkauft.«

Ich forme den Mund zu einem großen O. »Moment. Standest du die ganze Zeit vor meiner Tür?«, frage ich geschockt und stehe auf.

Steve schüttelt den Kopf. Einige Haarsträhnen bleiben in ihrem Gesicht hängen. »Ich *saß* vor deiner Tür. Mit einem Joghurt.«

Ich schnaufe fassungslos, stemme meine Hände in die Hüften. »Du hast mich also belauscht?«

»Ja, aber es war nur zu deinem Besten.«

»Ah, und warum?«

»Damit ich dir sagen kann: Du hast wunderbar vage geantwortet«, sagt Steve grinsend und setzt sich auf mein Bett.

Ich setze mich neben sie und nehme Hugo in die Hand. Beruhigend streichele ich über sein grau-weißes Fell. »Ich habe ihr meine Intentionen mitgeteilt. Dass ich nach etwas Besonderem suche.«

»Ich weiß. Das hab' ich alles gehört. Und sei doch froh, dann musst du nicht mit einer Lüge leben, falls sie dich nehmen.«

»Die werden mir den Job definitiv nicht anbieten. Es gibt bestimmt viele Bewerber, die wesentlich mehr an dem Sport interessiert sind als ich.« Hugo nehme ich nun fest in den Arm und wiege mich auf dem Bett vor und zurück.

»Wanda, warte ab. Jetzt kannst du sowieso nichts mehr daran ändern.«

»Ja, ich weiß.«

Steve streichelt beruhigend über meinen Rücken, steht auf und verlässt mein Zimmer. Währenddessen nehme ich mein Handy und versuche, mich mit Instagram abzulenken und einfach nur ein paar Bilder anzuschauen.

Nach wenigen Beiträgen stolpere ich über einen von Ida.

@idamendes: *Schnuppertag bei den Silverlight Studios #excited*

Wäre mein Handy nicht so teuer, würde ich es gegen die Wand pfeffern. Wut brodelt in mir. Aber nicht gegenüber Ida. Nein. Ich bin wütend auf mich selbst. Darauf, dass ich mich nicht früher beworben habe. Der Markt für Mediengestalter ist momentan echt mies. Das wusste ich schon die ganze Zeit.

Das hätte mein Job sein können …

Das hätte mein Leben sein können …

Es ärgert mich immer noch, dass sie sich mit mir messen will. Soll Ida sich doch einfach auf ihr eigenes Leben konzentrieren … Oder soll ich mich stattdessen auf *mein* Leben konzentrieren und ignorieren, was sie macht und welche Erfolge sie feiert?

Aber das ist leichter gesagt als getan. Ich bin sehr perfektionistisch – zumindest in meinem Beruf – und möchte die besten Erfolge feiern. Doch wie kann ich das ablegen?

KAPITEL 10

Anton

Oberstdorf, Deutschland

»Anton, soll ich dir einen Kaffee mitbringen?« Rupert lehnt sich in den Türrahmen des Besprechungsraumes und verschränkt locker die Arme vor der Brust.

»Ja, gerne. Danke, Ru.« Ich schaue kurz vom Handy auf und nicke ihm zu.

Wir treffen uns heute als Team, um die zukünftige Saison zu besprechen. Termine, Veranstaltungen und der ganze andere nervige Kram, zu dem wir gehen müssen. Am liebsten würde ich nur Sport machen. Nur springen. Doch das würde unseren Sponsoren nicht gefallen.

Nachdem Mario und Lasse mich gegrüßt und sich gegenüber von mir hingesetzt haben, kommt Rupert mit zwei Tassen Kaffee in den Raum geschlendert. Seine roten Haare kleben auf der Stirn, sehen strähnig aus. Zeigen, wie warm es heute in Oberstdorf ist.

»Bitte schön«, sagt er und stellt eine Tasse auf meinen Platz. »Mit einem Schuss Milch für meinen süßen Boy.«

»Du bist echt nicht dicht«, antworte ich grinsend.

Ich mag Rupert. Wir kennen uns seit unserer Kindheit

und haben gemeinsam mit dem Skispringen angefangen. Er war immer für mich da. Sogar nach dem Unfall …

»Wo stecken denn Till und Marvin?«, fragt Lasse in die Runde. Er ist das jüngste Mitglied des diesjährigen A-Kaders mit gerade einmal 17 Jahren.

»Wir kommen!«, höre ich Till aus dem Flur rufen.

Grinsend betritt er einige Sekunden später den Besprechungsraum und hat Marvin und unseren Trainer Johann im Schlepptau. »Wir haben uns noch Brötchen geholt.«

Als ich Blickkontakt mit Johann herstelle, hallt sein Vorwurf vom Training durch meinen Kopf wie ein ätzendes Echo. Er weiß gar nicht, wie es mir geht. Er hat keinen Plan, wie mein Inneres aussieht. Manchmal habe ich das Gefühl, ich soll nur für ihn funktionieren. Meine Gefühle sind anscheinend nicht wichtig genug.

»Guten Morgen, alle zusammen.« Johann beißt schnell in sein Brötchen hinein. »Ich möchte heute mit euch ein paar Termine und Organisatorisches besprechen.«

Die nächsten Minuten gebe ich mein Bestes, mich auf ihn zu konzentrieren. Es geht um Termine für die nächsten Trainingseinheiten und den Sommer-Weltcup. Nichts Spannendes, doch auch das muss besprochen werden.

Keiner von uns ist verpflichtet, an allen Weltcup-Springen teilzunehmen. Die Wettbewerbe im Sommer, die total unästhetisch auf Rasenmatten stattfinden, nutzen wir eher als Training und um die Konkurrenz abzuschätzen.

Die letzten Jahre waren für uns als Team nicht gerade erfolgreich. Ich bin froh über meine wenigen Podien, doch regelmäßige Erfolge konnten wir schon lange nicht mehr erzielen.

»Wir werden bald ein neues Teammitglied willkommen heißen. Ich weiß nicht, ob es irgendeiner von euch mitbekommen hat, aber vor kurzer Zeit hat der DSV eine Stellenausschreibung veröffentlicht, in der sie einen Kameramann oder eine Kamerafrau für uns gesucht haben. Die Bewerbungsgespräche sind vorüber und ich glaube, jeder wird nun über eine Zu- oder Absage informiert.« Johann hält inne und wartet auf Reaktionen.

»Und was heißt das für uns?«, fragt Rupert nach einigen Sekunden Stille.

»Das heißt, jemand wird euch in der Wintersaison mit der Kamera verfolgen und regelmäßig Videos auf YouTube zu unserem Alltag hochladen.«

Wie automatisiert knalle ich die Faust auf den Tisch. Die Kaffeetasse scheppert, alle Blicke sind auf mich gerichtet. Aber ich schweige. Vernehme Johanns warnenden Blick. Er reckt sein Kinn, schüttelt minimal seinen Kopf.

Was für eine Scheiße ist das denn? Also hat er uns einen Anstands-Wau-Wau mit Überwachungskamera besorgt.

Kopfschüttelnd lehne ich mich zurück und verschränke die Arme vor der Brust.

Ein unruhiges Raunen macht die Runde. Meine Teamkollegen scheinen sich nicht über diese Neuigkeit zu freuen.

»Wie cool! Endlich kann ich allen zeigen, wie witzig ich bin.« Rupert klatscht aufgeregt.

Okay, vielleicht freut er sich darüber.

Wie soll ich mich auf die Wettbewerbe konzentrieren, wenn mir immer irgendein Typ seine Kamera ins Gesicht hält? Was hat Johann sich dabei gedacht?

»Das ist doch Bullshit«, platzt es dann aus mir heraus. Die stille Warnung unseres Trainers ist mir egal.

Das leise Gemurmel verstummt.

»Anton«, flüstert Rupert, doch ich ignoriere ihn.

Das ist die schlimmste Entscheidung der letzten Jahre. Wie kann Johann das zulassen?

»Johann, was soll der Scheiß? Wir sind sowieso schon schlecht. Ein nerviger Kameramann wird das nicht verbessern.«

Immer noch herrscht absolute Stille, doch es musste etwas gesagt werden. Wenn es meine Teamkollegen nicht machen, dann mache ich es eben.

»Lieber Anton.« Johanns tiefe Stimme klingt passiv-aggressiv. Womöglich habe ich gerade einen schlafenden Hund geweckt. »Weißt du, wieso wir überhaupt auf die Idee gekommen sind, jemanden einzustellen, der euch mit der Kamera begleitet?«

Mit verkrampftem Kiefer schüttele ich den Kopf.

»Deinetwegen.« Ein triumphierendes Lächeln stiehlt sich auf Johanns Lippen. Als hätte er nur auf meinen Wutausbruch gewartet.

Ich fühle mich wie ein ungeliebtes Stiefkind. Egal, was ich tue, irgendwas ist falsch daran.

Als Johann meinen fragenden Blick sieht, fährt er fort. »Wir können uns deine Eskapaden nicht mehr leisten. Mehrere Sponsoren – vor allem *Diesinger Schokolade,* unser wichtigster Sponsor – drohen damit, die Verträge aufzulösen, weil sie mit dir nicht mehr in Verbindung gebracht werden möchten. Dein absolut inakzeptables Verhalten treibt uns in den Ruin.«

Lasse reißt die Augen weit auf. Rupert hält neben mir die Luft an.

Ich stütze meine rechte Hand auf dem Tisch ab und tippele mit den Fingern, als würde ich auf etwas warten. Vielleicht auf den großen Knall. Wenn dieser hier nicht bereits groß genug war.

»Was für Eskapaden?«, frage ich.

Johann schüttelt den Kopf. Tiefe Falten legen sich auf seine Stirn, als hätte ich ihm gerade erzählt, dass ich immer noch an den Weihnachtsmann glaube. »Dein extremer Alkoholkonsum? Die Frauengeschichten? Die verpassten Termine bei unseren Sponsoren, weil du einen Kater hattest und kein Auto bewegen konntest?«

»Ich bin jung. Darf ich nicht feiern? Das machen die anderen doch auch. Mario war letztes Wochenende auch auf einer großen Party. Warum darf er das und ich nicht?« Ich setze mich im Stuhl aufrecht hin und bin bereit dazu, aus dem Raum zu fliehen, wenn alles eskalieren sollte.

»Weil Mario am nächsten Tag brav zum Sponsorentermin erschienen ist. Das ist ein gewaltiger Unterschied, Anton.«

Ich schweige. Mehr fällt mir zu diesem Thema nicht ein. Johann behandelt mich nicht wie die anderen. Das ist unfair. Ich fühle mich wie ein dummer, unverstandener Teenager.

»Warum schmeißt du mich dann nicht aus dem Team?« Vielleicht sollte ich Johann nicht noch weiter provozieren. Vor allem nicht vor den anderen. Aber ich kann nicht anders. Muss meinen Unmut irgendwo lassen.

»Du hast unwahrscheinliches Glück, dass du momentan der beste Springer hier bist. Damit hast du doch letztens selbst geprahlt. Wir brauchen dich und dein Talent.« Er schnauft, umklammert die Tischkante vor sich. »Und jetzt Ende der Diskussion. Wir haben wichtigere Themen zu besprechen.«

»Und zwar: Welche Frisur soll ich mir nächste Woche beim Frisör schneiden lassen?«, fragt Rupert.

Johann schnauft und schüttelt den Kopf.

KAPITEL 11

Wanda

Hamburg, Deutschland

»Leute, wir brauchen den Sektempfang. Was ist das denn für ein Abschluss?!« Idas sonst so blasses Gesicht läuft tiefrot an.

Ich beiße auf die Innenseite meiner Wangen, um mein Prusten zu unterdrücken. Belustigt schaue ich auf mein Handy.

Wanda: Ich will hier weg! Die Menschheit hat größere Probleme als einen Sektempfang.

Steve: Halte durch. Nicht mehr lange. Könntest du unser Abendessen nachher vorbereiten?

Wanda: Na klar. Was gibt-

Weiter kann ich nicht schreiben. Das Display hakt, dann wird ein eingehender Anruf angezeigt. Standort: München.

Ich will atmen, aber mein Körper ist dazu nicht imstande. Als würde eine imaginäre Kraft meine Kehle zudrücken, starre ich regungslos auf mein Handydisplay.

Entweder habe ich den Job oder sie sagen mir ab.

Aber würden sie bei einer Absage nicht eher eine formlose Mail schicken?

Schnell erhebe ich mich vom Stuhl und verlasse das Klassenzimmer mit meinem Handy. Mit zitternden Fingern drücke ich auf den grünen Hörer. »Wanda Leferre.«

»Hallo, Frau Leferre. Hier ist Frau Esslinger.«

Da mein Körper immer noch nicht funktioniert, warte ich mit angehaltenem Atem auf weitere Infos von ihr.

Nach wenigen Sekunden spricht sie weiter. »Wir haben uns nun Gedanken zu unseren Bewerbungen gemacht und möchten Ihnen mitteilen, dass wir Ihnen den Job sehr gerne anbieten möchten.«

Jegliche Last fällt von mir ab, schmettert auf den Boden und hinterlässt ein imaginäres Loch, das bis zum Erdkern geht. Mein Körper lässt endlich wieder eine Sauerstoffaufnahme zu. »Das ist klasse. Vielen Dank!«

»Also nehmen Sie den Job an?«

»Ja, auf jeden Fall!« Um meiner Freude Ausdruck zu verleihen, sprinte ich über den schmalen Flur und machen Pirouetten in der Luft.

»Wunderbar. Den Vertrag starten wir dann zum September, damit Sie und die Springer sich in Ruhe auf die Wintersaison vorbereiten können. Ich mache alles fertig und werde Ihnen die Unterlagen zuschicken«, erklärt Frau Esslinger.

»Wow, ja. Danke. Echt.« Außer Atem bleibe ich stehen und lehne mich gegen die Betonwand hinter mir. Die angenehme Kälte hilft mir dabei, den Puls zu senken.

Wir verabschieden uns. Danach hüpfe ich ein paar Mal aufgeregt über den Flur vor dem Klassenzimmer.

»Wanda ist die Beste. Wanda ist die Beste!«, singe ich und wirbele meine Arme durch die Luft. Habe kein anderes Ventil, um die Anspannung der letzten Wochen herauszulassen.

Das Kribbeln in meinem Magen wird zu einem Beben. Einem aufgeregten Beben voller Endorphine.

Die sonst so dunklen Deckenleuchten wirken heute viel heller und fröhlicher. Leuchten mich an, als wären sie die Sonne höchstpersönlich.

Wanda: Steve, ich hab' den Job! Keine Ahnung, wie das passieren konnte!

Steve: Streich das Abendessen. Wir gehen heute ins Restaurant!

Mit erhobenem Haupt betrete ich das Klassenzimmer und setze mich wieder auf meinen Platz.

»Warum schaust du so glücklich?«, flüstert mir mein Sitznachbar Jonas zu.

»Ich habe gerade neue Infos zu meinem Job bekommen. Es. Wird. Aufregend«, antworte ich grinsend.

Mein zielstrebiges Ich muss sich innerhalb der nächsten Wochen auf den Arsch setzen und sich mehr mit dem Skispringen auseinandersetzen. Ich darf mich vor den Athleten nicht blamieren, wenn ich für sie arbeite.

Am Abend sitzen Steve und ich in einem schicken Restaurant neben der Alster. Es dämmert und die Sonne versteckt sich in Orange- und Rottönen hinter wenigen Wolken. Legt einen warmen Glanz auf Steves dezent geschminktes Gesicht. Ihr Blush schimmert, glitzert auf ihrer Haut.

»Ist das Essen nicht ein wenig teuer?«, frage ich, als ich die Speisekarte betrachte. »25 Euro für einen Teller Nudeln?« So langsam mache ich mir Sorgen um mein Erspartes.

Sie schüttelt den Kopf. Ihre braune Mähne verteilt sich über den Schultern, eine Strähne legt sich um ihre Herzkette. »Ich schneide dem Besitzer regelmäßig die Haare. Wir bekommen Rabatt.«

Natürlich kennt Steve den Besitzer. Wie konnte es nur anders sein?

»Übrigens habe ich mal ein wenig nach den deutschen Skispringern im Internet gesucht. Die sind ganz schön süß«, flüstert Steve, als wäre es ein Geheimnis und keiner dürfte es hören. »Vor allem dieser Rupert.«

Ich ziehe die Augenbrauen zusammen und versuche, mich von meiner letzten Internetrecherche an ihn zu erinnern. »Rote Haare? Sommersprossen?«

Steve nickt eifrig. »Der wäre doch bestimmt was für dich. Du musst dich mal wieder nach jemandem umschauen.«

Das Beziehungsende mit Jasper ist erst wenige Wochen her. Ich möchte noch keinen neuen Freund haben. »Nein, danke. Aber ich kann bestimmt etwas für *dich* organisieren, Süße.« Ich zwinkere Steve zu.

Sie will immer als taffe, starke Frau gesehen werden, aber ich bin mir sicher, dass auch sie sich nach Liebe und

Zuneigung sehnt. Allerdings sind Ru und Steve – rein äußerlich betrachtet – ein Unterschied wie Tag und Nacht.

Sie verdreht die Augen, widmet sich wieder der Speisekarte. »Ich brauche niemanden. Ich brauche nur mich selbst.«

Zwei Monate später …

Ich sitze im Zug auf dem Weg nach Garmisch-Partenkirchen in Bayern. Heute soll ich mich den Athleten vorstellen und erste Videos vom Training drehen. Meine Spiegelreflexkamera und das teuerste Mikro, das ich in meiner Schublade finden konnte, ertaste ich in meiner Reisetasche. Es muss alles perfekt werden. Auch wenn ich den Vertrag schon unterschrieben habe, sollen alle zufrieden sein.

Um die Zeit effektiv zu nutzen, gehe ich meine Notizen zu den Springern durch und freue mich darüber, dass ich jedem seinen Namen und die Erfolge zuordnen kann.

Nachdem meine Fahrkarte kontrolliert wurde, sitze ich nun am Laptop und schaue mir einige Zeitungsberichte an. Besonders ein Bericht zu Anton Mayr springt mir ins Auge.

Party, Pech und Pannen

Mit großen Erfolgen punktet der deutsche Skispringer Anton Mayr (23) in letzter Zeit nicht. Wenige Podien konnte er in der letzten Wintersaison erzielen. Zu mehr scheint er mit seinen Party-Eskapaden nicht fähig zu sein. Steigt ihm der Druck zu Kopf?

Es macht den Anschein, als würde Anton Mayr sich viel lieber mit hübschen Frauen als mit dem Training beschäftigen, wie es der Besitzer des Sunset Clubs in München erzählt. Mayr habe viele lange Nächte bei ihm im Club verbracht und ihn mit einigen Frauen wieder verlassen. Auch Bilder auf der bekannten Plattform Instagram zeigen Mayr, wie er eng umschlungen mit verschiedenen Damen tanzt.

Was plant der Bad Boy noch für die Zukunft? Erfolge im Sport oder bei den Frauen?

»Na, das wird ja ein Spaß«, nuschele ich vor mich hin.

Seufzend umklammere ich das Tablet und sperre den Bildschirm. Bei diesem Artikel brennt mir die Magensäure in der Kehle. Kopfschüttelnd hole ich eine Wasserflasche aus meiner Handtasche und spüle meinen Hals durch. Ich muss diesen bitteren Geschmack loswerden.

Dieser Anton scheint nicht besser als Jasper zu sein. Feiern, Frauen abschleppen, Arschloch-Gehabe. Die beiden könnten Zwillinge sein.

Ich will mir nicht vorstellen, wie vielen Frauen Anton das Herz gebrochen hat. Oder schlimmer: Wie viele Frauen er – für was weiß ich? – ausgenutzt hat.

Was bringt Männer dazu, so zu werden? Brauchen sie unbedingt Bestätigung? Hatten sie diese nie? Das kann ich mir weder bei Jasper noch bei Anton vorstellen. Beide sehen aus, als würden sie aus einem Modelkatalog kommen, obwohl sie verschiedener nicht sein könnten.

Jaspers makellose gebräunte Haut entspringt dem Sonder-Abo beim Sonnenstudio. Kantige Kieferknochen umranden sein mit Bartstoppeln besetztes Gesicht und passen zu seinem breiten, durchtrainierten Körper.

Währenddessen ist Anton relativ blass und scheint sich regelmäßig zu rasieren. Bartstoppeln habe ich bei ihm auf noch keinem Foto erkannt. Er ist schmal, aber durch den Sport trotzdem durchtrainiert und- *Wanda, Stopp.*

Ich vergleiche gerade Jasper mit Anton. Warum mache ich das? Da gibt es nichts zu vergleichen …

Ich schüttele den Kopf und will auf andere Gedanken kommen. Jasper und Anton sind beide tabu. Mehr als tabu. Und dafür habe ich tausende Gründe.

Da ich weiß, dass Ida meine Instagram-Storys schaut, veröffentliche ich ein Foto von meinem Ausblick und schreibe einen kryptischen Text dazu.

@wanda_leferre: *Wenn du fliegen willst, nimm deine Flügel und trau dich. Zeit für meinen neuen Job!*

Bei der Abschlussfeier habe ich nicht viel von meinem Job preisgegeben, was allerdings an meiner Verschwiegenheitserklärung. Deshalb habe ich alle auf mein Instagram-Profil verwiesen.

Zufrieden lehne ich mich im Sitz zurück und genieße den malerischen Ausblick. Aus der flachen Landschaft ist ein hügeliges Etwas geworden. Grünbewachsene Wiesen strahlen im hellen Sonnenschein, alles sieht so saftig aus.

»Nächster Halt, Garmisch-Partenkirchen. Ausstieg rechts.«

Das ist mein Zeichen. Diese Durchsage ich der Einstieg in meine Karriere als Mediengestalterin. Tschüss Hamburg, hallo Bayern.

»Wir entschuldigen uns für die 50-minütige Verspätung.«

»Ja, ja.« Ich verdrehe die Augen und ergreife meine Reisetasche.

Als ich aussteige, erstrahlt der kleine Bahnhof in einem warmen orangefarbenen Glanz. Die Sonne steht nicht mehr so hoch wie heute Mittag und beschenkt diesen Ort mit wärmenden Strahlen, ohne dass sie auf meiner Haut brennen wie ein Lagerfeuer.

Da mir die Verspätung einen Strich durch die Rechnung gemacht hat und ich es vor dem Treffen mit dem Team nicht mehr schaffe, im Hotel einzuchecken, muss ich zwangsläufig samt Gepäck zur Halle gehen. Immerhin ist Garmisch-Partenkirchen nicht Hamburg und dadurch alles fußläufig zu erreichen.

»Ich hätte einen Koffer und keine Tasche mitnehmen sollen.« Alles klebt. Mein weißes Langarmshirt fühlt sich wie mein Handtuch nach einem langen Tag am Strand an, mein hellbraunes Haar haftet an der Stirn wie ein Post-it.

Aber die wenigen Meter – laut meiner Karten-App nur vierhundert – schaffe ich noch.

Als ich schnaufend vor der Turnhalle ankomme, wartet ein mir mittlerweile bekanntes Gesicht auf mich. Der Trainer Johann Bergmeier.

»Hallo, ich bin Wanda.« Meinen vor Schweiß triefenden Pulli versuche ich zu überspielen und halte die Reisetasche so gut wie möglich vor meinen Oberkörper. Hoffentlich starrt niemand auf die riesigen Flecken unter meinen Achseln …

»Hi, ich bin Johann. Freut mich sehr, dass du da bist«, antwortet er, als er meine Hand schüttelt. »Komm mit. Ich stell dich allen vor.«

Mit einem Nicken folge ich dem Trainer. Mein Puls beschleunigt sich immer mehr, je näher wir dem Inneren der

Halle kommen. Mein Herz hämmert gegen meine Brust wie eine Trommel. Immer kräftiger, immer lauter.

Vorstellungsrunden empfinde ich als das Höllentor des Kennenlernens. Lieber würde ich mich einzeln mit den Springern unterhalten. Ganz locker. Ganz gemütlich. Aber dieses »Seht euch die Neue an« mag ich überhaupt nicht. Da sträubt sich alles in mir.

Als ich hinter Johann die Halle betrete, entdecke ich einige aufgebaute Sportgeräte. Rollbretter, Yogamatten und Kästen – ja, diese hohen Kästen, die ich nie im Sportunterricht hochkam. Leise Musik läuft im Hintergrund, irgendein Dubstep-Kram.

Johann und ich stellen uns in die Mitte der Halle. Immer noch halte ich die Reisetasche krampfhaft fest, als wäre sie mein letzter Anker. Das letzte Bisschen, das mich davon abhält, vor Nervosität zu kotzen. Ich hasse Aufmerksamkeit. Deshalb bin ich in der Regel hinter der Kamera, wo mich niemand sieht …

Die Athleten, die sich an den verschiedenen Stationen verteilt haben, hören mit ihren Übungen auf. Anscheinend spüren sie Johanns Präsenz. Oder riechen meinen Schweiß.

»So, Jungs. Kommt mal her.« Er klatscht in die Hände. Ein Echo wandert durch die Halle.

Nach und nach stellen sich die Springer um uns herum. Steves Favorit Rupert sticht mit seinem hellroten Haar direkt aus der Masse heraus. Ein schmales Lächeln liegt auf seinen Lippen.

»Ich dachte, das würde ein Kerl machen«, höre ich Anton murmeln.

Mit zusammengekniffenen Augen starre ich ihn an, würde am liebsten irgendeinen fiesen Spruch zurückschießen. Aber das geht nicht. Nicht am ersten Arbeitstag.

Oder?

»Das ist Wanda. Wie ich euch bereits vor einiger Zeit erzählt habe, wird sie euch diesen Winter mit der Kamera begleiten, um unseren Ruf ein bisschen aufzupolieren.« Johann schaut zu mir und schweigt. Auffordernd hebt er seine braunen Augenbrauen.

Schnell räuspere ich mich, stelle die Reisetasche ab und falte meine Hände wie bei einem Vortrag. »Hallo zusammen. Genau, ich bin Wanda und gelernte Mediengestalterin. Nur weil ich euch mit meiner Kamera verfolge, müsst ihr euch nicht beobachtet fühlen. Verstellt euch nicht. Seid ganz ihr selbst und dann werden wir auch einen guten Internetauftritt haben.«

»Also haben wir jetzt eine Nanny.« Antons Spott nimmt die komplette Turnhalle ein. Stöhnend verschränkt er die Arme vor der Brust.

»Perfekt. Wenn ich deine Windel wechseln soll, dann sag Bescheid.« Grinsend senke ich meine Hände, verlasse die Vortragsposition und werde lockerer.

So viel zu: Ich mache keinen fiesen Spruch am ersten Tag.

Aber ich lasse mich nicht einschüchtern. Auch nicht von Anton.

Rupert und Johann ziehen hörbar die Luft ein. Anton schaut mich mit offenem Mund an. Seine blauen Augen wirken viel größer als auf den Fotos im Internet. Das Eis in ihnen ist viel einnehmender, hypnotisierender.

»Ich bin hier, um euch zu helfen. Nicht, um euch zu schaden. Ich werde darauf achten, nur Gutes zu veröffentlichen.

Keine Sorge.« Langsam gehen mir die Worte aus. Ein wenig hilflos schaue ich zu Johann.

Er hebt eine Augenbraue, sieht mich anerkennend an und dreht sich zu den Athleten. »Super, dann wäre ja alles geklärt. Zurück an die Arbeit, Jungs. Wanda wird ein paar Impressionen drehen.«

Die Männer verteilen sich wieder auf die Stationen.

Hoffentlich habe ich mich mit meiner forschen Antwort nicht unbeliebt gemacht habe, aber von Anton lasse ich mich so nicht behandeln. Was denkt er, wer er ist? Sein überhebliches Gehabe kann er sich sonst wo hinstecken.

Ich gehe an den Rand der Turnhalle und bereite meine Kamera vor. Der Akku ist geladen, die Speicherkarte ist leer. Also kann es losgehen.

Die ersten Minuten lang habe ich einige Berührungsängste mit den Athleten. Es ist mir irgendwie unangenehm, sie mit meiner Kamera zu bedrängen, aber genau das ist mein Job. Ich halte mich trotzdem im Hintergrund und filme sie aus der Ferne. Der perfekte Zoom meiner Kamera hilft mir dabei enorm.

Antons intensiver Blick, der seit meiner Vorstellung an mir haftet, hilft bei meinem Unbehagen leider nicht. Er steht am Rande der Turnhalle, die Arme immer noch abwehrend vor der Brust verschränkt, und stiert in meine Richtung. Egal, wo ich stehe: Anton sieht mich direkt an. Wie ein Adler, der auf den perfekten Moment wartet, von oben herab zu segeln und seine Beute zu greifen.

Er schaut mich nicht einmal heimlich an, nein. Sobald wir Blickkontakt aufbauen, spannt sich sein kompletter Körper an. Ich sehe sogar auf dieser Entfernung, dass er seine Fingerkuppen in die Oberarme bohrt. Große Dellen formen sich um die Fingerspitzen herum.

Was habe ich diesem Kerl angetan? Wer dumme Kommentare abgibt, muss damit rechnen, welche zurückzubekommen.

Ich schüttele den Kopf und will mich auf meine Arbeit konzentrieren.

Keine Ablenkung, Wanda. Mach einen guten Eindruck.

Rupert steht an waagerecht aufgebauten Stangen, über die er aus dem Stand hüpft. Als wäre es die einfachste Aufgabe der Welt. Ich würde das nicht einmal mit einem Trampolin schaffen.

Staunend beobachte ich ihn dabei über das Display meiner Kamera. Die Stangen befinden sich bestimmt in fünfzig oder sechzig Zentimetern Höhe. Schnell gehe ich einige Schritte näher, halte meine Kamera auf ihn und filme seine Sprünge.

»Nicht schlecht«, sage ich.

Rupert bleibt neben mir stehen. Sein Gesicht glüht. Eine schmeichelnde Wärme liegt auf seinen Wangen, wodurch er frisch und energetisch wirkt.

»Danke. Jahrelange Arbeit«, antwortet er aus der Puste. Rupert müsste ungefähr in meinem Alter sein. Bei meiner Recherche war er auch derjenige, der mit seinem schiefen Grinsen und den dunklen Sommersprossen auf den Wangen für mich am sympathischsten herüberkam. Natürlich bedeutet das nicht, dass die anderen Springer unsympathisch wirken. Er wird nur *besonders* sympathisch.

»Ist das für dich anstrengend? Du sahst so mühelos aus.«

Rupert schmunzelt. »Wenn ich zu lange und zu oft

hintereinander springe, dann wird es schon anstrengend, aber durch die starken Muskeln in den Beinen geht es.«

Als ich anerkennend nicke, kommt Rupert mir ein wenig näher. »Es tut mir leid wegen vorhin. Ich hätte bei Antons Bemerkung einschreiten sollen.«

Ich zucke mit den Achseln. »Alles gut. Ich habe mich ja verteidigt.«

»Und wie.« Er lacht, streicht sich durch das verschwitzte Haar.

Ruperts Lachen löst einen Knoten in meinem Magen, der sich in den letzten Minuten zu einem riesigen Ballen entwickeln wollte.

Mit besserer Laune und gestrafften Schultern bewege ich mich weiter durch die Halle und suche nach etwas, was ich filmen kann.

Marvin und Till nehme ich auf, während sie auf den Rollbrettern ihre Anfahrtsposition perfektionieren. Mario und Lasse liegen auf den Yogamatten und dehnen sich. Wir unterhalten uns über ihre Übungen, danach streift mein Blick wieder durch die Turnhalle … bis er natürlich wieder bei Anton landet.

Er hat sich innerhalb der letzten Minuten kein bisschen bewegt, als wäre er eine Statue. Immer noch lehnt Anton an der Wand und analysiert jeden einzelnen Schritt, den ich mache. Als wäre ich eine verkorkste Absprunghaltung.

Langsam reicht es mir.

Sein arrogantes Verhalten geht mir gegen den Strich.

Er ist der Einzige, der mir das Gefühl gibt, hier im Team nicht willkommen zu sein. Und das schon nach einer halben Stunde Arbeit. Ich bin mir sicher, ich bin größtenteils seinetwegen hier. Von wem ist der Ruf bitte noch schlechter als von Anton Mayr?

Vielleicht möchte er mich mit seinen Blicken verunsichern, doch das lasse ich nicht zu. Ich baue eine innere Mauer in mir auf. Lege Ziegel für Ziegel, damit seine einnehmenden Blicke nicht zu mir durchdringen.

Mit zusammengepressten Zähnen, weil ich meine Wut kaum noch im Zaum halten kann, steuere ich Anton an. »Möchtest du auch noch irgendetwas beitragen?«

Er schnauft und mustert mich wieder mit seinen blauen Augen. »Ich bin nicht relevant.«

»Ach so!« Amüsiert lege ich den Kopf in den Nacken, dann stemme ich meine Hände in die Hüften. Hält er so viel von sich? »Anton, ich bin mir sehr sicher, dass ich hauptsächlich *deinetwegen* hier bin. Lass mich einfach meinen Job machen. Je mehr du mit mir kooperierst, desto schneller kann ich dich wieder in Ruhe lassen.«

In Antons Gesicht regt sich etwas, aber ich weiß nicht genau, was. Seine Pupillen weiten sich. Das eisige Blau in Antons Augen wird noch kühler.

Ich erfriere innerlich.

Seine Mundwinkel zieht er nach oben. »Vielleicht *will* ich ja gar nicht, dass du mich in Ruhe lässt«, flüstert er.

Aus meiner Wut wird … Ekel. Ich sehe Anton als Kakerlake vor meinem inneren Auge, die wie in Zeitlupe mein Bein heraufklettert. Es schüttelt mich, sofort streiche ich über meine Arme.

»Nimmst du eigentlich irgendetwas in deinem Leben ernst?«, frage ich. Ich will nicht streiten. Vor allem nicht an meinem ersten Arbeitstag, aber es ist mir wichtig, von

Anfang an klarzustellen, dass ich mich nicht unterkriegen lasse. Vor allem nicht von so einem Typen wie Anton. Ich möchte nach der Trennung von Jasper endlich selbstbewusster werden. Das ist der erste Schritt.

Antons funkelnde Augen fixieren mich. Die Stimmung zwischen uns verändert sich langsam. Er schnauft laut und lockert seine verschränkten Arme. Einen Schritt kommt er näher und hält seine Lippen in die Nähe meines rechten Ohres. Voller Überraschung erstarre ich.

»Du hast ja keine Ahnung«, sagt Anton, geht an mir vorbei und verlässt die Halle.

Mit weit geöffnetem Mund schaue ich ihm hinterher. Als ich mich weiter Richtung Ausgang drehe, sehe ich die restlichen Athleten, die ihr Training unterbrochen haben und mich anstarren.

Ich bin absolut sprachlos.

»Mach dir nichts draus. Anton geht durch schwierige Zeiten. Das hat nichts mit dir zu tun. Er ist immer so gelaunt.« Johann joggt zu mir. »Aber du hast Biss. Vielleicht braucht er diesen Gegenwind mal.« Er klopft mir locker auf die Schulter.

Danach beginnen die restlichen Springer wieder mit dem Training und ich versuche, mich auf das Filmen zu konzentrieren. Obwohl sich meine Gedanken gerade nur noch um Anton drehen …

KAPITEL 12

Anton

Garmisch-Partenkirchen, Deutschland

Ich will explodieren. Hier. Auf offener Straße. Mit einem Knall, den man noch in Finnland hört. Mit einem tobenden Herzen stampfe ich durch die drückende Abendluft von Garmisch.

Was bildet sich diese Frau ein?! Sie kommt an ihrem ersten Tag hier an und behandelt mich wie Dreck. Was habe ich ihr denn getan?! Nichts. Genau.

Das war kein Anmachspruch von mir. Das war … Ach, keine Ahnung, was das war. Ich wollte mein Revier klarmachen. Ich lasse mir doch von einer Fremden nichts sagen.

Meine Wangen glühen vor Aufregung, Schweiß perlt an ihnen ab, läuft meinen Hals hinunter. Ich krame die Kopfhörer aus meiner Hosentasche, stecke sie in die Ohren und spiele *Ignorance* von Paramore ab. Direkt entwickele ich das perfekte Lauftempo zum Song. Setze einen Fuß vor den anderen, obwohl ich vom Training schon so müde bin. Aber ich brauche Abstand. Vor allem zum Team, das mich insgeheim verurteilt. Ich weiß es einfach. Und zu dieser Wanda und ihrer verdammten Stupsnase.

Also jogge ich durch den Ort, vorbei an alten Kirchen und Souvenirshops. Eine blonde Frau, an der ich vorbeihechte, schaut mich lange an, kneift ihre Augen dabei zusammen. Entweder erkennt sie mich oder sie fragt sich, warum ich in einem so hohen Tempo jogge. Als würde ich vor einem Angreifer weglaufen. Vielleicht ist Wanda meine persönliche Angreiferin.

Warum auch immer.

Aber mein Bauchgefühl … Es dreht durch, wenn ich sie ansehe. Der erste Blick auf sie hat mich auf eine Achterbahn geschickt.

Ich brauche Ablenkung. Und dieses wunderbare Ding, das sich Ventil nennt. Das Laufen ist mein Ventil.

Es tut mir gut, einfach mal abzuschalten. Musik auf den Ohren, brennende Beine vom Joggen, ich selbst sein. Ohne diese Sorgen und Erinnerungen, die mich plagen. Ich weiß nicht, wann das aufhören wird. Wann werde ich wieder normal sein? Wann werde ich wieder der alte Anton sein, der unbekümmert durchs Leben geht?

Und das alles nur, weil ich letztes Jahr einen einzigen Fehler begann …

Ich betrete das Hotelzimmer, das ich mir mit Rupert teile. Um Kosten zu sparen, machen wir Springer das in der Regel, wenn wir gemeinsam unterwegs sind, und jeder hat seinen inoffiziellen festen Zimmerpartner.

Meine schweißdurchtränkte Kleidung ziehe ich aus und stelle mich unter die kalte Dusche. Ich erschaudere, als das kühle Nass meinen Rücken hinunterläuft und meine erhitzte Haut schockt. Es bringt mich langsam, aber sicher wieder zurück in die Realität. Weg vom Laufen. Weg von der Unbeschwertheit, die mich erfüllt, wenn ich Sport mache.

Als ich mit einem weißen Handtuch um die Hüften aus dem Badezimmer komme, fixieren mich zwei grüne Augen.

Rupert ist vom Training zurück.

»Hey«, sage ich, als wäre nichts passiert. Ich steuere mein Bett an und setze mich drauf.

»Hey?« Es klingt mehr wie eine Frage als eine Antwort. Rupert dreht sich zu mir um. Er legt seinen Kopf schief.

»Was?«

»Anton, du weißt, du bist einer meiner besten Freunde. Schon sehr lange. Vieles habe ich akzeptiert und manchmal auch weggesehen, was nicht unbedingt schlau von mir war. Aber das ging heute gar nicht. Warum warst du so fies zu Wanda? Sie will uns nur helfen.«

»Wir brauchen aber keine Hilfe. Was soll sie denn ausrichten? Das wir einen YouTube-Kanal haben und dort unsere Lieblingshaarbürste vorstellen?« Ich setze mich in einen Schneidersitz und tippe auf dem Handy herum. Mal sehen, welche Musik ich gleich hören möchte …

»Bomeyer möchte abspringen, wenn sich nichts ändert.«

Nun hat Rupert meine Aufmerksamkeit. Der Kleidungshersteller Bomeyer ist einer unserer größten Sponsoren neben Diesinger Schokolade. »Was?«

»Wir zeigen weder gute Leistungen noch kommen wir sympathisch herüber. Unser Team ist eine Katastrophe.«

»Ich habe doch Podien geholt.« Ich will mich verteidigen. Ihn davon überzeugen, dass die Situation nicht so schlimm ist, wie andere denken.

Rupert setzt sich zu mir aufs Bett. »Und damit bist du der Einzige von uns, der das in letzter Zeit geschafft hat. Andere Nationen sind bei jedem Wettkampf vorne mit dabei.«

Also muss ich mich nun täglich filmen lassen, damit Bomeyer und die anderen nicht abspringen?

Rupert klopft mir auf die Schulter, als könnte er meine Gedanken lesen. »Du wirst es überleben.«

»Und wenn nicht? Wanda kann meinen ganzen Rhythmus durcheinanderbringen. Meine Vorbereitungen auf Wettkämpfe … einfach alles.« Mein Handy werfe ich auf das Kopfkissen hinter mir.

»Bringt sie dich vielleicht auch wegen etwas anderem durcheinander?« Rupert hebt seine roten Augenbrauen, wackelt anzüglich mit ihnen.

»Was meinst du?« Mein Ton wird schärfer. Um meine Wut zu unterdrücken, beiße ich die Zähne fest zusammen, bis sie knirschen.

So etwas nach Linas Tod zu fragen, ist selbst für einen besten Freund zu viel. Sie ist erst vor einem Dreivierteljahr von uns gegangen. Das … Das geht nicht.

»Nun ja, auf deinen Anmachspruch hat sie ja brillant reagiert.« Ein Lächeln umspielt seine schmalen Lippen.

Und das nervt mich am meisten an ihr. Sie denkt, sie könnte sich alles erlauben … mit diesem niedlichen Gesicht. Sie sieht aus wie … diese Zwergseidenäffchen, die ich letztens im Zoo gesehen habe. Klein, rundes Gesicht.

Noch nie verabscheute eine Frau meinen Charme. Dadurch bekomme ich immer das, was ich will. Körperliche Zuneigung, aber ohne dumme, nervige, herzzerreißende Gefühle, die in mir lodern wie ein Waldbrand.

»Kommst du gleich mit zum Abendessen? Wir wollen Wanda willkommen heißen und haben einen Tisch im Restaurant die Straße runter bestellt.« Rupert mustert mich, schüttelt dann jedoch den Kopf, als er sieht, wie ich die Augen verdrehe. »Mann, du kannst dich nicht immer vor Gefühlen verstecken. Wanda ist nett. Egal, welche Art Wut sie in dir heraufbeschwört.«

Ich stecke die Kopfhörer wieder in meine Ohren und stelle die Musik-App an. Die Hauptsache ist, dass ich nicht mehr an Wanda denken muss. Nicht mehr daran denken muss, wie unbeschwert sie in die Turnhalle hineinging. Als wäre ihr noch nie etwas Schlimmes zugestoßen. Als wäre alles an ihr … perfekt.

Das frisst mich auf. Wandas rundes, niedliches Gesicht mit den kleinen Pickelmalen mit ihren verdammt braunen Augen frisst mich auf.

KAPITEL 13

Wanda

Garmisch-Partenkirchen, Deutschland

Nachdem die ersten Stunden mit dem Team geschafft sind, falle ich erschöpft und mit den Nerven am Ende ins Bett. Eichenholzmöbel geben meinem Hotelzimmer ein uriges Flair, als wäre die Zeit stehengeblieben. Ich liebe diesen Stil, weil er so anders ist als das Leben in Hamburg. Gemütlich. Entschleunigend. Einfach bayerisch.

Nicht nur die Arbeit war heute fordernd, sondern auch Antons Verhalten. Ein riesiges Fragezeichen schwirrt in meinem Kopf herum. Fühlt er sich angegriffen, weil ich in sein Territorium eindringe?

Kopfschüttelnd drehe ich mich auf den Bauch und schreibe Steve.

Wanda: Das erste Treffen ist geschafft.

Steve: Und? Wie war es? Erzähl!

Wanda: Anstrengend. Mehr als anstrengend. Ich habe mich mit Anton gezofft.

Als nach einigen Sekunden keine Antwort von Steve kommt, fängt mein Herz an zu hämmern.

War das schlimm? Hätte ich mich nicht mit Anton anlegen sollen? Aber ich lasse mich so nicht behandeln! Was hätte ich sonst machen sollen?

Mein Handy fängt urplötzlich an zu klingeln und ich lasse es vor Schreck aus der Hand gleiten. Nachdem ich es wieder zufassen bekomme, nehme ich den Anruf an.

»Hey, Steve.«

»Du legst dich gleich am ersten Tag mit dem Star des Teams an? Du hast Mumm.« Ich vernehme eine Portion Belustigung in ihrer Stimme.

»Ich … weiß auch nicht. Irgendetwas hat mich an Anton getriggert. Ich konnte nicht anders.« Ich rolle mich auf dem Bett herum und starre nach oben an die Decke. Das Kopfkissen stopfe ich unter den Kopf, damit ich bequem liege. Die hellblaue Bettwäsche mit Blumenmuster erinnert mich an meine Kindheit und daran, weil leicht und unbeschwert alles war. Eine Mischung aus Wärme und dem elendigen Druck, der sich in mir ausbreitet, wenn ich an den Unfall denke, strömt durch meine Adern.

»Das wird ja lustig mit euch beiden«, sagt Steve und holt mich zurück ins Hier und Jetzt.

Hoffentlich nicht. Ich will eine gute Arbeit machen, die mich später beruflich weiterbringt. Da brauche ich keinen Typen, der mir das Leben zur Hölle macht.

»Nach unserem Streit ist Anton aus der Turnhalle geflohen. Seitdem ist er wie vom Erdboden verschluckt.« Wahrscheinlich habe ich ihn vertrieben.

»Manchmal bist du wie ein Vulkan. Du siehst unschuldig aus, aber irgendwann explodierst du ohne Vorwarnung.« Meine Freundin lacht am anderen Ende der Leitung.

»Das ist nicht witzig, Steve«, beschwere ich mich, lache aber auch. »Ich muss gleich noch zum Kennenlern-Abendessen.«

»Klingt gut. Die nehmen dich ins Team auf. Besser geht's nicht, Wanda. Und Anton wird gleich bestimmt auch dabei sein.«

Vielleicht.

»Oh, Mann. Was soll ich anziehen?« Ich klatsche die freie Hand gegen die Stirn.

»Schau mal in deine Tasche. Ich habe eines meiner Kleider hineingeschmuggelt. Das würde dir so gut stehen.«

Sie hat was? Na ja, Steve ist alles zuzutrauen.

Ich gehe zur Reisetasche und wühle mit einer Hand in ihr herum, während ich mit der anderen mein Handy weiterhin ans Ohr halte. Ganz unten finde ich ein rotes Sommerkleid.

»Steve, das ist zwar nett von dir, aber das ist eine 38. Ich trage Größe 42. Das wird nichts.« Und die dünnen Träger des Kleides jagen mir Angst ein. Jeder würde die hässlichen Narben sehen und mich verstoßen.

»Oh.« Darüber hat Steve anscheinend nicht nachgedacht. »Sorry.«

»Alles gut.« Ich setze mich wieder aufs Bett. Die harte Federung bohrt sich in meinen Po. »Ich habe genug Kleidung dabei. Morgen Nachmittag geht es ja schon wieder zurück zu dir.«

»Ich kann mir gar nicht vorstellen, Monate ohne dich zu leben, wenn du mit den Springern reist. Meine kleine Wanda wird erwachsen und geht in die große weite Welt.«

Ich mir auch nicht. Seit einigen Jahren leben Steve und ich zusammen und waren nie länger als ein paar Tage voneinander getrennt. Das wird definitiv eine Umstellung für uns beide.

»So, dann muss das andere Kleid herhalten.« Ich stelle den Lautsprecher an, lege das Handy aufs Bett und hole ein gelbes Sommerkleid aus meiner Reisetasche. Mit aufgeblähten Nasenflügeln betrachte ich das Stück Stoff, das schon unzählige Falten hat.

Ich ziehe mich um, schaue dann vorsichtig in den Spiegel, aber meine Achtsamkeit ist egal. Der Anblick meines Arms überwältigt mich jedes Mal aufs Neue. Als würden wieder die heißen Kohle auf mich fallen und die oberen Schichten meiner Haut verbrennen. Ich würde den Spiegel am liebsten zertrümmern. Die tausenden Teile nehmen und in mich stechen, um den innerlichen Schmerz zu vergessen. Dieser Spiegel erinnert mich an die Wahrheit. An das wahre Ich, das ich täglich unter langen Ärmeln verstecke. Auch der wunderschöne Stoff mit Blumenmuster kaschiert meine riesigen Narben nicht.

Ich beiße mir auf die Zunge. Unterdrücke so jegliche Emotionen, die in mir kochen, wenn ich meinen Anblick ertragen muss. Keine andere Möglichkeit habe.

Mit den Fingerkuppen streiche ich über die Unebenheiten an meinem rechten Oberarm, fahre über sie, bis ich am Schlüsselbein ankomme.

Ein Fehler.

Eine Unvorsichtigkeit als Kind.

Eine Situation, in der Mama und Papa nicht aufgepasst hatten.

Und nun stehe ich hier und habe einen verbrannten Oberkörper.

Ich erhasche nur noch einen verschwommenen Blick auf mein Selbst, wische Tränen aus den Augenwinkeln.

»Ist das andere Kleid denn besser?« Steves Stimme ertönt aus dem Lautsprecher. Ich hatte sie ganz vergessen.

»Ich brauch noch einen Cardigan«, presse ich gequält hervor.

Das Restaurant könnte nicht gemütlicher sein. Die warmen Deckenleuchten hüllen die Einrichtung in ein angenehmes gelbes Licht. Hölzerne Tische, an denen mit Samt bezogene Stühle stehen, sind im großen Hauptraum verteilt. Auf der einen Seite des Raumes wurden zwei Tische zusammengestellt, damit wir alle gemeinsam sitzen können.

Johann ist bereits am Tisch. Sein weißes T-Shirt und die dunklen Shorts lassen ihn weniger wie einen ernstzunehmenden Trainer aussehen. Eher wie einen Vater, der seine Kids gleich zum Fußballtraining fährt.

»Hi«, begrüße ich ihn und fluche innerlich über meine piepsige Stimme.

»Hallo, Wanda. Komm gern her.«

Ich setze mich ihm gegenüber.

»Hast du nach so kurzer Zeit schon Videoideen? Ich bin da total überfragt, aber neugierig. Wie gehst du vor?« Johann setzt sich etwas aufrechter hin, faltet gespannt seine Hände.

»Ja, ich dachte zum Beispiel an Vorstellungsvideos. Jeder Athlet bekommt ein eigenes Video, in dem er alles zeigen kann, was er möchte. So würden sie etwas nahbarer herüberkommen. Wie du und ich.«

Johann zieht die Augenbrauen zusammen, nickt dann. »Ja, das klingt gut. Das gefällt mir. Du machst das schon, Wanda.«

Seine Worte machen mir Mut. Wenn auch nur minimal. Wir wissen beide, wie das erste Training mit Anton lief …

Eine unangenehme Stille entsteht. Nur das Klappern des Geschirrs ertönt aus der Küchentür einige Meter neben uns. Ich bin nicht gut im Smalltalk und verlasse mich gerne auf mein Gegenüber. Anscheinend geht es Johann aber genauso.

Er lächelt mich mit zusammengepressten Lippen an, hat seine Hände immer noch gefaltet. Wahrscheinlich spürt er meine gedrückte Stimmung wegen des Streits mit Anton. Ich weiß nicht, wie ich mich verhalten soll, wenn er gleich kommt.

Ich zücke mein Handy und nach wenigen Minuten trudeln auch Marvin, Lasse und Till im Restaurant ein. Mit gelassenen Handshakes begrüßen sie uns und setzen sich an den Tisch. Die Jungs führen belanglose Gespräche, unterhalten sich über irgendein Fußballspiel, das bald läuft, und zeigen sich etwas auf ihren Handys.

Auch ich entspanne mich mehr und lockere die Schultern,

Rupert und Mario kommen nach einigen Minuten dazu.

»Zu spät, wie immer«, sagt Johann schmunzelnd. »Wo ist Anton?«

Die anderen Unterhaltungen am Tisch werden leiser, verstummen, als würden alle gespannt auf eine Antwort warten. Ich drehe meinen Kopf neugierig zu unseren Neuankömmlingen, um jedes Wort, das sie gleich sagen werden, in mich aufzusagen.

Rupert presst die Lippen aufeinander und schaut zu Mario, der nur mit den Schultern zuckt.

»Er kommt nicht«, sagt Rupert dann knapp und setzt sich seufzend neben mich.

»Wie, Anton kommt nicht? Das ist ein Teamessen. Wir wollen Wanda willkommen heißen«, sagt Johann standhaft. Er ballt die Hände zu Fäusten.

»Ich habe versucht, ihn zu überreden, aber du weißt ja, wie stur er ist.«

Johann nickt. Er schaut auf den hölzernen Tisch und tippt mit den Fingerspitzen darauf herum.

Was ist mit Anton los? Und warum verhalten sich alle so merkwürdig ihm gegenüber? Ich habe nichts über eine mögliche Krise im Internet gelesen. Nichts über seine vielen Partys und Frauen hinaus.

Irgendwie lässt mich der Gedanke nicht los, dass mir etwas verheimlicht wird, aber im Grunde geht es mich nichts an. Ich bin nur hier, um Videos zu drehen. Mehr nicht.

Eine Angestellte, die sich nicht zu sehr in die Privatleben der Athleten einmischen sollte.

»Also, Wanda«, beginnt Rupert nun. »Erzähl uns mal etwas über dich.«

O Gott. Ich hasse Vorstellungen. Immer noch.

Ich umklammere mein Wasserglas, spiele an einem Tropfen, der es nicht nach unten schafft. Nervös trinke ich einen Schluck, dann denke ich darüber nach, was ich erzählen könnte. »Wie ihr wisst, heiße ich Wanda. Ich bin 22 Jahre alt und komme aus Hamburg. Wenn ich Zeit habe, gehe ich gerne zum Bogenschießen, aber momentan ist das eher schwierig. Ich habe kaum noch Zeit dafür.«

Ein Raunen geht um den Tisch herum. Als hätten die anderen das Bogenschießen nicht von mir erwartet.

Tatsächlich mag ich es, beim Bogenschießen für mich allein zu kämpfen. Meine Konzentration und Leistung bestimmen das Ergebnis. So ähnlich ist es beim Skispringen auch. Jeder ist für sich selbst verantwortlich.

»Cool!«, sagt Lasse. »Machst du das als Hobby?«

»Ja, genau. Nur zum Spaß. Ich treibe nicht so aktiv und passioniert Sport wie ihr.« Ich lächle. Fühle mich blöd, weil ich nur eine Hobbysportlerin bin.

»Das ist doch überhaupt nicht schlimm«, sagt Marvin.

»Habt ihr denn noch andere Hobbys?«, frage ich und trinke einen Schluck meines Wassers.

»Das Übliche«, erzählt Rupert und streicht sich durch die roten Haare. Eine Strähne legt sich quer über seine Stirn, aber das scheint ihn nicht zu interessieren. »Anton und ich gehen Radfahren und wandern – dazu muss ich ihn aber zwingen. Schön hoch in die Berge. Dort hat man einen wahnsinnigen Ausblick.«

Oje. Höhe ist mein persönlicher Albtraum.

Es schaudert mich, sobald ich an die Berge denke. Oder an Schanzen, an denen es steil nach unten geht, und die noch viel gefährlicher sind als irgendwelche Gebirge.

Meine fehlende Begeisterung können die anderen anscheinend von meinem Gesicht ablesen. Rupert und Marvin schauen mich schmunzelnd an.

Rupert lehnt sich auf seinem Stuhl zurück. »Du siehst verschreckt aus.« Um seinen Mund bilden sich Grübchen, die seine schiefe Nase in den Vordergrund rücken.

»Nun ja.« Ich zögere, nestele am Ärmel meines weißen Cardigans. »Ich hab' Höhenangst.«

Rupert lacht und klatscht in seine Hände. »Da bist du bei uns ja gut aufgehoben.« Sein Sarkasmus ist unüberhörbar.

Ich zucke mit den Schultern und trinke noch einen Schluck, weil ich nicht weiß, was ich antworten soll. Hoffentlich habe ich mich damit nicht ins Aus geschossen. Aber so, wie ich sie bis jetzt kennengelernt habe, werden sie locker damit umgehen. Die Jungs sind echt nett.

Vielleicht kann ich meine Angst in den nächsten Monaten überwinden, wenn ich öfter in den Bergen unterwegs bin. Ich weiß nicht, woher die Höhenangst kommt. Sie ist mir einfach nicht geheuer, wenn ich irgendwo obendrauf stehe und nach unten schaue. Das Wissen, dass mit einem falschen Schritt etwas ganz Schreckliches passieren könnte, macht mir einfach Angst.

Unser bestelltes Essen wird gebracht. Schnitzel, Salate und Suppen. Die Jungs essen mehr, als ich dachte.

Ich habe mir einen Salat mit Hähnchenbrust bestellt, weil mir nach diesem aufregenden Tag übel ist und ich ein großes Stück Fleisch nicht verkrafte. Der Streit mit Anton geht mir nicht aus dem Kopf. Nervt mich wie eine aufgedrehte Mücke.

»Was ist denn nun mit Anton?«, frage ich Rupert leise.

Die anderen sind in Gespräche verwickelt, also nutze ich die Chance, um ein bisschen mehr über ihn herauszufinden.

Rupert legt die Gabel beiseite und wischt sich mit einer Serviette über den Mund. »Das ist schwer zu sagen. Er … Es ist eine schwere Phase. Wir haben alle einvernehmlich beschlossen, kein Wort darüber zu verlieren. Wenn du etwas wissen möchtest, musst du Anton fragen.« Rupert verengt seine grünen Augen. Verlegen kratzt er seine Wange.

»Oh, so schlimm?« Ich dachte, mit einer schweren Phase würden sie von einem verpassten Sieg oder kaputten Auto reden. Es klingt allerdings, als wäre etwas Essenzielles in seinem Leben passiert, über das niemand etwas wissen soll.

»Ja.« Rupert kaut auf der Unterlippe herum. »Es gibt auch nichts dazu im Internet. Du musst also gar nicht googeln.«

Hab ich schon. Da gibt es wirklich nichts über eine tragische Geschichte mit Anton.

»Dass ihr alle dichthaltet, finde ich erstaunlich. Es zeigt, wie sehr ihr euch schätzt.«

»Danke. Wir sind wie eine Familie. Mit all ihren Auseinandersetzungen natürlich.« Er zwinkert, nimmt seine Gabel und piekst eine Kartoffel auf.

KAPITEL 14

Anton

München, Deutschland

Rupert: Lebst du noch?!

Rupert: Hallo?!

»Ach, Mann.« Stöhnend wälze ich mich im Bett, umklammere das Kissen. Mit den Fingerkuppen tippele ich auf dem viel zu hellen Display herum. Es gleicht einer Supernova. Noch eine Nuance heller und meine Augen verbrennen von innen nach außen.

Anton: War gestern Abend los. Hab lange geschlafen.

Rupert: Merk ich. Bist du allein?

»Ja, Alter. Dieses Mal habe ich niemanden abgeschleppt.« Obwohl Ru mich nicht hört, brodelt in mir das Bedürfnis, mich zu verteidigen. Mich als Nicht-Arschloch darzustellen.

Denn das bin ich doch. Oder?

Anton: Ja. Bin allein. Brauch Kaffee. Kopfschmerzen.

Nicht nur mein Gehirn pocht wie ein Presslufthammer. Mein ganzer Körper vibriert. Der Schmerz zischt von meinem Kopf durch die Nervenbahnen, pulsiert bis zum großen Zeh.

Ich glaube, letzte Nacht habe ich wieder übertrieben. Aber dieses Gefühl der Schwerelosigkeit, diese Gelassenheit … Das ist das, was mein Herz braucht, um irgendwie zu funktionieren. Um Lina zumindest kurz zu vergessen und ein einigermaßen normales Leben zu haben.

»Kaffee. Netflix«, murmele ich vor mich hin, als ich die Decke aufschlage und mich kräftezehrend strecke.

Das Brummen des Vollautomaten ist wie eine Blaskapelle in meinen Ohren. Ich beiße mir auf die Zähne, brauche mein Lebenselixier, bevor ich aufs Sofa falle und mir irgendeine Netflix-Serie reinziehe.

Zufrieden ergreife ich die weiße Tasse und stelle meine Serie an.

»Unsolved Stories. Madison Angers war eine …«, erzählt eine Erzählerstimme aus dem Off.

Ich lege die Fernbedienung auf den Couchtisch, lehne mich auf dem riesigen beigen Sofa zurück und schlürfe meinen Kaffee. Mich von Crime-Serien berieseln zu lassen, ist eines meiner Lieblingshobbys. Neben dem Skispringen natürlich.

Ich nehme einen Schluck, genieße die sanfte Schokonote der Kaffeebohnen, durch die er nicht so bitter schmeckt.

Doch das ununterbrochene Vibrieren meines Handys löst die entspannte Stimmung auf. Selten bekomme ich erfreuliche Nachrichten. Entweder sind es irgendwelche Frauen, die ich wohl habe abblitzen lassen, oder jemand möchte etwas von mir. Mein Bauchgefühl sagt: letzteres.

Ich schnaufe. Denke ernsthaft darüber nach, das Handy mal für einen ganzen Tag abzuschalten, aber das würde ich niemals schaffen. Dafür dreht sich mein Leben zu sehr um Likes, lustige Kurzvideos und Direktnachrichten. Ich würde es wahrscheinlich keine Stunde aushalten.

Mit einem Stöhnen stelle ich die Kaffeetasse ab und lehne mich zum Handy. Mit einem Ruck lasse ich mich zurück aufs Sofa fallen und entsperre das Display, während der Erzähler im Hintergrund irgendwas über eine Leiche in einer Mülltonne berichtet. Ich muss die Folge bald noch mal von vorn beginnen.

Johann: Bitte schau in deine Mails. Hab dir gestern eine geschickt und brauch Rückmeldung wegen Planung. LG Johann

Johann: Bist du schon wach? LG Johann

Johann: Eigentlich solltest du es sein … LG Johann

»Ich weiß doch, dass du das bist, Mann. Du musst dich nicht jedes Mal verabschieden.« Ich sollte mit den Selbstgesprächen aufhören, aber ohne sie würde ich nur mein Gedachtes aufschreiben und letzten Endes verschicken.

Und das gefällt wahrscheinlich niemandem.

Ich öffne die Mail-App und finde Johanns Nachricht zwischen zwei Spam-Mails von Prinzen, die mir eine Million

Dollar versprechen. Wie verlockend, einfach Geld zu gewinnen und abzuhauen. Alle Probleme hinter mir zu lassen …

Aber nein. Ich habe eine Karriere, die ich liebe. Nur das Drumherum ist … fragwürdig.

Hey Jungs,
ich habe Wanda auch in den CC gepackt, damit wir alle gleich informiert sind.

Wir haben uns Gedanken über den Anfang der Videoreihe gemacht und laden euch ein, ein Vorstellungsvideo mit ihr zu erstellen. Denkt euch eine coole Kulisse aus. Überlegt, was euch besonders macht und zeigt das in den Clips.

Macht dann einen Termin mit Wanda. Sie wird euch besuchen, alles organisieren und filmen. Ihre Handynummer packe ich unten in die Mail.

Bitte gebt bis morgen Rückmeldung, damit wir alles zügig durchführen können.

Gruß
Johann

»Gruß Johann«, äffe ich nach.

Also heißt das im Klartext: Zeit mit Wanda verbringen. Mit dieser Frau, die ich einfach nicht einschätzen kann. Die so stark herüberkommt, dass …

Nein.

Ich schüttele den Kopf, als würde ich damit die Gedanken an sie loswerden. Aber wenn ich ehrlich bin, schwebt ihr Gesicht seit Tagen vor meinem inneren Auge. Wie ein verdammter Poltergeist. Und ich weiß nicht, warum. Wir hatten Streit. Ich habe einen dummen Spruch gerissen, sie auch. Aber trotzdem denke ich an sie. Vielleicht weil ich immer noch sauer auf ihren Konter bin. Zurecht. Immerhin brauche ich keinen Anstands-Wau-Wau während der Saison. Da gehe ich sowieso kaum feiern.

Rupert: Hast du die Mail gelesen?

Anton: Ja, eben gerade.

Rupert: Finde ich Hammer. Ich glaub, ich zeig meine Comic-Sammlung.

Ich unterdrücke ein Prusten, wische mir amüsiert über die Augen. Rupert ist so … echt. Er versteckt sich nicht. Hat keine jämmerliche Trauer in sich, die ihn zerfrisst.

Anton: Das ist doch … ein Plan :D

Nachdenklich kaue ich auf der Unterlippe herum. Suche in meinem Gedächtnis nach einem coolen Ort, an dem ich schon mal war. Ein Ort, der ist wie ich. Mein zweites Zuhause.

Anton: Ich werde nach Oberstdorf fahren. Auf die 40-Meter-Schanze komme ich immer. Hab Connections.

Die Schanze, an der alles anfing. An der ich einen meiner ersten Siege holte und von einem damaligen Trainer entdeckt wurde. Der Start meiner glorreichen Karriere …

Rupert: Das würde ich nicht machen. Wanda hat Höhenangst.

Aus meinem nachdenklichen Unterlippe-kauen wird ein Lächeln, dann schon fast ein dämliches Grinsen. Ich schließe den Chat mit Ru, kopiere Wandas Handynummer und speichere sie ein. Als würde irgendwo ein Countdown runterlaufen, tippe ich in Windeseile meine Nachricht an sie.

Anton: Hey Wanda, hier ist Anton. Ich würde mein Video gerne in Oberstdorf drehen. Komm zu mir nach München, dann fahren wir gemeinsam dorthin.

KAPITEL 15

Wanda

Hamburg, Deutschland

»Süße, du gehst einfach schon wieder. Ich kann das kaum glauben. Und das um vier Uhr morgens.« Steve stellt den Koffer neben mir ab, dreht sich zur Anzeigetafel hinter uns um. »Noch zehn Minuten, dann sollte dein Zug kommen.«

»Tja, das aufregende Leben der Wanda Leferre.« Grinsend zucke ich mit den Schultern. »Da hab ich nun den besonderen Job, von dem ich immer erzählt hatte.«

»Und jetzt geht's nach München.« Steve setzt sich auf eine Bank neben uns. Ihren beigen Trenchcoat legt sie auf den Schoß.

Das Wetter ist für einen frühen Septembertag erdrückend warm und eine gewisse Schwere liegt in der Luft. Bedrängt mich von allen Seiten. Vielleicht nehme ich es aber auch nur so intensiv wahr, weil ich mich auf den Weg zu Anton begebe und für die nächsten zehn Stunden an nichts anderes denken werde.

»Oh, ja. Anton holt mich ab, dann fahren wir wohl nach Oberstdorf. Laut Google hat er dort seine Kindheit verbracht.« Und laut Google hat er ein wunderschönes Sixpack, das mir Dank der penetranten Bildersuche sofort gezeigt wurde.

Steve nickt, nestelt am braunen Knopf ihres Trenchcoats.

»Und dann sind die Vorstellungsvideos schon fertig. Den Feinschnitt von Ruperts Video mach ich gleich noch im Zug. Ich habe ja genug Zeit.« Bei der Erinnerung an unseren chaotischen Dreh schmunzele ich.

Er wollte das Rezept für seinen Lieblingssmoothie zeigen und hatte vergessen, den Deckel des Mixers komplett zu schließen. Rus Küche sah aus wie die Welt in Lazy Town. Rosa. Sehr rosa.

»Dieser Rupert scheint echt … lustig zu sein. Sieht zumindest so in den Videos aus.« Steve will nicht neugierig klingen, das merke ich. Aber ihre überaus hohe Stimme verrät sie. Ich glaube, sie findet Ru süß. Das warme Rot auf ihren Wangen spricht Bände.

»Er ist quasi der Klassenclown im Team.«

»Ich werde euch definitiv mal besuchen kommen. Bei irgendeinem Springen.« Steve spannt ihre schmale Statur an, sie setzt sich aufrechter hin und fixiert mich mit ihren tiefbraunen Augen, die aufgeregt hin und her zucken. Plötzlich wirkt sie viel motivierter.

»Um Rupert abzuchecken? Ich dachte, du hättest gerade kein Interesse an Männern.« Ich ziehe allwissend die Augenbrauen nach oben, presse die Lippen aufeinander, um nicht laut loszulachen.

Steve ist so leicht zu durchschauen.

»Was? Nein …« Meine Freundin winkt mit einer abfälligen Handbewegung ab, dabei werden ihre roten Wangen jedoch immer purpurner. Aus der Tomate wird langsam eine Pflaume.

Ein lautes Quietschen hallt durch den Bahnhof und erweckt meine Aufmerksamkeit. Langsam drehe ich mich Richtung Gleis.

»Na, dein Glück. Da kommt der Zug.«

»Und jetzt kommt noch eine Banane dazu. Mein Geheimtipp.« Ich analysiere das Filmmaterial von Ruperts Vorstellungsvideo und muss ein dämliches Kichern unterdrücken, damit mich die anderen Passagiere nicht für verrückt halten.

»Deckel drauf. Jetzt müssen wir nur noch den Mixer anschalt-«

»Ah!«, höre ich mich hinter der Kamera schreien.

Der Deckel vom Mixer fliegt hoch, landet in hohem Bogen auf dem Boden hinter Rupert. Die Masse schießt in die Höhe wie ein Geysir, verteilt sich auf den hellen Küchenmöbeln.

Das Bild verwackelt, ein Klecks Erdbeersmoothie landet auf der Linse. Panisch stellt Rupert den Mixer wieder aus, hält ihn fest, als würde er jede Sekunde weglaufen. Mit großen Augen starrt er in die vollgekleckerte Kameralinse.

»Und so, verehrte Zuschauer, macht man *keinen* Erdbeersmoothie.« Ru prustet, lässt belustigt den Kopf hängen.

»Auf keinen Fall.« Auch ich lache, gackere beinahe.

Ru hebt den Kopf und mustert mich von oben bis unten. »Seht euch mal Wanda an.« Er hält mir die Hand hin und möchte die Kamera haben.

Eines, was ich ungern mache, ist, meine geliebte Kamera wegzugeben. Und gefilmt zu werden. Ich hasse es, wenn man mich filmt. Alles, was ich sehe, ist … Unsicherheit.

Aber ich möchte die Stimmung nicht senken. Diese Szene kann ich immer noch herausschneiden.

Er nimmt die Kamera, dreht sie in meine Richtung.

Als würde ich einen Horrorfilm schauen, halte ich die Hände vor die Augen, als ich mich selbst auf der Aufnahme sehe. Ein dicker Klumpen Smoothie tropft von meinem braunen Haar auf die Schulter.

Ich schaue mich nicht gerne an. Sehe nicht gerne, wie ich aussehe. Wie schmal meine Lippen sind, wenn ich sie verlegen zusammenpresse. Oder wie breit meine Hüften sind, wenn ich mich nicht *vorteilhaft* hinstelle. Ich sehe nicht aus, wie die meisten Frauen im Internet – vor allem nicht wegen meiner Narben.

Und das macht mir zu schaffen.

Diese Narben sind wie Vampire, die mein Selbstbewusstsein aussaugen. Mich innerlich leblos machen.

Wie ferngesteuert drücke ich auf die Leertaste und pausiere damit das Video. Mit zwei kleinen Handgriffen ist der Clip mit mir gelöscht. Er wird niemals das Licht der Welt erblicken.

Ich möchte das Video gerade weiter bearbeiten, als mein Handy vibriert.

Anton: Wann bist du da?

Sobald ich seinen Namen sehe, fühlt es sich an, als setze mein Herz aus. Eine Hitzewelle jagt durch meinen Körper, brennt in meinen Adern. Ich bekomme Schweißausbrüche, umklammere das Handy wie ein Rettungsboot auf dem offenen Meer.

Dass er solche Reaktionen in mir auslöst, ist mir fremd. Wenn wir uns bloß in der Turnhalle nicht gestritten hätten. Dann würde ich wahrscheinlich ganz normal auf seine Nachrichten reagieren wie bei Ru und den anderen …

Wanda: 14:38 Uhr.

Anton: Gut, ich stehe dann irgendwo.

»*Irgendwo*. Dieser Enthusiasmus …«, nuschele ich demotiviert.

Das Treffen mit Anton macht mich unheimlich nervös. Unruhig rutsche ich auf meinem Sitzplatz herum. Versuche, ihn gedanklich in eine Ecke zu drängen, damit ich das Video zu Ende bearbeiten kann.

Krampfhaft umklammere ich meinen Koffer – ich habe aus dem Reisetaschen-Fauxpas gelernt – und steige aus dem Zug aus. Umringt von hunderten Menschen kämpfe ich mich Richtung Ausgang. Vorbei an Paaren mit Kinderwagen und fluchenden Touristen mit zu viel Gepäck.

Meine ein Meter sechzig erschweren mir die Suche nach Anton, obwohl er als großgewachsener Skispringer leicht zu erkennen sein sollte. Bei der Größe würde ich mit meinem Kopf wohl nicht über seine Schulter hinauskommen. Könnte ihn dort nicht ablegen wie bei Jasper. Dafür wäre es für Anton bestimmt möglich, seinen Kopf auf meinem abzulegen.

Ich bleibe abrupt stehen. Beiße die Zähne fest aufeinander, um meine letzten Gedanken zu verarbeiten. Meine letzten – intimen – Gedanken über Anton.

Igitt.

Warum interessiert mich das überhaupt?

»Nein, der Zug fällt schon wieder aus.« Eine blonde Frau mittleren Alters schimpft, während sie mich unsanft anrempelt.

Ich stöhne genervt, taumele für einige Sekunden, bis ich mein Gleichgewicht wiederfinde.

»Oh, sorry.«

Noch bevor ich etwas antworten kann, eilt sie weiter durch das riesige Bahnhofsgebäude, vorbei an Bäckern mit frisch gebackenem Brötchenduft. Wie aufs Kommando grummelt mein Magen, frisst ein Loch in mich hinein. Ich hätte mehr als einen Müsliriegel und eine Tüte Gummibärchen einpacken sollen.

»Okay, wo bist du?«, nuschele ich vor mich hin.

Ich drehe mich um die eigene Achse, suche ihn im Gedränge. Irgendwo muss Anton doch stecken. Wehe, er versetzt mich. Zuzutrauen wäre es ihm.

Obwohl es nur ein Gedanke ist, brodelt mein Inneres wie ein Vulkan. Ist bereit für die Eruption, wenn er das wirklich abziehen sollte. Aber hinter einer Reisegruppe, die sich auf den Weg zu einem Gleis macht, erspähe ich Antons blonden Haarschopf. Wenn er sich nicht beobachtet fühlt, sieht er gar nicht genervt aus. Diese gestressten Stirnfalten, die er bei unserem letzten – und ersten – Treffen in der Turnhalle hatte, sind wie verflogen. Anspannung scheint für ihn ein Fremdwort zu sein. Mit den Händen in den Sportshorts wippt er auf den Hacken auf und ab.

Mein Vulkan erlischt. Ich hatte die Befürchtung, es könnte zwischen uns ein weiteres Mal eskalieren, aber Antons entspannte Körperhaltung gibt mir Mut. Es kribbelt in meinem Inneren, vom Magen bis hinauf in meine Speiseröhre. Ein Kribbeln, das ich beim Dreh der letzten Videos nicht hatte. Das mir unbekannt ist. Aber wahrscheinlich liegt es nur daran, weil ich heute mit dem *Star* des Teams unterwegs bin.

Schnell eile ich auf ihn zu, möchte unbedingt aus diesem überfüllten Bahnhof verschwinden.

»Hey.« Außer Atem bleibe ich vor Anton stehen, klammere mich an den Griff meines Koffers, der mir ein Stückchen mehr Selbstvertrauen gibt.

Denn kaum treffen seine blauen Augen auf meine, schleichen sich diese gestressten Falten auf Antons Stirn. In Sekundenschnelle sieht er wie mein größter Erzfeind aus.

»Hi. Na, komm.« Gelangweilt dreht er sich um und steuert den Ausgang an.

Dieses merkwürdige Kribbeln in mir sackt ab, reißt meinen Magen mit, als würde ich den Abhang einer großen Achterbahn herunterfahren. Zuerst bleibe ich stehen, sehe dann aber keine andere Möglichkeit, als diesem eingebildeten Scheißkerl zu folgen.

Ich wollte uns eine weitere Chance geben. Ja, vielleicht war mein Konter damals fies … aber er hatte angefangen! Und gemeine Sprüche lasse ich mir nicht mehr gefallen.

Mit Schultern, die das letzte Mal so schwer gewesen waren, als mein Hamster Tyroon starb, schlurfe ich hinter Anton her.

»Schick, schick.« Irgendwie will ich die gedrückte Stimmung in diesem fetten Audi aufheitern, aber anscheinend bin ich nicht gut darin.

Anton presst die Lippen aufeinander. Tut so, als wäre es eine Qual, mit mir zusammen zu sein.

Vielleicht ist es das ja auch.

Ein unangenehmer Druck breitet sich in meiner Blase aus, wird seit einigen Minuten nahezu unerträglich. Unruhig rutsche ich auf dem ledernen Sitz umher, überkreuze dann die Beine.

»Ähm …« Das, was ich jetzt frage, wird peinlich.

»Ja?« Wie ein Lehrer, der beim Korrigieren der Klausuren gestört wird, linst Anton zu mir herüber, als wir an einer roten Ampel halten. Er macht sich nicht einmal die Mühe, den Kopf zu mir zu drehen.

»Ich muss mal.«

»Alter. Wir sind vor zehn Minuten losgefahren.« Er klopft aufs Lenkrad.

»Ich … Ich weiß. Hab eine schwache Blase.« Verlegen nestele ich an einem Hautfetzen, der an meinem Daumen hängt.

Jeder andere hätte wahrscheinlich liebevoll gelacht oder irgendeinen aufbauenden Kommentar gemacht. Aber nicht Anton.

»Boah.« Er schlägt wieder genervt aufs Lenkrad. Als hätte ich ihn gefragt, ob er mich zurück nach Hamburg fahren könnte, weil ich meine Zahnbürste vergessen habe. »Meine Wohnung ist ein paar Straßen weiter.« Er schnauft, wechselt schnell die Spur und biegt rechts ab.

Kurze Zeit später parken wir in einer dunklen Tiefgarage.

»Wir müssen den Fahrstuhl da nehmen.« Anton schmeißt die Autotür zu. Ein unbeschreiblich lauter Hall saust durch die Garage, prallt von den Wänden ab.

Ich nicke und fühle mich wie ein kleines Kind. Aber die Bahnhofstoiletten wollte ich einfach nicht benutzen. Da wäre ich noch lieber in ein Gebüsch gegangen. Und vor einer Viertelstunde musste ich noch nicht so dringend.

Wir steigen in den Fahrstuhl, der sich – zumindest fühlt es sich so an – quälend langsam bewegt. Als hätte Anton nicht den Knopf für den vierten Stock gedrückt, sondern den Zeitlupenknopf, damit ich noch länger mit ihm auf engstem Raum sein muss.

Wir steigen aus und stehen direkt vor einer weißen Wohnungstür.

»So.« Er schließt auf, hechtet hinein und zeigt auf die zweite Tür auf der rechten Seite. »Da ist das Gästeklo. Ich gehe dann auch noch mal in mein Bad.«

»Danke.« Ich versuche mich an einem Lächeln, zwänge mich an Anton vorbei und betrete das kleine Bad.

Mehr als eine Person würde in diesen winzigen Raum niemals hereinpassen. Wenn ich mich um die eigene Achse drehe, bin ich keine Armlänge von der Tür, dem Waschbecken und der Toilette entfernt. Trotzdem ist das Bad mit seinen grauen Fliesen und der Topfpflanze über dem Klo modern eingerichtet.

Schnell erledige ich alles, damit Anton nicht noch genervter wird.

Ich öffne die kleine Tür und gehe zurück in den hellen Flur.

»Fertig.« Heute ist der erste Tag in meinem Leben, an dem ich außer Atem ein Badezimmer verlasse.

Ich stemme die Hände in die Hüften, warte schon auf irgendeinen dummen Kommentar, aber von Anton ist keine Spur.

Vorsichtig luge ich in den großen Wohn- und Essbereich. Helle Möbel leuchten im Sonnenlicht, das durch die hellen Vorhänge strahlt. Ich bleibe direkt in der Tür stehen, betrachte die große Bildercollage neben mir, die sich über die komplette Wand erstreckt.

Auf den Fotos sieht Anton sympathisch aus. Ein ehrlich glückliches Lächeln liegt in seinem schmalen Gesicht. Auf fast allen Bildern hält er seine Ski in der Hand.

Ich gehe noch einen weiteren Schritt ins Wohnzimmer, um mir die anderen Fotos anzusehen, als ich eines mit Anton und einer jungen Frau fixiere. Arm in Arm lächeln sie in die Kamera. Anton spielt mit ihrem roten Haar, scheint sie zu necken. Im Hintergrund erstreckt sich das hellblaue Meer, in dem sich die untergehende Sonne blutrot spiegelt.

Wie in einer imaginären Erinnerungskiste wühle ich in meinem Gehirn nach dem Gesicht dieser Frau. Ich habe alle Athleten studiert. Weiß, wie ihre Eltern und Geschwister aussehen. Ja, teilweise sogar ihre Freundinnen, wenn das Internet Fotos hergegeben hat. Aber diese rothaarige Frau ist wie ein schwarzes Loch in meinem Gedächtnis.

Wie hypnotisiert fahre ich mit der Fingerkuppe über ihre Konturen, als würde mir so wieder einfallen, wer sie ist.

»Was machst du da?!«

Ich zucke zusammen, drücke versehentlich meine Hand gegen das Bild. Es wackelt gefährlich. Sofort erhebe ich die andere Hand und stabilisiere den Rahmen auf dem Nagel.

»Ich … Äh … Also … Du warst nicht da.« Ich vergrabe die Hände in den Taschen meiner Jeans.

Scheiße, ich hätte nicht hier sein dürfen. Aber dieser mysteriöse Anton macht es mir schwer.

»Und dann schnüffelst du herum?« Antons Blick wandert zwischen dem Bild, das immer noch leicht an der Wand schwingt, und mir hin und her.

»Sorry, ich dachte nur …«

»Du solltest weniger denken und einfach mal warten.« Er verschränkt die Arme vor der Brust. Eine dünne Ader zieht sich von Antons Augenbraue hoch in seinen Haaransatz. Wahrscheinlich ist er sauer. Nein, definitiv ist er sauer.

»Komm.« Er dreht sich Richtung Flur.

»Wer ist diese Frau?« Irgendeine innere Macht sorgt dafür, dass ich meinen Mund bewege und diese Frage stelle. Ich kann es nicht verhindern und muss wissen, wer sie ist.

Anton verharrt in der Bewegung. Seine Oberarme spannen sich an, der Bizeps zeichnet sich deutlich unter der Haut ab. Er wirkt angespannt.

»Meine Schwester.«

Nein. Das ist nicht seine Schwester. Es gibt keine Schwester. Das weiß ich. Anton Meyr ist ein Einzelkind.

Ich öffne den Mund, um weiter nachzuhaken. Ihn fies auszuquetschen, wie er es wahrscheinlich mit mir machen würde. Aber Antons trauriger Gesichtsausdruck, als er sich flüchtig zu mir umdreht, lässt mich verstummen. Diese blauen Augen, die wie ein tiefer Meeresgraben wirken, wollen mich verschlingen. Mich mit Traurigkeit überschütten und gen Meeresgrund ziehen.

»Können wir jetzt?« Antons Stimme bröckelt, klingt kratzig. Sein Blick ist auf den Fußboden geheftet, unruhig wippt er auf den Fersen.

»Klar.« Auch meine Stimme ist nicht mehr so standfest wie vorhin.

Sein Stimmungswechsel hat mich eingenommen, liegt über mir wie eine dicke Regenwolke.

»Gleich zu filmen, während die Sonne immer goldener wird, wird richtig schön. Das kommt gut rüber. So friedlich.« Lächelnd schaue ich aus dem Fenster. »Möchtest du dein Video in einem Wald drehen?«

Wir fahren auf einen kleinen Parkplatz am Rande eines Waldes. Tiefgrüne Bäume umranden uns nahezu nahtlos, werden in einen sanften goldenen Schein gehüllt.

»Nicht ganz.« Anton ist immer noch sehr kurz angebunden, redet nur das Nötigste mit mir.

Ich frage mich wirklich, was ich getan habe, damit er mich so behandelt. All die anderen Athleten sind so … zuvorkommend. Und dann ist da Anton Mayr …

Wir steigen aus und ich hole meine Kameratasche aus dem Kofferraum.

»Wir müssen noch ein kurzes Stück gehen.« Mit einem Klick verriegelt Anton das Auto und geht dann, ohne mich anzusehen, voran.

Kopfschüttelnd folge ich ihm, klammere mich an die Tasche, weil es wieder in mir brodelt. Mit jeder ignoranten Aktion erweckt er den Vulkan in mir nur noch mehr. Als wäre Anton das unerwartete Erdbeben, das ihm den Rest gibt.

Wir gehen einen schmalen Weg entlang und als sich vor mir mein schlimmster Albtraum aufbaut, bleibe ich wie angewurzelt stehen. Diese fünf grauen Schanzen, die für mich ein Höllentor darstellen, jagen einen Schauer über meinen Rücken. Es kribbelt bis zu meinem Haaransatz, prickelt dort unangenehm.

»Nein.« Ich stehe immer noch. Gehe keinen Millimeter näher an diese Schanzen heran.

Anton stöhnt auf, dreht sich dann zu mir um. »Wieso?«

»Ich … Ich habe Höhenangst.«

»Oh, echt?« Obwohl dieser blöde Skispringer überrascht klingen will, schwappt eine kleine Welle Belustigung zu mir herüber. Dieses Glucksen am Ende des Satzes verrät ihn.

Ich beiße mir auf die Zunge, muss mich beherrschen. Will ein gutes Video für den DSV machen.

»Ja … Ich … Du … Du wusstest das, oder?«

Anton zuckt mit den Schultern. An seinen Mundwinkeln zupft ein kleines, zaghaftes Lächeln.

Nachdenklich gehe ich auf und ab, um zu schlussfolgern. »Ich habe es dem Team erzählt, nur dir nicht, weil du nicht da warst. Sie müssen … Sie müssen es dir erzählt haben und dann …« Als wäre ich Sherlock Holmes persönlich stampfe ich heftig über den unebenen Waldweg. »Du …« Ich bleibe stehen, schaue Anton mit weit geöffnetem Mund an und zeige mit dem Finger auf ihn. »Du Arschloch.«

Wie kann er es wagen, mich auf eine Schanze zu schicken, wenn er von meiner Höhenangst weiß?!

KAPITEL 16

Anton

Oberstdorf, Deutschland

Ich weiß nicht, was es ist. Aber Wanda wütend zu sehen, löst in mir eine gewisse Euphorie aus. Einen kleinen Rausch der Überlegenheit. Keine Ahnung, warum ich so gehässig bin. Bei anderen Personen bin ich es nicht – meistens zumindest –, aber bei Wanda ist irgendwie alles anders.

Diese blasse Haut erröten zu sehen, sobald sie von mir genervt ist. Diese tiefbraunen Augen zum Lodern zu bringen … Das stellt mich auf eine abgefuckte Weise zufrieden. Keine Ahnung, was da los ist.

»Ich bin ein Arschloch?« Übertrieben dramatisch zeige ich auf mich. »Du wolltest überzeugende Vorstellungsvideos. Wie soll ich unten am Boden überzeugen, wenn ich doch eigentlich in die Luft gehöre?« Siegessicher stemme ich die Hände in die Seiten.

»Das geht nicht. Ich kippe da oben noch um und falle runter.« Wanda stellt die Tasche ab, legt ihre Hände auf den Kopf und tigert über den schmalen Waldweg. »Nein, das kann ich nicht.«

»Doch, das kannst du. Geh einfach hoch und film mich da.«

Wandas hysterisches Lachen schallt durch den Wald, schreckt einen Schwarm Vögel auf, die kreischend über uns fliegen. »Du hast doch keine Ahnung. Das ist … lebensmüde.«

»Wenn du das Skispringen an sich als lebensmüde bezeichnest, würde ich das noch verstehen. Aber … du sitzt doch nur da oben auf der Schanze. Die wird schon nicht umkippen.«

»Schanzen können umkippen? Gibt es dafür keine Architekten?« Wandas Stimme wird leiser, ist ein Flüstern. Sie tigert immer noch auf und ab. Schüttelt dabei verzweifelt den Kopf. »Anton, nein.« Wandas Wangen sind gerötet, geben ihrem blassen Teint, gemischt mit den hellbraunen Haaren, einen warmen Ton. Etwas Frisches.

»Doch.«

»Nein.«

»Do-och.«

»Nei-in.« Wanda stürmt auf mich zu, bleibt wenige Schritte vor mir stehen. »Tu mir das nicht an.« Mit zitternden Händen streicht sie ihr Haar zurück.

Meine Schadenfreude versteckt sich langsam, ebbt ab. Wird von Missmut übertrumpft. Ich wollte Wanda damit ärgern, aber keine Panik in ihr auslösen.

»Du wolltest spektakuläre Videos.« Trotzdem zeige ich meine Gefühlslage nicht. Will mich doch nicht schwach vor ihr zeigen. Oder gar einsichtig. Nein, nicht bei Wanda, die einfach mir nichts, dir nichts in mein Leben geplatzt ist und an mir klebt wie eine Fliege an einer Falle.

»Ja, das … bekomme ich dadurch auch.« Sie kaut auf ihrer vollen Unterlippe herum, die so weich und glänzend sein könnte, wenn ihre Panik sie nicht nervös machen würde.

»Ich habe mich nur an die Aufgabenstellung gehalten.« Ich ziehe locker die Schultern hoch.

»Nein.« Wanda schnauft. »Du hast die Aufgabe genutzt, um mich zu ärgern.«

Sie ist gut.

»Nein.«

»Doch. Ich weiß nur nicht, warum du das machst. Was habe ich dir getan, dass du so fies zu mir bist?« Sie wirft die Arme in die Höhe, schaut mich mit diesen wunderschönen braunen Rehaugen an.

Du bist aufgetaucht und hast dafür gesorgt, dass mein Herz für einige Minuten nicht mehr geschmerzt hat. Bis wir den Streit in der Turnhalle hatten und ich fliehen musste, weil ich mit diesem neuen Gefühl nichts anfangen konnte. Weil es mir fremd war. Weil ich dachte, dass das niemand außer Lina hätte auslösen können.

»Ich hab' das Gefühl, du bist mein Anstands-Wau-Wau.« Ich verdrehe die Augen, muss diesen innerlichen Gefühlsausbruch unterdrücken. Weiß nicht, was mit mir los ist. Vielleicht werde ich auch einfach krank. Ich hatte schon lange keine Grippe mehr …

»Anstands-Was?! Ich bin doch kein Babysitter und, bei Gott, das will ich auf keinen Fall sein. Und vor allem nicht für dich.« Wieder lacht Wanda hysterisch, massiert dann ihre Schläfen. »Ich kann das nicht. Jetzt ohne Scheiß, Anton. Ich kippe da oben um.«

Oh.

»Ähm.« Ich vergrabe die Hände in den Taschen. Habe Wandas Höhenangst unterschätzt.

»Ja, *ähm*. Damit ist nicht zu spaßen. Ich bekomme Panik.«

Ich hatte mich schon darauf gefreut, auf meiner Heimatschanze zu sitzen. Habe sogar alles mit den Betreibern organisiert, damit wir dort drehen können. Aber ich glaube, ich bekomme Wanda wirklich nicht auf diese Schanze. Sosehr ich es auch will.

Ihre zitternden Hände – die sie hinter dem Rücken versteckt, dadurch aber nicht unsichtbar sind – sprechen Bände. Diese tiefbraunen Augen zucken immer wieder zwischen den Schanzen und mir hin und her. Es ist, als könnte Wanda sich nicht entscheiden. Als würde sie wirklich darüber nachdenken, ihre Angst zu übergehen, um dieses Video zu drehen.

Aber wenn etwas schiefgeht, bin ich dran. Dann heißt es: *Kamerafrau stürzt von Schanze – Was hat Anton Mayr damit zu tun?*

Und auf diesen Scheiß habe ich dann auch keine Lust.

Ich seufze, fahre mir durch die Haare. »Gut, dann machen wir das Video unten im Auslauf. Ist das besser?«

Wanda kaut wieder auf ihrer Unterlippe herum. Wie gerne ich sie daran hindern möchte, damit diese vollen Lippen nicht noch kaputter gehen …

Anton. Stopp.

Ich räuspere mich, hole mich so aus meinen Gedanken.

»Ja, das ist besser.« Wanda schnauft hörbar erleichtert. Sie nimmt ihre Tasche und steuert den Auslauf der Schanzen an.

Ich gehe wenige Schritte hinter ihr, betrachte ihre kurvige Statur von hinten. Diesen Hintern, der sich bei jedem Schritt rhythmisch bewegt. Wandas Haare, die offen über ihren Schultern liegen. Aber am meisten heftet sich mein Blick an ihren Pullover. Wir haben weit über zwanzig Grad. Frieren die aus dem Norden immer oder warum trägt Wanda andauernd einen Pullover? Auch im Sommer?

Ich werde aus dieser Frau nicht schlau. Und vielleicht ist es das, was ich so interessant an ihr finde. Sie macht ihr Ding, lässt sich nicht von mir beirren. Egal, wie scheiße ich bin.

»So, ich baue noch schnell das Stativ auf. Möchtest du dich auf die Bank da hinten setzen oder ins Gras?« Sie legt die Tasche ab, dreht sich zu mir um.

Die Sonnenstrahlen lassen Wanda von hinten erleuchten. Ihr braunes Haar strahlt mir golden entgegen, gibt mir das Gefühl, in einer dummen Teenie-Romanze zu sein, in der gleich Schmetterlinge um uns herumfliegen und wir unseren ersten Kuss haben werden.

Hilfe.

»Auf dem Gras ist gut. Dann kann ich mich so hinsetzen, dass die Schanzen im Hintergrund sind.« Ich nicke in Wandas Richtung.

Sie dreht sich um, schlägt ihre Hand an die Stirn. »Klaro. Die Schanzen. Das ist eine gute Idee. Ich bin immer noch etwas neben der Spur.« Sie kichert nervös vor sich hin. »Hier ist das Mikro. Das kannst du einfach an dein T-Shirt ranmachen.«

Ich befestige das kleine Plastikteil mit dem schwarzen Puschel an meinem Kragen, dann lasse ich mich ins Gras fallen und warte, bis Wanda fertig ist. Zehn Stunden Zugfahrt, nur um dieses Video mit mir zu drehen ist … Leidenschaft. Sie liebt ihren Job offensichtlich.

»Okay, ich bin so weit. Dann stell dich mal kurz vor.« Wanda setzt sich ins Gras hinter der Kamera.

Ich atme tief durch, will mein natürlichstes Lächeln aufsetzen. »Hallo, ich bin Anton Mayr, 23 Jahre alt und komme aus München.«

»Perfekt. Ich stelle jetzt erst mal ein paar Basic-Fragen, ja?« Wandas Stimme ist ernst. Sie wirkt fokussiert, schaut immer wieder akribisch auf das Display ihrer Spiegelreflexkamera.

»Okay.«

»Wie bist du zum Skispringen gekommen?«

Und wie das Basic-Fragen sind. Die habe ich schon tausend Mal beantwortet.

Ich schnaufe, kreise meinen Kopf, damit ich nicht so genervt klinge.

»Ich weiß, jeder kennt wahrscheinlich die Antwort, aber wir müssen irgendwo anfangen«, sagt Wanda leise.

»Ja. Ist gut.« Ich falte die Hände. »Alles begann vor dem Fernseher, als wir eines Nachmittages Skispringen schauten. Ich war … so fasziniert vom Fliegen. Fasziniert davon, dass Menschen einfach so auf Skiern fliegen können, ohne sich zu verletzen. Das wollte ich auch. Also hatte Mama mich irgendwann wider Willen zum Training angemeldet. Und nun sind wir hier.«

Ich zucke mit den Schultern, als hätte sich mein Leben in den letzten Jahren nicht komplett gewandelt. Vom Studenten, der Steuerrecht studierte, zum gefeierten Skispringer, der allein vom Geld seiner Sponsoren lebt.

»Gibt es etwas, das dich am Skispringen stört?«

Eigentlich habe ich mit einer passenden Gegenfrage oder

Antwort gerechnet, aber Wanda arbeitet nur ihre Fragen ab, die sie vom Handy vorliest.

Na gut.

»Nervige Frauen mit Kameras.« Ich zwinkere ihr zu.

»Anton.« Wanda lässt das Handy sinken, schüttelt den Kopf. Dabei rutscht eine braune Strähne in ihr Gesicht, verdeckt einen Teil ihrer dazu passenden Augen.

»Sorry. Das musste sein.«

»Nein.«

»Oh, doch.«

Wanda setzt sich aufrechter hin, schaut wieder auf ihr Handy. »So … Beantworte die Frage.«

»Okay.« Ich streiche nachdenklich über meine Bartstoppeln. »Das Reisen. So cool es auch ist: Es nervt irgendwann. Raubt dir Energie. Vor allem am Ende der Saison.«

Ich beantworte noch viele weitere Fragen, bis Wanda den Dreh mit einer letzten beendet.

»Wo möchtest du am Ende der Saison stehen? Was ist dein Ziel?«

»Auf einer Schanze. Mit dir.« Ich zwinkere Wanda gespielt flirtend zu. Suche wieder verdammt verzweifelt nach ihrer Bestätigung, weil sie die einzige Frau seit langem ist, die nicht auf mich reagiert, wie ich es will.

»Nee. Jetzt ernst gemeint.« Sie schnalzt mit der Zunge, scheint genervt zu sein.

»Das ist mein Ernst. Am Ende der Saison wirst du mutig genug für die Schanze sein. Und wenn nicht, schleife ich dich hoch.«

»Anton, das ist nicht witzig. Ich kann das nicht.« Wanda schaltet die Kamera aus und baut das Stativ ab.

Ich stehe auf, klopfe meinen Hintern ab. »Das ist auch nicht als Witz gemeint. Wir wachsen alle über uns hinaus. Wir müssen dich mit deiner Kamera akzeptieren, dann kannst du auch auf eine Schanze gehen. Es muss ja keine Flugschanze sein.«

KAPITEL 17

Wanda

Oberstdorf, Deutschland

»Warte. Ihr *müsst* mich akzeptieren? Was soll die Scheiße denn jetzt?« Ich stemme die Hände in die Hüften.

Die Stimmung war vor Minuten noch so entspannt, ja, nahezu friedlich. Aber Anton schafft es – wie immer –, alles zu ruinieren. Er nimmt mich einfach nicht ernst.

»Du kannst doch die Höhenangst nicht mit mir als Kamerafrau vergleichen!« Ich atme tief durch. Sauge die frische, nach irgendwelchen Feldblumen riechende Luft ein. Will mich damit beruhigen.

Irgendwie reden Anton und ich immer aneinander vorbei.

»Nun ja, wir haben nicht darum gebeten, eine 24-Stunden-Überwachung zu haben. Also müssen wir alle wohl irgendwie damit klarkommen.« Seine feinen Lippen formen sich zu einem harten Strich, schieben Antons kantige Wangenknochen in den Vordergrund.

»Nicht darum gebeten?!« Wütend schmeiße ich das Stativ in die Kameratasche. »Ich habe auch nicht darum gebeten, mit einem eingebildeten und rücksichtslosen Arsch filmen zu müssen!«

Mein Herz hämmert bis zum Hals, pulsiert unangenehm am Kehlkopf. Will mir die Luft abschnüren, damit ich Anton nicht noch mehr fiese Worte an den Kopf werfe. Er spielt meine Höhenangst herunter. Ja, macht sich lustig über mich.

»Hör auf, mich einen Arsch zu nennen. Das bin ich nicht.« Anton rauft seine blonden Haare, entfernt sich ein paar Schritte von mir.

»Dann beweise mir das Gegenteil.« Ich drehe mich von ihm weg und schließe den Reißverschluss der Kameratasche. Mit einem Stöhnen lege ich sie um die Schulter und trampele den schmalen Waldweg zurück zum Parkplatz.

Ist mir doch scheißegal, ob Anton hinterherkommt. Ich werde an seinem Auto warten, zur Not ein Taxi nach München nehmen.

Mit hängendem Kopf lehne ich mich gegen Antons Auto, scrolle auf meinem Handy herum und suche die nächste passende Zugverbindung nach Hamburg.

»Fährt so spät überhaupt noch ein Zug?« Anton späht über meine Schulter. Eine sanfte Minz- und Vanillenote kitzelt in meiner Nase, unterstreicht diesen eigentlich perfekten Spätsommertag.

Wenn da nicht Antons Ego wäre.

»Es fährt ein Nachtzug von München nach Hamburg. Den nehm' ich.«

»Du warst heute fast nur am Zugfahren. Buch dir doch eine Unterkunft.« Auch Anton lehnt sich gegen den Audi, vergräbt lässig die Hände in den Taschen seiner Shorts. Als hätten wir vor ein paar Minuten keinen riesigen Streit gehabt.

Ich bin vollkommen perplex. Wie routiniert er diesen Streit abhakt und jetzt so … normal ist. Was geht bei diesem Kerl?!

»Nein. Je schneller ich hier weg bin, desto besser.« Ich stecke das Handy in die Kameratasche. »Ich werde den Zug während der Fahrt buchen, falls wir noch irgendwo im Stau stecken sollten.« Ich rede so neutral wie möglich mit Anton. Will einfach weg hier und diesen Tag, der sich zum Guten hätte wenden können, vergessen.

»Okay.«

»Hör zu.« Ich lege meine Hand an den Türgriff der Beifahrerseite. »Es ist in Ordnung, wenn du mich nicht ausstehen kannst. Warum auch immer. Aber dann sag mir das, damit wir nicht so sprunghaft sind zwischen einem Streit und einer einigermaßen normalen Konversation.«

Antons Kinnlade klappt nach unten, aber er fängt sich schnell. Formt seinen Mund zu einem großen O. »Äh, okay. Gut.«

»Eigentlich wollte ich heute noch irgendwas Persönliches von dir drehen. Wie bei Rupert und seinem Smoothie. Aber weißt du was? Wenn meine Anwesenheit so unerträglich ist und du mich sowieso nicht ernst nimmst, dann dreh irgendwas selbst mit deinem Handy und schick es mir per Mail.« Ich öffne die Beifahrertür. Anton springt ein Stück zur Seite. »Hat ja keinen Zweck. Du willst das hier alles gar nicht.«

»Wie recht du hast …« Anton presst die Zähne zusammen, ist kaum zu verstehen.

»Perfekt. Dann sind wir uns ja endlich mal einig.« Ich setze mich hin, umschließe den Türgriff mit meiner Hand. »Von nun an reden wir nur noch über das Nötigste. Fahr mich jetzt bitte zum Bahnhof.«

KAPITEL 18

Anton

Frankfurt, Deutschland

»Alter, hast du Wanda eigentlich noch ein Video von dir geschickt?« Ru stupst mich an. In seinem klassischen Anzug und mit der Fliege sieht er heute richtig erwachsen aus. Nicht so zerstreut wie sonst. Seine zurückgekämmten roten Haare helfen dabei auch.

Wir stehen am Rande des roten Teppichs beim alljährlichen Sportpresseball. Blitzlichter blenden mich. Diese flackernden Punkte tanzen auf meinen Augen, lenken mich ab, als wären sie eine Leuchtreklame. Ich kneife die Augen zusammen.

»Ja, musste ich. Das Video erscheint schon in ein paar Tagen. Hab was beim Wandern aufgenommen.« Ich setze eine neutrale Miene auf. Die Reporter mit ihren überaus laut klackenden Kameras sollen meiner Gefühlslage nicht auf die Schliche kommen.

Wanda hat ihr Versprechen in den letzten Wochen gehalten. Nur Kontakt, wenn es wirklich nötig ist. Und eigentlich sollte es mich zufriedenstellen. Ich bekomme nicht den Anstands-Wau-Wau, den ich befürchtet hatte. Zumindest nicht vor der Saison. Aber mein Inneres ist nicht zufrieden. Wälzt sich nachts im imaginären Bett, kann nicht in Ruhe schlafen.

Na gut. *Ich* kann nicht schlafen.

Weil mir diese Streitereien mit Wanda – so abgefuckt es ist – fehlen. Mir fehlt ihre volle Aufmerksamkeit. Ihre bösen Blicke kassiere. Sie manchmal zur Weißglut bringe.

»Du und Wandern. Dass ich nicht lache. Seit wann ist das dein Hobby?« Rupert streicht seine Anzugjacke glatt. Ein schmales Lächeln liegt auf seinen Lippen.

»Seitdem du mich regelmäßig dazu zwingst, mein Freund.«

»Na ja. Du verkriechst dich und sitzt andauernd vor irgendeinem Bildschirm und zockst. Dann muss ich dich halt zum Wandern zwingen, bevor du eingehst wie deine Blumen im Wohnzimmer.«

»Denkst du, ich zeige mich so? Das ist doch … peinlich.« Ich schüttele den Kopf. Laut Johann muss ich endlich eine weiße Weste bekommen. Für unsere verbliebenen Sponsoren. Da zeige ich mich ganz bestimmt nicht als Gamer. Die stereotypischen Titel dazu sehe ich schon in den Tageszeitungen: *Hätte Anton Mayr nicht so viel gezockt, hätte er den Wettkampf gewonnen …*

»Nein, das bist einfach du, Anton. Peinlich war ich mit meinem Smoothie.« Eine leichte Röte legt sich auf Rus Wangen, unterstreicht seine hellgrünen Augen.

»Dafür hast du aber echt viele Sympathiepunkte im Internet bekommen.« Ich klopfe ihm stolz auf die Schulter.

Rupert wirkt auf den ersten Blick unscheinbar und zurückhaltend. Aber wenn man ihn besser kennenlernt – und ich kenne ihn seit Jahren – ist er einer der coolsten Kerle, die ich kenne.

»Ähm, Anton?«

»Ja?«

»Mach heute nicht so doll, ja? Denk an das, was Johann uns letztens geschrieben hat.«

»Eine weiße Weste. Ich weiß …«

»Gut.« Ru atmet tief durch, als hätte ihm dieser Satz schon lange auf der Zunge gelegen. »Wo sind eigentlich die anderen?«

Ich drehe mich um, scanne den vollen Raum nach unseren Teammitgliedern ab. »Da hinten ist Johann, der redet noch mit seiner Frau. Marvin und Lasse kommen gerade auf uns zu mit … Wanda? Was macht die denn hier?«

Wie auf Knopfdruck spannt sich meine Muskulatur an. Ich drücke meine Fersen fester in den Boden, muss mich spüren. Muss mich von Wandas atemberaubendem Anblick ablenken, der mir nicht gefallen darf. Der auf so viele Weisen falsch ist.

»Sie gehört zum Team. Johann hat sie eingeladen. Wusstest du das nicht?«, flüstert Ru, als die drei vor uns stehen bleiben.

»Nein.« Ich will Hallo sagen, Wanda irgendwie begrüßen, aber ich bekomme nichts über die Lippen. Mein Blick heftet sich auf ihr blassblaues Kleid, das beinahe einer Robe gleicht. Lange lockere Ärmel flattern bei jeder minimalen Bewegung, die sie macht, umgarnen den langen Rock, der ab der Mitte des Oberschenkels einen Schnitt hat und Wandas nacktes Bein zeigt.

Ich presse die Zähne aufeinander, löse den Blick und schaue auf den Boden.

»Sabber nicht.« Rupert gluckst und kassiert dafür meinen Ellenbogen in der Seite. »Au!«

»Hi.« Wandas hohe Stimme jagt einen Schauer über meinen Rücken, kribbelt bis in meine Zehen. Schickt ein ganzes Blasorchester durch meine Adern. Scheiße. Warum reagiert mein Körper auf ein dummes Hi? Ich bin keine vierzehn mehr.

»Na, ihr drei.« Meine Stimme kratzt. Mit einem Räuspern lockere ich den Schleim, der sich in den letzten Sekunden um meine Stimmbänder gelegt hat.

»Da kommt Johann. Dann können wir«, sagt Marvin.

Unser Trainer schlendert mit seiner Frau auf uns zu und gibt uns mit einem Nicken zu verstehen, dass wir auf den roten Teppich sollen.

»Was mache ich jetzt? Soll ich auf der anderen Seite warten?«, flüstert Wanda. Ihr gewelltes offenes Haar streicht sie elegant nach hinten.

»Ach, Quatsch. Du kommst mit aufs Gruppenfoto.« Johann klopft ihr väterlich auf die Schulter und geht voran.

Wir folgen ihm wie Entenbabys ihrer Mutter und stellen uns der Reihe nach auf.

»Können wir die Plätze tauschen, Wanda? Ich hab eine Schokoladenseite.« Rupert zwinkert ihr zu, zeigt auf den Platz neben mir.

Minimal schüttele ich den Kopf, aber entweder sieht Rupert mich nicht oder er ignoriert mich.

Wahrscheinlich das Zweite.

»Oh, okay.« Wanda hebt den langen Rock ihres Kleides und stell sich neben mich.

Eine Mischung aus Jasmin und Orange ummantelt mich, treibt mich ein Stück näher an Wanda heran, um diesen außergewöhnlichen Duft ein weiteres Mal zu riechen. Ihn intensiv wahrzunehmen. Gedanklich in ihm zu baden.

Ich weiß nicht, was sie an sich hat. Vielleicht ist es dieser Geruch, vielleicht aber auch ihre starke Haltung. Aber sie sorgt aus irgendeinem Grund dafür, dass ich mich besser fühle. Dass mein Herz endlich wieder schmerzfrei schlagen kann. Und das macht mir Angst. Ich habe Angst davor, Lina zu vergessen. Irgendwann ihr Gesicht in meinen Erinnerungen zu verlieren. Oder mit Wandas auszutauschen. Obwohl das Unsinn wäre.

»Können Sie ein wenig mehr zusammenrutschen?«, fragt eine Reporterin und gestikuliert mit den Händen.

»Klar!«, ruft Johann. »Na kommt.«

Wir rutschen näher zusammen. Vorsichtig lege ich einen Arm um Wanda, platziere meine Hand auf dem seidigen Stoff ihres Abendkleides. Auch sie legt ihren Arm sanft um mich, atmet hörbar durch. Sie scheint nervös zu sein. Der erste rote Teppich ist immer der schlimmste.

Mein Magen zieht sich zusammen. Erst schmerzhaft wie bei einer Magen-Darm-Grippe. Dann pulsiert er, schickt sekundenweise Blitze durch meinen Körper. Ich muss gleich so schnell wie möglich weg von dieser Frau. Sie macht mich verrückt. Wütend und federleicht zugleich. Das ist eine explosive Mischung.

Wir posieren einige Male für die Kameras, bis uns eine junge Dame aus dem Blitzlicht holt und abseits manövriert.

»Hey, erster roter Teppich! Cool, oder?« Ru hält Wanda seine Hand hin, damit sie einklatschen kann.

Ich drehe mich um und verlasse die Gruppe. Mit schnellen Schritten stelze ich in den großen Ballsaal und suche nach irgendeiner Art Ablenkung.

»Du bist so witzig! Können wir Nummern austauschen?« Eva, eine neue Bekanntschaft, beugt sich zu mir herüber. In ihrem kleinen Schwarzen sieht sie atemberaubend aus. Es harmoniert perfekt mit ihrem gebräunten Teint, schmeichelt ihren zarten Kurven.

»Na, klar. Moment.« Ich krame in der hinteren Hosentasche herum und hole mein Handy heraus.

»Ah, Anton! Hier bist du.« Johann taucht plötzlich hinter Eva auf und hat Wanda im Schlepptau. »Ich bring' dir Wanda vorbei. Sie soll nicht den halben Abend allein verbringen.«

Johanns Gesichtsausdruck ist kaum zu deuten. Macht er diese fiese Aktion, um mich zu ärgern? Oder sorgt er sich wirklich um Wanda?

Er nickt mir zu und verschwindet so schnell, wie er gekommen war, zurück in der Menge. Wanda schaut ihm mit zusammengepressten Lippen hinterher, nestelt mit ihrer freien Hand am Abendkleid. In der anderen hält sie einen orangenen Drink.

Eva verzieht ihre vollen Lippen und schaut Wanda eindringlich an. »Und wer bist du genau?«

Sie schnauft, schaut einige Mal zwischen uns her. »Antons Anstands-Wau-Wau.« Wanda schmunzelt in ihren Drink hinein, trinkt einen Schluck.

Wie automatisiert umklammere ich mein Handy. Ich habe keine Lust darauf, mir den Abend von Wanda versauen zu lassen. Ich brauche doch diese Ablenkung. Aber das funktioniert nur, wenn sie nicht direkt neben mir steht.

»Der … was?« Eva zieht die Augenbrauen zusammen. Eine große Furche entsteht auf ihrer Stirn.

Wanda unterdrückt ein Prusten und stellt sich neben mich. Ich will Blickkontakt mit ihr aufbauen, ihr auf eine telepathische Weise sagen, sie solle verschwinden … oder zumindest den Mund halten. Aber Wanda ignoriert mich und funkelt stattdessen Eva mit ihren tiefbraunen Augen an.

»Ich bin seine Begleitung. Ach, Anton. Vielen Dank noch mal für die Einladung. Ich bin hin und weg.« Wanda hakt sich bei mir ein, lächelt gekünstelt.

Diese blöde Kuh.

Das wird die Retourkutsche für den verkorksten Videodreh sein.

Ich bin wie versteinert. Als hätte jemand eine Ladung Beton über mich geschüttet. Unfähig, etwas gegen Wandas böses Spiel zu unternehmen.

»Oh.« Eva ergreift ihre Clutch. »Dann möchte ich natürlich nicht weiter stören. Ich dachte, du wärest frei.« Sie wirft mir einen flüchtigen Blick zu und verschwindet hinter den Biathletinnen.

»Nein! So ist es nicht! Ich …«, rufe ich noch hinterher. Ich löse Wandas Griff um meinen Oberarm.

»Sorry, Playboy. Der Zug ist abgefahren«, nuschelt sie und trinkt einen Schluck aus ihrem Glas. Ein zufriedenes Seufzen dringt aus ihrer Kehle.

»Wanda, was sollte das?! Du sagtest, wir haben nur noch den nötigsten Kontakt.« Es macht mich wild. *Sie* macht mich wild.

»Oh, ja. Das hier war der nötigste Kontakt. Ich musste die arme Frau vor dir retten. Es ist arschig von dir, ihr was vorzuspielen, nur um deinen Spaß zu haben.« Wanda trinkt den letzten Schluck ihres Drinks und stellt das Glas auf einem schwarzen Stehtisch neben uns ab. »Du meinst nichts ernst.«

»Das weißt du doch gar nicht. Vielleicht wäre sie die Eine gewesen …« Das ist eine glatte Lüge. Ich muss aufpassen, dass ich nicht auf ihr ausrutsche.

»Träum weiter. Mich kannst du mit dem Gefasel nicht überzeugen. Du hast mich von Anfang an deinen Anstands-Wau-Wau genannt. Dann bin ich das von jetzt an auch. Zumindest bei solchen Veranstaltungen.« Grinsend zuckt Wanda mit den Schultern. Ihre braunen Augen blitzen förmlich auf.

Ich raufe meine Haare, lehne mich gegen die Bar hinter mir. »Hat Johann dir diesen Auftrag gegeben?«

»Was? Nein.«

»Ach, echt?«

»Anton.« Wanda beugt sich zu mir herüber. »Das hier mache ich aus freien Zügen. Ich möchte die Frauen nur vor Männern wie dir retten. So was hat nämlich niemand verdient.« Ihr Atem riecht nach Orange. Fast so sehr wie ihr Parfüm, nur süßer.

»Männer wie ich?« Geschockt zeige ich auf mich.

»Ja, Männer wie du. Männer, die eine schnelle Nummer wollen und die Frau absägen, sobald sie eine bessere finden. Oder – noch besser – sie machen mit ihr Schluss, weil ihnen irgendwas an ihr nicht gefällt, für das sie nichts kann.« Wandas Gesichtsausdruck verändert sich. Ihre wütenden, funkelnden Augen werden sanfter. Öffnen ein Tor in eine Welt, die ich bei Wanda nicht erwartet hätte. Eine Welt der Trauer, der Enttäuschung.

Ich atme ein, muss den Blickkontakt lösen, damit ich

nicht in diese Welt hineingesogen werde. Keine Empathie für diese schöne, starke Frau entwickele, mit der ich seit Tag eins nur Streit habe.

Klick.

Ich drehe mich ein Stück weiter nach links, entdecke einen Fotografen, der seine Kamera auf uns richtet. »Wanda, komm. Lass uns woanders streiten.« Ich ergreife ihre Hand und ignoriere den stechenden Schmerz, der durch mein Herz jagt.

KAPITEL 19

Wanda

Frankfurt, Deutschland

»Nicht so schnell. Ich trage High Heels.« Ich komme kaum hinterher. Tippele herum, als würde ich auf einem eingefrorenen See laufen.

Antons Tempo ist schnell, er rennt beinahe aus dem Saal und zieht mich hinter sich her. Nach wenigen Schritten drückt er eine Tür auf, über der ein großes grünes Notausgangsschild leuchtet.

Wir betreten einen kleinen Hinterhof. Der Vollmond erhellt diesen winzigen Ort, hilft der einzigen Straßenlaterne neben mir, diesen Hof mystisch aussehen zu lassen. Wenige Tauben sitzen in den Baumwipfeln um uns herum und gurren vor sich hin.

Kies knirscht unter meinen Heels. Ich verliere das Gleichgewicht, war nicht auf diesen Untergrund vorbereitet. Reflexartig bleibe ich stehen. Mit all meiner Kraft kralle ich mich in Antons Arm, damit dieser Abend nicht noch unangenehmer wird, als er schon ist.

»Uahhhh!« Ich balanciere mein Gleichgewicht aus und komme langsam zu stehen.

Eine frische Brise streift meine Arme. Selbst unter dem dünnen Stoff stellen sich meine Härchen auf.

Auch Anton bleibt stehen. Sein Gesicht wird vom Mond bestrahlt. Er hebt seine kantigen Kieferknochen hervor. Anton sieht wie gezeichnet aus. So … in Stein gemeißelt. Wie ein verdammter griechischer Gott.

»Warum mischst du dich in mein Leben ein?!« Er schnauft, steckt die Hände in die Anzugtaschen.

»Weil diese wunderschöne Frau es nicht verdient hat, von dir verarscht zu werden. Habe ich doch schon gesagt.« Ich breite die Arme aus, sehe hinauf zum Vollmond. Wenn ich meine Kamera dabei hätte, würde ich unendlich viele Fotos von diesem majestätischen Etwas machen.

»Selbst wenn Eva nur für eine Nacht geblieben wäre, geht dich das nichts an. Warum machst du das? Musst du dich in die Leben anderer einmischen, weil du selbst so ein trauriges hast? Bist du dann endlich zufrieden?!« Antons Stimme wird lauter, prallt vom Backsteinhaus ab, aus dem wir gerade gekommen sind.

Mehr als seine kantigen Gesichtszüge erkenne ich im dämmrigen Licht nicht, aber ich stelle mir vor, wie seine Ader wieder pulsiert. Diese Ader, die von seiner Augenbraue bis hoch in den Ansatz geht.

Ich weiß nicht, warum mir Antons Liebesleben so wichtig ist. Warum es mir so wichtig ist, dass andere Frauen von ihm fernbleiben. Vielleicht wegen Jasper. Irgendwie sind sie sich sehr ähnlich …

Bei der Erinnerung an Jasper und sein respektloses Verhalten meinen Narben gegenüber schmerzt mein Herz. Eine imaginäre Kraft will es herausziehen, zerfetzen. Mir meinen

Lebenswillen nehmen und zeigen, wie hässlich ich bin. Jasper hatte recht. Niemand will so etwas wie mich.

»Wow, du scheinst ja wirklich keine Antwort zu haben. Ist das pure Belustigung? Bist du immer so kratzbürstig? Ich kenne dich nämlich nicht anders.« Anton redet immer weiter, hält dabei nicht einmal Blickkontakt zu mir. Er tigert eine kurze Strecke vor mir auf und ab. Die Hände hat er in die Hüften gestemmt.

Ich betrachte sein schmales Kreuz, das trotzdem muskulös wirkt. Nein, es wirkt nicht so. Ich weiß durch die Google Bildersuche, dass es muskulös ist. Unzählige Muskeln zeichnen sich auf seinem Rücken ab, sind wie eine ganz persönliche Landkarte.

»Hörst du mir überhaupt zu?!« Anton reißt mich aus meinem Tagtraum.

Mein Kopf zuckt in seine Richtung. Er steht nur wenige Schritte von mir entfernt.

»Okay, anfangs fand ich unsere Streitereien irgendwie noch … befriedigend. Unterhaltsam. Aber langsam zerstörst du mein Leben. Ich …«

»Mein Freund hat erst vor wenigen Monaten mit mir Schluss gemacht.« Ich rede einfach darauf los. Wie eine Flut, die nicht gestoppt werden kann. »Er … Er hat mein Äußeres nicht akzeptiert, mich kleingemacht. Meine Unsicherheiten ins Lächerliche gezogen.«

Aus Antons nervösem Stampfen wird absolute Ruhe. Er bleibt wie angewurzelt stehen, die Hände immer noch an der Hüfte. Wie in Zeitlupe legt er den Kopf schief.

»Ihr seid euch charakterlich sehr ähnlich, habe ich das Gefühl. Anscheinend ist es mein persönliches Anliegen, dein Liebesleben zu kontrollieren, damit anderen Frauen nicht das Gleiche passiert.« Ich kaue auf meiner Unterlippe und ziehe schützend die Schultern Richtung Ohren. So offen wollte ich nie mit Anton reden. Ihm nicht meine inneren Dämonen zeigen. Aber irgendwas in mir wollte sich rechtfertigen. Zeigen, dass es sehr wohl einen Grund gibt, warum ich so bin. Ich bin keine Furie.

»Oh.« Er räuspert sich, kickt einen Kieselstein weg, der über den gepflasterten Weg neben uns poltert. Er atmet tief ein. »Glaubst du echt, ich benutze Frauen wie ein Taschentuch?«

»Das ist ein sehr interessanter Vergleich.« Ich unterdrücke ein Glucksen. »Manchmal ja. Er und du … Ihr seid beide so direkt, wirkt oberflächlich.«

Anton schüttelt den Kopf und tritt einen Schritt an mich heran. »Du kannst vieles von mir behaupten. Aber oberflächlich bin ich nicht, Seide.«

Ich könnte den nächsten Streit entfachen. Ihn fragen, warum er immer mit Frauen gesehen wird, die aussehen, als würden sie direkt von der Instagram-Startseite kommen. Aber ich presse die Lippen fest aufeinander.

»Seide?« Verwirrt blicke ich zu ihm hoch.

Anton schnauft, streicht sich über sein rasiertes Gesicht. »Egal.« Er macht eine abwinkende Handbewegung. »Wenn dieser Kerl dich wegen einer Oberflächlichkeit abgeschoben hat, dann ist er der Arsch und nicht ich. Ja?« Er kommt noch einen Schritt näher, bringt seinen süßen Vanilleduft mit. »Du siehst übrigens heute umwerfend aus.« Antons Stimme ist nicht mehr als ein Flüstern, direkt neben meinem Ohr.

Wie ferngesteuert halte ich die Luft an. Habe mit dieser Nähe und seinem verführerischen Duft nicht gerechnet.

Scheiße, Wanda. Du musst Abstand nehmen. Fall nicht wieder auf so einen Kerl rein.

Ich trete einen Schritt zurück. Antons Charme hat keine Macht über mich. Ich bin viel stärker als andere Frauen.

Obwohl ich innerlich alles andere als stark bin und nur meine Fassade aufrechterhalte. Ich bin eher eine alte, schlecht aufgebaute Mauer, die bröckelt. Jede kleine Erschütterung bringt mich dem Einsturz näher. Jeder Blick in den Spiegel, der mich an diesen schrecklichen Unfall erinnert, reißt einen Backstein aus mir heraus wie bei einem Jenga-Spiel. Irgendwann werden es zu viele sein. Irgendwann wird meine Mauer zusammenbrechen.

KAPITEL 20

Anton

Wisla, Polen

»Okay, eine Frage habe ich noch.« Wanda richtet die Kamera auf Ru. Dabei dreht sie sich auf dem Autositz weiter um, drückt den Kragen ihrer gelben Teamjacke beiseite. »Warum startet die Saison in Polen, wenn es dort im November noch keinen Schnee gibt?«

Wir passieren das Ortsschild der kleinen Stadt Wisla, in der der Saisonauftakt stattfindet.

Ru schürzt die Lippen und streichelt über seine wenigen Bartstoppeln. »Das ist eine gute Frage. So was entscheiden wir nicht. Früher haben wir in Finnland gestartet. Da gibt es dann natürlich schon Schnee …«

»Dafür sind die polnischen Fans in einer eigenen Liga. Begeistert. Leidenschaftlich. Du bekommst bei deinem ersten Springen gleich das beste Publikum.« Marvin zwinkert Wanda zu.

Ich balle die Hände zu Fäusten, möchte ihm für diese kleine Geste eine reinhauen.

Aber er spürt meine Unruhe nicht, sondern redet weiter ganz locker mit Wanda. Warum kann ich das nicht?

Warum wird jedes Wort, das ich ihr gegenüber äußere, zur Beleidigung?

»Jetzt fahren wir erst mal ins Hotel, ruhen uns ein wenig aus und trainieren heute Abend noch. Morgen ist dann das erste Training auf der Schanze. Und danach die Qualifikation.« Marvin spricht weiter, lehnt sich dabei immer weiter zu Wanda.

»Ich bin schon so gespannt. Ich …«

Weiter höre ich ihrem Geplänkel nicht zu. Schnaufend setze ich meine Kopfhörer auf die Ohren und versinke in den melodischen Klängen von *blink 182*.

Die ersten Wettkämpfe fühlen sich merkwürdig an. Noch gar nicht winterlich. Die goldenen und braunen Baumkronen, an denen wir mit dem VW-Bus vorbeifahren, helfen dabei auch nicht. Alles schreit nach Herbst.

Ich schließe die Augen und lehne mich gegen die kühle Fensterscheibe. Keine Ahnung, wie ich eine komplette Saison mit Wanda und ihrer Kamera in meinem Gesicht aushalten soll. Sie ist überall. Nicht unbedingt die Kamera, aber Wanda. Auf dem Sportpresseball, bei so vielen Trainings, im Hotel, in meinem Kopf … Diese Stupsnase verfolgt mich. Will von mir berührt werden. Will die Erinnerungen an Lina auslöschen wie ein fieses Computervirus.

Nein. Das darf nicht passieren. Ich will keine Gefühle aufbauen.

Es gibt etwas, das nennt sich *Liebe auf den ersten Blick*. An so etwas Ekliges und Verquollenes habe ich noch nie geglaubt. Und das ist es auch nicht. Aber irgendwas zieht mich an. Will die Nähe zu Wanda. Und das ist nicht wie bei den Frauen im Club. Es liegt nicht an einem engen Kleid.

Nicht am Make-up. Nein, auch nicht an Wandas Stupsnase. Es ist etwas, was nicht greifbar ist. Etwas, gegen das ich nichts unternehmen kann. Und das macht mir Angst. Ich bin machtlos. Ergeben.

Irgendjemand klopft gegen meinen Arm. Ich zucke zusammen, reiße panisch die Kopfhörer von den Ohren. Hektisch schaue ich mich um, bis ich in Rus hellgrüne Augen schaue.

»Alter, wir sind da. Komm aus dem Land der Träume.« Er klopft mir ein weiteres Mal gegen den Arm.

Ich stöhne, schaue aus dem Fenster. Dunkelgrüne Fichten umsäumen ein Hotel mit gelber Fassade. Meine Teamkollegen wühlen im Kofferraum herum, laufen mit ihren Reisetaschen am Bus vorbei.

»Endlich ein bisschen Ruhe.« Ich nehme meinen Rucksack und steige aus.

»Wir sehen uns um 18 Uhr. Eine Stunde Training. Das reicht dann auch bis morgen.« Johann lehnt sich in den Türrahmen unseres Zimmers, hat dort einen Arm locker abgestützt.

»Alles klar.« Ich lasse mich demotiviert aufs Bett fallen und verschränke die Arme hinter dem Kopf.

Das Reisen hinterlässt Spuren bei mir. Was für manche ein Traum ist, ist für mich eine Qual. Ja, wenn ich einmal am Zielort angekommen bin, gefällt es mir. Aber der Weg dorthin ist zäh. Geplagt von Stau oder verspäteten Flügen.

»Und, Anton?« Johann räuspert sich.

Scheiße, jetzt kommt noch irgendwas.

»Hm?« Bitte lass mich in Ruhe. Ich will nur noch vor mich hinvegetieren, bis wir ein kurzes Training einlegen.

»Kannst du mit Wanda in den Supermarkt fahren? Wir brauchen noch Sachen für unsere Tradition.«

»Ich kann mit Ru fahren.« Ich klinge wie ein Roboter, obwohl mein Herz bei der Erwähnung von Wanda einen Gang höher schaltet und schmerzhaft gegen den Brustkorb hämmert.

»Nein, du fährst mit Wanda. Dann hat sie zumindest mal ein, zwei Clips von dir. Wir machen das zum Großteil deinetwegen, Anton. Das weißt du.«

Immer diese Scheißkamera. Ich kann sie jetzt schon nicht mehr sehen.

Stöhnend wälze ich mich vom Bett und gehe zu Johann. Eine Diskussion hat keinen Zweck.

»Dann will ich aber jetzt los.« Ich strecke meine Hand aus, um den Schlüssel des Busses entgegenzunehmen. »Wenigstens habe ich es dann hinter mir.«

»Alles klar.« Unser Trainer greift in seine Hosentasche und gibt ihn mir. »Viel Spaß.«

»Ja, ja.« Ich schaue ihn nicht einmal an, sondern stecke den Schlüssel in die Tasche und gehe auf den langen Flur.

»Zimmer 203, Anton!« Johanns Belustigung höre ich bis hierher. Ich glaube, er liebt es, mich zu triezen. Mich für meine Party-Storys und den Verlust einiger Sponsoren zu bestrafen.

Kommentarlos schlendere ich den Gang entlang, bis ich an ihrer Zimmernummer ankomme. Als ich die Hand hebe, um zu klopfen, halte ich inne. Wandas engelsgleiches Lachen ertönt durch die dünne Fichtenholztür.

»Steve, wenn du Rupert so süß findest, dann komm doch mal mit. Zu irgendeinem Springen.« Wieder lacht sie.

Jede Sekunde, die dieses Lachen in meinen Ohren saust, pocht mein Herz mehr. Es versucht, seinen Schutzwall aufrecht zu erhalten, aber Wandas Energie ist zu stark.

»Nein, ich habe recht. Ich weiß das einfach.« Sie seufzt. »Ja. Ich … Es ist irgendwie schwierig mit ihm … Ich weiß auch nicht mehr weiter. Egal, was ich mache, entweder keife ich ihn an oder er mich. Wir sind wie …« Wanda macht eine Pause. »Ja, genau.«

Wir sind wie … was? Redet sie mit ihrer Freundin etwa über mich? Aber vielleicht bin ich wieder zu sehr auf mich fokussiert. Denke, ich würde irgendeine wichtige Rolle in Wandas Leben spielen.

Wieder hebe ich die Hand, um anzuklopfen, halte aber ein weiteres Mal inne, als sie weiterspricht.

»Er ist kein schlechter Kerl. Einfach nur … verloren? Keine Ahnung, was da vorgefallen ist, aber ich denke, wenn er das verarbeitet hat, dann …«

Gott, warum scheint Wandas Freundin ihre Sätze zu beenden? Dann … was?!

Ich balle meine Hand zur Faust. Bin zerrissenen zwischen dem verbotenen Gefühl, jemanden zu belauschen und dem Gefühl, noch mehr zu erfahren. Mehr über – wahrscheinlich – mich zu erfahren. Was Wanda über mich denkt …

»Genau. Ach, keine Ahnung. Ich bin überfragt«, höre ich Wanda sagen. »Er macht mir das Leben manchmal echt zur Hölle.«

Wie automatisiert klopft meine Hand heftig an die Tür. Ich habe den Impuls meines Gehirns gar nicht mitbekommen. Es ist einfach passiert. Ohne meine aktive Mitarbeit.

»Ich ruf dich nachher zurück«, sagt Wanda, während sie die Tür öffnet. Sie drückt auf das Display, schaut dann hoch. Schickt eine Wärme mit ihren tiefbraunen Augen durch mich hindurch. Sie überflutet meine Wut, meine Enttäuschung über ihre Aussage. Durch sie vergesse ich sie fast.

»Oh.« Wanda hält den Türgriff in der Hand und verlagert ihr Gewicht auf ein Bein. »Was ist los, Anton?«

»Wir.« Ich räuspere mich. Habe einen unendlich schweren Kloß im Hals. »Wir sollen Einkaufen fahren.«

»Warum?« Wanda rümpft ihre kleine Stupsnase, sieht aus wie eines dieser Kaninchen, die ich mir als Kind gerne in der Tierhandlung angesehen hatte.

»Es gibt eine Tradition am ersten Weltcup-Standort. Wir müssen noch ein paar Kleinigkeiten besorgen, damit nachher alles wie geplant stattfindet.« Ich senke den Blick zu Boden. So kenne ich mich nicht. So … nicht-selbstbewusst. Aber Wandas Unterhaltung am Handy hat mir irgendwie mehr zugesetzt als gedacht. Ihre wunderschönen Augen können das nicht komplett übertrumpfen.

»Soll … Soll ich die Kamera mitnehmen?« Sie zeigt hinter sich auf die schwarze Kameratasche, die ich seit unserem Ausflug nach Oberstdorf sehr gut kenne. Und abgöttisch hasse.

Ich presse die Lippen aufeinander. Will am liebsten Nein schreien. Mich nicht wieder beobachtet fühlen. Aber Johann will es so.

»Ja.«

»Okay, warte kurz.« Sie streicht ihr braunes Haar zur Seite. Seit unserem letzten Treffen sind sie dunkler geworden. Das Braun ist satter, wird nicht mehr von Highlights umspielt.

Ich trete aus dem Türrahmen und lehne mich an die beige Wand im Hotelflur. Möchte nicht herumstehen wie bestellt und nicht abgeholt.

»Hey, Anton. Lange nicht gesehen.« Yuki Kato schlendert grinsend an mir vorbei. Er ist Teil des japanischen Teams, einer ihrer besten Athleten. »Bis morgen!« Er klatscht bei mir ein und geht dann weiter.

»Bin fertig.« Wanda tritt aus dem Zimmer heraus und schließt die Tür hinter sich.

»Gut. Ich habe die Schlüssel unseres Busses. Zehn Minuten von hier entfernt ist der nächste Supermarkt.« Ich klimpere mit den Autoschlüsseln, unterdrücke das nächste Augenverdrehen.

Wir reisen stundenlang an. Mein Arsch tut vom vielen Sitzen weh und ich möchte mich nur noch entspannen. Aber nein, Johann, der Herrscher dieses Teams, hat gesprochen …

Ein kleines Schmunzeln legt sich auf Wandas geschwungene Lippen, wird aber nicht zu einem ehrlichen Lächeln. Zu einem Lächeln, das ich wahrscheinlich mit meiner Arschloch-Art zerstört habe und nie wieder sehen werde.

Wir nehmen den Fahrstuhl ins Erdgeschoss und verlassen das Hotel. Die Sonne versteckt sich hinter den Hügeln und Bergen um Wisla herum und beschenkt uns mit einer bitteren Kälte, die meinen Nacken hinaufkriecht. Eine Gänsehaut prickelt bis unter die Achseln.

Fröstelnd öffne ich die Fahrertür und setze mich in den Bus, warte auf Wanda, die auf der anderen Seite einsteigt.

»Ich befestige kurz das Stativ hier vorne, dann kann die Kamera die Fahrt filmen und ich habe einen schönen Übergang zwischen den Szenen«, nuschelt sie vor sich hin, während sie am kleinen Stativ, das mit einem Saugnapf auf dem Armaturenbrett hält, herumnestelt.

Ich nicke und starte den Motor. Behutsam manövriere ich den VW-Bus vom vollen Parkplatz, vorbei an den Autos und Kleinbussen der Japaner, Österreicher und Schweizer. Wir sind nicht die einzige Nation, die hier für die nächsten Tage leben wird. Unser Hotel ist ein beliebter Standort, weil wir nur wenige Minuten bis zur Schanze brauchen.

»Und was müssen wir einkaufen?« Wanda startet die Aufnahme und lehnt sich entspannt zurück.

»Marshmallows, Schokolade, Kekse und ein paar Getränke.« Ich schaue starr aus der Windschutzscheibe und klammere mich ans Lenkrad. Irgendetwas liegt in der Luft. Irgendeine Spannung, die ich nicht greifen kann. Wobei Wanda sehr entspannt aussieht. Ihre Hände sind locker im Schoß gefaltet. Immer wieder schaut sie aus dem Fenster neben sich, beobachtet die Passanten.

»Heißt das, wir machen S'mores?« Sie dreht sich zu mir, justiert ihren Gurt, damit sie mich besser ansehen kann.

Ich kann nicht anders, als einen Blick auf Wanda zu riskieren. Auf ihre schönen Augen, die seit Ewigkeiten mal wieder funkeln. Ein Leben in sich haben, nach dem ich immer noch suche.

»Genau. Und ein Lagerfeuer.« Ich konzentriere mich wieder auf die Straße.

»Oh, wie cool! Ich liebe sowas! Und dann auch noch hier, mit euch. Da fehlt nur noch der Schnee …« Wanda seufzt und starrt aus dem Fenster. »Wie wollt ihr eigentlich springen, wenn es keinen Schnee gibt?«

Es ist immer wieder amüsant, wie wenig sie über den

Sport weiß. Es ist mir ein Rätsel, wie sie den Job bekommen hat.

»Schneekanonen. Nicht gerade umweltfreundlich, aber anders geht es kaum. Manchmal wird auch Schnee geliefert.«

»Geliefert? Von wegen: Ich bestelle zehn Tonnen Schnee aus Österreich?« Sie beugt sich näher zu mir, wickelt mich in ihren süßen Duft aus Jasmin und Orange ein.

Ich würde so gerne das Auto parken und einfach mal mit Wanda reden. Ohne Streit, ohne dumme Bemerkungen, die manchmal aus mir herausrutschen. Dinge wiedergutmachen, die ich mittlerweile – zumindest zu zehn Prozent – bereue. Aber ich habe das Gefühl, der Zug ist abgefahren. Schon vor langer Zeit.

»Genau. Im Sommer springen wir auf Matten, aber im Winter tun die Veranstalter alles dafür, dass wir Schnee haben. Mit dem Klimawandel wird es allerdings immer schwieriger.«

»Das kann ich mir vorstellen.«

»Deshalb sind wir am Anfang der Saison auch viel im Norden unterwegs. Die nächste Station ist Finnland. Da haben wir immer Schnee.« Ich biege auf den kleinen Parkplatz des Supermarktes, dessen blau-rotes Neon-Schild in den Augen schmerzt. So sehr beißen sich die Farben. »Da sind wir.«

»Süß. Der Laden ist ja winzig.« Wanda schaut aus der Windschutzscheibe.

»Aber er hat alles, was wir brauchen. Na komm.« Ein kleines Lächeln legt sich auf meine Lippen. Ich ziehe den Schlüssel aus dem Zündschloss und verlasse den Wagen.

Wanda kommt hinterher, die Kamera in der Hand. »So, Anton. Erzähl doch mal der Kamera, was wir vorhaben.«

Und da verschwindet mein Lächeln wieder. Wird von diesem einen Satz verscheucht. Ich habe das Gefühl, in einer Reality-TV-Sendung zu sein. Gleich kommt ein halbbekleideter Mann und moderiert das nächste Spiel an, das wir im Schokoladenpool spielen müssen. Oder so. Keine Ahnung. So einen Kram schaue ich mir nie an.

Ich seufze, beiße fest die Zähne zusammen, weil ich endlich mal keinen Streit anfangen möchte. Das erste Mal, seitdem ich mit Wanda zusammen unterwegs bin.

»Anton, bitte. Denk an Johann. Ans Team. Ihr braucht die gute Publicity.« Ihre Stimme ist weich und zart, verständnisvoll, verankert sich mit ihren Widerhaken in meinen Ohren.

»Na gut.« Ich kicke einen Kieselstein weg und schließe die Augen.

Anton, reiß dich für die nächsten Minuten zusammen. Du kannst das.

Ich öffne die Augen wieder, sehe direkt Wanda mit der Spiegelreflexkamera vor mir. »Wir haben eine Tradition im Team. Bei der ersten Station treffen wir uns am Abend vor der Qualifikation am Lagerfeuer. Dafür müssen wir noch einige Sachen einkaufen.« Ich zwinkere in die Kamera, während ich mich immer weiter Richtung Eingang bewege.

Zwinkern mögen die Frauen, das weiß ich. Und alle anderen vor dem Handy oder Laptop bestimmt auch.

Wanda kommt stetig hinterher und hält mit mir Schritt. Sie scheint wirklich zu wissen, was sie macht. Wie sie die Kamera halten muss, welcher Winkel der beste ist.

Da ich schon seit Jahren in diesen Supermarkt gehe, finden wir die Artikel schnell und machen uns auf den Weg zur Kasse.

»Anton! Anton Mayr!«

Ich bleibe stehen und drehe mich im Kreis, um nachzusehen, wer gerufen hat. Auch Wanda stoppt neben mir, zieht die Stirn in Falten.

Hinter dem Regal mit Dosensuppen stürmt ein Mann mittleren Alters auf mich zu. Das Handy hält er fest in beiden Händen. »Anton! Können wir ein Foto machen?«, fragt er mit polnischem Akzent.

Ich lächele und schaue zu Wanda, die die Situation beobachtet, als wäre ein Alien im Supermarkt aufgetaucht und würde mich entführen wollen.

»Wanda, kannst du kurz meine Sachen halten?«

Absolute Stille. Die Alien-Abduktion ist anscheinend für sie noch nicht vorbei.

»Wanda?«, wiederhole ich mich.

Der Mann neben mir wippt aufgeregt auf den Fersen, tippt auf dem Handy herum.

»Ja?« Sie löst ihre Starre und streckt die Hände aus.

Ich lege die Marshmallows und Kekse hinein und widmet mich dem Fan.

Er stellt sich neben mich. Locker lege ich einen Arm und ihn und lächele in die Linse seines Handys. Mein Standart-Lächeln. Vor Ewigkeiten habe ich es perfektioniert. Es ist wie ein mentales Training.

Kameralinse finden. Lächeln. Klick. Lächeln auflösen.

Der Mann drückt auf den Auslöser. Sofort steckt er sein Handy wieder ein und reicht mir die Hand. »Vielen Dank.

Ich drücke morgen die Daumen.«

»Oh, danke, danke.«

Wir schütteln Hände, dann verabschiedet er sich und geht zurück zu den Dosensuppen.

Ich drehe mich zu Wanda und nehme ihr meine Sachen wieder ab. Sie sieht immer noch aus, als hätte ich kurzzeitig einen Abstecher auf einen anderen Planeten gemacht und sie könnte es nicht verarbeiten.

»Alles gut?«, frage ich und gehe weiter Richtung Kasse.

»Ja … Äh … Was war das?«

»Ein Skisprung-Fan hat mich erkannt. Das kommt an den Weltcup-Stationen immer wieder vor.« Die ständigen Fotos sind für mich mittlerweile Alltag, obwohl ich mich in den ersten Wochen des Winters erst wieder daran gewöhnen muss.

»Es gibt echt Menschen, die ein Foto mit dir wollen?« Wanda klingt nachdenklich, beinahe spöttisch.

»Klar. In dieser kleinen Wintersport-Welt sind wir bekannt. Morgen muss ich meine Autogrammkarten mit an die Schanze nehmen. Da sind immer wieder kleine und große Autogrammjäger.« Ich lege unseren Einkauf auf das Kassenband, Wanda tut es mir nach.

»Also bist du … ein Promi?«

»Manchmal frage ich mich, ob du ein echter Fan des Sports bist.« Ich ziehe eine Augenbraue in die Höhe, kenne die Antwort aber schon seit Monaten.

Wandas Fragen sind zu offensichtlich. Sie versucht kläglich, ihre Neugier zu unterdrücken.

»Ich? Na klar …« Nicht einmal diese Aussage ist überzeugend.

Ich grunze, streiche mir amüsiert über das Kinn. »Es ist nicht schlimm, wenn du kein Fan bist. Ich finde das sogar besser. Und keine Sorge, ich werde es niemandem erzählen.«

»Oh.« Sie druckst herum, nestelt am Kragen ihrer Jacke. Wie sie es so oft tut, wenn sie unsicher ist. »Wieso findest du das besser?« Wanda stellt sich neben mich, damit die Frau hinter uns ihren Einkauf auspacken kann.

»Weil du einigermaßen unvoreingenommen bist.«

Wanda liegt keinem von uns zu Füßen. Sie macht ihren Job und lernt uns so kennen, wie wir sind. Ohne uns vorher im TV bei Interviews gesehen zu haben. Das mag ich.

Auch wenn ich meinen ersten Eindruck komplett versaut habe und bis heute nicht reparieren konnte.

Wanda schweigt. Ich habe irgendeinen Konter erwartet, aber nichts geschieht.

Ich bezahle unseren Einkauf und wir gehen gemeinsam zurück zum Kleinbus. Schnell lade ich alles hinten ein und setze mich auf den Fahrersitz, Wanda setzt sich neben mich.

»Dann fahren wir jetzt zurück ins Hotel. Die Jungs sollten das Lagerfeuer schon vorbereiten.« Ich stecke den Schlüssel ins Zündschloss und drehe ihn um. »Während das Feuer zieht, trainieren wir noch ein wenig.«

Beim Umdrehen des Schlüssels ertönt ein Warnsignal, die Digitalanzeige vor mir blinkt rot auf.

»Scheiße.« Ich lasse den Kopf hängen, schalte die Zündung wieder aus.

»Was ist?«, fragt Wanda.

»Wir haben einen Platten.« Stöhnend steige ich aus und gehe um den Wagen. Da es mittlerweile stockdunkel ist, halte ich meine Handytaschenlampe vor mich. Die kleine

Straßenlaterne neben uns schenkt mir leider nicht so viel Licht wie gewollt.

»Ich glaube, ich weiß, wie das geht. Ich ...« Weiter komme ich nicht, da Wanda mir das Werkzeug zum Reifenwechsel vor die Füße legt. Sie geht wieder weg und kommt wenige Sekunden später mit dem Reserverad wieder.

»Ich kann das. Lehn dich zurück«, sagt sie selbstbewusst und setzt sich auf den Asphalt.

»Sicher?« Ich lege den Kopf schief, mustere diese mir immer unbekanntere Frau vor mir.

Wanda steckt voller Überraschungen.

»Na klar. Mein Papa hat eine Werkstatt. Das ist für mich wie Bettwäsche wechseln. Setz dich ruhig rein. Ich mach das.« Sie nimmt den Wagenheber und setzt ihn routiniert an.

»Ich könnte das auch machen.« Mein Stolz ist verletzt. Das wäre meine Chance gewesen, mich von meiner anderen Seite zu zeigen. Zu zeigen, dass ich mehr bin als verbittert und fies.

Ich strecke die Hand aus, will ihr das Werkzeug abnehmen. Aber Wanda ignoriert mich.

»Nein, schon gut.« Sie senkt den Kopf. »Ich kann das ganz schnell machen, dann verpassen wir das Lagerfeuer nicht.«

»Aber ... du sitzt da auf dem kalten Boden. Lass mich das doch lieber machen.« Ich suche nach Ausreden, um sie abzulösen.

»Und bei dir ist der Boden dann warm, oder was? Du musst morgen auf die Schanze. Da kannst du keine Blasenentzündung gebrauchen.« Sie pumpt den Wagenheber auf. Binnen Sekunden hebt sich die rechte Seite des Autos.

»Aber ...« Ich wippe von einem Bein aufs andere.

»Kein aber, Anton. Ist schon gut.« Wandas Tonart wird schärfer. Bestimmender. Sie nimmt ihre Haare in die Hand, schiebt ein dünnes Haargummi von ihrem Handgelenk hinunter und bindet ihre braune Mähne zu einem Knoten.

»Soll ich dir irgendwas reichen? Oder den Reifen abnehmen?« Ich setze mich trotzdem neben sie.

»Nein!« Wanda platziert den Kreuzschüssel auf dem Boden, legt ihr Gesicht in die Hände. »Ich bin eine Frau und nicht krank. Ich kann das.«

»Daran zweifle ich ja auch gar nicht.«

»Doch. Den Anschein macht es auf jeden Fall.« Sie hebt den Kopf und schaut mich an. Das dämmrige Licht macht es mir schwer, ihren Gesichtsausdruck zu lesen. Ihre Stupsnase auszumachen … »Du musst dich nicht als irgendeinen Macker aufführen.«

»Äh, was?! Das tue ich gar nicht!« Meine ruhige Art verpufft, wird von einer wütenden Druckwelle verdrängt, die mich fast umhaut.

»Doch. Du musst dich immer irgendwie aufführen. Mir fiese Sprüche reindrücken oder – wie hier – so tun, als wäre ich eine arme kleine Frau. Das bin ich nicht.« Sie weicht meinem Blick aus, werkelt weiter am Auto.

Ich schweige. Habe keine Ahnung, was ich antworten soll. Wanda verwirrt mich, spukt in meinem Kopf herum. Manchmal weiß ich nicht, wie ich mich verhalten soll.

»Sei einfach mal kein Arsch«, nuschelt sie leise vor sich hin, als sie die letzte Radmutter abschraubt.

»Kein Arsch?!« Ich rede zu laut und zucke sofort zusammen. Niemand soll unseren Streit mitbekommen. Da wäre der Rufaufbau wieder zerstört.

Wanda presst die Lippen aufeinander. Wahrscheinlich wollte sie das gar nicht laut aussprechen.

»Ja. Sei doch einfach mal … normal.« Ihre Stimme ist leise, brüchig. Irgendwas an mir stört sie seit unserem ersten Treffen. Ist ihr wie ein Dorn im Auge.

»Liegt es am Exfreund?« Ich nehme den Kreuzschlüssel und drehe ihn gedankenverloren in der Hand.

Obwohl ich Wanda nicht ansehe, höre ich, wie sie den Reifen abnimmt.

»Vielleicht.«

»Was hat er dir angetan, dass du so … so …« Mir fehlen die passenden Worte. Ich habe Angst, wieder etwas Falsches zu sagen.

»Warum ich so eine Furie bin?« Wanda gluckst traurig.

»So wollte ich das nicht ausdrücken.« Ich lege den Kreuzschlüssel auf den Boden, falte meine Hände. »Unser erstes Treffen war katastrophal, ich weiß. Wir waren beide echt … scheiße drauf.«

»Das kannst du laut sagen.«

Ich drehe mich zu Wanda, will sie unbedingt ansehen. Sehen, was in ihrem Kopf vorgeht. Zumindest so weit, wie es das wenige Licht am Rande des Parkplatzes zulässt. »Bin ich ihm so ähnlich?«

Sie schaut mich an, schickt mit ihrem eigentlich leeren Blick so viel Traurigkeit zu mir herüber, die sich in meinem Herzen einnistet.

»Ja. Ihr seid beide sehr selbstbewusst. Frauen finden euch anziehend … und ihr nutzt das zu eurem Vorteil aus. So ein Verhalten finde ich eklig.« Sie bricht den Blickkontakt zu mir ab.

Wenn sie nur wüsste, dass mein Selbstbewusstsein nur die Fassade meiner eigenen Traurigkeit ist. Aber ich kann noch nicht mit Wanda darüber reden. Mein Mund verbietet es mir. Es würde zu viele Wunden aufreißen, die gerade erst dabei sind, zu heilen.

»Verständlich.« Ich räuspere mich, muss wirklich aufpassen, wie ich den nächsten Satz formuliere. »Aber das wusstest du doch schon vor der Beziehung, oder? Was hat er dir angetan?«

Ich kneife die Augen zusammen und habe das Gefühl, Wanda zu direkt gefragt zu haben. Zu viel von ihr zu verlangen. Würde mich jemand so detaillierte Sachen zu Lina fragen, würde ich ausrasten.

Wanda setzt sich auf die Knie und nimmt das Reserverad. Mit wenigen Handgriffen sitzt es fest am Auto. »So, bis zum Hotel hält das. Aber morgen muss der Wagen in die Werkstatt für ein vernünftiges Rad.«

Langsam fährt sie den Wagenheber und somit auch den VW wieder nach unten und tut so, als hätte ich ihr gerade keine intime Frage gestellt.

Scheiße. Das war wieder zu viel.

»Cool. Das … ging ja schnell«, murmele ich leise vor mich hin.

Schnell öffne ich den Kofferraum für Wanda, die dort das Werkzeug und den platten Reifen verstaut.

Ohne ein weiteres Wort miteinander zu wechseln, setzen wir uns ins Auto. Die Warnsignale auf dem Display sind verschwunden, dafür blinken in meinem Inneren immer mehr. Sie signalisieren, dass ich bei Wanda mit meiner Fragerei zu weit gegangen bin. Sie vielleicht wieder einmal von mir gestoßen habe, obwohl wir gerade dabei waren, einen Waffenstillstand einzuberufen.

Wie gefühlt jeden Tag. Bis einer von uns es wieder vermurkst.

Ich fahre im Schritttempo vom Parkplatz und fädele mich in den wenigen Verkehr ein. Eine Spannung breitet sich zwischen Wanda und mir aus, ist greifbar, hochexplosiv.

Aber ich möchte nicht schweigen. Nicht wieder Dinge verdrängen, die möglicherweise wichtig sind. Johann wünscht sich Vernunft von mir. Und das versuche ich nun.

»Findest du wirklich, ich bin ein Arsch?« Ich traue mich nicht, Wanda anzusehen. Stattdessen beschäftige ich mich mit der dunklen Straße vor mir. Ist vielleicht auch besser so.

»Nicht immer.« Sie seufzt leise.

Meine Mundwinkel zucken, ein Prickeln saust von ihnen in meinen Brustkorb hinein, tanzt um mein Herz. Das ist ein Anfang …

»Eigentlich mag ich dich. Denke ich. Irgendwie«, flüstert sie.

Die Warnleuchten in meinem Inneren erlöschen. Zumindest die roten, die vor etwas Schlimmem warnen. Nur die gelben blinken noch vor sich hin, sind sich nicht sicher, ob sie zu einer Gefahr werden oder nicht.

Ich will gerade antworten, doch ein helles Licht erscheint neben mir. Wanda hat ihr Handy entsperrt und tippt darauf herum.

Mein Zeichen, doch die Klappe zu halten und dieses minimale Kompliment kommentarlos zu akzeptieren.

»Willst du ihr eigentlich mal sagen, dass du sie magst?« Ru stupst mich mit seiner freien Hand an, in der anderen hält er ein Glas Cola.

»Was? Wem?« Ich rutsche nervös auf der kalten Holzbank herum. Eine feine Atemwolke verfliegt vor meinem Mund, als ich tief schnaufe.

Ru beschenkt mich mit dem Du-weißt-schon-wer-Blick. Mit diesem schiefgelegten Kopf und der krausen Stirn, die sich mit seinem blöden Grinsen beißen.

»Ich mag sie gar nicht.« Abwesend schüttele ich den Kopf, trinke einen Schluck Wasser und lasse meinen Blick über die Menschen hier draußen schweifen.

Wie erwartet ist unser kleines Lagerfeuer riesengroß geworden. Hotelgäste und andere Nationen haben sich uns angeschlossen und unterhalten sich angeregt unter dem wolkenklaren Himmel. Die Temperaturen müssen um den Gefrierpunkt sein, dafür riecht die Luft zu frisch, zu sauber.

Gegenüber von mir, hinter den Flammen des Lagerfeuers, sitzt Wanda mit Mario. Sie unterhalten sich angeregt, hin und wieder lacht sie, zeigt ihre süße gerümpfte Nase.

Aber dieses Lagerfeuer spiegelt unsere Situation wie die Faust aufs Auge wider. Wir sind uns so nahe. Ich glaube, wir mögen uns. Sehr, vielleicht. Aber da ist dieses Feuer seit unserer ersten Begegnung. Mein fieser Kommentar und ihre blöde Antwort, die es entfachten. Und bis jetzt haben wir nur versucht, es mit Benzin zu löschen. Haben das Wasser noch nicht gefunden. Oder den Feuerlöscher.

Ich kann gar nicht beschreiben, warum ich Wanda so anziehend finde. Und womöglich ist es diese Sache, die mir so viel Angst einjagt. Weshalb ich sie oft von mir stoße.

Weil ich mir nach Linas Tod geschworen habe, nie wieder eine intensive Beziehung einzugehen. Aber, wie ich jetzt merke, kann ich das nicht beeinflussen. Meine Gefühle machen, was sie wollen.

»Alter, du schaust Wanda jetzt bestimmt schon seit einer Minute an. Wenn du nicht verliebt bist, wer dann?« Ru unterbricht meine Gedanken, zieht mich aus diesem Emotionskreisel heraus.

»Ich bin nicht verliebt.« Genervt verdrehe ich die Augen, schaue zu meinem Freund. »Und du hast da Schokolade am Mundwinkel.«

»Oh.« Sofort stellt Ru sein Glas ab und wischt sich über den Mund.

KAPITEL 21

Wanda

Kuusamo, Finnland

»Ich habe mir den Wettkampf am Wochenende angesehen und … Kommen die immer nicht in den zweiten Durchgang?« Steve kratzt sich am Hinterkopf und lässt sich auf ihr Bett fallen.

Lachend lehne ich mein Handy ans Waschbecken und lockere meine Haare weiter. Wir machen schon seit Minuten einen Videocall, damit ich das perfekte Outfit für Marios Geburtstag finde.

»Das stimmt nicht ganz. Anton ist Vierter geworden. Die anderen … Ja, das passiert mal, haben sie gesagt.« Ich hatte mich in Wisla darauf gefreut, unten an der Schanze zu stehen und die Springer zu beobachten, aber in der Realität war ich in den Kabinen oder im Springerlager und habe dort viel gefilmt. Leider auch die Enttäuschung vieler, die es nicht in den zweiten Durchgang geschafft haben.

Beim nächsten Springen möchte ich mehr im Publikum stehen und von unten filmen. Vielleicht können die Athleten selbst einiges filmen und mir dann schicken, damit ich mehr von der Atmosphäre aufgreife …

»Ja, gut. Dein toller Anton ist Vierter. Aber sonst war es ja eher … mau.« Steve platziert ihr Kissen neu unter dem Kopf.

»Er ist nicht *mein* Anton«, korrigiere ich sie. »So, die Haare sind fertig. Aber was mach ich jetzt mit dem Outfit?«

»Finnland ist kalt, oder?«

»Minus fünfzehn Grad, ja.« Ich lache, nehme mein Handy und gehe zurück zum Bett. »Ich habe da so ein halbes Oberteil. Moment.«

Ich lege das Handy aufs Bett und wühle in meiner Reisetasche. Nach wenigen Sekunden hole ich das Stück Stoff heraus und halte es in die Kamera. »Guck mal, die eine Seite hat einen langen Ärmel, die andere einen kurzen. Das passt perfekt. Und es glitzert«, erzähle ich aufgeregt.

Ein kurzes Top gefunden zu haben, das meine Narben auf der richtigen Seite verdeckt, ist ein echter Glücksfall. Wie ein vierblättriges Kleeblatt.

»Das sieht echt scharf aus.« Steve miaut. »Und dann noch eine schlichte schwarze Jeans.«

»Warte. Ich ziehe alles schnell an.« Ich gehe einige Schritte von der Kamera weg und stülpe das Oberteil über. Die schwarze Röhrenjeans habe ich schon an. »Und?«

Das Handy platziere ich auf dem kleinen Schreibtisch gegenüber vom Bett und drehe mich dann wie eine Prinzessin im Kreis.

»Wie gesagt, scharf. Das wird Anton gefallen.« Wieder miaut Steve und bekommt dafür einen Todesblick von mir.

Sie soll Anton und mich nicht romantisieren. Da läuft eh nichts. Er ist unerreichbar. Das habe ich vor allem gemerkt, als wir in Wisla waren. Fotos, Autogramme, Fernsehinterviews. Er ist bekannter, als ich dachte.

»Beweg du lieber deinen Arsch hierher und lerne deinen geliebten Rupert kennen.« Ich halte die Kamera so nahe an mich, dass Steve nur noch mein braunes Auge sehen kann.

»Wenn ich frei bekomme, gerne.«

»Bist du heute Abend gar nicht unterwegs?« Ich halte das Handy wieder ein Stück weiter weg und hole meine Schuhe. Schwarze Stiefeletten mit kleinem Absatz. Draußen liegt Schnee. Mit High Heels breche ich mir die Knöchel – wenn sie nicht vorher abfrieren.

»Nein, ich habe morgen Frühschicht. Gleich eine Farb-Kundin. Das wird ein paar Stunden dauern.« Steve gähnt, wälzt sich mit dem Handy im Bett. »Ich muss auch gleich schlafen. Hab du Spaß mit deinen Jungs, okay?«

»Das … klingt merkwürdig.« Ich gluckse.

»Ja, ich weiß. Hab dich lieb. Bis dann.«

»Ich dich auch. Bis dann.« Ich drücke auf den roten Hörer und ziehe meine Stiefeletten zu Ende an.

Pünktlich wie ein Schweizer Uhrwerk klopft es an meiner Tür. Das müssen die anderen sein. Ich hechte zum Spiegel im Bad und überprüfe meinen Look. Die Haare sitzen perfekt, dank Steves Lockentechnik, die sie mir vor einigen Monaten beigebracht hat. Das Top ist gewöhnungsbedürftig, verdeckt aber alles, was es verdecken soll. Ich will mutiger sein, was meine Kleidung angeht, und mich nicht mehr so sehr verstecken wie direkt nach der Trennung von Jasper.

»Wanda?«, ertönt es dumpf von der anderen Seite der Tür.

»Komme!«, rufe ich und ergreife im Gehen meine kleine Handtasche.

Ich öffne die Tür und entdecke Anton, Mario und Rupert. Wobei Anton wieder in diesem unsichtbaren Scheinwerferlicht steht, das alles und jeden in den Schatten stellt.

Ich möchte mich gerne auf die anderen konzentrieren. Auf Mario, der heute Geburtstag hat. Auf Ru, der endlich seine Haare nach hinten gegelt hat. Aber Anton ist für mich wie eine penetrante Leuchtreklame. Als hätte ich ein Hotelzimmer am Times Square und keine andere Wahl, als mir die Reklamen anzusehen.

Keine Ahnung, ob es Anton genauso geht. Er richtet seinen Blick auf den Boden, schenkt mir keinerlei Aufmerksamkeit.

»Du siehst klasse aus.« Ru klopft mir unbeholfen auf die Schulter, Mario unterdrückt ein Prusten.

»Danke.« Ich grinse, schließe die Tür hinter mir und folge den anderen.

Die Bässe im Club sind laut, dröhnen in meinen Ohren, als wäre ich auf einem Konzert. Mitten neben den Boxen und nicht im Publikum.

Ich sitze mit Ru auf einem Ledersofa in der Ecke und nippe an meinem alkoholfreien Pina Colada. Die anderen sind auf der Tanzfläche oder irgendwo abgetaucht.

Wie ein Mädchen, das keine Begleitung für einen Schulball hat, werfe ich allen einen bösen Blick zu. Möchte so gerne tanzen, aber nicht allein. Und auch nicht unbedingt mit Ru, weil es sich merkwürdig anfühlt. Er ist in den letzten Wochen wie ein schusseliger Bruder für mich geworden. Verschwindet zwar ab und zu aus meinem Leben, hat aber immer einen passenden Spruch auf Lager.

Anton steht wenige Meter von mir entfernt und redet mit einer jungen Frau in engem Tank-Top und Shorts. Etwas, was ich niemals tragen könnte. Und nein, damit beziehe ich mich nicht auf meine Kleidergröße. Ich liebe meine Rundungen und würde sie für nichts hergeben. Aber die Narben machen es mir schwer. Sind wie ein hässlicher Spiegel meiner Vergangenheit, der mit dem besten Kleber der Welt an mir haftet.

»Und jetzt … geht man tanzen?«, fragt Ru und beugt sich näher zu mir. Er ist bei dem Lärm kaum zu verstehen.

»Bist du nicht oft feiern?«, schreie ich beinahe zurück.

»Nope. Ich bin eher der Couch-Mensch. Lasse mich nur zu so was überreden, wenn etwas Besonderes ansteht. Wie heute.« Er legt sein schiefes Grinsen auf und zuckt mit den schmalen Schultern. Rus zurückgegelten Haare stehen bei der Luftfeuchtigkeit in diesem riesigen Raum zu Berge. »Gehst du öfter aus?«

»Gelegentlich. Mit meiner Freundin Steve in Hamburg.«

»Ah, cool.« Er nippt an seinem Getränk und stellt es wieder auf den Tisch vor uns. »Oh, der Tisch klebt ganz schön.«

»Die Nacht ist ja auch nicht mehr ganz so jung.« Ich schmunzele, als Ru sich die Hände an der Hose abwischt.

Ich lehne mich zurück. Irgendwie ist mir nicht zum Tanzen zumute. Lieber versauere ich hier und beobachte Anton, wie er mit dieser Frau redet. Mit seinen meeresblauen Augen flirtet. Ihr andauernd zärtlich über den Oberarm streichelt.

Der Drang, wieder hereinzuplatzen und seinem Spiel ein Ende zu setzen, ist groß. Aber ich will Streit an Marios Geburtstag vermeiden.

Galle steigt in mir auf. Ich muss den Blick abwenden, mich darauf konzentrieren, hier keinen Nervenzusammenbruch zu bekommen.

Diese Berührungen könnte Anton niemals bei mir machen. Ich würde es nicht zulassen. Genauso wie ich es damals bei Jasper nicht zugelassen hatte. Wie ich nur minimalen Körperkontakt zugelassen hatte, weil ich meine Haut so sehr hasse. Dieses vernarbte Gewebe verabscheue.

»Ich muss mal Hände waschen. Das ist ja eklig«, ruft Ru in mein Ohr und steht auf.

Kopfschüttelnd beobachte ich, wie er wenige Sekunden später in der tanzenden Menge verschwindet.

Ein neues Lied wird eingeleitet. Die Meute vor mir jubelt und applaudiert. Gläser und Flaschen werden in die Höhe gehalten. Es freut mich, dass die anderen so viel Spaß haben. Mario tanzt einige Meter von mir entfernt mit zwei Frauen und hat ein glückliches Lächeln auf den Lippen. Mit geschlossenen Augen wippt er zur Musik mit, sieht unheimlich entspannt aus.

Etwas Schweres fällt neben mir auf die Couch. Ich zucke zusammen und rutsche so schnell wie möglich zur Seite. Erschrocken schaue ich auf Anton hinunter, der die Couch zur Hälfte verfehlt hat, mit dem Hintern auf dem Boden sitzt und sich wackelig auf die Sitzfläche hochzieht.

»Hi«, nuschelt er und legt locker einen Arm um mich.

Eine ekelhafte Mischung aus Wodka und RedBull steigt mir in die Nase. Zeigt, wie viel Anton heute schon getrunken hat. Er mustert mich mit seinen glasigen Augen, langsam kommt er mir näher. »Du siehst echt gut aus heute.«

Sofort rutsche ich ein weiteres Stück zurück, um seiner

Alkoholfahne zu entkommen. »Anton, morgen Nachmittag habt ihr Training. Auf der Schanze.«

Er schiebt die Unterlippe nach vorn. »Na und? Da kann sich Zukunfts-Anton drum kümmern.«

»Du trinkst während der Saison nicht, hattest du mal gesagt. Was ist los?!«, schreie ich gegen den immer lauter werdenden Bass an.

»Nüscht.« Er zuckt die Schultern und legt den Kopf in den Nacken, bis er die Rückenlehne erwischt. »Alles paletti, du heißes Girl.«

Ich möchte kotzen. Nicht nur wegen Antons Geruch, sondern auch wegen dieses absolut schlechten Spruches. »Anton, du musst ins Hotel. Wenn Johann mitbekommt, wie dicht du bist, schmeißt er dich aus dem Team.« Ich versuche, Augenkontakt mit ihm aufzubauen, aber seine blauen Augen wandern hin und her. Schaffen es nicht, mich zu fokussieren.

»Ach, Quatsch. Johann isch nich hier. Hascht du Lust, irgendwo hinzugehen?« Er lehnt sich zu mir, wandert mit den Fingern meinen Hals entlang.

Ein Schauer überrollt mich, als seine zarten Fingerkuppen im Nacken ankommen. Mich dort sanft streicheln und den Schauer zu einem heißen Tsunami werden lassen. Anton so nahe zu sein, ist absurd. Unrealistisch. Und nur der Fall, weil er betrunken ist.

Die Situation soll nicht eskalieren. Es wäre tragisch, wenn er seinen Platz im Team wegen so einer Scheiße verliert. Anton ist ein fantastischer Springer.

»Komm, wir gehen ins Hotel«, sage ich und nehme Antons Hand.

»Uh, das war ja einfach.« Er schnurrt, zieht mich zu sich, als ich versuche aufzustehen. »Darauf warte ich schon lange«, flüstert er in mein Ohr.

Er ist nur wenige Millimeter von mir entfernt. Eine falsche Bewegung und seine heißen Lippen landen an meinem Ohrläppchen. Antons warmer Atem prickelt dort, breitet sich im Körper aus und schickt ein Ziehen durch meinen Unterleib. Mein Verlangen nach ihm ist unbeschreiblich groß. Ist vielleicht das, was mich so wütend gemacht hat, als ich ihn das erste Mal gesehen hatte. Dieses unerfüllte Verlangen, weil er unerreichbar ist. Dabei ist er vor meiner Nase. Genau hier.

»Nein. Ich bringe dich auf *dein* Zimmer, du Idiot.« Ich verdrehe die Augen.

»Was? Oh …« Er räuspert sich, schaut sich aktiv im dämmrigen Raum um.

Anscheinend ist da jemand mal etwas wach geworden …

Ich stehe auf und ergreife meine Jacke, die am Rande der Couch liegt. Und dabei passiert es. Das Schlimmste, was ich mir vorstellen kann. Ein kalter Luftzug fegt in der Bewegung über meine Haut, löst eine Gänsehaut auf mir aus. Mein knappes Top rutscht beim Vorüberbeugen hoch, entblößt meinen Bauch und die widerlichen Narben. Ich halte den Atem an, lasse die Jacke abrupt fallen und schiebe das Top wieder nach unten. Panisch sehe ich mich um. Überprüfe, ob irgendjemand Blickkontakt mit mir hat, aber alle um mich herum reden oder tanzen. Aus der Entfernung und bei dem wenigen Licht im Raum hätten sie sowieso nichts erkannt.

Erleichtert entspanne ich die Muskeln und atme aus.

Mein beschleunigter Puls beruhigt sich wieder. Mit gesenktem Kopf drehe ich mich zu Anton und werde von zwei Augen gemustert, die mich nicht intensiver ansehen könnten. Scharfe Kanten markieren seine Kieferknochen, sein ernster Gesichtsausdruck sieht noch viel härter aus. Einnehmender.

Anton ist betrunken. Er kann nichts gesehen haben. Und wenn doch, dann hat er es morgen wieder vergessen.

Oder?

Ich werde ihn nicht darauf ansprechen und meinen Fauxpas totzuschweigen. Die Chance, dass er sich nicht an heute Nacht erinnern wird, ist groß. Eine weitere Angriffsfläche darf ich ihm nicht bieten.

»Mann, die Schlange bei der Toilette war lang.« Ru stellt sich neben mich und reibt seine Hände aneinander. Der beißende Geruch von Desinfektionsmittel steigt in meine Nase, lenkt mich von der jetzigen Situation ab.

»Ru, wir müssen Anton zurück ins Hotel bringen. Er ist dicht.« Ich straffe die Schultern.

Ohne ein weiteres Wort zu sagen, schaut er zwischen Anton und mir hin und her. Erkennt den Ernst der Lage wahrscheinlich genau so sehr wie ich. »Gut, ich sage schnell Mario Bescheid, dann fahren wir.«

Ich nicke und ziehe die Winterjacke an. Langsam drehe ich mich zu Anton, der sich noch keinen Zentimeter bewegt hat. Nachdenklich nestelt er an seinen Fingern.

KAPITEL 22

Anton

Kuusamo, Finnland

Der Sonnenaufgang hat etwas Magisches. Vor allem hier oben im hohen Norden. Nicht weit entfernt vom offiziellen Wohnort des Weihnachtsmannes.

Diese Ruhe, die ein Morgen mit sich bringt, ist genau das, was ich jetzt brauche. Ich sitze am geöffneten Fenster und genieße die kalte Luft. Ru schnarcht leise vor sich hin, wälzt sich immer wieder im Bett. Irgendwann wird die Kälte ihn aufwecken. Aber hoffentlich noch nicht jetzt.

Ich liebe das Glitzern des Schnees, das auftritt, sobald die Sonne hinter den Hügeln um Kuusamo herum aufgeht. Diesen Ort mit einem Hauch Leben erfüllt und die Umgebung wie ein Märchen aussehen lässt. Glitzernde Baumkronen umsäumen das Hotel. Obwohl von Baumkronen auch kaum die Rede ist. Die Nadelbäume werden von einer bestimmt halben Meter dicken Schneedecke bedeckt. Wie alles intakt bleibt, ist mir ein Rätsel. Es muss in der Nacht noch mehr geschneit haben, denn all die Fußspuren, die wir vor dem Hotel hinterlassen haben, sind verschwunden. Eine einsame Schneedecke liegt auf Kuusamo.

Ein weiterer Windstoß weht durchs Fenster und schickt eine Gänsehaut über meinen nackten Oberkörper. Ich nehme die weiße Bettdecke und wickele sie um mich. So langsam friere ich doch. Obwohl mich die Kälte in die Realität zurückbefördert.

Ich erinnere mich kaum an letzte Nacht. Zurecht. Ich habe es übertrieben, zu viel Alkohol getrunken. Wollte diesen Jahrestag unbedingt ertränken. So tun, als wäre er nicht real. Aber das Ertränken hat das Gegenteil bewirkt. Alles, woran mein betrunkenes Ich gedacht hat, war der Unfall, der vor einem Jahr meine Freundin getötet hat. Der Unfall, der unsere beiden Leben verändert hat. Alles irreparabel gemacht hat.

Erinnerungen an letzte Nacht blitzen vor meinem inneren Auge auf, aber ich bekomme die Szenen in keine Reihenfolge gesetzt. Sie ergeben keinen Sinn. Immer wieder taucht eine junge Frau im Tank-Top auf. Dann Wanda. Dann wieder diese Frau. Es ist ein zerreißendes Hin und Her.

Und zwischen diesen Szenen kriecht immer wieder dieser eine Moment dazwischen. Quetscht sich rein wie ein verspäteter Zuschauer bei einem Konzert.

Wandas große braune Augen, mit denen sie mich erschrocken ansieht. Ihre zarten Hände, die das Shirt wieder nach unten ziehen und ihr wahrscheinlich tiefstes Geheimnis verbergen. Narben. Ein Oberkörper übersät mit Narben. Bis zum Bauchnabel.

Aber woher kommen sie? Wurde Wanda überfallen? War es ein Unfall? Ich kann mir keinen Reim daraus machen. Kann mir nicht erklären, was passiert ist.

Ist das vielleicht der Grund, warum ihr Exfreund mit ihr schlussgemacht hat? Oder … Oder ist er für diese Narben verantwortlich?

Ich beiße in die Bettdecke, um Ru nicht aufzuwecken. Der Gedanke, irgendjemand könnte Wanda das angetan haben, brennt hinter meinen Lidern. Tränen sammeln sich hinter ihnen. Zeigen meine mentale Verfassung.

Erst die schmerzhaften Erinnerungen an Lina an ihrem Todestag, dann Wandas traumatisierte Haut. Dazu mein Kater, der ganz schnell verschwinden muss, weil wir nachher zur Schanze müssen.

Langsam nehme ich die Decke aus dem Mund, habe mein Gedankenkarussell wieder unter Kontrolle. Ich rutsche ein Stück weiter nach vorn, um mehr frische Luft zu schnappen. Die kleinen Eiskristalle prickeln in meiner Lunge.

»Alter, ich werde gleich zum Eiszapfen!«

Ich drehe mich um, sehe noch, wie Ru die fluffige Bettdecke über die Ohren zieht.

»Sorry. Aber es ist echt wunderschön draußen.« Ich schaue wieder aus dem Fenster und beobachte einen Hotelmitarbeiter, der den Eingang mit einer Schaufel freischiebt.

»Seit wann interessierst du dich für die Landschaft? Das ist ja ganz was Neues«, kommt es dumpf von Ru. Er steckt immer noch unter der Decke.

Ich schaue zum riesigen Stoffklumpen auf seinem Bett. »Keine Ahnung. Irgendwie fasziniert mich dieser Ausblick.«

»Brauchst du den vielleicht, um die letzte Nacht zu verarbeiten?«

Ich sacke in mir zusammen, löse dadurch einen stechenden Schmerz in meinem Kopf aus und ziehe die Bettdecke bis hoch zum Kinn. Rus direkte Antwort ist wie ein Hieb ins Herz. Nicht mit einem Messer, nein. Sondern mit tausenden kleinen Nadeln, die schmerzhaft lange in mir verweilen.

»Warum müssen Marios Geburtstag und Linas Todestag auch aufeinander fallen?« Seufzend lege ich mich ins Bett, lasse das Fenster auf, um die kühle Luft einzuatmen.

»Weil der Unfall direkt nach Marios Party passiert ist. Also … theoretisch sind die beiden Daten einen Tag auseinander.« Rus Stimme ist immer noch dumpf. Ich denke, er traut sich nicht, unter der Decke hervorzukommen. Aus Angst vor meiner Reaktion.

Aber ich habe keine Aggressionen in mir, keine Wut. Es sind pure Verzweiflung und Trauer, die in mir verweilen. Mich lähmen.

»Ich verbinde diesen Tag aber mit Marios Geburtstag. Das werde ich wohl immer tun …«

»Weiß Wanda davon?« Ru lugt nun unter der Decke hervor. Sein rotes Haar klebt auf der Stirn, er hat noch Rest-Gel von letzter Nacht im Haar.

»Was? Wieso sollte ich ihr davon erzählen? Damit sie ein Video über meine tragische Geschichte dreht?« Ich schüttele den Kopf und kuschele mich weiter in die Decke ein. Möchte heute das Hotelzimmer nicht verlassen, aber ich muss.

Natürlich könnte ich Johann fragen, ob ich bei dieser Station aussetzen kann, aber ich möchte an meine gute Platzierung vom letzten Mal anknüpfen.

»Ich dachte, ihr würdet euch langsam mal näherstehen.« Ru setzt sich nun hin und streckt sich ausgiebig. »Ihr mögt euch ja offensichtlich. Auf eine ganz quere und verzwickte Weise.«

»Äh? Nein?« Manchmal frage ich mich, ob ich ein offenes Buch bin. Ob meine verwirrten Gefühle so offensichtlich sind. Dabei tue ich alles dafür, sämtliche Gefühle zu verstecken.

»Aha.« Mein Kumpel grinst, hüpft dann aus dem Bett. »Beeil dich. Sonst verpassen wir das Frühstück.«

»Wer kommt eigentlich auf die Idee, mitten im Wald eine Sprungschanze zu bauen?« Wanda schließt die Schiebetür des VW-Busses und hängt ihre Kameratasche um.

Ich sehe mich um, schaue über die mit Schnee bedeckten Baumkronen, die nicht mehr so sehr glitzern wie heute Morgen. Eher schwerfällig mit dem vielen Schnee wirken. Genau wie mein Gemüt.

»Na ja, da hinten sind noch ein Ski Resort und so. Das passt schon.« Ich zucke mit den Schultern und gehe zum anderen Bus, mit dem unsere Ski transportiert werden.

»Es ist schon majestätisch, oder? Wie dieses riesige Gebäude aus dem Wald herausragt.« Wanda bleibt stehen, schaut hinauf zur Schanze, von der ich nachher hoffentlich über 140 Meter springen werde.

»Ja, schon. Wenn man sein Leben lang an Schanzen ist, vergisst man irgendwann, wie groß diese Dinger sind.« Ich räuspere mich, habe heute wirklich keine Lust auf Small Talk.

»Dieses Mal möchte ich übrigens unten an der Schanze sein. Ich konnte in Wisla gar nichts sehen.« Sie lehnt sich an den Bus, während ich auf unseren Servicemann warte. »Ich habe mit den anderen schon gesprochen: Es wäre super, wenn ihr selbst ein wenig mit euren Handys filmen könntet – wenn euch danach ist –, dann muss ich mich nicht zehnteilen.« Wanda legt dieses nervöse Lächeln auf. Dabei zucken ihre Mundwinkel, wissen nicht, ob sie sich wirklich zu einem Lächeln formen oder ernst bleiben sollen. Sie stecken ihre Stupsnase an, die sich kringelt wie bei einem Kaninchen.

Meine Demotivation verfliegt, umso mehr ich Wanda ansehe. Diese pure Persönlichkeit in meinen Alltag lasse, die doch mehr zu verstecken hat als gedacht.

»Anton, deine Ski habe ich hier nicht. Sind die vielleicht irgendwo anders?« Unser Servicemann Robert stemmt die Hände in die Hüften.

»Äh, was?« Ich ziehe die Unterlippe ein, denke scharf darüber nach, wo die Ski sein könnten. Dann fällt es mir ein. Wie ein Blitz, ein einzelnes Foto, tauchen meine Ski vor dem inneren Auge auf. »Kacke.«

»Was ist?«, fragt Wanda und geht einige Schritte auf mich zu. Die Hände hat sie in die Taschen der gelben Teamjacke geschoben.

Ich kneife mir in die Nasenwurzel, muss mich erst sammeln, bevor ich antworte. »Im Hotel. Sie lehnen noch an der Hauswand am Hintereingang. Wie konnte ich das nur vergessen?«

Angesichts Linas Todestages weiß ich das genau, aber Wanda muss das nicht wissen.

»So ein Mist. Komm, dann lass uns zurückfahren.« Sie macht eine lockere Handbewegung und geht zurück zum Bus.

Ich schaue ihr hinterher. Beobachte, wie sie locker – ja, fast hüpfend – zum Wagen geht und die Beifahrertür öffnet. Ich frage mich wirklich, wie sie so entspannt sein kann. Jeder Tag ist für mich wie ein Kampf.

Langsam gehe ich zu Johann, der sich gerade mit Mario unterhält. »Ich brauche die Schlüssel. Hab' meine Ski im Hotel gelassen.« Niedergeschlagen strecke ich die Hand aus, kneife die Augen zusammen und erwarte eine Standpauke.

Aber nichts dergleichen passiert.

Johann seufzt und reicht mir die Schlüssel. »Kein Ding, Anton. Wenn du es nicht rechtzeitig zum Training zurückschaffst, dann ist das so.«

Verwundert schaue ich meinen Trainer an. Schaue in diese verständnisvollen Augen, die mal nicht von mir genervt sind. Aber klar, Johann weiß, was in mir vorgeht. Er weiß genau, welcher Tag heute ist.

»Danke.« Ich drehe mich um und setze mich zu Wanda ins Auto.

Kaum sitze ich, entdecke ich die große Kamera in ihrer Hand. »Erzählen Sie mir, Herr Mayr, was heute unsere Mission ist.« Sie schmunzelt.

Ich stecke die Schlüssel ins Zündschloss und lege den Sicherheitsgurt um. »Wir fahren zurück ins Hotel, weil jemand seine Ski stehenlassen hat.«

»Und wer ist dieser jemand?« Belustigt gluckst Wanda vor sich hin, kaut auf ihrer Unterlippe herum.

»Keine Ahnung.« Ich stimme mit ein, obwohl ich eigentlich niedergeschlagen sein sollte. Aber irgendwie steckt Wanda mich an. Schnell starte ich den Motor und verlasse diese atemberaubende Skisprunganlage.

»Bei den Straßenverhältnissen wird das bestimmt ein bisschen dauern«, nuschelt Wanda und tippt auf dem Navi herum. »Wir brauchen sowieso schon dreißig Minuten zum Hotel. Dann noch der Schnee. Rücksitze umklappen. Zurückfahren. Das wird knapp mit dem Training.«

»Ich weiß. Aber Johann macht das nichts aus.« Ich tippele auf dem Lenkrad herum, rege mich über das Auto vor uns auf, das nur fünfzehn Kilometer pro Stunde fährt. »Vielleicht kommen wir auch erst zum Sonnenuntergang wieder an.«

»Und für Johann ist das alles okay? Das kann ich mir kaum vorstellen.« Wanda legt die Kamera zurück in ihre Tasche und dreht sich im Sitz weiter zu mir.

Obwohl ich strikt auf die verschneite Fahrbahn vor mir starre, spüre ich ihren Blick auf mir. Mehr als deutlich. Als würde sie mich anstupsen, ohne mich zu berühren.

»Ja, tatsächlich. Mach dir da keinen Kopf.« Ich biege auf eine Landstraße ab, weg von dem langsamen Auto vor mir. Der Schnee knarzt unter den Reifen, zwingt mich dazu, bedachter zu fahren, als ich will.

Wanda dreht sich wieder von mir weg. Sie hat den Wink mit dem Zaunpfahl wohl verstanden. Ich will nicht über meine schlechte Laune sprechen.

»Wow«, murmelt sie nach einigen Minuten fasziniert.

Wir fahren an einem gefrorenen See vorbei, der wie ein Lichtermeer vor sich hin glitzert. Die Sonne steht nicht hoch, sorgt aber für dieses wunderschöne Spektakel. Ich gehe ein wenig vom Gas, damit Wanda länger aus dem Fenster schauen kann.

»Das ist … so cool«, flüstert sie.

Ihre Begeisterung färbt – zumindest minimal – auf mich ab. Ich entspanne mich etwas, zerquetsche das Lenkrad nicht mehr wie einen Stressball.

Wanda holt die Kamera raus. Ich bereite mich auf ein tiefes Seufzen vor, wenn sie mir dieses Ding wieder vors Gesicht hält. Aber nein. Sie filmt den See in all seiner Pracht.

»Manchmal wäre ich gerne Naturfotografin. Nur ohne das schlechte Wetter.« Zwar sehe ich ihr Gesicht nicht, aber ihre Belustigung über sich selbst ist unüberhörbar. »Heute ist es echt arschkalt.«

»Leider normal für Finnland. Sorry.« Ich konzentriere mich wieder auf die Straße. Manövriere diesen Koloss über die dicke Schneeschicht.

»Kann ich das Radio anmachen?« Wanda steckt die Kamera wieder weg.

»Klar.« Wenigstens sorgt das Radio dafür, dass wir nicht mehr reden.

Mit ihren filigranen Fingern drückt Wanda auf den Knopf und sucht einige Minuten nach einem passenden Sender. Nach ein paar klassischen Sendern findet sie einen nach ihrem Geschmack.

»Oh, Paramore! Ich lieb die!« Sie rutscht auf dem Sitz herum und reibt sich verschwörerisch die Hände.

Ich schiele weiter zu ihr herüber. »Als ob du Paramore hörst. Lieblingslied?« Misstrauisch schiebe ich eine Augenbraue nach oben. »Und jetzt komm nicht mit Misery Business.«

»Das ist ein Klassiker. Und der ist verdammt gut«, sagt sie und lacht. »Ähm, The Only Exception ist gut. Wenn ich einen schnelleren Song suche, dann All I Wanted.«

»Echt?« Ich glaube ihr kein Wort. Als ob Wanda eine Band wie Paramore mag. Ich hätte eher auf … keine Ahnung … Bibi & Tina – oder wie auch immer – getippt.

»Ja, echt jetzt. Auch ich hatte meine Teenager-Emo-Phase. Da waren die der Shit. Und sind es jetzt auch noch.«

Ich unterbreche die Unterhaltung und schaue kurz auf das Navi, das die nächste Abzweigung ansagt. Langsam drehe ich das Lenkrad und befahre endlich eine geräumte Straße. Grauer Asphalt breitet sich unter uns aus, gibt mir Sicherheit, ein wenig schneller zu fahren.

»Und du? Welcher ist dein Lieblingssong?«, fragt Wanda.

»Grow Up und Last Hope.« Meine Stimme wird brüchig bei dem Gedanken an das zweite Lied. Ein Lied, das mich nach Linas Tod begleitet hat. Ein Lied, mit dem ich meine Trauer verarbeitet habe und das mir Zuversicht gegeben hat.

»Uh, die sind auch mega.« Wanda klingt immer noch gut gelaunt. Anscheinend hat sie meinen Stimmungswechsel nicht mitbekommen. »Ach, eigentlich gibt es nur gute Songs von ihnen.«

»Da hast du recht.« Ich nicke leicht, umklammere das Lenkrad wieder fester, um den Schmerz in meinem Herzen irgendwie loszuwerden, seitdem ich an dieses verdammte Lied denke.

Eine riesige Last fällt von meinen Schultern, als ich das graue Hotel mit seinen vielen Giebeln vor uns entdecke. Durch das schwarze Dach sieht es so unheimlich urig aus. Ich liebe es.

»So, hoffentlich sind meine Ski noch da. Ich bin so ein Schussel«, nuschele ich und parke den Bus hinter dem Auto.

Ich lasse den Motor laufen und springe aus dem Auto. Nach wenigen Schritten erkenne ich sie. Genau dort, wo ich sie heute Morgen abgestellt hatte. Ich nehme die Ski von der Wand und setze sie auf die Schultern. Vorsichtig stelle ich sie am Bus ab und öffne den Kofferraum.

»Wanda, ich klappe noch kurz die Sitze um!«, rufe ich.

»Ich stehe hinter dir.«

Ich zucke zusammen. Erschrocken stupse ich versehentlich die Ski neben mir an. Wie in Zeitlupe steuern sie auf Wanda zu, kippen immer weiter.

»Uah!«, schreit sie, legt ihre Kamera in die eine Hand und ergreift die beiden Latten mit der anderen, kurz bevor sie ihr Gesicht treffen.

»Oh! Sorry!« Ich wische die Hände an der Hose ab, nehme Wanda die langen Ski an. »Du hast mich erschreckt.«

»Hab' ich gemerkt.« Sie gluckst, hält die Kamera auf mich. »Und so, liebe Leute, erschreckt man Anton Mayr … und wird dabei von seinen Ski erschlagen.«

»Ha, ha«, antworte ich sarkastisch und klappe nebenbei die hintere Sitzbank um.

»Wow, du lächelst ja mal«, sagt Wanda und lehnt sich entspannt gegen den Bus. Mit verschränkten Armen – die Kamera baumelt am Band von der einen Hand – mustert sie mich.

Ich verharre in der Bewegung, umklammere immer noch die Ski, die ich gerade ablegen wollte. Dass ich an so einem Tag mal lächeln würde. Und … das von einer Frau ausgelöst wird … Auch noch von Wanda, die mein Dorn und meine Retterin zugleich ist.

Es fühlt sich auf so viele Weisen richtig und falsch an. Ich weiß gar nicht, wo ich anfangen soll.

Natürlich muss ich in die Zukunft sehen und weitermachen. Ich kann nicht für immer in meiner Trauer feststecken. Aber dass es so schnell geht – nur ein Jahr später –, macht mir Angst. Ich will Lina in einem Platz in meinem Herzen behalten, sie für immer dort verweilen lassen. Und gleichzeitig möchte ich Platz für Neues machen. Ja, vielleicht für Wanda, wenn meine Gefühle mal Klartext mit mir sprechen und ich dadurch nicht wie ein Bulle auf sie stürze.

»Alles gut?«

Mein Blick schnellt zu Wanda. »Klar.«

»Sorry, wenn ich dir irgendwie zu nahegetreten bin.« Sie senkt den Kopf und steckt die freie Hand in die gelbe Jackentasche.

»Nee. Schon gut. Ich war nur in Gedanken. Los geht's. Wir können zurück.« Ich lächele und schließe den Kofferraum.

Wir setzen uns auf die Sitze und kurze Zeit später biege ich wieder auf die Straße zurück zur Schanze ab.

»Okay. Lieblingsessen?« Wanda dreht sich zu mir und wirkt heute so aufgeregt. So lebendig.

»Puh.« Ich schüttele amüsiert den Kopf. »Außerhalb der Saison oder innerhalb?«

»Generell.«

»Hm. Ich bin nicht so fancy. Ein gutes Wiener Schnitzel überzeugt mich immer.« Ich biege wieder auf die zugeschneite Straße ab und verringere das Tempo. »Und bei dir?«

»Ich bin nicht so der Fleischesser. Ja, wenn du mir was von deinem Schnitzel abgibst, würde ich es essen.« Wanda stockt, räuspert sich. »Nicht dass das passieren würde, aber du weiß, was ich meine.« Ein nervöses Lachen stiehlt sich aus ihrer Kehle. »Äh, ich lebe für diese Wraps, die meine Mitbewohnerin Steve macht. Klingt unspektakulär, aber ich könnte mich in sie reinlegen. Also, in die Wraps.«

Ich unterdrücke ein dämliches Prusten, streiche amüsiert über meine Wange. Langsam werden Wanda und ich warm miteinander. Vielleicht, weil ich seit gestern weiß, dass auch sie nicht perfekt ist und tragische Geheimnisse hat, die sie versucht, zu vergessen.

»Und was sind das für Wraps?«, frage ich.

»Okay, hör zu.« Sie dreht sich weiter zu mir und faltet die Hände. »Tortillas, Frischkäse, eingelegte Tomaten, Feldsalat und Schinken. Und ein paar Gewürze natürlich. So simpel. So lecker.«

»Das klingt wirklich gut«, gebe ich zu. Ich bin kein guter Koch. Am liebsten bestelle ich Essen und lasse es mir liefern. Eine Heimat wie München macht es mir damit sehr leicht.

»Ist es auch! Wir machen das öfter, wenn wir uns mit Freunden zum Abendessen treffen. Dann bringt jeder was mit.«

»Hast du eigentlich einen Freund?« Ich beiße mir fest auf die Zunge. Der Geschmack nach Blei breitet sich in meinem Mund aus, ist penetrant.

»Äh.« Wanda stutzt und spielt an einer braunen Haarsträhne. »Nein. Nach … Nach Jasper nicht mehr.«

»Ist das der Kerl, der mit dir schlussgemacht hat?« Ich würde sie so gerne ansehen. Sehen, wie es Wanda mit der Situation geht. Aber dann müsste ich das Auto parken und würde das Training mit Absicht verpassen. Und das will ich nicht.

»Ja, er … Er mochte mich nicht so, wie ich bin«, gesteht sie leise. Ihre aufgeweckte Stimmung ist wie verflogen.

Es ist, als würde sich eine dicke Gewitterwolke über uns legen. Unsere Stimmung in den Keller schicken.

»Dann hat er dich nicht verdient«, sage ich leise. Eigentlich möchte ich Wanda nach ihren Narben fragen, wissen, was passiert ist. Aber das ist nicht der richtige Moment. Wahrscheinlich glaubt sie, ich hätte die letzte Nacht vollkommen vergessen.

»Und du? Hast du …? Ich konnte im Internet nichts finden.«

Und darüber bin ich froh. Die Medien hätten meine Situation um Lina ausgeschlachtet. Womöglich auch herausgefunden, dass der Unfall meine Schuld war.

»Das ist auch richtig so. Ich lasse meine Beziehung aus der Öffentlichkeit heraus. Unnötiges Drama brauche ich nicht.« Ich starre aus der Windschutzscheibe hinaus auf die fast weiße Fahrbahn. Nur zwei braune Streifen zeigen, wo die Autos vor mir entlanggefahren sind. »Also, ja. Ich bin Single.«

»Oh.« Ich weiß nicht, ob Wandas Aussage Überraschung ausstrahlen soll. Oder ob sie schon geahnt hat, dass es niemanden in meinem Leben gibt, der mich so richtig glücklich macht. Nicht mehr.

»Ja. Es ist … echt kompliziert bei mir. Ich will mich gerade nur auf den Sport konzentrieren.« Und auch das ist zum Teil gelogen. Ja, der Sport hat mich gerettet. Aber konzentrieren kann ich mich kaum auf das Skispringen. Die kleine Frau mit der süßen Nase und der riesigen Kamera lenkt mich mehr ab, als mir lieb ist …

KAPITEL 23

Wanda

Kuusamo, Finnland

Ich halte die Kamera auf Mario, der mich mit einem spitzbübischen Grinsen ansieht. »Deine letzte Message vor dem zweiten Durchgang, bitte.«

»Wir werden uns verbessern und noch auf den zweiten Platz springen«, sagt er und tippt gegen den roten Helm auf seinem Kopf.

»Du bist ja optimistisch.« Ru klopft ihm im Vorbeigehen locker auf die Schulter, dann mir. »Bis später.«

Er nimmt seine Ski auf die linke Schulter und geht Richtung Schanze. Die kleine Eins unten rechts auf seinem Leibchen signalisiert, dass er der Erste, aus dem deutschen Team ist, der im zweiten Durchgang des Teamwettbewerbs die Schanze herunterspringt.

»Super. Ich gehe jetzt den kleinen Weg da vorne nach unten und warte da auf euch. Irgendwo in der Nähe der TV-Sender.« Ich lasse die Kamera los – mittlerweile trage ich ein Band, damit ich diese doofe Tasche nicht immer herumtragen muss – und winke Mario zu.

Ich entferne mich einige Meter vom Springerlager, sauge

wieder diese frische, eisige Luft auf und könnte in die dicken Schneedecken auf den Nadelbäumen eintauchen. Egal, wie kalt es dort drinnen ist. So eine wunderschöne Winterlandschaft habe ich noch nie mit meinen eigenen Augen gesehen.

»Ach, Kacke.« Frustriert bleibe ich stehen und beobachte, wie Anton Aufwärmübungen macht und sich dehnt.

Locker steht er an einer Reling, hat ein Bein aufgestellt und beugt sich in die Richtung seines Fußes. Genau dort, wo ich durch muss, um nach unten zum Auslauf zu gelangen.

Es ist entspannter zwischen uns beiden. Ja, nahezu freundschaftlich. Aber irgendwas liegt immer noch zwischen Anton und mir, das eine komplette Freiheit verbietet. Verhindert, dass ich in seiner Gegenwart wirklich Ich bin. Vielleicht ist es das Ungewisse. Ich weiß nicht, ob er sich an die Nacht im Club erinnert. An meinen Fauxpas mit dem Top, an meine hässlichen Narben …

»Hey!« Anton hält inne und schaut mich an. Ein gelassenes Lächeln liegt auf seinen Lippen. Die blonden Haare versteckt er unter seiner schwarzen Sponsorenmütze.

Ich sehe zu Boden, drehe meinen Fuß im Sand, weil ich mir blöd vorkomme. Verlegen presse ich die Lippen aufeinander und fühle mich beim Beobachten ertappt. Langsam schlendere ich auf ihn zu.

»Hey. Platz vier. Da geht doch noch was.« Ich stecke die Hände in die Jackentasche und schaue an Anton vorbei. Bewundere die vollen Zuschauerränge unter uns. Viele finnische und österreichische Flaggen sind bis hier oben zu erkennen. Die Stimme des Stadionsprechers und diese typische Ballermann-Party-Musik dröhnen dumpf aus den Lautsprechern, aber die Stimmung ist gut. Laut, aufgeregt.

Selbst ich hätte Lust, da runterzuspringen. Wenn ich keine Höhenagst hätte und nicht so unsportlich wäre.

»Ja, mal sehen. Der Wind ist echt unberechenbar.« Anton nimmt den Fuß nach unten und legt den Kopf schief. Wie in Zeitlupe scannt er mich von oben bis unten. »Irgendwie siehst du anders aus.«

Ich sehe mein Herz vor meinem inneren Auge. Wie es aus der Brust springt, Salti in der Luft macht, in die schneebedeckten Baumkronen eintaucht und danach wieder zurückkommt.

Verlegen fasse ich mir in den Nacken, weiß gar nicht, was ich antworten soll. »Äh, vielleicht die Mütze? Eigentlich hasse ich Mützen, aber sonst bin ich bei den Temperaturen morgen krank.«

»Das ist es nicht.« Anton kommt einen Schritt auf mich zu. Behutsam nimmt er eine Haarsträhne von mir in die Hand, dreht sie um seinen Finger. Eine kleine Furche entsteht auf seiner Stirn, dann schaut er zu mir. Fixiert mich mit diesen meerblauen Augen, die mich an meinen Urlaub in Griechenland erinnern. Voller Lebensfreude sind. Erst jetzt fällt mir dieser Funke in Antons Blick auf, dieses Feuer, diese Leidenschaft. All das, was ich seit Beginn vom Star-Springer des Teams erwartet habe, aber nicht gesehen hatte.

»Was denn dann?« Ich flüstere. Weiß nicht, warum ich das mache. Die Zuschauer sind so laut hinter uns, wahrscheinlich versteht Anton mich nicht einmal.

»Keine Ahnung.« Er lässt die Strähne los, hat mich wirklich verstanden. Ein verschwörerisches Schmunzeln legt sich auf seine Lippen. »Vielleicht ist es auch einfach meine Anwesenheit, die dich so strahlen lässt.«

Ich pruste los, gehe einen Schritt weiter nach hinten. »Ich möchte kotzen. Übst du etwa Anmachsprüche bei mir?«

Anton stimmt mit ein, streicht sich über die Wange. Wie er es so oft macht, wenn ihm etwas unangenehm ist. »Sorry. Der ist mir so rausgerutscht.«

»Verfalle nicht in alte Muster. Sonst muss ich doch noch deine Windel wechseln.« Glucksend stupse ich Anton in die Seite.

»Ey!« Ein ehrliches Lächeln legt sich auf seine Lippen, steckt Antons Augen an, entfacht wieder dieses Feuer, das ich vorhin in ihnen gesehen habe.

»Du bist doch nicht so übel.« Ich nicke leicht, verstecke meinen Mund hinter dem hohen Kragen meiner gelben Teamjacke, damit Anton mein dummes Grinsen nicht sieht.

Wenn ich hinter seine Fassade sehe. Hinter die fiesen Bemerkungen, die Anmachsprüche und seine wilden Partys … dann steckt ein witziger junger Mann dahinter. Ein Mensch, dessen Anwesenheit mehr als angenehm ist.

»Du auch nicht.« Er zwinkert mir zu, aber nicht auf diese eklige Art. Nicht auf diese Jasper-Art, bei der ich immer die Augen verdrehte. Nein, bei der Anton-Art wird mir heiß. Meine Hände werden schwitzig, schicken Ameisenarmeen durch meinen Körper, die mich in Antons Arme werfen wollen. Ihm noch näher sein wollen.

Die gestrige Autofahrt mit ihm war so aufregend. Erfrischend und neu. Ich habe Anton noch nie so offen erlebt. Vielleicht hat das das Eis – zumindest teilweise – zwischen uns gebrochen.

»Wir machen echt Fortschritte. Die anderen werden begeistert sein.« Nun bin ich diejenige, die mit den Haaren spielt. Irgendeine Beschäftigung braucht, weil sie nicht weiß, was mit ihr geschieht. Was ihr Herz und Verstand ihr plötzlich mitteilen wollen.

Dass Anton echt in Ordnung ist – mehr als in Ordnung – und man nicht zu schnell urteilen darf. Er wird irgendein Päckchen mit sich herumtragen, das ich noch nicht öffnen darf.

Obwohl ich mich notgedrungen auf diesen Job beworben hatte – weil ich meinen Klassenkameraden unbedingt etwas Besonderes zeigen wollte –, bin ich unendlich froh, all diese Erfahrungen zu machen. Hätte mir jemand vor einem halben Jahr erzählt, dass ich Männer bejubele, die sich von Skisprungschanzen stürzen, hätte ich herzlich gelacht.

»Du bist aber auch gelassener mit mir. Ich auch mit dir.« Anton schaut wieder auf mich herab, so ernst, so einfühlsam.

Ich könnte in diese Augen eintauchen. Habe sie noch nie so detailliert betrachtet wie jetzt. Dieses Hellblau, das von einem dunklen Marineblau eingerahmt wird. Die hellen Sprenkel, die Antons Augen so viel Leben geben. Sie sind so … wunderschön.

»Ich hatte mich hier nur beworben, um anzugeben«, gestehe ich, kratze mich durch die Mütze am Hinterkopf.

»Was?« Anton lehnt sich gegen die Reling hinter ihm.

»Ja … Ich wollte meine Klassenkameraden beeindrucken. Lange Rede, kurzer Sinn: Das hier ist weit mehr als ein Job. Ich habe das Gefühl, wir kommen uns alle so nahe. Sind wie eine kleine Familie mit all ihren Streitereien.«

Mittlerweile ist mir egal, was andere über meinen Job denken. Und selbst, wenn sie einen Vertrag in Hollywood unterschrieben und Anne Hathaway vor der Linse hätten: Ich habe den Jackpot gezogen und bin in den letzten Wochen über mich hinausgewachsen.

»Du bist nie ein Fan gewesen. Das wusste ich von Anfang an.« Anton grinst mich an.

»Oh.« Erwischt. Ich wippe auf den Beinen herum. »War das so offensichtlich?«

Ich hatte echt mein Bestes gegeben, meine Unwissenheit zu verstecken.

»Neeeeiiiiin.«

Wir lachen, locker. Als wären Anton und ich seit Jahren Freunde. Ist das der Grund, warum sich Ru und er so nahe sind? Ist Anton genau so, wenn er mit ihm zusammen ist? Wenn ja, dann weiß ich, warum Ru ihn als besten Freund bezeichnet.

»Auch wenn ich anfangs echt planlos war, bin ich richtig glücklich bei euch.« Und das stimmt. Ich darf reisen, bekomme all das bezahlt und filme und schneide nebenbei. Besser geht es nicht.

»Anton! Du musst los!« Sven, der Co-Trainer von Johann, ruft aus einiger Entfernung.

»Oh, shit.« Aus Antons entspannter Haltung wird ein Pokerface. Sein Lächeln verschwindet, sofort verzieht sich sein Gesicht, wodurch seine prägnanten Knochen hervorstehen. Entschuldigend winkt er mir zu.

»Du hast dich noch nie so sehr von einer Frau ablenken lassen«, höre ich Sven sagen, als Anton an ihm vorbeieilt.

»Sei leise«, zischt er und joggt davon.

Da ist es wieder. Dieses intensive Kribbeln, das nicht nur meinen Magen, sondern meinen ganzen Körper einnimmt. Ich schwebe, gehe viel leichter den schmalen Weg hinunter zur jubelnden Menge. Die erste Springer-Gruppe scheint mittlerweile unten angekommen zu sein.

Ich bleibe noch einmal stehen. Scanne die Umgebung, die riesige Schanze neben mir, die tausenden Menschen unter mir.

Zisch.

Blitzschnell drehe ich mich Richtung Schanzentisch und beobachte, wie ein slowenischer Springer die Beine binnen Millisekunden in die V-Stellung bringt. Sich vollkommen anspannt, um ein Luftpolster unter sich entstehen zu lassen.

Ich halte den Atem an, schaue mir dieses Spektakel von der Seite an.

»Das müssen bestimmt drei, vier Meter sein, die er über dem Boden ist«, nuschele ich begeistert. Beim letzten Springen nur im Springerlager gewesen zu sein und den Wettkampf zum Großteil über den Fernseher geschaut zu haben, war ein Fehler.

Ich umgreife meine Kamera und möchte gar nicht mehr den Weg nach unten gehen, sondern lieber die Ruhe hier oben genießen. Mit dem gelegentlichen Zischen der vorbeifliegenden Springer und dem Stadionsprecher, der auf diese Entfernung nicht so laut und bedrängend ist.

Ganz nahe stelle ich mich an die Abgrenzung des Auslaufs und probiere einige Winkel an den nächsten Athleten aus, bis ich den perfekten für die deutschen Springer gefunden habe.

Nach einigen Minuten höre ich einen bestimmten Namen vom Stadionsprecher.

»Anton Mayr!«

Die Menge applaudiert, so wie sie es bei den vorherigen Springern schon getan hat. Mein Blick schnellt nach oben, die Kamera habe ich griffbereit, die Aufnahme läuft bereits.

Mit angehaltenem Atem ziele ich die Linse auf den Schanzentisch und entdecke Anton, der mit einer Leichtigkeit – für mich sieht es zumindest so aus – abspringt und sich in die Flugposition bringt. Mit leicht ausgestreckten Armen segelt er an mir vorbei und bringt einiges an Höhe mit.

»Komm schon, komm schon«, flüstere ich vor mich hin.

Einen Augenaufschlag später landet er im Ausfallschritt. Die Menge jubelt wieder, während der Stadionsprecher irgendetwas auf Finnisch erzählt.

»Ich glaube, das war ganz gut.« Ich beende die Aufnahme und begebe mich weiter nach unten.

KAPITEL 24

Anton

Oberstdorf, Deutschland

»Der zweite Platz im Teamwettbewerb letzte Woche grenzt echt an ein Wunder«, sagt Ru, als er in sein belegtes Käsebrötchen beißt.

»Hab' ich doch gesagt!« Mario geht pfeifend an uns vorbei.

»Auf jeden Fall.« Lächelnd schiebe ich mir einen Löffel Joghurt in den Mund.

Was ich am Hotel hier in Oberstdorf liebe: die Joghurt-Bar. Unzählige Früchte und Toppings warten jeden Tag auf mich.

»Guten Morgen.« Wanda setzt sich mit ihrem Teller und einer Tasse Kaffee neben mich. Leise ordnet sie das Geschirr vor sich an und schaut dann zu mir. »Seid ihr schon aufgeregt? Das ist ein großes Ding, oder?«

Ich schmunzele in meine Kaffeetasse hinein. »Wenn man nicht weiß, worüber du redest, könnte das sehr falsch klingen.«

Für diese dumme Aussage kassiere ich Wandas Ellenbogen in meiner Seite. Dramatisch reibe ich über die Stelle, als hätte sie mich schwer verletzt.

»Weißt du, da möchte ich mehr über euren Sport erfahren und dann kommt wieder so eine blöde Antwort von dir«, sagt Wanda, zieht aber eine Grimasse und rümpft die Nase.

Ich seufze leise, fokussiere mich auf ihr wunderschönes Gesicht. Auf ihre Porzellanhaut, die wie gemeißelt aussieht, und die feinen Pickelmale, die mich daran erinnern, dass sie nicht perfekt ist. Und das liebe ich. Ich lebe nicht für die Perfektion. Ecken und Kanten sind das, was einen ausmacht. Und die haben Wanda und ich genug.

»Um jetzt mal zum Thema zurückzukommen.« Ru schiebt sich den Rest des Brötchens in den Mund. Ich frage mich, wie er überhaupt noch Luft bekommt. »Die Vier-Schanzen-Tournee ist das Event des Jahres … Na ja, falls nicht noch Olympia ansteht oder so.«

»Und da habt ihr einen direkten Gegner? Irgendwas habe ich da gelesen.« Sie beißt vom Croissant ab und lehnt sich entspannt nach hinten.

»Genau.« Ru nickt, schluckt die Reste seines Brötchens hinunter. »Nach der Qualifikation werden die Gegner ausgelost. Der Erste gegen die Fünfzigsten, der Zweite gegen den Neunundvierzigsten und so weiter. Und nach vier Wettkämpfen gibt es einen Sieger.«

»Hat einer von euch schon mal gewonnen?«, fragt Wanda dann.

Ich unterdrücke ein Lachen, lehne mich locker auf dem Stuhl zurück. »Nein. Keiner, der gerade im Team ist.«

»Krass.«

»Jap. Mal sehen, vielleicht wird es ja mal was. Oder zumindest mit einer Platzierung unter den besten Drei«, nuschele ich vor mich hin.

Der Sieg bei der Tournee und Gold bei Olympia sind meine größten Ziele. Wenn es scheiße läuft, werde ich beides niemals erreichen.

»Übrigens bleibt Diesinger Schokolade unser Sponsor. Die haben ihren Rückzug abgeblasen.« Ru zwinkert Wanda zu, die verlegen auf ihr Croissant starrt.

Dieser Mist mit der Kamera scheint also wirklich zu funktionieren.

»Das ist doch super! Die Kommentare unter den Videos sind auch echt positiv und für Internet-Verhältnisse ist das gut.« Nickend trinkt Wanda einen Schluck Kaffee.

Die beiden unterhalten sich noch weiter über das K.O.-System bei der Tournee und irgendwelche Kameraeinstellungen und den Weißabgleich, aber ich drifte gedanklich ab und schaue aus dem Panoramafenster hinter Ru. Hinaus auf die verschneiten Berge. Genieße die Sonnenstrahlen, durch die sie glitzern wie ein Winterwunderland. Nur beim Ansehen spüre ich die Kälte, die mich nachher bei der Qualifikation erwartet. Nicht so schlimm wie in Finnland, nein. Aber ich mag das Eisige. Es erinnert mich daran, mein Leben dem Wintersport zu widmen. Alles zu geben. Mein Bestes zu zeigen.

Der Pole Robert Nowak stößt sich vom Balken ab und befindet sich binnen Sekunden in der Anfahrtshocke. Ich stehe neben ihm, wackele mit den Beinen, damit sie durch die Kälte nicht steif werden. Sobald Robert jedoch beim Schanzentisch ankommt und sich für den Absprung bereitmacht, wende ich den Blick ab. Ich darf nicht abgelenkt werden und muss fokussiert bleiben.

Den ersten Durchgang habe ich überstanden und bin auf Rang fünf. Eine gute Ausgangsposition, um das Podium anzugreifen.

Ein paar Sekunden Ruhe habe ich noch. Tief durchatmend schließe ich die Augen. Die Arme hängen locker an den Seiten, das Klappern von Roberts Ski in der Anlaufspur hallt in meinen Ohren nach. Ist für mich wie Musik. Oder wenn ein Autofreak das Röhren seines Lieblingsautos hört.

Beim nächsten Atemzug öffne ich die Augen und schaue hinunter. Zu den tausenden Fans, die heute gekommen sind und vor allem – die Lage ist auch ein wenig schuld – unser Team unterstützen. Vor mir liegt ein Meer aus Deutschlandfahnen, das im leichten Wind von Oberstdorf Wellen macht. Schwarz. Rot. Gold.

Da ist dieses besondere Kribbeln in meinem Bauch, das ich nur verspüre, wenn ich bei der Tournee antrete. Diese besondere Freude, vor dem Heimatpublikum so gut wie möglich zu sein. Dieser einmalige Adrenalinstoß, der durch meine Adern saust.

Die kleine Ampel an der Seite der Schanze schaltet auf Gelb. Mein Zeichen, auf den Absprungbalken zu rutschen.

Ein letztes Mal überprüfe ich die Bindung und rüttele an ihr, um sicherzugehen, dass sie fest ist. Sie ist wie mein persönlicher Fallschirm. Ohne meine Bindung bin ich verloren und stürze unkontrolliert auf den Hang.

Langsam rutsche ich auf die metallene Stange. Ihre Kälte beißt sich durch meine schwarzen Handschuhe und den blauen Anzug. Unruhig wackele ich herum, möchte endlich springen – und hoffentlich weit.

Mein Blick wandert zwischen der Ampel und Johann auf dem Springerturm hin und her. Erst wenn sie Grün anzeigt, darf er mich mit seiner kleinen Deutschlandfahne abwinken.

»Anton Mayr!« Ganz dumpf nehme ich wahr, wie der Stadionsprecher meinen Namen ansagt.

Die Menge jubelt und grölt. Die grellen Tröten höre ich bis hier oben. Wahrscheinlich hört sie ganz Oberstdorf. Die Kulisse ist der Wahnsinn. Diese tausenden aufgeregten Menschen im Kessel zwischen dem Gebirge um den kleinen Ort herum. Schneebedeckte Berge, eine Puderschicht liegt sogar auf den Fichten um die Anlage herum.

Es ist ein Fiebertraum.

Und was diesen Fiebertraum noch besser macht, ist Wanda. Diese süße Frau, die im Auslauf auf mich wartet und mich gerade definitiv mit ihrer Kamera filmt. All ihre Aufmerksamkeit liegt auf mir. Jede einzelne Bewegung, jeder Höhenmeter, den ich im Laufe des Fluges verlieren werde, wird von ihr beobachtet, registriert, bewertet.

Ich will sie beeindrucken. Mein Arschlochgehabe vom Anfang zu einhundert Prozent wiedergutmachen. Ich war einfach so wütend. So wütend auf mein Herz, das sich direkt an sie verloren hatte. Ich hatte keine Chance. Musste lernen, Platz in mir für Lina und sie zu haben. Weil ich jeden Tag auf bittere Weise realisiere, dass Lina niemals wieder zurückkehren wird. Und sie hätte meine ewige Traurigkeit nicht gewollt. Sie hätte sich eine Frau für mich gewünscht, die mich nur annähernd so sehr zum Lachen bringt wie sie. Eine Frau, bei der ich mich wohlfühle.

Und von Tag zu Tag habe ich immer mehr das Gefühl, dass Wanda diese Frau sein könnte.

Grün.

Mein Blick schnellt zu Johann, der die Fahne starr ausstreckt.

Nun muss ich alle Gedanken wegschieben, Lina, Wanda. Sie können mir beim Sprung nicht helfen. Dies ist eine Sache, die nur ich beeinflussen kann. Und der Wind natürlich.

Johann winkt ab.

Ich atme ein letztes Mal tief durch und stoße mich vom Balken ab. Konzentriert schaue ich nach vorn, während ich in die Hocke gehe und mich so klein wie möglich mache. Einen Augenaufschlag später treffe ich den Schanzentisch und springe ab. Schlagartig bildet sich das Luftpolster unter mir, mit einem leichten Schlag wird mein Körper nach hinten gedrückt, aber ich fange mich sofort. Breite meine Arme ein Stück aus, um das Polster zu erweitern, noch weiter zu springen.

Ich weiß nicht, wie es anderen Springern geht, aber ich halte beim Sprung die Luft an. Bin dabei so angespannt, dass ich mich nicht auf die Atmung konzentrieren kann und sonst meine Muskel erschlaffen würden.

Immer weiter segele ich über den Schnee unter mir. Ich höre nichts. Keinen Wind, der um meine Ohren rauscht. Auch nicht das Publikum, das ohrenbetäubend jubelt. Es ist wie eine Leere. Wie ein Vakuum, das mich vor allem schützt, damit ich mich auf den Sprung konzentrieren kann.

Mein Flug geht weit. Immer weiter. Über die mit Tannenzweigen dekorierte Schrift des SC Oberstdorf, über den Kalkulationspunkt, der die langsam endende Neigung der Schanze ankündigt.

Der Boden kommt immer näher und Zack. Arme ausgebreitet, Ausfallschritt gesetzt. Und was sich für mich wie Minuten angefühlt hat, ist für die Zuschauer innerhalb von Sekunden passiert.

Schlagartig platzt mein kleines Vakuum. Das Jubeln dröhnt durch meine Trommelfelle, mischt sich mit der Party-Musik und dem Stadionsprecher. »Und da ist er geflogen! Anton Mayr!«

Ich recke die Faust und lasse einen Freudenschrei hinaus. Noch weiß ich nicht, wie weit ich gesprungen bin, aber ich war gut. Das weiß ich.

Behutsam bremse ich und fahre Richtung Ausgang, an dem ein Kameramann auf mich wartet. Im Gegensatz zu Wandas Kamera ist dieses Ding ein Koloss. Eine Kamera, die mein Gesicht direkt im Fernsehen zeigt.

Die Bindung öffne ich mit einem Handumdrehen und stelle meine Ski auf, damit die Sponsoren sichtbar werden.

»142 Meter! Das ist fast Schanzenrekord!«, ruft der Sprecher.

»Ja!« Ich hebe die Ski und drehe mich im Kreis. Genieße die Freude der Zuschauer in den Rängen. »Geil!«

Nickend stelle ich die Ski zusammen und gehe durch die kleine Klapptür am Rand. Vier weitere Springer wollen noch von der Schanze runter und viel Zeit zum Jubeln habe ich daher nicht.

Ich stelle die Ski an die Seite und lockere die Schuhe. Es ist kaum zu beschreiben, wie sehr die Keile in den Skischuhen schmerzen. Sie drücken meine Füße in unvorstellbare Dimensionen. Wahrscheinlich fühlen sich so Frauen in High Heels.

»Anton!«

Sofort schaue ich auf und entdecke Wanda, die mit der Kamera in der Hand auf mich zu gerannt kommt. Ein breites Grinsen liegt auf ihren geschwungenen Lippen, die von geröteten Wangen eingeschlossen werden. Das lange Stehen in der Kälte macht sich bei ihr bemerkbar.

»Du bist der Wahnsinn!« Sie lässt die Kamera sinken und fällt mir in die Arme.

Shit.

Darauf war ich nicht vorbereitet.

Ich erstarre, lege wie automatisiert die Arme um sie, weiß aber nicht, wie ich weitermachen soll. Wären wir allein, würde ich mit meinem Gesicht in ihrem Erdbeershampoo versinken. Aber es sind zu viele Kameras um uns herum, weshalb ich sie nur kurz drücke – ein dummes Grinsen verkneife – und Wanda dann sanft von mir drücke.

»Danke. Ich glaube, das war ganz gut. Jetzt müssen wir gucken, was die anderen machen.« Ich zucke lässig mit den Schultern, obwohl ich alles andere als gelassen bin.

Erst dieser phänomenale Sprung, der meinen Tag gerettet hat. Dann Wandas Nähe …

»Das wird schon!« Wieder hüpft sie auf der Stelle.

Gott, wie gerne ich sie wieder umarmen möchte.

»Okay, nur noch Stefan Ziegler. Wenn der nicht über 142,5 Meter springt, solltest du gewinnen. Ahhh!« Auch wenige Minuten später ist Wandas Euphorie kaum zu stoppen.

Ich habe den Helm beiseitegelegt und gegen meine Sponsorenmütze getauscht. Gemeinsam mit Ru und Wanda stehe ich an der Bande und beobachte den letzten Springer. Noch bin ich auf Platz Eins, aber ich weiß, wie gut Stefan ist.

»Du wirst gewinnen. Glaub mir«, flüstert Wanda in mein Ohr.

Ein hitziger Schauer läuft über meinen Nacken, brennt dort. Schickt die Kälte, die in der Luft liegt, einfach weg. Verbannt sie.

Die Zuschauer jubeln, als Stefan abspringt. Er sieht so elegant aus, wackelt kaum in der Luft, als wäre er auf Schienen. Anders als ich.

Er landet ziemlich weit unten, nicht weit von der grünen Linie, die die Führungsweite markiert.

»Das muss doch reichen, oder?«, fragt Wanda und faltet gebannt die Hände.

»Nicht unbedingt. Mit den Windpunkten ist das schwierig. So genau kann die Linie nicht sein. Dann noch die Haltungsnoten ...« Nun bin ich derjenige, der auf der Unterlippe herumkaut.

Nervös schaue ich auf die Anzeigetafel, aber der Computer braucht lange zum Zusammenrechnen.

»142 Meter!«, ruft der Stadionsprecher.

»Kacke, das ist knapp«, nuschele ich durch meine Lippen.

»Und das wird welcher Platz für Stefan Ziegler?« Der Sprecher baut Spannung für die Zuschauer auf und überbrückt die Wartezeit. »Ohhhh ... Platz Eins!«

Ich seufze, meine Schultern sacken ab. Betreten starre ich auf den weißen Schnee wenige Meter vor mir.

»Hey, Zweiter! Das ist doch auch Hammer.« Ru klopft mir auf die Schulter, will mir meine Enttäuschung nehmen.

Klar. Aber Erster sein, ist besser. Würde mir die Führung in der Tournee geben.

Meine Euphorie ebbt ab, als hätte jemand den Stecker gezogen.

»Jetzt sei nicht so. Du bist auf Platz zwei. Podium!« Wanda springt neben mir auf der Stelle und richtet dabei die Kamera auf mich.

»Das werden ja ganz wundervolle Aufnahmen. Hoffentlich wird den Zuschauern nicht schlecht.« Langsam stiehlt sich doch ein Lächeln auf meine Lippen. Ausgelöst von Wandas purer Euphorie.

Mein Lieblingsplatz im Hotelzimmer? Das Fenster. Das Tor zur klaren Luft, zur Kälte, die mich zurück in die Realität bringt.

Und heute bin ich nicht allein. Ru sitzt mit mir, in eine Decke eingehüllt, auf dem Bett. Vor dem Hotel treffen sich einige Gäste. Ihre Gespräche hallen bis nach oben in den vierten Stock, lassen diesen Abend so normal wirken, obwohl ich bei der Tournee mitmische.

Ich wusste im Sommer schon von meiner Topform. Sonst wäre ich Johann gegenüber nicht so großkotzig gewesen. Aber vorne mitzumischen, ist der Oberhammer.

»Ich muss echt am Ball bleiben. Der Sieg wäre …«

»Ein Traum?« Ru trinkt einen Schluck aus seiner Cola-Dose.

»Jap.« Ich atme in die Bettdecke, wärme damit mein Gesicht. So erfrischend diese Ich-bin-am-Fenster-und-denke-über-mein-Leben-nach-Momente auch sind: Ich friere mir fast den Arsch ab.

»Ich habe mich zum letzten Wettkampf gesteigert. War nicht mehr zu spät beim Absprung.« Ru nickt sich bestätigend zu, streicht dann durch sein rotes Haar.

»Und der elfte Platz ist jetzt auch nicht sooo kacke.« Schmunzelnd stupse ich ihn mit meinem Bein an, ziehe es aber direkt wieder ein, als es von einem kalten Luftzug erwischt wird. Gänsehaut breitet sich auf meinem Körper aus, ich schüttele mich.

»Das stimmt.« Er räuspert sich und schaut auf die weiße Bettdecke vor sich.

»Was ist?«

»Wandas Freundin Steve kommt bald vorbei.« Er druckst herum, rutscht auf dem Bett umher.

»Und?« Ich kann mir denken, worum es geht, aber ich halte jetzt lieber die Klappe.

»Ich habe ihr Instagram-Profil gefunden und … Also … Wanda sagt, sie findet mich süß und … Hach … Sie ist auch echt süß und …«

Kichernd lasse ich mich rücklings aufs Bett fallen, bin froh, meine Wasserflasche auf dem Nachttisch zu haben. »Ist da jemand verknallt?«

»Anton!« Ru wirft ein Kissen auf mich.

»Ey!« Grinsend setze ich mich wieder auf und werfe es zurück.

»Vielleicht. Keine Ahnung.«

»Ru und Frauen. Das war schon immer ein heikles Thema.« Zufrieden schaue ich meinen Kumpel an. Ich bin froh, dass er wieder offen für Neues seit seiner letzten Trennung ist.

»Die stehen halt nicht immer so auf rothaarige Kerle mit

einer Vorliebe für Comics und Smoothies.« Er presst die Lippen aufeinander und zuckt mit den Schultern. Sieht unbeholfen und unsicher aus.

»Und bei Lina und mir war das anders? Ich liebe Videospiele und sie … liebte sie nicht.« Diese Frage kommt so leicht über meine Lippen, so unbeschwert. Aber kaum höre ich Linas Namen laut ausgesprochen, zucke ich zusammen. Als wäre ihr Name ein scharfes Messer. Oder ein lauter Knall.

Ich schließe die Augen und konzentriere mich auf meine Atmung. Will nicht in diesen dunklen Gedankenstrudel fallen.

Es ist die zweite Tournee, die ich ohne sie überstehen muss. Das zweite Jahr ohne sie. Ohne ihren süßen Duft, ihr engelsgleiches Lachen …

Aber wie aus heiterem Himmel erschien Wanda und beginnt seit einigen Wochen, ihren Platz in meinem zerklüfteten Herzen zu suchen. Es ist so verwirrend. Ich hätte niemals gedacht, dass das geht und sich nach Lina noch einmal jemand in mein Herz einschleusen kann, obwohl es doch so kaputt ist.

KAPITEL 25

Wanda

Kuusamo, Finnland

Rumms.

Ich schrecke hoch und klammere mich an die weiche Bettdecke. Mit stockendem Atem schaue ich mich im dunklen Hotelzimmer um. Doch ich erkenne nur das kleine rote Licht des Fernsehers und die Schatten des Baumes vor dem Fenster, die auf der gegenüberliegenden Wand flackern.

»Kacke, was war das denn für ein Traum?« Ich schnaufe durch und greife zu meiner Wasserflasche.

Gerade als ich sie an den Mund ansetze, knallt es wieder vor meiner Tür. Ich zucke zusammen, ein kleines Rinnsal läuft mein Kinn hinunter.

Wie versteinert bleibe ich im Bett sitzen. Als würde ein T-Rex vor mir stehen und mich auffressen, falls ich nur irgendeine falsche Bewegung mache.

»Wanda«, flüstert jemand vor der Tür.

Und diese Stimme, auch wenn sie nur ein undeutliches, leises Nuscheln ist, würde ich unter hunderten erkennen. Dieser raue Unterton in Antons Stimme ist etwas ganz Besonderes.

Langsam stelle ich die Flasche auf den Nachttisch, wische mir mit dem Ärmel meines karierten Schlafanzugs über den Mund und schleiche zur Tür. Vorsichtig lege ich das Ohr ans kalte Holz, fluche innerlich, weil es keinen Spion gibt.

Für einige Sekunden passiert nichts. Ich höre weder Antons Atem noch irgendwelche Beschwerden von anderen Hotelgästen.

»Bischt du wach?«, nuschelt er wieder, dann ertönt ein dumpfes Geräusch an der Tür. Wahrscheinlich sein Kopf.

Scheiße. Wo war Anton in den letzten Stunden?

Ich schaue auf meine Armbanduhr. Es ist zwei Uhr nachts. Der letzte Wettkampf in Kuusamo wurde vor einigen Stunden beendet. Wir müssen morgen früh abreisen und zur nächsten Station fahren.

Vorsichtig drücke ich die Türklinke nach unten und spähe durch den kleinen Spalt. Anton sitzt vor mir auf dem hölzernen Boden und hat den Kopf auf den Knien abgelegt. Er ähnelt einem Häufchen Elend. Wie er dort sitzt … zusammengekauert …

»Was ist passiert?«, frage ich leise. Langsam schaue ich den Flur auf und ab, aber es ist niemand anderes hier. Keiner kann uns sehen. Sehen, wie miserabel es Anton anscheinend geht.

Er schnieft, wie in Zeitlupe hebt er den Kopf und schaut mich mit blutunterlaufenen Augen an. Dunkle Ringe zieren dieses Meerblau, das ich eigentlich so sehr mag. Aber gerade sieht dieses Blau aus wie ein Taifun, der nicht mehr zu bändigen ist.

»Ich habe Lina getötet.« Antons Unterlippe zittert. Eine einsame Träne löst sich aus seinem Augenwinkel, fließt langsam über seine kantigen Wangen. Sein ganzer Körper bebt.

»Was? Wer? Was meinst du?«, flüstere ich, beuge mich weiter nach unten.

»Ich … Ich …« Anton bricht ab und presst die Lippen fest aufeinander.

»Komm erst mal rein.« Ich strecke meine Hand nach ihm aus.

Er starrt sie an, als wüsste er nicht, ob er mitkommen solle oder nicht. Als hätte das Ergreifen meiner Hand irgendeine Bedeutung.

»Okay.« Seine Wärme strömt durch meine Finger, als sich unsere Hände umschließen. Stöhnend helfe ich Anton hoch, dann folgt er mir mit hängenden Schultern ins Zimmer.

Ich schließe leise die Tür, setze mich aufs Bett und schalte die Nachttischlampe ein. Anton setzt sich neben mich, faltet die Hände auf dem Schoß. Betreten wippt er mit den Füßen und wirkt wie in Trance. Als wäre er in einem Albtraum, aus dem er nicht mehr allein herausfindet.

Ich drehe mich zu ihm und winkele die Beine an. Schaue dieses Elend an, das gerade vor meiner Tür saß. »Wer ist Lina?«

»Sie … ischt meine Freundin.« Anton sieht mich nicht an. Wie hypnotisiert starrt er auf den braunen Teppichboden und wippt immer noch wie benommen vor und zurück. »Nein. Sie *war* meine Freundin.«

Eine Sache, die ich nie über Anton herausfinden konnte. Nicht einmal, wenn ich ihn gefragt hatte. Sein Privatleben. Was das angeht, ist er ein Meister im Verstecken.

Ich falte meine Hände. Weiß nicht, wie ich mich verhalten soll. Ob ich nachbohren soll, ob ich Anton einfach weiterreden lassen soll …

»Sie ist vor etwas über einem Jahr gestorben. Ein Autounfall. Es war meine Schuld.« Jedes Wort, das aus Antons Mund kommt, wird leiser, bis seine kratzige Stimme versagt und er die Lippen fest aufeinanderpresst.

Ihn so zu sehen, schmerzt in meiner Brust. Zieht mein Herz qualvoll zusammen.

Nachdenklich schüttele ich den Kopf und beschließe, Abstand zu halten. In dieser brenzligen Situation möchte ich mich nicht aufdrängen, obwohl alles in mir danach schreit, Anton in die Arme zu nehmen und ihm all seinen Schmerz zu nehmen. Den lockeren Anton wiederzusehen, den ich vor wenigen Tagen kennenlernen durfte.

»Ein Unfall ist ein Unfall. Es war bestimmt nicht deine Schuld.« Nervös nestele ich an meiner weißen Bettdecke. Egal, was ich sage: Es wird seine Stimmung nicht verbessern.

Ich habe kein gutes Händchen fürs Trösten. Bin unangenehm und forsch, manchmal nicht ernst genug, wie Steve immer sagt.

»Doch. Ich …« Er schüttelt den Kopf, schaut mich dann an. Mit diesen todtraurigen Augen, die in einem Meer aus Tränen schwimmen. »Ich war am Handy. Ich war … abgelenkt und dann … Dann kamen eine Kurve und ein Baum.«

»Scheiße«, wispere ich, halte sofort meine Hand an den Mund, damit ich nicht noch mehr dummes Zeug sage.

»Ja, Scheiße.« Wie versteinert sitzt er auf dem Bett. »Es war eine kalte Nacht. Die Straßen waren glatt. Ich hätte vorsichtiger sein müssen. Ich wollte nur einen neuen Song auf dem Handy anstellen. So banal …«

»Und dann ist das Auto gegen den Baum gefahren?«, frage ich leise und beobachte Antons Gesichtszüge genau. Will wissen, ob ich eine solche Frage überhaupt stellen darf.

Aber es regt sich nichts in seinem Gesicht. Nur einige Tränen bahnen sich einen Weg nach unten, tropfen von seinem Kinn auf seinen beigen Strickpullover. Aber dem sonst so stolzen und selbstbewussten Anton ist das egal. Ihm scheint in diesem Moment alles egal zu sein.

»Nein. *Ich* habe das Auto gegen den Baum gefahren. Wir kamen ins Rutschen und … ja. Ich weiß nicht einmal, ob ich aus dem Wagen geschleudert wurde oder unterbewusst herausgekrochen bin.« Die Tränen tropfen nun schneller von seinem Kinn, das bei jedem Wort mehr zittert. Jedes Wort ist eine eigene Vibration, macht es ihm immer schwerer zu sprechen.

»Und was hatte die Polizei gesagt?«

Er schnauft. »Glätteunfall. Wie viele in dieser Nacht. Linas Eltern wissen von dem Handy, sind aber viel zu nett und sagen, dass das Handy nichts mit dem Glatteis zu tun hatte. Aber … Aber ich kann an nichts anderes denken. Vielleicht hätte ich eine Millisekunde schneller reagieren können, um dem Baum noch irgendwie auszuweichen.« Anton zieht seine Beine an, macht sich so klein wie möglich. Igelt sich förmlich ein. Sein zitterndes Kinn legt er auf den Knien ab, starrt immer noch auf den braunen Teppichboden.

»Und sie wollen das nicht der Polizei melden?« Ich habe die Befürchtung, zu neugierig zu sein, zu aufdringlich.

Aber zum ersten Mal öffnet sich Anton und zeigt ein Teil seines Inneren, seiner Geschichte.

»Nein. Aus Angst um meine Karriere. Meinen Ruf.« Er kneift die Augen zusammen, beißt schmerzverzerrt in sein Knie. »Und Lina bringt es auch nicht zurück.« Schluchzend vergräbt Anton das Gesicht hinter den Beinen, bietet keine Angriffsfläche. Wartet bestimmt nur auf meine Standpauke.

Aber ich verkneife sie mir. Gebe ihm und seinen Emotionen Freiraum und warte ab.

»Sie lieben dich anscheinend sehr«, stelle ich leise fest.

Den Freund der toten Tochter so sehr zu schützen, seine Karriere nicht zu gefährden … das zeugt von Größe, Selbstreflexion und einer Menge Respekt.

»Zu sehr. Ich verstehe nicht, warum sie so … anständig mit dieser Situation umgehen. Ich will mich nur noch zerreißen. Mich eigenhändig ins Gefängnis schicken.« Anton ist kaum zu verstehen, so sehr presst er sein Gesicht in die Beine.

»Das ist etwas, das dir nur Linas Eltern erklären können.«

»Haben sie ja schon. Meine Karriere, bla, bla, bla. Aber ich will eine Strafe. Ich will, dass ich wegen Lina leiden muss. Es kann doch nicht sein, dass …«

Leise räuspere ich mich, zupfe immer noch an der Bettdecke herum. »Ich glaube, deine persönliche Strafe hast du schon.«

Anton hebt den Kopf, schaut mich mit müden Augen an, die nach so viel Schmerz schreien. Meine Brust zieht sich zusammen, quetscht die Lunge ein. Ich löse den Blickkontakt, damit ich wieder atmen kann.

»Das stimmt. Meine persönliche Strafe ist, dass ich zusehen musste, wie sie im Wrack verbrennt. Wäre ich nicht aus dem Wagen geschleudert worden oder herausgeklettert – Scheiße, ich weiß ja bis heute nicht einmal, wie genau ich da rausgekommen bin –, hätte ich sie vielleicht retten können.«

»Und die Ermittler konnten dir nicht weiterhelfen?«

»Nope. Sie sind sich selbst nicht sicher. Das Fahrzeug war …« Anton atmet tief durch. Nur stockend entweicht die Luft wieder aus seiner Lunge. »Es war zu zerstört. Dann noch abgebrannt …«

Eine unangenehme Stille verbreitet sich, nimmt den Raum und mein Herz ein, das all diese Informationen zuerst verarbeiten muss.

Betreten schaue ich auf meine Bettdecke. »Ich weiß wirklich nicht, was ich sagen soll.« Auf solche Krisensituationen bin ich nicht vorbereitet. Ich bin doch nur eine einfache Kamerafrau …

»Kann ich verstehen.« Anton atmet laut aus.

Sofort ziehe ich die Nase kraus, als mich dieser bittere, muffige Geruch einer Alkoholfahne erreicht und sich in meinen Nasenflügeln festbrennt. Angewidert fixiere ich Anton, der wieder auf den Teppich starrt und benommen an seinem Knie nagt.

»Hast du getrunken?«, frage ich viel zu laut.

Er zuckt zusammen, regt sich aber sonst nicht. Als hätte er nur auf diese Frage gewartet. »Ja, aber nicht so viel.«

»Warum?« Es ist jedes Mal das Gleiche. Langsam kann ich nicht mehr abzählen, wie oft wir dieses Gespräch hatten. Wobei Anton immer wieder darauf beharrte, dass er während der Wintersaison kaum trinken würde.

»Um zu vergessen. Um diese Flammen, die wie Geister in meinem Gehirn herumspuken und mich ständig anschreien, mal für wenige Stunden zu vergessen.« Anton legt sich quer auf das Bett und verschränkt die Arme hinter dem Kopf. »Ich habe auch keine Ahnung, warum ich zu dir gegangen bin, und alles erzählen musste. Ich glaube, es musste einfach raus.«

Und vielleicht spürt Anton auch diese unbeschreibliche Verbindung zwischen uns. Dieses Band, das noch einige Knoten hat, sich aber von Tag zu Tag weiterentwickelt. Die Fäden löst und sich stets weiterentwickelt.

»Ich vermisse sie so sehr«, flüstert er und schließt die Augen.

Wieder kämpfe ich gegen das Bedürfnis an, mich neben ihn zu legen und seinen Geruch nach Minze und Vanille einzuatmen. Mit meiner Anwesenheit dieses Loch, das der Unfall aufgerissen hat, zu schließen. Anton braucht mich jetzt.

KAPITEL 26

Anton

Kuusamo, Finnland

Pochende Kopfschmerzen reißen mich aus meinem traumlosen Schlaf. Stöhnend strecke ich mich, reibe über meine Augen, bis die Sicht langsam klarer wird. Sonnenstrahlen dringen durch die hellen Vorhänge, tanzen auf der weißen Bettdecke.

Gähnend drehe ich mich um, kuschele mich in die Kissen ein, die so frisch nach Orange riechen. Doch plötzlich reiße ich die Augen auf, als ich erkenne – und rieche –, wer neben mir liegt. »Ah!« Ich zucke zusammen, als ich Wanda neben mir sehe.

Konzentriert scrollt sie auf ihrem Handy herum. »Guten Morgen«, murmelt sie vor sich hin, schaut kurz zu mir herüber, als wäre es meine Übernachtung keine Überraschung.

Ich setze mich ruckartig auf und schaue mich im Zimmer um. Es sieht aus wie meins. Hölzerne Möbel, brauner Teppich, weiße Vorhänge. Aber nirgendwo entdecke ich den Kleidersack für meinen Sprunganzug oder meinen Helm.

Voller Schock schaue ich an mir hinab, habe die Sorge,

ich könnte unbekleidet sein. Aber mein Pullover erzählt irgendeine andere Geschichte, die ich mir noch nicht zusammenreimen kann.

»Äh, haben wir … letzte Nacht …?«, stottere ich. Ich male mir die schlimmsten Szenarien aus. Ich war gestern Nacht unterwegs, habe ein wenig getrunken und dann … Was habe ich dann gemacht? Scheiße, ich weiß es nicht mehr!

Mein Puls beschleunigt sich, hämmert heftig gegen den Brustkorb. Die Möglichkeit, dass ich mit Wanda geschlafen habe, ist groß. Sehr groß.

»Ob wir letzte Nacht miteinander geschlafen haben?« Wanda hebt eine Augenbraue und macht eine dramatische Pause. »Träum weiter.« Ein kleines Schmunzeln legt sich auf ihre geschwungenen Lippen, dann nickt sie zu der Kissenbarriere zwischen uns. »Du darfst nachts gerne vorbeikommen, wenn es dir schlecht geht. Aber ich werde deinetwegen nicht auf dem Boden schlafen.«

Perplex starre ich auf den Kissenhaufen zwischen uns, der eine perfekte Grenze zwischen den beiden Matratzen des Doppelbettes darstellt.

»Was ist passiert?« Ich rutsche neben Wanda, atme ihren Duft ein, der eine gewisse Ruhe in mir auslöst. Mich gedanklich nach Hause bringt.

Ihre verstrubbelten Haare hängen aus einem unordentlichen Dutt heraus. Einige Strähnen liegen auf ihren Schultern, hängen vom karierten Schlafanzug herunter.

Wanda legt ihr Handy beiseite und dreht sich dann weiter zu mir. Mit ihren tiefbraunen Augen schaut sie mich intensiv an, faltet die Hände im Schoß. »Du warst … echt fertig. Hast getrunken, viel geweint …«

»Geweint? Ich?« Sofort unterbreche ich sie. Ich will erschrocken klingen, stark. Als würde jemand wie Anton Mayr niemals in seinem Leben weinen.

Wanda legt den Kopf schief, zeigt mir wieder ihr kleines Schmunzeln. »Ja. Du.«

Verlegen beiße ich auf die Unterlippe. »Oh.«

»Dafür musst du dich nicht schämen. Es ist normal zu weinen, wenn man einen geliebten Menschen verliert.«

Scheiße.

Flashbacks von letzter Nacht spielen sich vor meinem inneren Auge wie ein alter Spielfilm ab. Tränen. Trauer. Kissen. Purer Schmerz in meinem Herzen.

Ich habe Wanda alles erzählt. Alles.

Abrupt stehe ich auf – als wäre sie ein Skorpion, der mich gestochen hat – und tigere durch das kleine Hotelzimmer. Meine Socken kratzen unangenehm auf dem braunen Teppich. »Ich … Ich wollte dich damit nicht belasten.«

»Das tust du nicht.« Wandas Stimme ist sanft, ruhig. »Wenigstens weiß ich jetzt, woher deine ganze Wut kommt. Und das ist auch verständlich.«

Ich wollte mich nie für Wanda öffnen. Sie in meine Welt ziehen und womöglich einen Platz in meinem Herzen für sie freischaufeln. Die Chance, dass sie sich dort für immer einnisten wird, ist seit letzter Nacht viel größer. Sie kennt nun mein dunkelstes Geheimnis, meine tiefste Trauer.

Und wenn alle Stricke reißen und wir uns wieder streiten, kann sie das sogar gegen mich verwenden.

»Ich wollte dir das gar nicht erzählen.«

»Das hatte ich mir schon gedacht. Und keine Sorge, ich werde es niemandem sagen.« Wanda steht auf und geht zu mir. Morgens sieht sie noch viel niedlicher aus als sonst. Mit diesem zerzausten Haar und den geröteten Wangen. »Aber vielleicht solltest du dir Hilfe holen. Das war ein traumatisches Erlebnis. Du bist ein Athlet und Vorbild.«

Ich schüttele den Kopf. »Nein. Ich … rede viel mit Ru. Das geht schon.«

Wanda seufzt und vergräbt die Hände in den Hosentaschen ihres Schlafanzugs. »Ich mag Ru sehr, aber er ist nicht der geborene Therapeut ist.« Ein kleines Lachen stiehlt sich aus ihrer Kehle, steckt mich an.

»Ja, da hast du vielleicht recht.«

»Du musst dich ja nicht heute drum kümmern, aber eine schlechte Idee ist das nicht. Dir soll es gutgehen, ja?« Wanda nimmt meine Hände. Sanft streichelt sie über die raue Haut auf meinem Handrücken.

Ein Kribbeln wandert durch meinen Körper, brennt in den Adern. Meine Füße werden unruhig. Ein Gefühl, das ich schon lange nicht mehr in mir getragen habe. »Ich denke drüber nach, okay?«

»Das klingt schon besser.« Wanda lässt meine Hände los und lässt mich mit einer eisigen Kälte zurück, die keine Heizung je bekämpfen könnte.

Enttäuscht über den kurzen Körperkontakt drehe ich mich zum Wecker auf dem Nachttisch. Sofort klatsche ich die flache Hand an meine Stirn. »Oh, Shit. Wir müssen gleich auschecken.«

KAPITEL 27

Wanda

Garmisch-Partenkirchen, Deutschland

»Du hast keine Ahnung, wie sehr ich dich vermisst habe!« Steve fällt mir lachend in die Arme. Mit einem Ruck hebt sie mich hoch und dreht sich im Kreis.

»Hey! Hör auf. Die Leute gucken schon.« Ich kichere und werde wieder von ihr abgesetzt.

»Sorry, das musste einfach sein.« Sie streicht sich eine braune Haarsträhne hinters Ohr und ergreift den Griff ihres Koffers. »Wo geht's hin? Zeig mir alles, Baby!«

Ich setze mich in Bewegung, damit wir den überfüllten Bahnhof hinter uns lassen können. Zum Neujahrsspringen – und generell im Winter – ist Garmisch-Partenkirchen ein beliebter Ort für Touristen und Fans des Skisports. Die Menschenmassen um mich herum sprechen Bände.

Steve folgt mir, die Rollen ihres Koffers quietschen hörbar.

»Wir gehen erst mal ins Hotel. Du hast ein Zimmer direkt neben meinem. Dann können wir durch den Ort schlendern und noch irgendwas machen. Kaffee trinken oder so.«

Vorsichtig umgehen wir eine Gruppe Touristen und verlassen das rote Bahnhofsgebäude. Vor uns erstreckt sich das Herz von Garmisch-Partenkirchen mit seinen bunten Häusern und dem wunderschönen Stuck, das ihnen dieses bayrische Feeling geben.

»Wow, Berge. Die Häuser!« Steve bleibt stehen und zeigt auf die hügelige Kulisse hinter den Häusern.

Auf den Gipfeln liegt eine dicke Schneedecke, in der Entfernung erkenne ich Skifahrer, die von hier wie Ameisen aussehen.

Steves Atem entweicht sichtbar, steigt in kleinen Wolken hinauf und verläuft sich in der kalten Brise.

Schmunzelnd drehe ich mich zu meiner Freundin und genieße ihre Bewunderung. Wir – als Norddeutsche aus dem Flachland – kennen diese wunderschöne Umgebung nicht. Was für die Süddeutschen wahrscheinlich das Meer ist, sind für uns die Berge. Eine absolut atemberaubende Szenerie, die ich stundenlang genießen könnte.

»Warte ab, bis du die Schanze siehst.« Ich nicke Richtung Straße, damit wir vorwärtskommen.

»Wenn du mich da hochschickst, spucke ich. Glaub mir. Ich habe die Wettkämpfe oft genug im Fernsehen verfolgt. Das ist viel zu hoch.« Steve eilt neben mich, als wir eine Schulklasse überholen, die sich lautstark über das Essen im Fastfood-Restaurant nebenan unterhält.

»Keine Sorge. Du wirst unten bei den Zuschauern sein und einfach nur jubeln. Das schaffst du. Ist ein Klacks.«

Wir bleiben an einer roten Fußgängerampel stehen. Mit einem Kribbeln im Bauch beobachte ich meine Freundin, die sich immer noch mit großen Augen umsieht. Ihr Mund steht leicht geöffnet, dabei fährt sie sich immer wieder konzentriert mit der Zunge über die Vorderzähne. »Jubeln wir nur für unser Team?«

Die Ampel wird grün, wir setzen uns in Bewegung.

»Nein, für alle. Aber am lautesten für unseres.« Ich schnaufe belustigt.

Steve denkt viel zu sehr über Konkurrenz nach. Obwohl es in vielen Sportarten ein riesiges Thema ist, bin ich beim Skispringen nur froh, wenn alle Athleten heile herunterkommen. Egal, ob aus Deutschland, Österreich oder Japan.

Wir gehen eine Straße weiter, bis wir vor einem gläsernen Eingang stehen bleiben. Ein riesiges Bullauge bietet Einblick auf die Rezeption mit schwarzem Holz.

»Wow, also das Jetset-Leben wäre auch meins.« Steve lässt den Griff ihres Koffers los und hüpft auf der Stelle.

»Träum weiter. Dieses Hotel ist eine Ausnahme. Normalerweise leben wir nicht so fancy.« Ich zucke mit den Schultern.

Das Reisen ist cool, aber für die Athleten ist es unheimlich anstrengend. Ich muss nur am Auslauf der Schanze stehen und hier und da Videos drehen und bearbeiten, aber sie müssen in Höchstform sein. Immer bei einhundert Prozent. Ein einziger Fehler könnte fatal enden. Das ist bestimmt ermüdend.

»Da vorne ist der Fahrstuhl«, sage ich, nachdem wir eingecheckt haben, und zeige auf die silbernen Türen gegenüber der Rezeption.

»Ich hätte nicht gedacht, dass wir Silvester gemeinsam feiern.« Steve stellt sich neben mich, lehnt ihren Kopf an meine Schulter, schnieft laut an mir. »Du riechst gut. Ich habe dich echt vermisst.«

»Ich dich auch.« Ich kuschele mich kurz an ihrem braunen Haarschopf ein, bevor sich die Fahrstuhltüren öffnen.

Wir treten ein, drehen uns Richtung Bedienfeld. Ein zitroniger Duft umgibt mich, brennt mir in der Nase wie mein Toilettenreiniger.

»Heute können wir noch chillen und morgen ist dann das Springen?« Meine Freundin drückt auf die Nummer Drei.

»Nein, morgen ist die Qualifikation, an Silvester. Am ersten Januar ist dann das Neujahrsspringen.«

»Klaro.« Steve schnippst mit den Fingern und wippt auf den Fersen. Sie wirkt plötzlich nervös. Weggetreten kaut sie an der Unterlippe.

»Wieso fragst du so genau?« Ich ziehe die Stirn in Falten. So unruhig sehe ich meine beste Freundin selten. Normalerweise ich bin die Unsichere. Die, die immer einen festen Boden unter den Füßen braucht.

»Ach, weißt du, ich dachte …«

Die Fahrstuhltüren öffnen sich und Steves Mund klappt auf, als sie die Personen, die uns nun gegenüberstehen, anschaut. Als wären es Channing Tatum und Zac Efron.

Mein Herzschlag beschleunigt sich, poltert vor sich hin. Obwohl ich stehe. Seit gefühlten Ewigkeiten.

»Hi, ihr beiden.« Verlegen hebe ich die Hand, zeige dann auf meine Freundin. »Das ist Steve.«

»Hey«, sagt Anton kurz angebunden. Er atmet hörbar aus, steckt dann die Hände in die Taschen seiner Jogginghose.

Ru tritt einen Schritt nach vorne. Eine gewisse Röte ziert seine Wangen, wodurch er nicht mehr so blass aussieht. »Hallo, ich bin … Aua!« Die Fahrstuhltüren schließen sich, während er redet, und drücken sich in seinen Arm hinein.

Ich unterdrücke ein Schnauben und schaue zur Seite. Auch Anton schmunzelt in seine Schulter hinein. Er wirkt heute etwas entspannter. Als hätte er sich dieses tiefgründige Thema von der Seele geredet und damit einen großen Felsen an seinem Herzen verloren.

»Oh, äh, hi.« Steve winkt unbeholfen, wirft ihr braunes Haar nach hinten, sieht dann aber zu Boden.

»Lasst uns mal aussteigen, sonst verliert Ru noch einen Arm.« Grinsend trete ich nach vorne.

Anton und Ru machen Platz, drehen sich aber mit uns, als wir den Flur betreten.

»Es ist so cool, bei euch zu sein. Das wird der Hammer die nächsten Tage.« Steve gestikuliert aufgeregt umher. »Sieht man sich heute noch?«

Ich sehe sie selten flirten. Normalerweise ist meine Freundin eher pessimistisch gestimmt, wenn es um das Thema Männer und Beziehungen geht. Ich weiß nicht, was Ru ihrem Inneren angetan hat – und das nur über den TV-Bildschirm und Instagram –, aber irgendetwas hat er mit seiner niedlichen und tollpatschigen Art bewirkt. Noch bevor die beiden sich überhaupt persönlich kennengelernt haben.

Nicht nur er hat immer noch gerötete Wangen. Wenn ich Steve von der Seite betrachte, erkenne ich ihre Nervosität. Eine kleine Schweißperle läuft ihre Schläfe hinunter, verfängt sich in ihrem Augenwinkel. Und unser Spaziergang zum Hotel wird nicht der Grund sein. Sie ist viel sportlicher als ich.

Verschwörerisch schaue ich von ihr zu Anton, der mich locker anschaut. Ein sanftes Lächeln ziert seinen Mund.

»Es ist ganz schön kalt hier unten, oder, Ru?«, fragt Steve eine Oktave höher und wirft wieder ihr Haar nach hinten.

Steve und das Wetter. Das interessiert sie eigentlich nicht die Bohne.

Immer noch liegt ein kleines Schmunzeln auf Antons vollen Lippen, stellt die kleinen Lachfältchen um seine Augen zur Schau, die das tiefe Meerblau um seine Iriden nur noch schöner machen. Intensiver. Glücklicher.

Ich könnte diese Augen für immer ansehen.

KAPITEL 28

Anton

Garmisch-Partenkirchen, Deutschland

»Ähm, äh … Also … Ja, es ist echt kalt hier. Wir sind im selben Hotel, also … wirst du … werden wir uns bestimmt sehen.« Ein nervöses Lachen stiehlt sich aus Rus Kehle. Unruhig fährt er sich durchs Haar, räuspert sich dann. »Wir müssen los. Äh … Ganz wichtige Termine und so.« Er zeigt auf den Fahrstuhl neben uns.

»Sandwich. Wir wollten uns eigentlich nur ein Sandwich holen«, erzähle ich und muss mir ein Prusten verkneifen.

Ru so nervös zu sehen, ist etwas ganz Besonderes. Normalerweise umgeht er solche Konversationen und verschwindet sofort.

»Au!« Schmollend reibe ich mir über die Seite, in die Ru seinen Ellenbogen hineindrückt.

»Du Scherzkekse. Nein, nein … Wir … Deutschlands Skispringer …« Rus Brust schwellt innerhalb von Sekunden an, lässt ihn fast wie einen Schrank aussehen. »Wir haben wichtige Termine. Ohne uns geht gar nichts.«

Wanda hält sich unauffällig die Hand vor den Mund, aber ihre tiefbraunen Augen verraten ihre Belustigung.

Die weißen Sprenkel, die sich um die Pupille verteilen, strahlen heute. Sehen viel heller aus als sonst.

Steve hingegen hat diesen träumerischen Blick im Gesicht. Die Augenbrauen sitzen entspannt über den Augen, zeigen keinen Anflug von Spott oder Genervtheit. Fasziniert hört sie ihm zu, lehnt sich dabei ruhig an die Wand hinter sich.

Ich schaue wieder zu Wanda, die Blickkontakt zu mir sucht, mich mit ihren fröhlichen, intensiven Augen anzieht.

Gott, ich könnte mich in diesen Augen verlieren.

Vielleicht habe ich das schon. Ich bin gefangen zwischen diesen außergewöhnlichen Sprenkeln, die mir seit Tag Eins nicht mehr aus dem Kopf gehen, und meiner eigenen Vernunft. Scheiße, wie oft habe ich versucht, Wanda zu vergessen? Sie nur als Mitarbeiterin zu sehen?

Aber nein. Sie repariert seit Wochen ganz unbekümmert mein Herz und ich kann es immer noch nicht glauben. Langsam muss ich nachgeben. Es tut zu sehr weh, Abstand zu ihr zu halten, obwohl sie mir mit ihrer ruhigen Art so guttut. Ich brauche Wanda mehr denn je.

»Anton?«

Ich zucke zusammen, schaue panisch zu Ru, der mir gegen die Schulter tippt.

»Bist du morgen auch dabei?«

»Wo?« Mist, ich habe nicht aufgepasst.

»Silvester. Wir treffen uns unten, Johann hat einen Teil des Restaurants für uns reserviert. Das weißt du doch eigentlich«, erklärt er.

»Oh.« Ich schaue zwischen Ru, Steve und Wanda hin und her. Fühle mich ertappt.

Ob sie meinen Tagtraum wohl bemerkt haben?

»Klar, bin ich dabei. Ihr beiden auch?« Ich schaue die beiden Frauen an, hoffe inständig, dass sie an Silvester nichts anderes vorhaben.

Wanda schaut zu ihrer Freundin, die sofort nickt. »Jap, wir sind wohl dabei.«

Die Fahrstuhltüren schließen sich, Ru hält schnell seinen Arm dazwischen. »So, wir müssen echt los.«

»Wichtige *Termine*«, sage ich sarkastisch und zwinkere Wanda zu, die mich angrinst. »Tschau.«

Ru und ich winken schnell und betreten den Fahrstuhl. Hektisch drückt er auf die Taste für das Erdgeschoss.

Als die Türen geschlossen sind, schaut er mich an. Eine hitzige Röte umspielt seine Wangen. »War das … zu unangenehm?«

»Waaas?«, frage ich ironisch. »Niemals!«

»O Gott, Anton. Was mache ich da?« Ru rauft seine Haare und lehnt sich an die bespiegelte Fahrstuhlwand. »Sie ist echt süß. Und Wanda sagt, sie mag mich auch …«

»Und willkommen in der fünften Klasse.« Belustigt klopfe ich meinem Kumpel auf die Schulter, während sich die Türen öffnen und wir heraustreten.

»Das könnte ich auch über dich sagen, Mr Ich-mag-Wanda-aber-mein-Herz-ist-noch-nicht-so-weit-was-bin-ich-für-ein-armer-Kerl-Gefasel.«

»Wir reden zu viel über Gefühle, Mann. Das ist nicht normal.«

»Aber hey.« Ru bleibt stehen und schaut sich um, als hätte er Angst, jemand könnte ihn hören. »In diesem Beziehungskram bin ich nicht gut. Kannst du mir da helfen?«

»Du magst diese Steve wirklich sehr, oder?«

»Na ja, das, was ich halt über sie weiß, gefällt mir. Von Verlieben kann hier nicht die Rede sein, aber … Ja, ich mag sie, denke ich.« Ru tritt von einem Bein aufs andere, vergräbt die Hände in den Hosentaschen. Er blickt mich wie ein kleines Reh an. »Also, was mache ich nun?«

»Nummer Eins: Hör auf, ein Hochstapler zu sein. Wir sind nicht die deutschen Superhelden.« Grinsend streiche ich mir über die Wange. »Und sei du selbst. Ich weiß, dummer Spruch, aber du bist von Natur aus sympathisch. Mach dir da keine Gedanken.«

»Wow.« Rus Röte auf den Wangen ist immer noch nicht verschwunden. »Dass du mal so etwas Nettes über mich sagst.«

Ich springe einen Schritt nach hinten. »Ey, du bist mein bester Freund.«

»Ja, du meiner auch.«

»Vielleicht können wir dir morgen ruhige Minuten mit Steve bescheren. Ich möchte Wanda am Abend etwas zeigen. Ihre Freundin lassen wir dann hoffentlich bei dir.«

»Und Marvin und Lasse gehen meistens vor Mitternacht ins Bett«, grübelt Ru, geht einige Schritte auf und ab.

Die brünette Frau vom Empfang schaut zu uns herüber. Ich nicke ihr schnell zu, als wäre es etwas ganz Normales, dass zwei Männer an einem Fahrstuhl stehen und irgendwelche Pläne schmieden.

»Da hast du recht. Sie bleiben an Silvester nie lange wach. Vielleicht kommen noch ein paar Athleten aus anderen Nationen dazu, es sollte bestimmt nicht viel los sein.« Hoffentlich kann ich durch die paar Athleten unbemerkt mit Wanda verschwinden.

Ich muss unbedingt mit ihr in Ruhe reden. Nicht über das Handy schreiben oder zwischen den Durchgängen der Wettkämpfe mit ihr plaudern. Ich möchte über die letzten Wochen reden. Über meinen Zusammenbruch auf ihrem Hotelzimmer, diese tiefen Narben, die sie mir immer noch verschweigt. Ich möchte über Lina reden und Wanda erklären, wie sehr sie mich heilt. Mich zum alten Anton vor dem Unfall macht. Und das nur mit ihrer ehrlichen Art und ihrer puren Anwesenheit.

»Der Aussichtspunkt?« Ru hebt die roten Augenbrauen, schaut mich wissend mit seinen grünen Augen an.

»Ja«, nuschele ich und blicke zu Boden.

Meinen Lieblingsplatz in Garmisch-Partenkirchen teile ich nicht gerne mit anderen. Die Sorge, er könnte irgendwann überfüllt sein, ist zu groß.

»Romantisch.«

KAPITEL 29

Wanda

Garmisch-Partenkirchen, Deutschland

Silvester ist für mich noch besinnlicher als Weihnachten. Obwohl es nur ein einfacher Tag ist, ein Jahreswechsel, bedeutet er für mich so viel mehr. Silvester ist ein Lichtblick und gibt mir Extrakraft für das neue Jahr. Obwohl ich spätestens zwei Wochen später in den alten Trott verfallen und mich meine alten Probleme einholen werden.

Narben verschwinden nicht von allein – nicht, wenn sie so tief sind wie meine – und werden mich bis an mein Lebensende verfolgen. Da bringt ein neues Jahr überhaupt nichts.

»Der Blick auf die Schanze ist atemberaubend«, sagt Steve leise und stellt sich neben mich.

Schweigend schauen wir aus dem Fenster. Ich bewundere die Scheinwerfer, die diesen Betonkoloss beleuchten und in der Dunkelheit hervorheben. Die dicken Schneeflocken, die vor dem Fenster tanzen und die vereinzelten Raketen, die jetzt schon gezündet werden, runden das wohlige Gefühl in meinem Bauch ab. Das pure Winterfeeling hat mich endlich erreicht. Kurz nach den Weihnachtsfeiertagen und direkt vor Silvester in einem Winterwunderland im tiefsten Bayern.

»Anton ist heute bei der Qualifikation Vierter geworden. Ihm liegt diese Schanze. Wenn er den Wettkampf morgen gewinnen sollte, rückt er auf den ersten Platz in der Gesamtwertung für die Tournee.« Ein Kribbeln löst die Ruhe in meinem Magen ab, schmunzelnd schaue ich zu Steve herüber. »Die Abstände in der Wertung sind so klein. Er könnte … Er könnte das echt gewinnen.«

»Und könnte nach fünfzehn Jahren endlich mal wieder für einen deutschen Sieg bei der Vierschanzentournee sorgen.« Meine Freundin streicht ihr kleines Schwarzes glatt, das sie mit einer dunklen Strumpfhose kombiniert hat. Ihre schmale Statur kommt dadurch nur noch mehr zur Geltung.

»Das wäre doch … echt der Hammer. Und wir haben alles mit Videos festgehalten. Antons kompletten Weg zum Sieg.« Nachdenklich fahre ich mit der Fingerkuppe über die Holzmaserung der Fensterbank.

»Ist der Sieg ein großes Ding? Also, richtig, richtig groß?« Steve dreht sich um und lehnt sich gegen die Fensterbank. Mit einer gekonnten Bewegung legt sie ihr dunkelbraunes Haar über eine Schulter.

»Das ist einer der wichtigsten Siege. Neben Olympia und der Weltmeisterschaft.« Ich bin stolz auf mein Wissen. Die Jungs stopfen mich auf jeder längeren Fahrt in unserem Bus mit Informationen voll.

»Krass«, sagt meine Freundin beeindruckt.

»Oberkrass.«

»Und jetzt geh dich umziehen. Es ist schon 21 Uhr. Wir verpassen sonst noch einige aus dem Team.« Sie legt eine

Hand auf meinen Rücken und schiebt mich ins kleine Bad neben dem Doppelbett.

»Okay, okay.« Lachend schließe ich die Tür hinter mir und ziehe mich bis auf die Unterwäsche aus.

Sorgfältig lege ich meinen grünen Pullover und die Baggy-Jeans zusammen, platziere sie auf dem Toilettendeckel. Als ich mich zum roten Paillettenkleid, das an der Innenseite der Badezimmertür hängt, drehe, bleibt mein Blick am großen Spiegel über dem Waschbecken haften. Klebt sich förmlich fest, gibt mir keine Möglichkeit auszuweichen.

Angewidert betrachte ich meinen Oberkörper in der Spiegelung. Schäme mich dafür, dass mein BH so gut wie gar nichts von diesen hässlichen, hubbeligen Narben bedeckt. Ich beiße auf die Innenseite meiner Wangen, um mich von diesem widerwärtigen Anblick abzulenken. Um mich irgendwie dazu zu zwingen wegzusehen. Aber ich kann nicht. Weiß, warum ich Spiegelbilder in der Regel meide. Weil sie mich an die Realität erinnern. Daran, dass mich niemals jemand vollends lieben wird. Diese Narben zerstören alles. Beziehungen, mein Selbstbewusstsein …

Meine Sicht verschleiert, Tränen sammeln sich in den Augenwinkeln, die unangenehm brennen. Als würde Säure aus mir herausschießen, um noch mehr von meinem ekligen Körper zu verätzen. Wie es damals diese Scheiß-Grillkohle waren, die mein Leben zerstören wollten.

Mit zitternder Unterlippe schaue ich an mir herunter, fahre mit den Fingerspitzen über die Unebenheiten auf meinem Oberarm, gleite bis zum Brustansatz, der unversehrt geblieben ist. Dann fahre ich wieder zur Seite, an der die Reste der Kohle bis zur Höhe meines Bauchnabels alles verbrannten.

»Wenigstens sind deine Brüste nicht betroffen.« Jaspers Worte hallen in meinem Kopf nach. Ich kann nicht abzählen, wie oft er das betonen musste.

Wenn sie auch von der Kohle erwischt worden wären, hätte er mich dann von vornherein abblitzen lassen?

Ein Schauder rollt über meinen Rücken. Ich zucke zusammen, streiche fröstelnd über meine Arme.

»Wanda, hau einen Schlag rein!«, ruft Steve von der anderen Seite der Tür.

Ich wische mir übers Gesicht und räuspere mich. »Ja!«

Entschlossen gehe ich zum Lichtschalter und dimme die Beleuchtung über dem Spiegel. Weniger Licht, weniger Erinnerungen an meinen Unfall.

Den schwarzen Pullover, der über dem roten Kleid hängt, nehme ich vom Bügel und streife ihn über. Wenigstens verdeckt er meine Narben und ich kann trotzdem dieses schöne rote Stück Stoff tragen.

Die Pailletten sind kratzig, nerven aber nicht mehr, sobald das Kleid an Ort und Stelle liegt. Meine brünetten Haare lasse ich offen. In sanften Wellen fallen sie über meine Schultern, reichen mittlerweile bis zur Brust.

Mein zitternder Atem ebbt ab und bringt mich weiter zurück in die Wirklichkeit. Ich presse die Zunge gegen den Gaumen und nicke meinem Spiegelbild zu, bevor ich die Tür öffne und das gedimmte Licht ausschalte. »Los geht's, Steve.«

»Als Kind habe ich auch immer diese Comics mit dem Hund im Katzenkostüm gelesen. Wie hießen die noch mal?« Steve kratzt sich nachdenklich am Kopf.

Wir sitzen gegenüber von Anton und Ru, auch Johann und seine Frau haben einen Platz wenige Meter neben uns und schauen aus der großen Fensterfront des Hotelrestaurants. Der Nachwuchsspringer Jona sitzt neben ihnen. Er darf bei dieser Station Weltcup-Luft schnuppern und fragt Johann seit Ewigkeiten zu bestimmten Absprungtechniken aus.

Die schwarzen Kronleuchter über uns passen überhaupt nicht in das klassisch bayerische Ambiente des Hotels, sind aber eine willkommene Abwechslung.

Etwas belustigt beobachte ich meine Freundin und Ru. Es ist bewundernswert, wie leicht sie sich verstehen und gemeinsame Interessen finden. Anton und ich brauchten dafür eine gezwungene Autofahrt, um seine Ski aus dem Hotel zu holen. Und eine tragische Nacht, in der er seine dunkelsten Geheimnisse preisgab.

»*Die Geschichten des Ronald Gleeson*?« Ru stützt die Hände auf dem schwarzen Tisch zwischen uns auf und erhebt sich vom Stuhl. Eine hitzige Röte breitet sich auf seinen Wangen aus, verläuft schon bis zu den Ohren.

»Ja! Das war es!« Steve zeigt begeistert auf ihn. Ein breites Grinsen liegt in ihrem Gesicht. Sie hebt ihr Cocktailglas und prostet ihm zu. »Auf Ronald Gleeson!«

Auch Ru hebt sein Cola-Glas. »Wow!«

Ich neige schmunzelnd den Kopf in Antons Richtung und werde direkt von zwei meerblauen Augen gemustert. Er streicht mit dem Finger über den Rand seines Wasserglases, während er seinen Blick keine Millisekunde von mir abwendet. In dem schlichten weißen T-Shirt sticht das Blau noch mehr hervor als sonst. Will mich hypnotisieren.

Ich weiß nicht, woran es liegt, aber er sieht mich so wissend an. Als wäre über mir ein Eimer Wasser, der in wenigen Sekunden ausgekippt wird und mir einen unheimlichen Schrecken einjagen wird.

Moment. Das wäre für Anton nicht einmal unüblich.

So unauffällig wie möglich schaue ich über mich, entdecke aber nichts.

»Was ist da oben an der Decke?« Anton folgt meinem Blick, schürzt die geschwungenen Lippen.

»Äh.« Mist. »Ich … Die Kronleuchter. Die sind echt schön.« Nervös reibe ich die Hände aneinander, um mich abzulenken.

Anton beobachtet mich zu intensiv. Zu offensichtlich liegt sein warmer Blick auf mir, löst einen Tsunami an Gefühlen in meinem Magen aus. Noch nie hat mich ein Mann auf diese Weise angesehen. Mit so einem starken Blick. Mit einer Körperhaltung, die Überzeugung ausstrahlt.

Nicht einmal Jasper war so. Dafür war er zu überzeugt davon, dass ich ihm von allein hinterherlaufen würde. Und es stimmte. Ich war wie sein Schoßhündchen, bis ich ihm zu langweilig wurde. Zu unsicher in meinem eigenen Körper.

Und da kommen sie wieder: die Selbstzweifel. Anton weiß nichts von meinem Unfall. Er weiß nicht, wie entstellt ich bin. Wünscht sich bestimmt eine wunderschöne Partnerin, obwohl niemand Lina toppen könnte. Sie ist das Abbild einer natürlichen Schönheit.

Meine Emotionskurve fährt Achterbahn. Von der Belustigung über Rus und Steves unerwartete Gemeinsamkeiten stürzt sich der Wagon in die Endlosspirale, die mich fertigmacht. Mich immer wieder angreift und mir einredet, wie schrecklich ich aussehe. Wie entstellt. Ich werde niemals aus dieser Achterbahn aussteigen. Seit Jahren suche ich nach einem Ausgang, aber ich tappe im Dunkeln.

Seufzend sacken meine Schultern ein. Meine Euphorie ist wie vom Erdboden verschlungen.

Ich möchte nicht mehr als echte Liebe. Diesen berühmten Kuss um Mitternacht. Diesen perfekten Start ins neue Jahr mit so vielen neuen Möglichkeiten. Mit einem Job, den ich lieben gelernt habe. Aber diesen Kuss werde ich nicht bekommen. Vielleicht nächstes Jahr …

»Alles gut?«, flüstert Anton und stupst mich unter dem Tisch mit dem Fuß an.

Ich kaue auf der Unterlippe, schaue ihn so glücklich wie möglich an, aber er durchschaut mich.

Mit einer Furche – fast so groß wie die Schanze nicht weit vom Hotel – sieht er mich an, legt seinen Kopf noch schiefer, bis er beinahe auf der Schulter liegt.

»Verrenk dich nicht«, flüstere ich zurück.

Ru und Steve stimmen irgendeine Titelmelodie eines Anime an, den ich auch als Kind gesehen hatte. Schunkelnd singen sie sich gegenseitig an und heben die Gläser.

»Mein Zeichen zu verschwinden«, sage ich zum Rest der Truppe. »Mario und Lasse sind ja auch schon weg. Ich glaube, ich schaffe es nicht bis Mitternacht. Bin müde.«

»Was?« Anton hebt die Augenbrauen. Wie von einer Biene gestochen setzt er sich gerade hin. »Doch, das schaffst du.«

»Nein, ehrlich. Ich bin nicht in Stimmung.« Ich trinke den letzten Schluck meiner Limo und stehe auf. »Rutscht alle gut ins nächste Jahr. Bis morgen!«

Mit einem gezwungenen Lächeln stehe ich auf – vermeide Blickkontakt mit Anton –, nehme den Zimmerschlüssel vom Tisch und gehe Richtung Ausgang. Steve und Ru haben meine Verabschiedung nicht einmal mitbekommen. Sie grölen immer noch irgendein Lied vor sich hin.

Ich will kein Miesepeter sein und irgendwem das neue Jahr versauen. Da ist es besser, wenn ich mit meinen hässlichen Narben auf mein Zimmer verschwinde und dort vor mich hin versauere.

Gerade als der sanfte Rosenduft im Eingangsbereich des Hotels in meiner Nase kitzelt, höre ich meinen Namen.

»Wanda! Warte!«

Scheiße. Nein. Bitte … Ich will nur allein sein.

Ich verharre in der Bewegung, umschließe krampfhaft den Zimmerschlüssel, der eigentlich meine Rettung sein sollte.

Anton joggt um mich herum und bleibt direkt vor mir stehen. »Hey.«

»Hi.« Immer noch kralle ich mich in den Schlüssel. Meine Handfläche pocht.

»Hast du vielleicht doch noch Zeit? Ich möchte dir was zeigen.« Er legt sein verführerisches Lächeln auf. Dieses freche Schmunzeln, mit dem er bestimmt viele Frauen herumbekommt.

Und ja, Mist, irgendwas regt sich auch in mir. Meine Missgunst verfliegt nicht, macht aber Platz für ein aufgeregtes Kribbeln.

KAPITEL 30

Anton

Garmisch-Partenkirchen, Deutschland

Ich hoffe, Wanda sieht mein Vorhaben nicht als weiteren Arschloch-Move. Das, was wir gleich machen, wird entweder alles verbessern oder ich werde sie endgültig von mir stoßen.

»Wie weit müssen wir noch gehen?« Wanda schnauft hinter mir, hält ihre Handy-Taschenlampe vor sich. »Du kannst von Glück reden, dass ich mitgekommen bin, aber mein Outfit ist nicht fürs Wandern gemacht.«

Belustigt denke ich an ihr enganliegendes rotes Kleid, dessen Glitzern dem Feuerwerk nachher Konkurrenz macht.

Wir gehen um eine große Tanne herum, deren Zweige knapp über dem Boden hängen. In den letzten Tagen hat es viel geschneit. Die Baumkronen sind dicht bedeckt, jegliche Wegmarkierung funkelt im hellen Mondschein. Nur der sandige Wanderweg wurde gestreut und erleichtert es uns glücklicherweise, den Anstieg zu schaffen.

»Nur noch um die Ecke.« Ich verlangsame meine Schritte, damit Wanda aufholt.

»Dürfen wir im Winter überhaupt hier sein? Könnten wir nicht … ausrutschen und den Berg hinunterrollen?« Sie leuchtet mich kurz an, bevor sie den Strahl wieder auf den Boden vor uns lenkt.

»Das könnte durchaus möglich sein. Aber im Dunkeln kann ich die Schilder leider nicht richtig lesen …«, sage ich eine Oktave höher und schmunzele in mich hinein.

»Herr Mayr, wenn Sie mich auf irgendeine Weise in Gefahr bringen sollten, dann …«

»Wanda.« Ich bleibe stehen, vergrabe locker die Hände in den Jackentaschen und fokussiere mich auf die roten Pailletten, die unter ihrer Jacke an den Knien hervorlugen. »Ich baue keinen Scheiß. Dieses Mal nicht.«

Hoffentlich verschrecke ich sie gleich nicht.

Sie atmet beruhigt durch und nickt. Nebeneinander gehen wir einige Meter weiter. Wandas Orangenduft liegt in der Luft, setzt sich in meinem Herzen fest. Ich hätte niemals gedacht, dass sich ein Geruch so sehr festsetzen könnte und ich ihn wahrscheinlich für immer in meinem Gehirn auf Knopfdruck abrufen werde.

»Mist, brennt es da?« Wanda bleibt stehen und analysiert die Lage. Dann geht sie mit schnellen Schritten auf den Ort zu, den ich vorhin vorbereitet habe.

Da ich weiß, was jetzt passiert, bleibe ich ruhig und gehe langsam hinter ihr her.

Hinter einer eingeschneiten Tanne erstreckt sich ein kleiner Kreis aus warmweißen LED-Teelichtern, die eine Wolldecke und einige Kissen eingrenzen. Es war gar nicht so einfach, eine Decke zu finden, die wasserundurchlässig ist. So schön der Schnee sein mag: Praktisch ist er nicht.

»Was …?« Wanda bleibt vor mir stehen und verlagert ihr Gewicht auf ein Bein. Wie in Zeitlupe dreht sie den Fuß im Schnee, der unter ihr knarzt.

Ich bleibe neben ihr stehen und schmunzele. Bin froh, dass noch alles so steht, wie ich es hinterlassen habe.

»Anton, was wird das?« Sie klingt verunsichert. »Eine Hexenbekämpfung?«

Schnaufend vergrabe ich das Gesicht im Kragen meiner Jacke. Schlagartig habe ich die Sorge, doch wieder Mist gebaut zu haben. Nervös kratze ich mich am Hinterkopf. »Äh, ich wollte mit dir reden.«

»Und mir einen Heiratsantrag machen, oder was?«, fragt Wanda. Sie stößt ein unruhiges Lachen hervor.

»Was? Nein … Nein …« Kopfschüttelnd gehe ich um sie herum. »Aber bevor wir reden, musst du die Augen schließen und mir vertrauen.«

Das wenige Licht der Handytaschenlampe macht es mir schwer, Wandas Gesichtsausdruck zu deuten. Ihre Augen sind wie ein dunkles, unberechenbares Meer.

»*Dir* vertrauen?«

»Ja.«

»Nein.«

»Bitte.«

»Nein.«

»Wanda, sei keine Spielverderberin.«

Sie seufzt ergeben, tritt einen Schritt von mir weg. Das Knarzen des Schnees ist wie eine Schere, die unser dünnes Band durchtrennen könnte. Uns wieder voneinander entfernen könnte.

»Okay.« Aber nein, Wanda stimmt zu.

Ich mache einen kleinen Freudensprung und rutsche dabei auf der Sand-Schnee-Mischung weg. Sofort balanciere ich mich aus. »Super. Augen zu und gib mir deine Hände.«

Wanda schüttelt ihren Körper durch, macht sich locker. Nach einem tiefen Atemzug schließt sie die Augen und streckt ihre Hände aus.

Zufrieden ergreife ich sie, bin von dieser entspannenden Wärme überwältigt. Langsam leite ich sie Richtung Aussichtspunkt. Ich glaube, Wanda ahnt, was passieren wird, denn ein wissendes Lächeln liegt auf ihren Lippen, das vom sanften Licht der vielen Teelichter umschmeichelt wird.

Ein Knall ertönt hinter mir. Wanda schreit auf und zuckt zusammen, lässt aber meine Hände nicht los. Stattdessen krallt sie sich nur noch fester in sie hinein.

»Oh, Shit. Das war ein Böller irgendwo im Tal unter uns. Sorry. War nicht geplant.« Ich räuspere mich, als wir am Rande des Weges ankommen. Mein Herz pocht bis zum Hals. »Warte, stehen bleiben.«

Ich positioniere Wanda mit dem Blick auf das hell beleuchtete Tal. Hunderte kleine Lichter aus Wohnzimmern und Restaurants strahlen uns entgegen. Ein Meer aus Privatleben, Euphorie und einer Art Zusammensein. Ich finde, das ist das, was Silvester ausmacht.

Aufgeregt stelle ich mich hinter Wanda, lasse ihre Hände aber nicht los. Will ihr mein ganzes Vertrauen geben. Sie muss wissen, wie sehr ich sie mag und wie sicher sie bei mir ist. Irgendwelche Narben und ein dummer Exfreund hin oder her.

»Und Augen auf«, flüstere ich zart in ihr Ohr.

Wandas Finger zucken bei dieser Geste, zeigen für mich nur, dass auch sie mehr als Freundschaft in dieser merkwürdigen Zeit mit all unseren unnötigen Streits empfindet.

Sie öffnet zaghaft ihre Augen, ihr Mund steht leicht geöffnet, während sie die Umgebung scannt. »Wow.« Diese Aussage ist kaum mehr als ein Hauch. »Was für eine Aussicht.« Sie drückt meine Hände fest zusammen und schickt damit einen warmen Schauer von den Fingerspitzen bis zu meinem kalten Gesicht.

»Wenn man den Anstieg in Kauf nimmt – egal, ob man Höhenagst hat –, dann lohnt sich die Aussicht.« Unsere holprige Beziehung war ein schwieriger Anstieg. Keine einfache Wanderung, nein, nicht einmal ein Wanderweg für Fortgeschrittene. Bei uns gab es meterhohe Hürden, Stolperfallen, wildgewordene Bären, die alles zerstören wollten. Aber Wanda und ich haben durchgehalten. Auch wenn wir davon wunde Füße bekommen haben und Aufopferungen – wie den eigenen Stolz zu überwinden – machen mussten.

»War das etwa metaphorisch gemeint?« Wandas Frage klingt wie ein Lied, ist melodisch, eine Spur belustigt.

»Passt das nicht zu mir?«, wispere ich in ihr Ohr.

»Nope. Du bist nicht so der Poet.« Sie prustet, drückt meine Hände dabei nur fester. »Danke für diese schöne Aussicht.«

»Gerne. Und weißt du was?«

»Hm?«, fragt sie und lehnt sich minimal an mich heran. Wandas Orangenduft kitzelt wieder in meiner Nase, verlangt nach mehr. Will, dass ich ihr noch näher komme. Zumindest redet mir diese Schnapsidee mein Gehirn ein.

»Du hast gerade keine Höhenangst. Keinerlei Panik.«

»Weil ich die Höhe nicht sehe. Nicht gerade nach unten schauen muss.« Sie seufzt, bewegt ihre Hände ein wenig nach vorne, was meine automatisch mitzieht.

Sanft drücke ich Wanda weiter an mich, vergrabe das Gesicht in ihrem wunderschönen Haar.

»Warum musst du dich denn am helllichten Tag mit dem Abgrund, dem möglichen Fall aus der Höhe beschäftigen, wenn du einfach die Aussicht genießen könntest?« Scheiße, Wanda macht mich zum Poeten. Oder zu jemandem, der sehr stark um den heißen Brei herumredet.

Sie löst unsere Umarmung auf und nimmt damit jegliche Wärme mit sich. »Anton, was ist los?«

Ich vergrabe die Hände in den Jackentaschen, brauche Halt, um jetzt etwas zu sagen, von dem ich dachte, dass ich es nie wieder sagen würde. Weil mein Herz zu gebrochen ist. Zu verletzt, um eigentlich jemals wieder zu lieben. Aber dann kam Wanda … »Ich … Ich finde dich gar nicht so … blöd.« Nervös zucke ich mit den Schultern.

Wanda schaut mich für einige Sekunden an, die sich wie Minuten anfühlen. Als wüsste sie nicht, was sie empfindet. Gleichzeitig steigt in mir eine derartige Panik auf. Kribbelt von den Zehenspitzen bis in den Haaransatz.

»Ich … finde dich auch nicht so blöd.« Sofort presst sie die Lippen aufeinander und lässt den Atem, der in der Luft kristallisiert, verschwinden. Wanda wendet den Blick ab. »Es ist ganz schön mutig, mich hierher zu bringen. Und irgendwie hast du dadurch auch deinen Willen vom Vorstellungsvideo bekommen, du Schlingel.« Sie zwinkert mir zu, ein kleines Lächeln umspielt ihre geschwungenen Lippen.

»Vielleicht bin ich doch ein Arsch.« Grinsend ziehe ich die Schultern hoch, rümpfe die Nase, damit sie nicht noch kälter wird.

Ich will Wanda so vieles sagen, weiß aber nicht, wie. Will ihr sagen, wie egal es mir ist, wenn sie irgendwelche Narben hat. Denn wir alle haben sie. Entweder äußerlich oder innerlich. Aber ich bekomme kein gescheites Wort über die Lippen, habe Angst zu versagen.

»Nein, das bist du nicht«, flüstert sie.

»Ich hätte niemals gedacht, dass ich irgendeine Art von Gefühlen in mir haben könnte. Nicht seit Lina.« Ich fokussiere einen Tannenzapfen vor mir. Er ist zur Hälfte vom Schnee bedeckt, ragt in die Höhe, als wolle er von allen gesehen werden.

»Aber das ist doch toll. Du heilst. Sie hätte es nicht anders gewollt.«

So, Anton. Du hast dir diesen Satz schon bereitgelegt. Jetzt sag ihn.

»Da hast du recht. Das habe ich auch endlich realisiert. Und so haben wir alle unsere Narben.« Eins, zwei, drei. Ich warte auf den Aufprall oder auf eine Explosion. Denn jetzt, wo ich diesen Satz gesagt habe, klingt er so falsch. So fordernd und … fies. Wie so viele Dinge, die ich sage, obwohl ich es anders meine.

Ich beiße auf die Innenseite meiner Wangen, habe den brennenden Schmerz verdient.

Wandas Mund öffnet sich, schließt sich aber wieder. Sie wendet den Blick ab und tippelt unruhig mit den Füßen im Schnee. Ein knarzendes Geräusch ertönt unter ihr. »Du … weißt es also.«

»Marvins Geburtstag.«

»Scheiße.«

»Wanda, mir ist es egal. Das wollte ich damit sagen. Du bist und bleibst wunderschön. Irgendwelche Narben hin oder her.« Keine Ahnung, ob ich alles gerade verbessere oder verschlimmere. Die Fähigkeit, ein vernünftiges Gespräch zu führen, habe ich, seitdem ich Wanda kennengelernt habe, verlernt.

»*Irgendwelche* Narben?!« Wütend breitet sie die Arme aus. Das dämmrige Licht macht es mir schwer zu sehen, was in ihr vorgeht. »Anton, das sind nicht irgendwelche Narben. Warum, glaubst du, trage ich nur langärmelige Shirts? Und lange Oberteile?«

Ich bleibe still, will es nicht noch mehr versauen und lasse Wanda reden.

»Weil gefühlt mein halber Oberkörper verbrannt ist. Mit ekelhaften, unebenen Narben, die mich für immer an diesen Scheißunfall erinnern werden.« Wanda dreht sich um und schaut auf die schneebedeckten Dächer von Garmisch-Partenkirchen. »Es ist … eine Qual, mit mir zusammen zu sein. Ich will das niemandem mehr antun.«

Ich schnaufe, bleibe aber stehen. Gehe dieser Konfrontation, diesem Streit dieses Mal nicht aus dem Weg. Weil wir darüber reden müssen. Nicht nur über meine traumatische Vergangenheit, sondern auch über ihre. »Nein, du bist das Beste, was mir jemals zugestoßen ist.«

Ich sehe, wie sich Wandas brauner Haarschopf bewegt. Sie schüttelt den Kopf. Ihre Schultern sacken immer weiter nach unten. »Du weißt nicht, wie schlimm es im Hellen aussieht. Wie ekelhaft ich bin.«

»Wenn ich dir meine inneren Narben zeigen könnte, sähen sie nicht anders aus. Glaub mir.« Die Erinnerung an Linas Tod und meine Schuld daran werden mich für immer verfolgen. Sind für andere zwar unsichtbar, für mich jedoch wie eine Leuchtreklame. »Narben sind eine Erinnerung an die Vergangenheit, aber auch ein Zeichen der Zukunft. Wir dürfen weiterleben. Diese wunderschöne Aussicht genießen. Zusammen hier sein. Das ist das, was zählen sollte.« Lina wird all das nie mehr wieder erleben. Ihre Seele schwebt im Nirgendwo, ist dort hoffentlich so zufrieden, wie sie es auf Erden war.

»Du … Du wirst mich ekelhaft finden. Abscheulich.« Wandas Stimme zittert, wimmert. Sie geht einige Schritte zurück, als würde sie sich auf eine Flucht vorbereiten.

»Nein, was dein Exfreund getan hat, war ekelhaft. Feige.« Ich nehme ihre Hand und drehe sie sanft zu mir. »Seit Tag Eins spukst du in meinem Kopf herum und ich kann es mir selbst nicht erklären. Ich will bei dir sein. Und das wollte ich so lange nicht begreifen, nicht wahrhaben.«

»Anton …« Wanda starrt zu Boden.

Sanft hebe ich ihr Kinn an, streichele über die seidenzarte Haut unter meiner Fingerkuppe.

»Pssst. Jetzt bin ich dran.« Zuversichtlich drücke ich ihre Hände. »Ich mag dich … und du weißt gar nicht, wie lange ich dagegen angekämpft habe. Ich wollte es nicht wahrhaben.«

»Ich …« Wanda kaut auf ihrer Unterlippe herum. »Ich dich auch. Sehr. Aber … Du hast mich noch nie ganz gesehen. Das Ausmaß …«

»Machen dich Narben auf irgendeine Weise schlechter?

Verändern sie dein Wesen? Oder deine süße Stupsnase?« Herausfordernd hebe ich die Augenbrauen.

Wanda öffnet den Mund, scheint einige Sekunden über meine Fragen nachzudenken.

»Wenn *ich* riesige sichtbare Narben hätte, würdest du mich weniger mögen?«, frage ich leise. Sie soll selbst auf ihre Antwort kommen.

»Nein. Das wäre mir egal, denke ich.« Wanda lässt meine Hände los, knetet ihre nervös.

Ich komme so nicht weiter. Sie baut immer wieder eine Schutzmauer vor sich auf. Zwar durchdringe ich sie gelegentlich, aber Wanda ist gut darin, sie so schnell wie möglich wieder zu reparieren.

»Was ist damals passiert?« Ich nicke zur Decke neben uns.

Wir setzen uns hin, langsam drücke ich meinen Hintern in den Schnee unter der Decke, bis ich gemütlich sitze.

Wanda schweigt, sucht wohl nach den richtigen Worten. Sie nimmt eine Haarsträhne in die Hand und wickelt sie um den Zeigefinger, während sie erzählt. »Es war ein total dummer Unfall, als ich klein war. Im Sommer liebt es mein Vater zu grillen. Mindestens einmal pro Woche, aber gerne öfter.« Ein seichtes Lächeln formt sich auf Wandas vollen Lippen. Vom Licht der Teelichter wird ihr Gesicht in einem warmen Ton beleuchtet, sie strahlt auf eine unheimlich traurige Weise. »Nun ja, nach dem Grillen hatte ich angefangen, mit meiner Freundin im Pool zu plantschen. Als uns langweilig wurde, holten wir den Fußball und kickten ein paar Bälle. Sie schoss schief, ich hechtete dem Ball nach und hatte den Grill hinter mir nicht gesehen.«

»Oh.« Meine Stimme ist nicht mehr als ein Hauchen. Gespannt höre ich Wanda weiter zu, glaube aber zu wissen, wie diese tragische Geschichte endet.

»Ich kippte mit dem Grill um. Papa war gerade dabei, ihn zu reinigen, also stand er offen. Die heißen Kohlen und der Grill fielen direkt auf mich. Und weil ich nur im Bikini war, verbrannte fast alles.« Ein tiefes Seufzen entweicht aus Wandas Kehle.

»Scheiße. Was eine kleine Unachtsamkeit ausmachen kann.«

»Papa kann da nichts für. Er macht sich immer noch Vorwürfe, aber ganz ehrlich: Es war eine Reihe von dummen Zufällen.«

»Und du lebst seit deiner Kindheit damit«, stelle ich nachdenklich fest. Damit durch die Teenagerzeit zu gehen, muss die pure Qual gewesen sein.

»Ja. Und gerade, als ich wieder ein wenig Selbstvertrauen hatte, kam Jasper und zerstörte alles. Ich hätte ein schönes Gesicht, aber am Rest müsse ich noch arbeiten. Arsch.« Wanda seufzt und wendet den Blick ab. Sie nimmt ein Teelicht und legt es auf die Handfläche. Lächelnd betrachtet sie es. »Die sind schön. Das alles … Das hast du echt toll gemacht. So was hat noch nie jemand für mich getan, Anton. Danke.« Anscheinend will sie das Thema wechseln …

Ich verübele es ihr nicht, springe auf den Themenwechsel-Zug mit auf.

»Gerne, Seide … Oh, warte!« Hastig hole ich mein Handy aus der Jackentasche und schaue auf die Uhr. »Puh, noch zwei Minuten, dann ist Neujahr. Ich hatte schon Angst, wir würden das verpassen.«

»Uh! Und gleich sehen wir das ganze Feuerwerk hier oben. Wie schön.« Wanda steht auf und geht wieder an den Rand des Wanderweges. »Wenn ich in die Ferne schaue, ist es gar nicht so schlimm. Vor allem im Dunkeln.«

Ich folge ihr, stelle mich direkt neben sie. »Ich habe leider nichts zum Anstoßen. Vergessen.« Verschmitzt kratze ich mich am Hinterkopf. Habe mein perfektes Treffen mit ihr ein wenig versemmelt.

»Ach, Quatsch. Dann …« Sie schaut zur Wolldecke und holt zwei Teelichter. »Dann stoßen wir damit an. Ist wie eine Wunderkerze … nur als … elektrisches Teelicht.«

Glucksend nehme ich ihr eines ab und schaue auf das Tal unter uns. Auf die vielen kleinen Lichter in den Zimmern der Häuser. Denke an all die Menschen dort unten, mit denen wir ins neue Jahr hineinfeiern.

»Hör mal«, sagt Wanda und hält eine Hand ans Ohr.

»Vier, drei, zwei, eins!«, ruft eine Menschenmenge unten im Tal.

Gleichzeitig werden die ersten Raketen gezündet. Rote Sprenkel verteilen sich im Himmel, knallen vor sich hin, mischen sich mit grünen und weißen. Ein Lichtspektakel entsteht am Himmel, ein Knall nach dem anderen ertönt.

Es wäre der perfekte Zeitpunkt. Ja, vielleicht auch extrem kitschig und vorhersehbar. Aber es fühlt sich nach der Aussprache und Wandas Offenheit so richtig an. Ich will es unbedingt mit ihr versuchen. Habe das Gefühl, sie könnte diejenige sein, die mein Herz und meine Schuldgefühle rettet. Mich wieder ansatzweise zu dem Anton macht, der ich vor dem Unfall war.

»Frohes neues Jahr«, nuschele ich und konzentriere mich

darauf, mich nicht vor Aufregung zu übergeben. Unbeholfen hebe ich das Teelicht an, Wanda stößt mit ihrem gegen meines.

»Frohes Neues«, antwortet sie leise und schaut zu mir hoch. Das Feuerwerk hinter mir spiegelt sich in ihren Augen. Die Explosion einer weißen Rakete breitet sich in ihren Iriden aus, zieht mich magisch an.

Scheiße, ich will für immer in diese wunderschönen Augen sehen.

»Wäre das ein … schlechter Zeitpunkt?«, frage ich. Meine Zehen tippeln unruhig in den dicken Winterstiefeln. Ich fühle mich wie ein Teenager vor dem ersten Kuss. Nervös. Unvorbereitet.

Wanda schnauft, schaut zu Boden. Sie wiegt den Kopf hin und her, lässt Sekunden zu Minuten werden. »Nein, überhaupt nicht.«

»Zeit für den kitschigsten Kuss des Universums.« Mit einem kleinen Lächeln auf den Lippen, werfe ich das Teelicht achtlos zur Seite, lege meine Hände an Wandas Wangen und ziehe sie sanft zu mir.

Wie automatisiert umschlingt sie meine Taille. Ihr warmer Atem streift über meine Lippen, erhitzt sie in dieser eiskalten Umgebung. Mein Herzschlag beschleunigt sich, pulsiert durch meine Adern. Ihre Lippen kommen mir immer näher, nur noch Millimeter, ein Augenaufschlag, dann liegen sie auf meinen.

Sobald sich unsere Lippen berühren, seufzt Wanda zufrieden, entspannt ihren Griff um mich.

Langsam fahre ich mit den Händen durch ihr Haar, bis ich in ihrem Nacken ankomme. Sanft streichele ich dort über diese zarte Haut, löse eine Gänsehaut aus, die ich deutlich unter meinen Fingerkuppen spüre.

Lächelnd beende ich den Kuss, drücke sie sachte von mir, um in ihre Feuerwerksaugen zu schauen, die mich noch mehr anstrahlen als zuvor. Die braunen Iriden mischen sich mit dem Lichtermeer über uns, ein Feuerwerk der Gefühle explodiert genau zwischen uns.

»Wir können gerne so kitschig bleiben«, sagt Wanda und funkelt mich an.

»Uff, mal sehen, ob ich das beibehalten kann. Eigentlich bin ich nicht der Typ dafür.« Grinsend ziehe ich sie wieder an mich, vergesse das riesige Feuerwerk um uns herum. Die hellen Lichter, die am Himmel erstrahlen. Die Böller, die irgendwo knallen. Ich konzentriere mich ausschließlich auf Wanda. Auf ihre weichen Lippen, diese süße Nase und ihren Orangenduft.

KAPITEL 31

Wanda

Garmisch-Partenkirchen, Deutschland

Der erste Vers vom Party-Song *Holz* von *257ers* ertönt, als Anton und ich uns Hand in Hand zurück ins Hotel schleichen. So lautlos wie möglich spähe ich hinüber zum Restaurant und entdecke Steve und Ru, die auf den Stühlen stehen und mitsingen. Ein großes Lächeln ziert ihre erhitzten Gesichter. Steve trägt einen pinken Cowboyhut, eine bunte Federboa liegt auf Rus Schultern. Beide wirken ausgelassen, glücklich. Haben unsere Abwesenheit wahrscheinlich nicht mitbekommen.

»Gesucht und gefunden«, flüstere ich vor mich hin. »Ah!«

Anton zieht mich von hinten an sich, klammert sich lachend um mich. »Wir müssen echt ins Bett, sonst schlafe ich morgen … nein … heute während des Sprungs ein.«

»Als ob!« Ich haue ihm sanft gegen die Schulter. »Na komm.«

Hand in Hand schleichen wir zum Fahrstuhl, nehmen dieses ungewisse Kribbeln in meinem Magen mit. Es fühlt sich gleichzeitig richtig und falsch an, so intim mit Anton zu sein. Hätte man das der Wanda von vor drei Monaten erzählt, hätte sie herzlich gelacht. Der Skispring-Rabauke Anton Mayr und die Mediengestalterin Wanda. Das passt so gut zusammen wie Bananen auf einer Pizza. Aber irgendwie – ja, wer weiß, wie das passieren konnte? – hat es zwischen uns funktioniert. Wir haben unsere Differenzen verarbeitet und so viele Gemeinsamkeiten, so viel Verständnis füreinander gefunden. Und das ist das, was uns letzten Endes zusammenschweißt.

Als sich die Fahrstuhltüren mit einem leisen Klicken schließen, drückt Anton mich forsch an sich und legt seine Lippen auf meine. Quietschend taumele ich nach hinten, doch er fängt mich auf, presst mich nur noch näher an sich, während er sein Becken an mir reibt. Anton nestelt mit seiner Zunge an meinen feuchten Lippen. Genießerisch seufze ich in den Kuss, möchte nicht, dass es je endet.

Pling.

Die Türen öffnen sich wieder.

Viel zu schnell. Viel zu unerwartet.

Erschrocken zucken wir zusammen, als der Japaner Yuki Kato in seinem blaugestreiften Schlafanzug hineinschlendert und uns schelmisch mustert. »Hi. Happy new year.«

»Arigato«, nuschelt Anton und zieht mich hektisch hinter sich her.

Kaum sind die Fahrstuhltüren zu, prusten wir los. Lachend lehne ich mich gegen die Wand neben meinem Zimmer, umschließe fest den Schlüssel in meiner Jackentasche. »Na, das wars wohl mit geheim halten oder langsam angehen.«

»Quatsch, Yuki ist ein verschwiegener Kerl. Der wird es niemandem stecken.« Antons blaue Augen glitzern, sehen zum ersten Mal seit langem vollkommen glücklich aus. Keine einzige Sorge scheint in diesem Moment in ihm zu lodern.

»Danke. Für alles. Das war das beste Silvester.« Müde lehne ich den Kopf an die Wand, mustere Anton, der mit gestrafften Schultern zur Zimmertür schaut.

»Kein Ding«, antwortet er locker und streicht sich über seine feinen Bartstoppeln. »Du … bist einfach toll. So ehrlich und offen. Muss ich gestehen.«

»Und keine fiese Zicke mehr?« Ich zwinkere ihm zu, weiß genau, dass ich in der Vergangenheit anstrengend war. Aber Anton hatte es mir nicht leicht gemacht. Ich musste meinen Standpunkt verteidigen. Das war ich der alten Wanda schuldig.

»Nur noch manchmal.« Er stupst mich an, zieht mich dann wieder an sich. Dieses Mal fester, verlangender. Als wäre ich ein Rinnsal in der Wüste.

Ein schmerzhaft sehnliches Ziehen macht sich in meinem Unterleib bemerkbar. Kreischt mich an. Will Anton so sehr. Will ihn so nahe haben wie möglich. Seit Jahren suche ich nach jemandem, der mich akzeptiert, wie ich bin, und nach der letzten Pleite ist Anton ein großer heller Stern am dunklen Himmel.

Ich löse mich von ihm, öffne hektisch die Zimmertür und schalte das Licht ein. Er schließt die Tür hinter uns und wirft seine Winterjacke zu Boden. Verlangend zieht er mich wieder an sich, drückt meine Mitte gegen seine, wodurch ich nur noch mehr aufkeuche. Ihn mehr will. Immer mehr.

Ich will diese Nähe, seine Wärme. Ich will endlich ankommen und geliebt werden. Bedingungslos.

Anton streichelt über meinen Rücken, verteilt zarte Küsse auf meinem Gesicht und fährt mit seinen erhitzten Lippen hinunter zu meinem Hals, während er meine Jacke öffnet und sie zu seiner schmeißt. Seufzend lege ich den Kopf nach hinten, genieße seine Aufmerksamkeit und sein Verlangen.

Meine Mitte will mehr, will Anton hier und jetzt. Das fühlen, wonach ich mich schon so lange sehne. Wovor ich so lange Angst hatte.

Anton drückt mich nach hinten, bis ich rückwärts auf dem Doppelbett lande. Die weiche Matratze federt den Fall ab, wir wippen einige Mal auf und ab. Mit Augen, dunkelblau und forsch, schaut er auf mich hinab. Anton krabbelt auf mich herauf, breitet sie Beine über mir aus und setzt sich rittlings auf mich. Zärtlich fährt er meine Konturen nach, kitzelt mich an den Seiten.

Ich erschaudere. Will mich voll und ganz auf diese Sache einlassen. Mich zu einhundert Prozent hingeben, wie ich es mir lange erträumt habe.

Doch langsam überkommt mich die Panik. Meine Euphorie ebbt ab, eine große Welle der Unsicherheit überschwappt mich, zieht mich gen Meeresboden. Ist dabei, mich zu ertränken.

Was ist, wenn er meinen Körper doch hässlich findet und die Situation unterschätzt?

Sofort versteife ich, jegliche Wärme weicht aus meinem Gesicht. Unsicher kaue ich auf der Unterlippe herum, weiß nicht, wie ich Anton meine Gefühlslage erklären soll.

Ich will es so gerne. Ihm noch näher sein. Aber …

Anton lässt von mir ab, sieht auf mich herab. Doch keine Wertung liegt in seinem weichen Blick. Keine abfälligen

Augen, die gleich verdreht werden. »Soll ich das Licht ausmachen? Ist das besser für dich?«, flüstert er mit rauer Stimme und löst damit eine Gänsehaut aus, die meine Panik bekämpft. Einen blutigen Kampf mit ihr ausfechtet, bis die Panik die Waffen fallen lässt und sich ergibt.

»Ja.« Scheiße, bin ich froh, nichts sagen zu müssen.

Anton beugt sich zur Seite und drückt auf den Lichtschalter. Abrupt erlischt das Licht. Er ist nur noch ein Schatten, der über mir schwebt. Hin und wieder wird sein Gesicht von roten und grünen Raketen erhellt, die unweit von uns knallen.

Sofort entspannen sich meine Muskeln, die Panik und Angst sind wie verflogen. Anton streift sein T-Shirt über den Kopf und wirft es achtlos zur Seite, bevor er sich wieder auf mich niederlässt. Meinen Körper mit weiteren Küssen übersät, der sich ihm von Berührung zu Berührung mehr entgegenstreckt.

Antons zarte Lippen erwecken die Lust in mir, die so sehr brennt. Ich würde das Vorspiel am liebsten überspringen. Mich ihm hier und jetzt hingeben.

Ich überwinde mich immer mehr, bin froh über die Dunkelheit, und schiebe mein Kleid hoch, bis ich in der Position bin, es – samt Pullover darunter – über meinen Kopf zu ziehen. Schnell setze ich mich weiter auf, um es endgültig loszuwerden. Doch danach lasse ich mich nicht zurück aufs Bett fallen, sondern drehe Anton um und setze mich auf ihn.

Lachend fällt er nach hinten, legt die Hände locker an meine Hüfte.

Ich will Stärke beweisen – vor allem mir selbst – und ihn so sehr verwöhnen, wie er es gerade bei mir macht.

Mit zitterndem Atem streichelt er über den Ansatz meiner Brüste, fährt mit dem Finger über die Träger meines schwarzen BHs. Meine Mitte zieht sich zusammen. Ich kann nicht mehr anders und lasse mich weiter zu Anton nieder.

KAPITEL 32

Anton

Innsbruck, Österreich

»Noch einmal, dann ist Ru dran«, sagt Johann, geht schnaufend in die Hocke und streckt die Arme aus. Sein erhitzter Atem steigt in der kühlen Luft auf, verteilt sich langsam, bis er unsichtbar wird.

»Na gut.« Ich habe wenig Lust, das Trockenspringen ein weiteres Mal zu wiederholen. Viel lieber wäre ich bei Wanda, die wenige Meter von mir entfernt steht und die Kamera auf mich richtet.

Die gelbe Teamjacke frisst sie beinahe auf, so übergroß schaut sie an ihr aus. Ich zwinkere ihr zu, unterdrücke ein dummes Grinsen, damit niemand etwas zwischen uns erahnt. Vor allem nicht die vielen TV-Kameras um uns herum.

»Anton, jetzt.« Johann klatscht in die Hände und erweckt so meine Aufmerksamkeit. »Du bist in Garmisch Dritter geworden. Lieber zu viel als zu wenig trainieren.« Mein Trainer hebt die buschigen Augenbrauen. Eine Schneeflocke bleibt in ihnen hängen.

Meine Position in der Gesamtwertung für die Tournee ist perfekt. Nur wenige Punkte fehlen mir zum ersten Rang.

Ich darf es nicht vergeigen, war meinem Traum noch nie so nahe.

Konzentriert kreise ich den Kopf, dann gehe ich in die Anfahrtshocke. Binnen Millisekunden wechsele ich zwischen meinen kribbelnden Gefühlen für Wanda zum Tunnelblick. Alles, was ich sehe, sind Johanns braune Augen, die mich fokussiert anstarren.

»Und … Hopp!«, ruft er.

Ich drücke mich mit all meiner Kraft vom Boden, spanne jede Faser meines Körpers an. Johann ergreift mich an der Hüfte und hebt mich gekonnt hoch. Mit aufeinandergepressten Lippen konzentriere ich mich auf meine Körperhaltung und blende alles andere aus. Jegliche Augenpaare, die womöglich gerade auf mich gerichtet sind. Sogar die tiefgrünen Tannen um uns herum, die ausnahmsweise nicht vom Schnee bedeckt sind.

Nur Johann, meine Körperspannung und ich.

»Und … runter!«, ruft er nun und lässt mich wieder zurück auf den Boden. »Klasse. Das ist gut.« Aufmunternd – es gilt er eher ihm und nicht mir – nickt er.

Ich erhebe mich aus dem Ausfallschritt und gebe meinem Trainer zufrieden einen High Five.

»Wie weit wir es vom Sommer geschafft haben. Vom feindlichen Anfauchen zu …«, beginnt er.

»Einer gesunden Trainer-Springer-Beziehung? So wie es sein sollte?« Erleichtert stemme ich die Hände in die Hüften, bin froh darüber, wie sich mein Leben in den letzten Monaten verändert hat.

All die Verbitterung hat mich verlassen. Lässt sich, seitdem ich mehr Zeit mit Wanda verbringe, nicht mehr blicken. Als wäre meine ganze Verärgerung ein Gegner, den ich endgültig besiegt habe. Ohne Rückkampf. Ohne Revanche.

»Hat unsere Wanda vielleicht was damit zu tun?«, flüstert Johann, als Ru näherkommt und sich aufwärmt.

»Äh. Nein?« Meine Antwort sollte stark klingen. Überzeugt davon, dass ich nichts für unsere Kamerafrau empfinde. Aber kaum spricht Johann Wandas Namen aus, steigt eine prickelnde Hitze in meine Wangen, die bei dieser Kälte echt unangenehm ist. Brennt.

Scheiße, hoffentlich filmt sie mich gerade nicht.

Ich winke locker ab, lasse den Blick um mich herumschweifen, bis ich sie finde. Aber Wanda hat ihre Linse auf Ru gerichtet, sie beachtet mich gerade nicht.

»Dass du dich seit ein paar Tagen wie ein verliebter Teenager aufführst, entgeht mir nicht.« Die Lachfältchen um Johanns Augen werden tiefer. »Aber ist doch schön. Du siehst nach vorne.«

Es fühlt sich immer noch merkwürdig an, Lina hinter mir zu lassen. Nein, das sind die falschen Worte. Ich lasse sie nicht hinter mir. Ich lasse nur unsere Liebe ruhen, könnte niemals aufhören, sie zu lieben, obwohl sie seit über einem Jahr nicht mehr auf dieser Erde ist. Wanda ist ein Teil meines zweiten Lebens. Das Leben nach Lina, das trotz der Trauer funktionieren muss, weil ich ein eigenständiger Mensch bin, der noch so viel vor sich hat. Ein Leben, in dem ich auch geliebt werden will, weil kein Mensch auf dieser Erde lange ohne Liebe und Zuneigung leben kann. Wir Menschen sind wie Blumen, brauchen die Sonne und gute Pflege, um zu wachsen. Ja, vielleicht auch, um über uns hinauszuwachsen. Wie Wanda, die es geschafft hat, den Ausblick von einem Berg zu genießen, ohne durchzudrehen. Im Vergleich zum Sommer ist das ein riesiger Erfolg.

»Ich muss nach vorne sehen. Lina hätte nicht gewollt, dass ich so lange trauere. Oder meine Zeit mit willkürlichen Frauen verbringe, die ich in irgendwelchen Clubs aufschnappe. Wanda ist …« Ich schüttele ungläubig den Kopf, weil ich nicht verstehe, warum sie mich mag. Nach all den Streitereien. Ich war wirklich fies zu ihr. »Sie ist mein Licht am Ende des Tunnels.«

»Poetisch.«

»Ja, eklig, oder? Passt gar nicht zu mir.« Schmunzelnd zucke ich mit den Schultern und kicke einen Kieselstein weg. »Aber irgendwie rutscht mir so ein Kram momentan heraus.«

»Ich glaube, es steckt mehr in dir, als du denkst«, sagt Johann leise und vergräbt die Hände in den gelben Jackentaschen.

»Jungs, Kaffeepause ist vorbei. Der Wettkampf startet bald.« Ru drängelt sich von hinten zwischen uns und legt die Arme um unsere Schultern. »Es freut mich, dass ihr wieder miteinander redet, ohne euch die Köpfe einzuschlagen, aber ich möchte auch noch einmal proben.«

Ich drücke meinen Ellenbogen in die Seite meines Kumpels.

»Hey!«, schreit er und schubst mich sanft nach hinten.

»Fang mich doch!« Lachend renne ich vor Ru weg, hechte einige Meter nach vorn und verstecke mich hinter Wanda.

»Ah! Was machst du?!«, ruft sie, grunzt dann aber belustigt, als Ru hinterherkommt.

»Sei mein Schutzschild! Beschütze mich!« Ich kralle mich in die Seiten ihrer Jacke und gehe in Deckung.

Gerade, als Ru mich von ihr wegreißen will, ertönt Johanns Stimme einige Meter von uns entfernt. »Rupert! Herkommen!«

Mein Kumpel versteift, beißt sich schelmisch auf die Unterlippe. »Irgendwann kriege ich dich, Mayr.« Grinsend dreht er sich um und geht zu unserem Trainer.

»Hey, Seide«, hauche ich in Wandas Ohr.

Es ist kaum zu bemerken, doch sie zuckt minimal zusammen, als ich sie anspreche.

»Hi.« Mit einem breiten Lächeln dreht sich Wanda ganz zu mir, schaut mich mit ihren braunen Rehaugen an, denen ich alles erlauben würde. »Wann willst du mir nun erklären, warum du mich Seide nennst?«

Nein, kleines Zwergseidenäffchen. Nicht heute.

»Irgendwann. Wenn ich Lust darauf habe.« Ich stupse ihre Nase an. »Hast du nach dem Wettkampf Zeit?«

Ein Kameramann geht an uns vorbei, positioniert gerade seine Kamera und hält sie auf uns.

Sofort halte ich die Luft an. Wie automatisiert trete ich einen Schritt zurück und verstecke meine Anziehung gegenüber Wanda. Setze ein Pokerface auf. Ich möchte mein Privatleben aus den Medien halten. Auch wenn wir keine Schlagzeilen in den Boulevard-Blättern machen, würde es trotzdem Online-Artikel zur *neuen Freundin von Anton Mayr* geben. Und auf dieses Spektakel habe ich wenig Lust.

Wanda öffnet den Mund, zieht dann aber die Augenbrauen zusammen, als würde sie nicht verstehen, warum ich plötzlich Abstand zu ihr halte.

»Kamera. Auf neun Uhr«, antworte ich und nicke dezent in die Richtung.

»Oh.« Sie nickt, streicht sich eine braune Haarsträhne hinters Ohr.

Ich verstehe nicht, wie sie diese Kälte ohne Mütze aushält. Meine Ohren würden abfallen.

»Also?« Erwartungsvoll wippe ich auf den Fersen. Hoffe so, so, so sehr, ein Ja zu bekommen.

»Heute noch? Ich weiß nicht. Das Video vom heutigen Wettkampf muss ich eigentlich noch schneiden. Ich darf nicht so sehr in Verzug kommen.« Verlegen presst sie die vollen Lippen aufeinander. Lippen, die vor wenigen Tagen eine halbe Ewigkeit auf mir lagen. Mich zärtlich geküsst haben … an Körperregionen, die ich mir in der Öffentlichkeit besser nicht vorstelle.

Ein heißer Schauer rollt über meinen Rücken und holt mich zurück in die Gegenwart. »Biiiiiitte!«

Wanda seufzt, wiegt den Kopf von der einen auf die andere Seite. »Wann genau?«

»So … 18 Uhr?« Wenn sie wüsste, was ich vorhabe …

»Hm. Anton …«

»Ja?«

»Ist das ein Date?« Obwohl Wanda wahrscheinlich neutral klingen möchte, verrät sie das Funkeln in ihren braunen Augen. Diese weißen Sprenkel, die noch mehr hervorstechen als sonst.

»Jap.« Wenn meine Augen Funken sprühen könnten, würden sie das bestimmt machen. Wie das Feuerwerk an Silvester, als ich mich endlich getraut hatte, sie zu küssen.

Ich bin viel zu aufgeregt wegen eines einfachen Dates,

aber mein letztes liegt einige Jahre in der Vergangenheit. Damals, in der Kennenlernphase mit Lina, war ich mit ihr auf vielen Dates. Aber das ist einige Jahre her.

»Dann arbeite ich davor und danach noch.« Wanda nickt sich selbst zu.

»Sicher, dass du danach noch arbeiten kannst?«, raune ich und lecke mir langsam über die Lippen.

»Du bist … Argh!«, ruft sie lachend und fährt sich durch die Haare. Eine Strähne bleibt in Wandas Händen hängen. Wie in Zeitlupe wickelt sie sie um den Zeigefinger. »Ich freue mich schon. Echt.«

»Und ich mich erst.«

KAPITEL 33

Wanda

Innsbruck, Österreich

»Du möchtest wirklich deinen ersten Platz mit mir feiern und nicht … mit dem Team?«, frage ich vorsichtig, als Anton und ich am Abend vor der Schanze stehen, auf der er vor wenigen Stunden einen Sieg erzielte.

»Ja. Bin mir sehr sicher.« Er streichelt mir sanft über den Rücken.

Eine Gänsehaut rollt über mich wie eine Lawine, erweckt die Erinnerungen an unsere Silvester-Nacht.

»Noch eine Sache: Willst du mich wieder quälen?« Amüsiert stemme ich die Hände in die Hüften, schaue erst hoch zum riesigen Bauwerk, dann zu Anton.

»Nope. Da oben ist ein Restaurant. Ich möchte mit dir essen gehen.« Er zuckt locker die Schultern, hatte sich wahrscheinlich schon auf eine solche Frage vorbereitet.

»Ein Restaurant? Obendrauf?« Ich blicke ein weiteres Mal in die Höhe, vorbei am Schanzentisch. Eine frische Brise zieht über uns hinweg. Fröstelnd stelle ich den Kragen meiner gelben Winterjacke auf.

»Ja. Eigentlich haben sie heute wegen des Wettkampfes

geschlossen, aber ich habe … Connections.«

»Connections, also? Ich erwarte Apfelstrudel mit Vanillesoße, mein Freund. Wir sind immerhin in Österreich.« Tadelnd hebe ich den Finger und zeige auf Anton, der schnaufend meine Hand nimmt und sanft über den Handrücken streichelt.

Und da ist es wieder: dieses Kribbeln, das ich anfangs falsch eingeordnet hatte. Das Kribbeln, das keine Abscheu zeigt. Keine Wut auf Anton. Das Kribbeln, das mir sagen wollte: Er ist gut. Er mag dich. Gib ihm und seinem zerstörten Leben eine Chance.

»Wir müssen den Lift nach oben nehmen, dann noch einen … und dann sind wir da.« Anton zeigt auf eine kleine Kabine in der Nähe, die auf Schienen sitzt und uns anscheinend zu diesem Mega-Ding befördert.

Meine Höhenangst will an die Oberfläche, mir sagen, wie dumm es ist, auf einem schiefen Betonklotz sein Abendessen zu essen. Wie zum Teufel haben die Architekten es geschafft, dass die Schanze nicht bei der kleinsten Brise umkippt?!

Aber ich schüttele die Angst ab, bin seit Silvester befreiter, auch wenn ich dort nur im Dunkeln die Höhe bezwungen hatte.

Und der nahende Sonnenuntergang mit diesem tiefen Orange, das das letzte Sonnenlicht des Tages sein wird, gibt mir Mut, nicht in Panik zu verfallen.

»Auf geht's.« Anton zieht mich hinter sich her, als ich ein weiteres Mal unsicher nach oben auf die mit Strahlern beleuchtete Schanze schaue.

Wir fahren mit beiden Liften nach oben und ich bin froh,

immer weniger von der Umgebung zu sehen. Die Höhe kann ich kaum noch einschätzen. Alles wird von der Dunkelheit verschlungen.

Die Fahrstuhltüren öffnen sich quietschend. Anton tippelt ungeduldig mit den Füßen und zieht mich wieder mit sich. Er drückt auf einen Lichtschalter und ein gedimmtes, warmes Licht erfüllt das Innere des Restaurants. Unzählige kleine Tische und Stühle sind an der Glasfront, die augenscheinlich einen Panoramablick von der Schanze bietet, angeordnet.

»Wow.« Ich gehe einige Schritte nach vorne und schaue mich um. Bewundere die beige Einrichtung und den modernen Stil der Deckenfluter.

»Vorhin noch Skispringer auf dieser Schanze, jetzt ein ganz normaler Typ, der ein Date hat.« Grinsend geht Anton an mir vorbei und nimmt einen Bügel von der Garderobe. »My Lady.« Gentlemanlike streckt er seine Hand aus.

»Welch ein Vergnügen.« Ich kichere und drücke ihm meine Winterjacke in die Hand.

Anton hängt sie auf, zieht seine eigene aus und hängt sie daneben. »Das Essen wird warmgehalten. Ich hole gleich mal den ersten Gang.«

»Da ist mein Apfelstrudel!« Aufgeregt klatsche ich in die Hände, als hätte Anton keinen einfachen Kuchen in der Hand, sondern eine Schatztruhe aus dem tiefsten Ozean.

»Was wäre ein Essen in Österreich ohne einen Apfelstrudel? Da hast du recht.« Er stellt zwei Teller auf den Tisch und setzt sich wieder gegenüber von mir. »Erst Spätzle, nun das. Klassischer geht's nicht.«

Sofort greife ich nach dem kleinen Löffel vor mir und tauche damit in den Kuchen ein, stelle sicher, dass ich auch etwas von der Vanillesoße und der Schlagsahne abbekomme. »So, wie hast du das organisiert? Einfach mal ein Restaurant mieten? Erzähl deine Geheimnisse, Skisprung-Boy.«

Anton schiebt sich ein Stück Apfelstrudel in den Mund. »Nun ja.« Er kaut weiter. »Einer der Kellner ist ein ehemaliger Skispringer. Wir kennen uns schon lange. Der hat seine Connections spielen lassen.«

»Aha!« Wissend hebe ich den Finger in die Höhe. »Erst lässt du deine spielen, damit er seine spielen lassen kann ... Ich erkenne ein Muster!«

»Merkwürdig, oder?«, fragt er sarkastisch und isst weiter.

Für einige Sekunden herrscht Stille. Absolute Ruhe. Nur das Kratzen der Löffel auf den Porzellantellern ist zu hören.

Aber ich genieße die Stille. Das Reisen und die Wettkämpfe sind kräftezehrend, selbst für mich. Ein wenig Ruhe ist perfekt. Wie eine Oase.

Anton seufzt, starrt weiterhin auf seinen Apfelstrudel, dessen Sahne durch den warmen Kuchen langsam zerfließt.

Ich habe das Gefühl, er möchte irgendwas erzählen ... oder fragen. Etwas scheint wie ein Findling auf seinem Herzen zu liegen.

»Alles gut?«, frage ich leise, rühre dann in der Vanillesoße herum, um beschäftigt auszusehen. Als würde ich keine schlimme Frage oder Info erwarten.

»Ja«, sagt er kurz angebunden, räuspert sich dann aber. »In rund zweieinhalb Monaten ist die Saison schon vorbei.

Und wir … Nun ja, wir könnten wieder getrennte Wege gehen.«

Ich halte die Luft an, schaue Anton geschockt an. Mir war das nicht bewusst. Seit dem Sommer arbeite ich mit dem Team zusammen und habe das Gefühl, dieser Moment wird niemals enden. Aber zweieinhalb Monate sind ein Augenaufschlag. Vor allem, wenn man so viel reist wie wir.

»Oh, stimmt.« Ich lege den Löffel auf den Tisch. Habe keine Lust mehr, die letzten paar Bisse zu nehmen. »Ähm … Also … Sollen … Sollen wir denn getrennte Wege gehen? Du und ich?«

Wir sind erst am Anfang! Haben uns vor wenigen Tagen das erste Mal geküsst, waren zum ersten Mal so richtig … intim. Bedeutet das Ende der Saison das Ende von uns? Oder von dem, was wir momentan sind?

»Was? Nein … Nein!« Anton schüttelt heftig den Kopf und greift über den Tisch.

Mit schwerem Herzen lege ich meine Hände in seine. Genieße das zärtliche Streicheln auf dem Handrücken, das jedes Mal eine prickelnde Gänsehaut hinterlässt.

»Ich … Ich möchte noch so viel mit dir erleben. Aber … Ich will einfach wissen, ob das auch dein Plan ist. Immerhin lebst du am anderen Ende des Landes.« Anton weicht meinem Blick aus, starrt auf die lange weiße Kerze in der Mitte des Tisches.

»Du möchtest also wissen, ob wir eine Zukunft haben?« Ich treffe mit dieser Frage den Nagel auf den Kopf. Das weiß ich. Aber wir müssen die Dinge direkt ansprechen und können nicht immer so sehr umherschwimmen. Das haben wir zu lange gemacht.

»Ja.« Er nickt, drückt meine Hände fester. »Denn ich will eine Zukunft. Ich will sehen, wohin alles führt, und möchte kein Ablaufdatum.«

»Mir geht's auch so.« Ich neige den Kopf. Beobachte bei jedem Wort, das ich sage, wie sehr sich Antons Körperhaltung entspannt.

Seine Schultern sacken immer weiter nach unten, langsam lässt er sie kreisen. »Puh. Okay. Cool.«

Ich lache, finde diese Reaktion so … Anton.

»Es klingt kitschig. Mehr als das. Aber ich habe durch dich erst wieder zu mir gefunden. Oder finde gerade zu mir.« Ich schiebe mir schnell einen Happen Apfelstrudel in den Mund, damit ich nachdenken kann, bevor ich noch mehr geschwollenes Zeug fasele. »Ich … bin nach Jahren endlich wieder ich selbst.«

Anton gibt mir das Selbstwertgefühl, das ich bei Jasper haben wollte. So sehr gebraucht hätte. Er mag mich, wie ich bin, und hat noch nie etwas Negatives über meine Erscheinung gesagt.

Er beißt auf seine Unterlippe, lässt meine Hände los und lehnt sich locker zurück. »Wanda.«

»Ja?«

»Ich auch. Nach all der Scheiße, nach meinen hunderten Abstürzen bin ich endlich wieder auf dem Weg, glücklich zu sein. Und ich möchte mit *dir* glücklich sein. Nicht allein.«

Mein Herz nimmt Anlauf, springt ab und direkt in Antons Arme. Am liebsten würde ich einen zehnfachen Salto von der Schanze machen, um meiner Euphorie kundzugeben. Um Anton zu zeigen, was solche Aussagen mit meinem Inneren machen.

Weil sie sich ehrlich anfühlen. Echt.

Und nicht aufgesetzt oder gezwungen.

»Das ist schon ganz schön … cheesy.« Ich kichere und essen das letzte Stück Apfelstrudel.

»Jap. Eklig, oder?« Ein breites Grinsen liegt in Antons Gesicht. Obwohl er vor wenigen Stunden einen anstrengenden Wettkampf mit unendlich vielen Windpausen hatte, sitzt er mir gegenüber, vollkommen entspannt und gewillt, einen schönen Abend zu haben.

Er lässt sich nicht bremsen. Auch nicht vom heutigen Sieg.

»Sollen wir noch die Aussicht genießen?« Er zeigt hinter sich auf eine Tür, die zum Außenbereich führt. Wahrscheinlich eine Art Terrasse.

»Äh.« Ich trinke einen Schluck meines Wassers. »Vielleicht ist es heute genug Höhe gewesen?« Ich will diesen Satz als standfeste Aussage darstellen, aber er klingt wie eine klägliche Frage.

Meine Höhennagst verfliegt nicht wegen Antons Anwesenheit. Das geht nicht so schnell. Nicht innerhalb weniger Tage.

»Klar, dann bleiben wir hier.« Er nickt lässig und nimmt seinen Löffel in die Hand.

»Aber wo wir vorhin bei der Zukunft waren …« Ich hole mein Handy aus der Handtasche. »Es ist dämlich. So ein 2010er-Internet-Ding. Aber ich habe eine alte Bucket-List gefunden.« Mit geschürzten Lippen suche ich in meiner Notizen-App nach der richtigen Seite. »Die habe ich vor Ewigkeiten gemacht. *Wenn meine Narben verblasst sind, möchte ich …* heißt sie.«

Dieser Name ist dämlich, zeigt aber meine Unsicherheit. Diese fiese Unsicherheit, die seit Jahren – wenn nicht sogar seit Jahrzehnten – in mir brodelt.

»Und weil ich mich von meiner Vergangenheit nicht mehr einholen lassen werde, setze ich mich jetzt an die Liste. Narben hin oder her. Das Leben ist zu kurz.« Selbstsicher nicke ich erst meiner Liste, dann Anton zu. Ich reiche ihm mein Handy mit einem nervösen Gefühl im Bauch. Als wäre ich auf einer Achterbahn und wüsste noch nicht, ob mir die große Abfahrt gefallen wird.

»Lass mich mal sehen. Aha …« Er scrollt über den Bildschirm. »Ein Gemälde malen?«

»Ja.« Ich fahre mit dem Zeigefinger über den Rand meines Wasserglases. »Einige Dinge haben nur indirekt etwas mit den Narben zu tun. Ich … Ich wollte so lange nicht unter Menschen. Deshalb ist ein Zeichenkurs weggefallen. Er war für mich einfach nicht möglich.«

»Verstanden. Klar.« Anton atmet tief durch. »Surfen gehen. Eine dreistöckige Torte backen. Auf der Bühne in einer Karaoke-Bar stehen. Warte, bis wir in Japan sind. Dann kannst du das machen.« Lächelnd gibt er mir das Handy zurück.

»Oh, klar! Da geht es ja auch noch hin!« Ich schlage die flache Hand gegen die Stirn. »Ich möchte viele Dinge innerhalb dieser Saison abschließen, weil es sich anbietet. Wie das Karaoke.«

»Und warum zeigst du *mir* das?« Wieder diese unterschwellige Frage von Anton. Ich weiß genau, worauf er hinaus möchte.

»Weil ich diese Dinge nicht allein erleben möchte.

Sondern … mit dir. Das wäre doch cool, oder?« Ich hoffe, diese Unternehmungen sind für Anton kein Kinderkram. Sie sind mir so wichtig. Ein Teil meines alten Lebens, den ich abschließen möchte. Für immer. Hinter tausenden Schlössern.

»Na klar! Ich bin dabei. Bei allem!« Neugierig lehnt er sich nach vorn. »Aber da steht nichts von Schlangen drauf, oder? Die finde ich echt eklig.«

»Was? Schlangen sind sooooo süß! Die machen immer *blibbelibbelib* mit ihrer Zunge!« Ich drücke entzückt meine Hände an die Wangen. »Natürlich ist der letzte Punkt: zwanzig Schlangen anschaffen. Ist doch klar.«

»Hey!« Anton wirft eine weiße Stoffserviette auf mich.

»Ey! Da wirfst du mich einfach ab.« Gespielt geschockt lege ich eine Hand auf die Brust. »Geht ja gar nicht.«

»Doch, geht schon.« Kichernd trinkt Anton einen Schluck Wasser und schaut aus dem Panoramafenster neben uns. »Der Ausblick ist der Wahnsinn.«

»Der ist mega. Die Lichter der Häuser und die Schneeflocken machen es echt magisch.« Vereinzelte Schneeflocken fallen vom Himmel, machen sich nur wegen der kleinen Lichtquellen in Innsbruck bemerkbar. »Ich liebe den Winter.« Dass ich Frostbeule das mal sage … Aber Anton hat auch Schuld daran.

»Ich auch.«

Ich schaue zurück zu Anton, der mich mit glitzernden Augen ansieht. Ein zufriedenes Lächeln liegt auf seinen Lippen.

Wie in Zeitlupe steht er auf und streckt die Hand nach mir aus. Sofort ergreife ich sie, würde mich – fast – blind in seine Arme werfen, wenn es sein müsste.

Denn Anton hat mittlerweile eine gewisse Standfestigkeit bei mir. Eine Routine. Eine Sicherheit.

Auch wenn er mich anfangs auf die Palme bringen wollte, weiß ich nach all diesen Monaten, dass ich mich bei ihm sicher fühlen kann.

Hand in Hand schlendern wir zum Fenster, das nahezu über dem Anlauf liegt.

»Sind ja Miniaturhäuser da unten.« Grinsend zeige ich auf die Gebäude in der Ferne. Das rote Licht eines Flugzeugs blinkt weit weg von uns, erinnert an die unendlichen Weiten dieser Welt.

»Krass, oder? Wie hoch wir sind …« Anton stellt sich hinter mich, legt seine Lippen an mein Ohr.

Genießerisch schließe ich die Augen. Will keine Aussicht, durch die mein Magen womöglich doch flau wird, sondern nur Antons Stimme, die wie beruhigende Musik in meinen Ohren ist.

Neckisch nagt er an meinem Ohr, fährt mit seiner Zunge herüber. Ich lasse die Augen weiterhin geschlossen und liebe die Aufmerksamkeit, die Anton mir gibt.

Federleicht schiebt er den breiten Ausschnitt meines Wollpullovers zur Seite und entblößt damit den Anfang der Narben, die ich so sehr verabscheue.

Alles in mir verkrampft sich. Panisch öffne ich die Augen, bin hin- und hergerissen zwischen meinem Verlangen gegenüber Anton und der Scham, die diese Unebenheiten immer noch in mir auslösen.

»Du hast überlebt. Innerlich und äußerlich. Deine Narben erzählen Geschichten, die andere stärken. Die ihnen Mut machen«, flüstert er gegen mein Ohr.

Ich spüre, wie sein Atem weiter nach unten wandert, bis Antons Lippen die unebene Haut auf meiner rechten Schulter treffen.

»Du bist etwas ganz Besonderes. Es gibt nichts, wofür du dich schämen musst. Sei stolz auf deine Narben. Sie sind wie Tattoos, die dich an schwere Zeiten erinnern und daran, wie du sie gemeistert hast.« Zart verteilt er Küsse auf meiner Haut, streichelt währenddessen mit der Hand über meine Hüfte.

Tränen verschleiern meine Sicht auf das malerische Innsbruck. Aber es sind keine Tränen der Trauer. Zum ersten Mal weine ich nicht wegen der verletzten Haut, die mich so sehr entstellt. Sondern weil ich neuen Mut gefunden habe, diese Narben mit Stolz zu tragen.

KAPITEL 34

Anton

Ich hätte sie so einfach sagen können. Diese drei Worte, die für mich die Welt bedeuten. Die ich erst zu einer einzigen Frau in meinem Leben gesagt habe. Drei Worte, die das Band zwischen Wanda und mir noch enger geschnürt hätten.

Aber es wäre zu früh gewesen. Hätte ich es gesagt, wäre es aus purem Eigennutz gewesen. Nur weil mich heute die schiere Angst überkam, Wanda nach der Saison zu verlieren. Immerhin hat sie einen Ein-Jahres-Vertrag. Ich glaube nicht, dass der DSV sie für mehrere Jahre einstellen wird, wenn unser Ruf wieder aufgebaut wurde und das Geld der Sponsoren ohne Probleme fließt.

Diese drei Worte wären ehrlich gewesen, haben aber hier, in dieser beeindruckenden Kulisse, mit einer Frau, die sich ihrer Schönheit immer noch nicht ganz bewusst ist, nichts zu suchen.

Wir sind uns erst vor wenigen Tagen nähergekommen. Es würde an Love-Bombing erinnern, wenn ich Wanda mit so vielen Gefühlen und Komplimenten überhäufe. Sie soll sich nicht eingeschüchtert fühlen. Nicht glauben, dass ich irgendwas im Schilde führe, um sie für mich zu gewinnen.

Der heutige Sieg hat mir bewusstgemacht, wie schnell die Saison voranschreitet. Nur noch ein Springen, dann wird sich die Vier-Schanzen-Tournee entscheiden. Ein großes Event, das ich dann abhaken muss. Und kaum versehe ich mich, sind wir im Auslauf der Skiflug-Schanze in Slowenien und feiern das Ende der Saison.

Und es soll nicht das Ende von Wanda und mir werden.

Sie verzaubert mich auf eine Weise, von der ich immer dachte, es würde nur in Filmen geschehen. Mit ihrer natürlichen, ehrlichen Art. Mit dieser süßen Nase und den Schokoaugen, in die ich am liebsten eintauchen möchte.

Oder dieser verträumte Blick, der in diesem Moment in ihrem Gesicht liegt, während sie auf Innsbruck hinabschaut. Langsam, aber sicher meine Liebe zum Wintersport teilt.

Wie Wanda vor mir steht: Seufzend starrt sie auf die tanzenden Schneeflocken direkt vor dem riesengroßen Fenster und weiß gar nicht, was für eine Lawine sie jeden Tag in mir auslöst. Es reicht ein Blick, ein Lachen, ja, ein Atemzug und ich bin in einer ganz anderen Welt. In einer Welt, in der es nur Wanda und mich gibt. Keine Probleme, keine Unsicherheiten.

Nur wir beide.

KAPITEL 35

Wanda

Bischofshofen, Österreich

»Guten Morgen.« Leise setze ich mich an den großen Frühstückstisch im Restaurant unseres Hotels in Bischofshofen.

Die Stimmung ist ausgelassen, entspannt. Heute entscheidet sich die Tournee und somit auch, ob Anton sie gewinnen wird. Die gestrige Qualifikation lief gut und er belegte den dritten Platz.

»Ich wünsche dir einen fröhlichen Samstag, Wanda!« Ru grinst gegenüber von mir und schiebt sich einen Löffel Joghurt mit Kiwi-Stückchen in den Mund.

»Wow, du bist ja gut gelaunt.« Stirnrunzelnd trinke ich meinen heißen Kaffee, liebe diese leichte Karamellnote, die sich auf meiner Zunge ausbreitet. Dann trifft es mich wie ein Schlag. Ich umklammere den Griff des Bechers und schaue Ru mit zusammengekniffenen Augen an. »*Warum* bist du so gut gelaunt?«

»Na, heute kann Anton das Ding gewinnen.« Immer noch grinsend isst er weiter, als würde er sich – selbst für seine Verhältnisse – nicht merkwürdig verhalten. Zu aufgedreht.

»Rupert.« Als ich seinen vollen Namen ausspreche, schreckt sein Blick von der Joghurtschale hoch. »Hm?«

»Was ist passiert?«

»Nichts.«

»Ru.«

»Nichts!«

»Ru-u!«

»Ah!« Er wirft eine Serviette auf mich, versteckt sich dann hinter dem gleichen Kaffeebecher, den ich auch habe.

»Kann es … Warte …« Ich denke scharf nach, tippe nachdenklich mit dem Zeigefinger gegen mein Kinn.

Ru ist viel zu gut gelaunt. Und Steve schreibt seit einigen Tagen nicht mehr so regelmäßig mit mir wie sonst. Sie hatte mir nach Silvester erzählt, dass zwischen den beiden nichts sei und ich mir keine Gedanken machen solle …

Ich hätte dieser Frau nichts glauben dürfen! Das Getanze auf den Stühlen hatte Bände gesprochen!

»Steve!« Anschuldigend zeige ich auf Ru.

Sein Mund formt ein großes O, bevor er sich zu seinem breiten Grinsen verändert. »Äh.«

»Da läuft doch was! Ach, Mann. Ich habe dafür doch eigentlich einen Riecher …« Ich knalle die geballte Faust auf den Tisch. Eine Gabel poltert wenige Plätze von mir entfernt von Marvins Teller.

»Nein … nein …« Ru stochert im Joghurt herum, vermeidet jeglichen Augenkontakt.

»Spuck's aus.« Ich beuge mich weiter über den Tisch. Wenn es sein muss, packe ich den Kerl am Kragen …

»Hey.« Anton streichelt mir über den Rücken, als er sich neben mich setzt. »Streitet ihr?«

Ich schüttele die kribbelnde Hitze an meinem Rücken ab. Ru soll nicht von Antons und meiner Liebelei abgelenkt werden.

»Hi. Hat Ru was mit meiner Freundin?« Ich drehe mich zu Anton, forme meine Augen zu Katzenaugen. Wenn einer etwas ausplaudert, wird es ja wohl mein … Freund … äh … Kumpel sein.

»Was?« Er verschluckt sich an seinem Wasser, hustet ein paar Mal. »Niemals. Es ist … Es ist Ru. Du kennst ihn …« Antons Stimme ist viel zu hoch, seine raue, tiefe Stimme ist wie verflogen.

Da ist doch was im Busch.

»Ihr lügt. Beide.« Ich zeige auf die Männer. »Es ist toll, wenn du dich mit Steve verstehst«, sage ich an Ru gewandt. »Das müsst ihr nicht verheimlichen.«

»Aber es ist so … unbeständig.« Rus Grinsen verschwindet, wird von einer imaginären Gewitterwolke verdeckt.

»Vergleichst du deine Beziehung zu Steve mit … dem Wetter?« Kopfschüttelnd schiebe ich eine Gabel mit Rührei in meinen Mund.

»Ja. Weil sie ein Wirbelsturm ist. Aber ein guter. Ein Wirbelsturm, der meine verborgenen Seiten aufwirbelt«, nuschelt Ru, bevor er einen weiteren Löffel seines Joghurts isst und so aussieht, als würde es sich gerne darin vergraben.

»Steve hat es in sich. Ich weiß.« Wissend zwinkere ich ihm zu.

»Die beiden schreiben jede freie Minute. Auch nachts. Meistens wenn ich schlafen will, mich Rus Handybildschirm aber zu sehr blendet«, sagt Anton und lehnt sich entspannt zurück.

»Schlafen?« Ru legt siegessicher den Löffel beiseite. »Und wo warst du in der Silvesternacht? Geschlafen hast du nicht bei mir.«

Ich wende den Blick von ihm ab, stochere im Rührei auf meinem Teller herum, als würde ich die Nadel im Heuhaufen suchen.

Ru schnauft, tritt mich sanft unter dem Tisch.

»Hey!« Schmollend reibe ich mir übers Schienbein.

»Miss Leferre? Ihre Verteidigung, bitte?« Er hebt seine roten Augenbrauen, schaut zwischen Anton und mir hin und her. Als wäre er der Richter, der über unsere Beziehung entscheidet.

»Ähm. Also … Was habe *ich* jetzt damit zu tun?« Schnell schiebe ich mir Rührei in den Mund. Drehe mich dann weiter zu unseren Teamkollegen, die wenige Stühle von uns entfernt sitzen. Hinter ihnen tobt ein kleiner Schneesturm, der das Gebirge fast verdeckt. Immer wieder fliegen Schneeflocken gegen die Scheibe.

»Ihr seid genauso lächerlich wie ich.« Ru schnauft, schiebt sich einen weiteren Löffel in den Mund. »Solange ihr euch nichts eingesteht, tue ich es auch nicht. Pech gehabt.«

»Anton, heute könntest du die Tournee gewinnen. Wie fühlst du dich?« Ich wechsele schnell das Thema, fühle mich wie eine Reporterin.

Er grinst, neigt den Kopf zur Seite. »Ich will gar nicht dran denken. Dann geht sowieso alles schief.«

»Du machst das schon, Bro«, nuschelt Ru und geht überraschenderweise auf meine Ablenkung ein.

»Sorry, kann ich mich zu euch setzen?« Eine weiche Männerstimme ertönt hinter mir.

Langsam drehe ich mich um, bis ich einen schmalen Mann sehe, der mit einem dampfenden Kaffee in der Hand an unserem Tisch steht.

»Jona Lück, B-Kader. Johann hat mich zum Frühstück eingeladen, aber er ist anscheinend noch nicht da.« Er zuckt seine schmalen Schultern.

»Äh …« Ru stottert vor sich hin und schürzt die Lippen.

»Ich war in Garmisch schon dabei. Bin jetzt nachgerückt, weil Lasse eine Pause braucht.« Unruhig wippt Jona auf den Absätzen, während er sich durch das dunkelblonde Haar streicht. »Gestern bei der Qualifikation war ich auch schon da …«

Scheiße, wie peinlich. Ich fokussiere mich zu sehr auf das Hauptteam. Jona ist bei mir durchgerutscht …

»Du hast das letzte Springen im Continental Cup gewonnen, oder?« Anton durchbricht das unangenehme Schweigen.

»Ja, genau.« Jonas grüne Augen leuchten, lassen ihn mit seinem gebräunten Teint strahlen.

Ich drehe mich unauffällig zu Ru und forme die Wörter *Continental Cup* mit dem Mund.

»Quasi die zweite Liga«, flüstert er.

Ich nicke wissend und drehe mich wieder zu Anton, der die unangenehme Situation glücklicherweise gerettet hat.

»Setz dich zu uns.« Er zeigt auf den freien Stuhl neben Ru. »Du bist bestimmt nervös, oder?«

»Und wie.« Jonas Stimme zittert, als er sich setzt. »Aber bestimmt nicht so nervös wie du. Du bist der Hammer! Selbst, wenn du nicht gewinnen solltest, schreibst du Geschichte. Jedenfalls für mich …« Er plappert weiter vor sich hin, was ich zum Anlass nehme, Anton zu beobachten.

Wie entspannt er neben mir sitzt, obwohl in wenigen Stunden hunderttausende Menschen seinen Sprung verfolgen werden. Entweder einen Sieg wollen oder eine bittere Niederlage.

Mit dem Druck könnte ich nicht umgehen, würde so schnell zerbrechen wie eine dünne Vase.

Anton steckt voller Überraschungen und zeigt, wie bodenständig er ist. Andere Top-Athleten hätten Jona womöglich nicht zum Frühstück eingeladen. Er gibt einem das Gefühl, besonders zu sein. Aber nicht auf eine Hochstaplerweise, sondern mit Respekt und Mitgefühl. Und das ist vielleicht auch der ausschlaggebende Punkt, warum ich mich in den letzten Wochen in Anton verliebt habe.

Ru, Anton und ich stehen vor dem Fahrstuhl und warten auf seine Ankunft.

»Mann, das war peinlich mit Jona.« Ru streicht sich durch die Haare und schüttelt den Kopf.

»Gut gerettet, Anton.« Ich stupse ihm in die Seite, streichele ihn dort länger als nötig.

»Hat nichts mit retten zu tun. Das sind unsere zukünftigen Teamkollegen«, antwortet er locker und tritt in den Fahrstuhl ein, als sich die Türen öffnen.

Ru und ich folgen ihm. Quietschend schließen sich die Türen und wir fahren zwei Stockwerke nach oben.

»Kann ich gleich noch mitkommen?«, fragt Anton mich leise.

»Uhhhh!« Ru quiekt bei seiner Frage nahezu und kichert.

»Du bist so albern, Ru.« Kopfschüttelnd wendet er den

Blick von seinem Freund ab und schaut zu mir. Mit diesen wunderschönen meerblauen Augen, in die ich abtauchen möchte.

»Klar.« Meine Tonlage ist nicht anders als die von Ru, doch aus einem anderen Grund.

Seit unserer gemeinsamen Nacht hatten Anton und ich kaum Momente zu zweit – abgesehen vom Date auf der Schanze in Innsbruck. Endlich mal wenige Minuten für uns zu haben, ist ein Traum. Auch wenn ich weiß, dass wir in einer halben Stunde aufbrechen müssen.

Wir steigen aus dem Fahrstuhl und winken Ru zu, bevor Anton und ich in meinem Zimmer verschwinden. Hastig schließt er die Tür hinter mir.

Er atmet zitternd durch. Seine vorhin noch glücklich wirkenden Augen verdunkeln sich. Schatten rahmen sie ein, als würde ein Fluch sie langsam, aber sicher einnehmen.

»Alter, ich bin so aufgeregt.« Er setzt sich aufs Bett, lässt sich dann nach hinten fallen.

»Ich weiß, ich habe leicht reden, aber du schaffst das schon.« Vorsichtig lege ich mich neben ihn und genieße Antons Duft aus Minze und Vanille.

»Eine Böe kann alles zerstören. Oder wenn ich eine Zehntelsekunde zu spät reagiere.« Er vergräbt das Gesicht in den Händen. Seufzend schaut er zu mir und breitet einladend seine Arme aus.

Langsam lege ich mich auf Antons Brust, horche seinem erhöhten Herzschlag mit geschlossenen Augen, um mich vollkommen auf ihn zu konzentrieren.

»Die TV-Sender strahlen schon Berichte über mich aus, in der sie erklären, wie ich wann die Tournee gewinne.

Was es für mich bedeutet. Das Preisgeld … Und dann kommen die Tageszeitungen. Ich war heute Morgen auf dem Titelblatt, Wanda. Die drehen alle ab …«

»Und du auch.« Schmunzelnd streiche ich über seine harte Brust, fahre die Muskeln nach, die sich unter dem dünnen Pullover abzeichnen. »Ich habe noch nie in einer solchen Situation gesteckt, aber … Versuch echt, das irgendwie auszublenden. Du bist so gut, bist seit dem Sommer noch mal viel besser geworden. Wenn nicht dieses Jahr, wann dann?«

Anton schließt die Augen und zieht an einer meiner Haarsträhnen.

»Au, du Blödmann.« Sanft haue ich ihm auf die Brust.

»Lass mich dich ärgern. Ich brauch das gerade.« Ein feines Lächeln liegt auf Antons Lippen.

Ich setze mich auf und streichele über seine Wange. Über die kurzen Bartstoppeln, die nur da sind, wenn er gestresst ist, weil Anton das Rasieren dann aufgibt. Vorsichtig beuge ich mich vor und lege meine Lippen auf seine.

Seufzend krallt er sich an meinem Hinterkopf fest und zieht mich mit der anderen Hand auf seinen Schoß.

Ich stütze mich an den Seiten ab und genieße die langersehnte Nähe zu ihm. Dieses Prickeln in meiner Mitte, das so viel mehr will. Das sich ihm verlangend entgegenstreckt.

Ein heißer Schauer rollt über meinen Rücken. Mein Atem entweicht noch stockender.

Ich will Anton so sehr.

Hier und jetzt.

Aber das muss bis heute Abend warten. Ich darf ihn nicht noch mehr ablenken.

Schweren Herzens setze ich mich auf, sehe auf Antons gerötete Wangen, die seinem blassen Teint einen gesunden Ton geben. Verliebe mich aufs Neue in diese Augen, die mich voller Begehren ansehen.

»Es ist fies, ich weiß, aber wir müssen gleich los.« Schmollend zupfe ich am Bund von Antons Hose, könnte mir gerade ganz andere Dinge vorstellen, als mit dem Teambus zur Schanze zu fahren.

»Wenn du so weiter machst, brauche ich auch nur noch zwei Minuten«, antwortet er genüsslich, verschränkt die Arme hinter dem Kopf und schließt die Augen.

»Du Idiot!« Ich nehme ein Kissen und werfe es in sein Gesicht.

»Diese Beleidigung nehme ich in Kauf, insofern du weitermachst, Seide.« Anton legt die Hände an meine Hüfte und bewegt mich sanft vor und zurück.

Scheiße, und wenn er so weitermacht, kommen wir nicht pünktlich zum Bus und dann wissen sowieso alle, was passiert ist …

Meine Wangen glühen. Ich bin zerrissen zwischen der Lust und der Vernunft. Ich will diese eine heiße Nacht unbedingt wiederholen. Mist, es war so, so gut.

Doch ich schüttele den Kopf, drücke mich etwas von Anton weg. Sage damit mir selbst, dass es gerade nicht geht.

Ruckartig stehe ich auf, kassiere sofort ein enttäuschtes Stöhnen von ihm, an das ich mich heute Abend noch erinnern werde.

»Nach dem Wettkampf, du Raubtier.« Lachend hole ich meine Kameratasche aus dem Schrank. »Und falls du gewinnst, darfst du dir was wünschen.«

Anton setzt sich abrupt auf. Die Röte auf seinen Wangen verschwindet nicht, verfärbt sich eher purpurn. »Was meinst du? … Was wünschen?«

»Tja.« Ich zucke verschwörerisch mit den Schultern und tausche meine Turnschuhe gegen Winterschuhe. »Gewinne die Tournee und du wirst es herausfinden.«

»So viel zum Thema Ich-werde-dich-nicht-ablenken, hm?«

KAPITEL 36

Anton

Bischofshofen, Österreich

Ich kenne den Leistungsdruck. Seitdem ich im Skisprungverein bin, kenne ich nichts anderes. Vor allem ich selbst mache mir am meisten Druck.

Die große Aufmerksamkeit, die von außen – von all den Medien und Fans – kommt, ist zu viel. Sie zerbricht mich.

Und der Fakt, dass ich nach dem ersten Durchgang auf Platz Eins liege, bringt mich dazu, innerlich zu platzen. Alle Augen werden in den nächsten Minuten auf mich gerichtet sein.

Wird Anton Mayr es nach erfolglosen Jahrzehnten wirklich schaffen, die Vier-Schanzen-Tournee zu gewinnen?

Bla, bla, bla.

Ich weiß doch, wie sie das alles aufbauschen.

Und zu gerne gebe ich den gelassenen Skispringer, den all das überhaupt nicht juckt. Aber die Wirklichkeit sieht anders aus. Ich bin seit Tagen unruhig, ja, gar nervös. Will das unbedingt. Will den Sieg unbedingt.

Aber manchmal ist der Wille zu groß und endet im Desaster. Ich sehe mich schon vor dem inneren Auge. Wie ich bei kläglichen 80 Metern lande und alles verliere …

Das Kratzen der Ski in der Anlaufspur holt mich aus meinen Gedanken. Meine verschwommene Sicht wird wieder klar und ich schaue hinab ins Tal. Zu den zehntausenden Fans, die gekommen sind, um ein spannendes Finale zu sehen. Und das bekommen sie.

Stefan Ziegler und ich sind nur anderthalb Meter getrennt. Anderthalb Meter, die entscheiden, wer die einhunderttausend Schweizer Franken für den Gesamtsieg bekommt.

Die Zuschauer jubeln, als Stefan landet. Rote Leuchtfeuer werden gezündet, die ich selbst hier oben sehe. Genauso wie hunderte, wenn nicht sogar tausende österreichische Fahnen, die ein rot-weißes Meer bilden, in das ich in wenigen Sekunden hineinspringen werde.

Ein Großteil der Zuschauer will den Sieg von Ziegler. Immerhin befinden wir uns in Österreich.

Aber ich will an mich glauben, den Druck abschütteln wie … Taylor Swift. Shake It Off …

Ich unterdrücke ein Lachen. Wanda hatte mir erst vor wenigen Tagen dieses Lied vorgespielt, in der Hoffnung, ich würde so den Druck loswerden … Diese Doofnase.

Anton, Fokus.

Ich schüttele mich, lockere die Schultern und klippe meine Schuhe an die Ski. Langsam setze ich mich auf den metallenen Absprungbalken. Der Wind ist heute eine riesige Zicke, deshalb ist der Wettkampf wegen unendlicher Windpausen in Verzug.

Etwas frustriert schaue ich auf das gelbe Lämpchen, das mir signalisiert zu warten. Ein weiteres Mal kontrolliere ich die Bindung, rutsche unruhig auf dem Po, weil auch ich diesen Wettkampf endlich über die Bühne bringen will. Gewissheit haben will.

Der heutige Tag ist wie ein verschneiter Traum. Wenige Schneeflocken fallen vom Himmel, kitzeln an meiner Nase. Vor mir erstreckt sich die bergige Umgebung des kleinen Ortes Bischofshofen, der einmal im Jahr zum Skisprung-Mekka wird und zehntausende Fans anlockt, die stundenlang in eisiger Kälte auf den Wettkampf warten.

Da ist sie wieder: diese kleine Achterbahn, die in meinem Magen auf den großen Abgrund wartet. Jedes Mal, wenn ich auf einem dieser schmalen Balken sitze und auf das Go warte.

Die Ampel schaltet auf Grün. Sofort schaue ich zum Trainerturm, auf dem Johann mit der ausgestreckten Deutschlandflagge steht.

Ein Atemzug.

Noch ein Atemzug.

Dann winkt er mich zügig ab.

Wir haben einen geheimen Code, der uns Springer auf die Windbedingungen vorbereitet. Das schnelle Abwinken bedeutet guter Wind, das langsame Abwinken schlechter Wind.

Voller Vorfreude auf ein stabiles Luftpolster stoße ich mich vom Balken ab und wackele mit den Ski in der Anlaufspur, um in die perfekte Position zu kommen. Meine Umgebung schalte ich ab, als hätte ich eine persönliche Fernbedingung. All der Lärm der Zuschauer, selbst das Rauschen des Windes, blende ich aus. Ich befinde mich in meinem eigenen Vakuum, das mich zum Sieg bringen wird.

Ich erreiche den Schanzentisch, halte die Luft an und springe ab. Binnen weniger Millisekunden befinde ich mich in der Flugposition, breite die Arme zum Ausbalancieren aus.

Das Luftpolster formt sich unter mir, drückt mich weiter nach oben und ich gleite den Hang hinunter. Hinunter zu den grölenden Fans, den Leuchtfeuern und … Wanda.

Ein kleines Lächeln formt sich auf meinen Lippen, als ich spüre, wie gut der Flug läuft. Die ersten hundert Meter habe ich bereits geschafft. Ich breite die Arme etwas weiter aus, während mich eine Böe erwischt. Sofort halte ich den Atem an, spanne jede Faser meines Körpers an, um diese Überraschung auszugleichen.

Aber es reicht nicht.

Ein leises Knacken holt mich aus meinem Vakuum. Mein Ski klappt vom Schuh, poltert auf den weißen Hang. Das Luftpolster verschwindet, bringt mein Flugsystem zum Einsturz.

Ich schnappe nach Luft, breite die Arme parallel aus, um noch irgendwas zu retten. Um mich vor dem Aufprall zu retten.

Nein, das darf nicht passieren.

Mein Herz verkrampft. Die Augen reiße ich weit auf, sehe, wie der Schnee immer näherkommt. Dieser harte, festgetretene Schnee, der mir gleich sämtliche Knochen brechen könnte.

Ich strecke die Arme vor den Körper, will mich schützen und pralle auf.

Dienstag, 07. Januar

Mittwoch, 08. Januar

Donnerstag, 09. Januar

KAPITEL 37

Wanda

Hamburg, Deutschland

Ein lautes Schlurfen reißt mich aus meinem Halbschlaf. Stöhnend hebe ich den Kopf und beobachte meine Freundin, wie sie mit zwei Tassen auf mich zukommt. Dampf steigt aus ihnen hervor, nur wenige Sekunden später kriecht der Duft von heißer Schokolade in meine Nase.

»Du bist ein Schatz.« Ich setze mich auf, recke mich, bis irgendwas in meinem Rücken knackt. »Au.«

»Hast du letzte Nacht mal geschlafen?« Steve hebt die Bettdecke unbeholfen mit dem Fuß an.

Ich helfe ihr und rutsche zur Seite. Vorsichtig setzt sie sich neben mich und reicht mir meine liebste Kindertasse. Eine große graue Robbe ziert das beige Porzellan und hält einen Luftballon in der Hand.

»Nein. Nicht wirklich.« Ich nippe am Kakao, ziehe jedoch abrupt die Lippen weg. »Aua! Warum ist dein Kakao immer so heiß?« Schmollend starre ich auf die Blumenbettdecke. Will immer noch nicht realisieren, was in den letzten drei Tagen passiert ist.

»Damit er auch in zehn Minuten noch lecker ist.

So halbwarmer Kakao ist doch eklig.« Steve lehnt den Kopf an meiner Schulter an. »Ich habe schon aufs Handy gesehen. Ru sagt, es gibt nichts Neues.«

»Scheiße.« Ein kleiner Teil in mir stirbt von Tag zu Tag. Jede Minute bricht ein Stück ab wie von einem steilen Hang. Bis irgendwann nichts mehr davon übrig ist und alles darum herum in den Abgrund stürzt. »Anton ist seit drei Tagen im Koma. Seit drei – Ausrufezeichen! – Tagen!« Ich schließe die Augen. Will nicht wieder weinen. Ich habe zu viel geweint, weiß gar nicht mehr, wie es ist, ruhig zu sein.

Es war alles so perfekt. Anton und ich waren endlich … ja … fast ein Paar. Wir waren uns so nahe, haben einander verstanden.

Und dann kam dieser eine fatale Materialfehler.

»Aber das ist doch gut. Sein Körper sich regeneriert nur, bis er stark genug ist«, murmelt Steve in meine Schulter, reibt ihre Nase an mir.

Ich vergrabe mein Gesicht in ihrem Haar und tauche in eine Pfirsich-Parfümerie ein. »So kann man ein Koma auch betrachten.« Mein Sarkasmus ist unüberhörbar.

Ich will alles rückgängig machen. Anton vor dem letzten Sprung sagen, dass eine Böe kommen und ihn ausknocken wird. Ihn vor diesem Dilemma warnen. Aber das ist unrealistisch und naiv.

»Er wird aufwachen. Vielleicht heute, vielleicht morgen. Oder so.« Meine Freundin hebt den Kopf, um von ihrem Kakao zu trinken. »Wann fährst du zurück?«

Auf die Pause nach der Tournee hatte ich mich so sehr gefreut. Einfach mal einige Tage lang nichts machen, in Hamburg entspannen. Womöglich Anton mal diese wunderschöne Stadt zeigen und ihn endlich außerhalb der Wintersport-Welt kennenlernen …

Aber ich raste innerlich aus. Will nur noch in seine Arme und von ihm hören, dass alles gut wird, er keine bleibenden Schäden hat und seine Knochenbrüche gut heilen. Dass er immer noch er selbst ist.

»Morgen nehme ich den Zug nach Zakopane.«

»Wo?« Steve pustet in ihren Kakao, schiebt sich dann eine Haarsträhne hinters Ohr, die droht, in die Tasse zu rutschen.

»Polen«, nuschele ich in die heiße Schokolade hinein. »Hast du viel mit Ru geschrieben?«

Ich schaue zu Steve, deren Wangen sich rötlich verfärben, als hätte sie heimlich Blush aufgetragen.

»Ja. Viel. Sehr viel.« Schwärmerisch schließt sie die Augen. »Er ist so anders. Normal. Witzig. Eigentlich gar nicht mein Typ, aber doch so … Er ist einfach Ru.«

»Das freut mich für dich. Ehrlich. Auch wenn ich gerade keinerlei Freude zeigen kann. Sorry.« Ich puste in meine Robbentasse hinein, trinke einen Schluck und stelle sie auf den Nachttisch. »Vielleicht gibt es doch irgendwelche News. Ich schau mal aufs Handy.« Voller Hoffnung entsperre ich das Display und entdecke tatsächlich eine neue Nachricht in unserer Team-Gruppe.

Mit angehaltenem Atem öffne ich den Chat, überfliege die Nachricht, als wäre ich ein Jet.

Johann: Hey, Leute. Ich weiß, es ist für alle gerade schwer und wir tappen im Dunkeln. Nichtsdestotrotz muss Antons Platz im Team besetzt werden.

> Jona Lück stößt in Zakopane dazu und wird ihn voraussichtlich für den Rest der Saison ersetzen. Wanda, drehst du mit ihm dieses Wochenende bitte ein Vorstellungsvideo?

»Anton wird einfach ersetzt«, flüstere ich geschockt. »Er ist seit drei Tagen im Koma und … und wird schon ausgetauscht?« Geschockt halte ich eine Hand vor den Mund, schaue zwischen Steve und meinem Handy hin und her.

»Liebes? That's the game. Wenn sich jemand beim Fußball verletzt, wird er auch ausgewechselt. Die Plätze müssen besetzt werden.« Sie streicht eine verlorengegangene Haarsträhne hinter mein Ohr. »Es ist für alle schwer. Aber auch wenn Anton im Krankenhaus ist, gehen die Wettkämpfe weiter. Und dein Job auch.«

Scheiß auf den Job! Ich will Anton wieder …

Tränen verschleiern die Sicht auf mein Handy, Johanns Worte sinken in ein tiefes Meer. Ich kneife die Augen zusammen und lege diese schreckliche Nachricht neben mich. Will mich nicht mit irgendeinem Ersatz beschäftigen.

Anton und ich hatten Pläne und wollten gemeinsam meine Bucket-List abarbeiten. Zusammen Erfahrungen sammeln. Unsere Beziehung voranbringen. Aber einen Augenaufschlag später kämpft er mit seinem Leben und alles, was zählt, ist seine Gesundheit.

»Wanda. Fokussieren, ja? Konzentriere dich auf deinen Job.« Steves Stimme klingt weit entfernt. Wie in einem Hohlraum.

Alles, was ich will, ist Anton.

Alles andere ist egal.

KAPITEL 38

Anton

???

Ich weiß nicht, wann ich mich umgezogen habe. Oder wie ich in dieses Krankenhauszimmer gekommen bin. Aber wenn ich an mir herabschaue, entdecke ich die weißen Shorts, die ich letzten Sommer in Griechenland gekauft habe. Sie haben beinahe dieselbe Farbe wie der polierte Boden unter mir.

Verwirrt taste ich mich ab, muss fühlen, dass ich ich bin. Und keine Erscheinung. Kein Geist.

Aber ich spüre jeden einzelnen Muskel. Bewege meinen Mund, ziehe ihn von der einen zur anderen Seite.

Ich bin Anton Mayr. Ich bin ich.

Beruhigend atme ich durch und hebe den Blick. Ich muss wissen, wo ich bin, und was passiert ist.

Doch der Raum, in dem ich mich befinde, ist leer. Steril. Weiße Böden, auf denen ebenso weiße Vorhänge schleifen, die sich im Wind des geöffneten Fensters bewegen.

Ich will panisch werden. Spüren, wie mein Herzschlag sich erhöht, weil ich keinen blassen Schimmer davon habe, was gerade abgeht. Aber es funktioniert nicht. Ich kann mich nicht in diese Situation hineinsteigern. Egal, wie sehr ich es will.

Einen Augenaufschlag später erscheint ein Krankenbett am anderen Ende des Raumes. Ein gesichtsloser Mann liegt unter einer dicken Bettdecke mit grünem Streifenmuster. Schläuche hängen an den Seiten des Bettes, irgendein nerviges Piepen dröhnt in meinen Ohren. Mein Trommelfell zittert, als stünde ich auf einem dieser Vibrationsboards, die wir im Training manchmal nutzen.

»Anton?«

Ein Schauer rollt über meinen Rücken, bebt bis in die Fersen. Ich zucke zusammen, als hätte ich einen Geist gesehen. Aber vielleicht ist das in diesem Moment der Fall.

Langsam drehe ich mich um, erwarte das Schlimmste, aber hinter mir steht niemand. Nur eine weiße Wand zeigt die Trist meines Lebens.

»Anton? Wach auf. Du gehst noch nicht.«

Wieder diese Stimme, die ich seit vielen Monaten nicht mehr gehört habe. Die Stimme, von der ich dachte, ich hätte sie vergessen – oder könnte sie nicht mehr unter hunderten erkennen.

»Lina?« Mein Hals kratzt, als hätte ich eine Wanderung durch die Sahara gemacht. »Was ist los?«

»Wach auf. Tu es für mich. Du wirst das Richtige tun. Wie immer«, flüstert sie. Mit jedem Wort, das sie sagt, verschwindet Linas Stimme immer mehr. Hallt nach und entfernt sich von mir. »Ich liebe dich.« Drei Wörter, die vom nervigen Piepen in meinen Ohren verdrängt werden, kaum zu hören sind.

»Anton.«

Wieder dieses Scheißpiepen. Es soll aufhören! Ich will zurück zu Linas Stimme. Ihr ein letztes Mal nahe sein.

Aber der weiße Raum verblasst vor meinen Augen zu einem tristen Grauton. Ich drehe mich zum gesichtslosen Mann, der wie eine schmelzende Kerze verschwimmt, bis er von der Dunkelheit eingenommen wird.

»Anton.« Das ist nicht Lina.

Scheiße.

»Anton.«

Ein Schmerzensstoß blitzt durch meinen Körper, zuckt durch meine Adern. Ich stöhne, kneife das Gesicht zusammen, weil ich zurück in diesen Traum möchte. Dieser Traum, in dem alles so friedlich war und ich Lina ein letztes Mal hören konnte.

Ich möchte doch nichts mehr als Frieden …

»Anton.« Irgendjemand rüttelt sanft an meiner Schulter.

»Hm?«, nuschele ich vor mich hin. Das trockene Gefühl im Mund hat mich nicht verlassen. Meine Zunge ist wie Schmirgelpapier.

»Perfekt. Sie werden wach.« Die Stimme wird klarer und gehört zu einer Frau, vermutlich im Alter meiner Mutter.

Langsam öffne ich die Augen, suche einen Punkt zum Fixieren, finde aber nur eine gähnend leere Decke über mir. Alles weiß. Wie im Traum.

»Hier vorne bin ich«, sagt die Frau und umschließt meine Hände. Eine angenehme Wärme strömt durch mich hindurch, fühlt sich an wie Nach-Hause-Kommen.

Ich öffne meine Augen ein weiteres Mal und will etwas sehen. *Muss* etwas sehen. Mit all meiner Kraft bewege ich die Pupillen und schaue nach links. Eine brünette Frau in einem weißen Kittel lächelt mich an. Tiefe Fältchen umschließen ihre braunen Augen.

»Wunderbar. Folgen Sie bitte dem Licht.« Wie aus dem Nichts leuchtet die Frau in meine Augen, die ich erschrocken schließe. »Pupillen reagieren.«

»Wasch …« Ich räuspere mich. Es ist ungewohnt, mich so verwaschen zu hören. So … unkoordiniert. »Was … passiert?«

Die Frau – vermutlich meine Ärztin – setzt sich auf den Rand meines Bettes. Eine Feder knackt unter ihr. »Nun ja, Sie hatten einen Unfall. Einen Sturz beim Skispringen.«

»Scheiße. Escht?« Dieses verfluchte Nuscheln muss aufhören.

Angestrengt denke ich nach. Ich erinnere mich an die letzten Wettkämpfe. An Podien, Siege, jubelnde Zuschauer. Aber nichts, kein einziger Funke gibt mir den Anstoß, mich an irgendeinen Sturz zu erinnern.

»Die Verletzungen waren gravierend. Ihr Körper musste sich in einem Koma erholen.« Sie schreibt irgendetwas nebenbei auf ein Klemmbrett. Das Kratzen des Kugelschreibers zieht in meinen Ohren. »Kommen Sie erst einmal an. Zu viel Stress könnte sich negativ auf Ihre Genesung auswirken. Ich schicke gleich eine Schwester zu Ihnen.«

Seit vier Stunden – ich verfolge die Wanduhr gegenüber von mir im Sekundentakt – liege ich im Krankenzimmer und versuche, die letzten Tage Revue passieren zu lassen. Aber jeder Sprung, den ich in meiner Erinnerung finde, wurde von mir mit einer sicheren Landung abgeschlossen. Keine Stürze, nein, nicht einmal ein Wackler beim Landen.

Immer noch kein Anhaltspunkt, also.

Ich bin ein sicherer Athlet und habe ein stabiles Flugsystem. Ein Sturz ist … unrealistisch.

Die Tür fliegt auf, knallt in den Aufprallschutz an der Wand. Ru und Wanda stürmen hinein, gefolgt von einer Krankenschwester. Ihr hochrotes Gesicht glüht förmlich im grellen Deckenlicht. Mit lauten Schritten stampft sie den beiden hinterher.

»Entschuldigung! Das geht doch nicht!« Sie stemmt die Hände in die Hüften und bleibt stehen. Mit großen Augen schaut sie Ru und Wanda an. »Der Patient braucht Ruhe!«

»Wir sind die Ruhe in Person.« Ru grinst die Krankenschwester an und holt sich dann einen Stuhl vom Rande des Zimmers.

Wanda lächelt verlegen und vergräbt die Hände in den schwarzen Manteltaschen.

»Sie haben zehn Minuten.« Die Krankenschwester schnauft, sieht kurz zu mir und verlässt den Raum.

»Alter, wie geht's dir? Wir haben uns Sorgen gemacht.« Ru setzt sich hin und zieht die blaue Wollmütze vom Kopf.

Meinen Freund hier zu sehen, gibt mir Sicherheit. Zumindest eine Konstante, an die ich mich richtig erinnere.

»Ich fühle mich wie überfahren«, antworte ich mit kratziger Stimme und sehe immer wieder flüchtig zu Wanda herüber.

Sie hat sich kein Bisschen bewegt, kaut unsicher auf ihrer Unterlippe herum. Sieht fehl am Platz aus. Als hätte Ru sie mitgeschliffen.

»Kann ich nachvollziehen mit …« Ru kratzt sich über die roten Bartstoppeln. »Was war das? Zwei Rippenbrüche?

Heftige Gehirnerschütterung?«

»Und ein Kreuzbandriss im rechten Bein«, fügt Wanda leise hinzu und starrt auf den Boden.

Ich würde sie zu gerne ansprechen. Sie fragen, was sie hier zu suchen hat. Aber ich habe noch keine Energie, um mich einer weiteren Eskalation zu stellen. Bin so schwach, dass ich kaum das Wasserglas halten kann.

»Fuck, ja.« Mein Kumpel lehnt sich kopfschüttelnd zurück.

»Ich habe echt Mist gebaut, glaube ich.« Viel hat mir die Ärztin nicht erzählt. Ich solle mich erst einmal ausruhen … »War der Sturz mein Fehler?«

Ru schüttelt heftig den Kopf, hebt abwehrend die Hände. »Nein. Materialfehler. Die Bindung hat sich im Flug geöffnet.« Er presst die Lippen aufeinander. »Du bist echt … fies gelandet. Das Springen wurde unterbrochen, du wurdest ins Krankenhaus geflogen …«

»Und Johann hat bestimmt schon Ersatz für mich, oder?«, platzt es aus mir heraus. Denn das ist das Schlimmste. Zu wissen, dass man in jedem Team auf irgendeine Weise ersetzbar ist.

Wenn ich könnte, würde ich mich auf der Stelle auf eine Schanze begeben und hinunterspringen. Nicht nur, um Johann zu beweisen, wie sehr ich ins Team gehöre – ja, mit den Verletzungen ist es ein dummer Gedanke und total unrealistisch –, sondern auch, um die Angst sofort zu verdrängen. Ich muss meine schlimme Erfahrung mit einer positiven ersetzen. So schnell wie möglich.

»Jona rückt ins Team nach. Aber das ist jetzt egal. Du musst dich auskurieren. Hauptsache, du wirst wieder fit.

Egal, wie lange es dauert.« Ru dreht sich um und zieht einen Stuhl an sich heran. Mit der Hand klopft er auf die Sitzfläche. »Komm, Wanda.«

»Wo steckt deine Kamera?« Würde mich nicht wundern, wenn sie alles mit ihrer nervigen Kamera filmt, um noch mehr Aufrufe und Aufmerksamkeit für das Team zu generieren.

»Hä?« Sie setzt sich, runzelt die Stirn. Nachdenklich nestelt sie am Knopf ihres Mantels, vermeidet jeglichen Blickkontakt mit mir. »Als ob ich das hier aufzeichnen würde.«

»Hätte ja sein können.« Ich zucke mit den Schultern, presse aber sofort die Zähne aufeinander, als ein stechender Schmerz durch meinen Oberkörper zieht. »Au.«

»Beweg dich lieber nicht zu viel«, sagt Wanda leise.

»Ach, echt?«, frage ich sarkastisch. Wenn ich dieses Jahr nicht mehr im Team bin, muss ich mich wenigstens nicht weiter mit Wanda beschäftigen.

Sie öffnet den Mund, möchte irgendwas sagen, aber Ru legt seine Hand auf ihre und stoppt sie damit. Langsam schüttelt er den Kopf.

Ist auch besser so.

Ru, mein Retter. Der Kerl, der den nächsten Streit zwischen Wanda und mir verhindert.

Diese Sticheleien sind mir gerade zu viel. Waren amüsant, als ich gesund war, sind aber jetzt so nebensächlich wie eine Serviette neben meinem Abendessen.

»Was machst du überhaupt hier, Seide?«, frage ich, fühle mich irgendwie durch Wandas Anwesenheit provoziert. Mein Herz rast jedes Mal, schmerzt, wenn ich in ihre tiefbraunen Augen schaue. »Müsst ihr nicht einen Reisemarathon machen? Bald fängt die Vier-Schanzen-Tournee an, oder?«

Ru und Wanda legen wie einstudiert gleichzeitig den Kopf schief, sehen erst mich für einige Sekunden an – als wäre ich verrückt geworden oder hätte plötzlich eine Spinne im Gesicht sitzen –, dann suchen sie gegenseitigen Blickkontakt. Führen einen telepathischen Machtkampf aus, wippen immer wieder minimal mit dem Kopf.

»Ähm«, sagt Ru und sieht langsam wieder zu mir. »Haben sie schon irgendwelche Tests mit dir gemacht?«

»Tests? Nein. Ihr seid ja einfach reingeplatzt.« Ein nervöses Lachen dringt aus meiner Kehle. Irgendwas ist im Busch. Die Stimmung im Raum gefällt mir nicht, hat etwas Geheimnisvolles. Als hätte ich das Finale der nächsten Fußball-WM verpasst und es wäre das krasseste seit Jahrzehnten gewesen.

»Die Tournee ist seit einer Woche vorbei«, sagt Wanda leise. Ihr Gesicht wird von Sekunde zu Sekunde blasser, macht ihre dunklen Augenringe deutlich wie schwarzer Stift auf einer weißen Seite.

Ich halte den Atem an, spanne meine Muskeln an, so gut ich kann. Diese Info ist wie mein persönlicher Sturz. Der heftige Aufprall auf dem Schnee. »Wie ... Die ist vorbei? Ich ... Ich habe die Tournee verpasst?«

»Mist, wir hätten später kommen sollen. Die haben ihm noch gar nichts erzählt«, flüstert Ru.

»Ich kann dich hören, Alter«, sage ich laut und würde meinen Kumpel am liebsten mit meinem Kissen abwerfen, bin aber bewegungsunfähig. »Habe ich ... mein Gedächtnis verloren?«

»Nein, das glaube ich nicht.« Wanda meldet sich zu Wort,

sieht durch ihren blassen Teint krank aus. Als würde sie seit Wochen eine Infektion mit sich herumschleppen. »Nach Gehirnerschütterungen soll das normal sein, sagt Google.«

»Na, dann vertrauen wir mal auf Dr. Google.« Sarkastisch schüttele ich den Kopf. »Also, was habe ich vergessen? Eine Woche?«

Ru schürzt die Lippen, zählt dann etwas mit den Fingern ab. »Was war deine letzte Station?«

»Engelberg, direkt vor der Tournee.« Die Antwort kommt herausgeschossen wie aus einer Pistole. So schlimm kann mein Gedächtnis gar nicht sein, wenn ich mich daran erinnern kann, oder?

»Dann ... so ... drei Wochen?«

»Was?!« Ich setze mich auf – zumindest versuche ich es –, aber Ru drückt mich sanft zurück ins Kissen. »Entspann dich. Bitte.«

»Wie soll ich mich entspannen, wenn ich nichts mehr über die letzten Wochen meines Lebens weiß?« Tränen steigen in meine Augen, wollen den Frust und das Unwissen herausbrüllen. Das Brennen in meinem Hals wird unerträglich. Ich will schreien. Meinen ganzen Frust hinausschreien, aber ich schließe die Augen und beherrsche mich. Wanda soll mich nicht weinen sehen. Keinerlei Schwäche erkennen.

»Anton«, flüstert sie.

Ich räuspere mich, will ihr nicht antworten. »Okay, dann erzählt mir bitte alles. Was ist in den letzten drei Wochen passiert?« Erwartungsvoll schaue ich meinen Kumpel – und Wanda – an.

KAPITEL 39

Wanda

Zakopane, Polen

»Warte, du hast ihm nichts vom Kuss erzählt?!« Steve ist außer sich. Die Leitung knackt, als sie aufstöhnt.

»Nein.« Ich drehe die Fußspitze auf der Stelle, schiebe somit die dünne Schneedecke unter mir weg. »Er denkt immer noch, wir würden uns hassen. Ich will Anton einfach nicht damit beeinflussen. Was ist, wenn sein Gedächtnis niemals wiederkommen wird und ich ihn mit dem Kuss unterbewusst dazu zwinge, mich zu mögen?«

»Liebes, ich glaube, Anton hat dich schon immer gemocht. Weit vor dem Kuss.« Ein belustigter Unterton liegt in Steves Stimme.

»Ach, keine Ahnung.« Frustriert lege ich den Kopf in den Nacken und genieße die Kälte, die die kleinen tanzenden Schneeflocken auf meinen Wangen hinterlassen.

Der Himmel über mir scheint seinen eigenen Schneesturm auszukämpfen. Dicke Flocken tummeln sich unter den dunkelgrauen Wolken, fliegen wild umher. Wie meine Gedanken, die mich zu Anton treiben. Alles, was ich will, ist bei ihm zu sein. Ihn zu unterstützen. Aber er will mich nicht dahaben und das macht mich fertig. Jeden Tag, an dem ich nicht bei ihm bin, bricht mein Herz mehr entzwei. Wie ein Gletscher wegen der Erderwärmung. Langsam und schmerzhaft.

»Und jetzt seid ihr auch noch getrennt. Ach, Mann … Aber Moment!« Steve legt eine kurze Pause ein. »Ihr habt doch Chatnachrichten! Er muss sie lesen und weiß dann wieder, was passiert ist!«

»Nein.« Ich schüttele den Kopf, fange eine Schneeflocke mit meiner Zunge und lasse sie schmelzen. »Wir schreiben kaum. Haben uns ja fast jeden Tag gesehen. Viel gibt es da nicht zu lesen.«

»Scheiße.«

»Jup.« Ich drehe mich um und baue Blickkontakt zu Jona auf, der auf einer Parkbank neben einer hölzernen Pferdekutsche steht. »Ich gebe Anton Zeit und muss mich auf meinen Job konzentrieren. Übrigens habe ich mit Leuten von einem deutschen Fernsehsender über meine Arbeit geredet. Connections sind für mich gerade superwichtig. Ich weiß nicht, ob ich nächste Saison noch mitreisen darf. Der Vertrag gilt nur für ein Jahr.«

Jona schaut auf, lächelt und zeigt einen Daumen nach oben. Ich nicke ihm konzentriert zu und drehe mich ein Stück weg.

»Mist, das stimmt. Wie konnte ich das nur vergessen? Wenn nichts mehr geht, kannst du bestimmt als Hilfe im Salon arbeiten.« Steve klingt mal wieder viel zu zuversichtlich, so energisch.

Ich grunze, halte schnell eine Hand vor meinen Mund, damit Jona nichts hört. »Das ist lieb, aber ich glaube, ich würde mehr Schaden anrichten, als dass ich helfe.«

»Hm … Na gut!« Sie lacht, macht eine kurze Pause. »So, dann filme mal das Video mit Jona … und grüß Ru nachher!«

»Mach ich. Tschau!«

»Tschö!«

Ru und Steve sind für mich nach wie vor ein Mysterium. Obwohl beide offen mit mir reden, lassen sie ihre Beziehungen außen vor. Sie mögen sich, das weiß ich. Aber ob seit der Silvesternacht mehr zwischen ihnen passiert ist, wissen nur die beiden. Und da ich mit Anton nicht darüber reden kann – er wird genauso wenig wissen, wie ich – frisst es mich auf. Aber jedes Mal, wenn ich Steve nach Ru frage, blockt sie ab wie ein verliebter Teenager, der seinen Eltern nichts von seiner ersten Beziehung erzählen will.

Ich stecke das Handy in die Jackentasche und stapfe zu Jona durch den Schnee. Wie sehr ich das Knatschen immer noch liebe. Das ist das Zeichen für guten, frischen Schnee. Schnee, mit dem ich als Kind so viele Schneemänner gebaut hatte.

»Sorry, ich musste noch kurz mit meiner Freundin reden.« Ich ziehe verlegen eine Grimasse, stelle mich dann aufrecht hin, als wäre ich bereit für jeden Unsinn, den Jona für das Vorstellungsvideo geplant hat.

»Alles gut. Das sind gerade schwierige Zeiten fürs Team«, antwortet er und steht auf. »Das Mikro habe ich mir schon angesteckt. Was soll ich machen?« Er breitet fragend seine Arme aus und sieht mich mit seinen intensiv grünen Augen an. Es ist kein Nadelwald, kein Dschungel. Eher eine saftige Wiese im Sommer und …

Stopp, Wanda.

Arbeit.

Los.

»Da wir Zeitdruck haben, kannst du dich einfach wieder auf die Bank setzen. Die verschneiten Dächer und die Kutsche sind perfekt.« Ich nehme die Kamera und halte sie in die Höhe, während Jona sich wieder auf die Bank setzt. »Und … Action!«

»Wow, okay. Du magst Bogenschießen?! Hallo?!« Mit weit geöffnetem Mund starre ich Jona an, als ich die Aufnahme beende.

»Ja, als Kind wollte ich Profi werden, bin dann aber beim Skispringen gelandet.« Er zuckt beiläufig die Schultern, setzt dann die rote Sponsorenmütze ab, um sie vom Schnee zu befreien.

In den letzten dreißig Minuten hat der Schneefall zugenommen und aus der feinen Schneedecke unter mir ist eine dicke Decke geworden, die bis ans obere Ende meiner Schuhsohle reicht.

»Ich war auch lange im Verein!« Ich zeige auf mich selbst. »Also, ich bin es immer noch, habe aber keine Zeit mehr dafür.« Wie sehr ich das Bogenschießen vermisse. Diese Ruhe, die Konzentration. Nun bin ich im Skisprung-Getümmel, was nicht schlecht ist, aber anders. Neu. Und ich habe mich immer noch nicht ganz daran gewöhnt.

»Wirklich?« Jona streicht durch seine blonden Wellen und kommt einen Schritt auf mich zu.

»Ja. Ich habe auch immer noch auf meiner Bucket-List, dass ich diesen Sommer zur Europameisterschaft nach

München will. Also, um zuzusehen. Nicht, um mitzumachen. Da würden Köpfe rollen, ich sag's dir.« Belustigt stelle ich mir einen Auftritt bei der EM vor. Ein unerwarteter Windzug, mein Pfeil fliegt an der Zielscheibe vorbei und schießt unkontrolliert ins Publikum.

»Stimmt. Die ist ja dieses Jahr im München.«

Behutsam lege ich die Kamera in meine kleine Kameratasche – die große wollte ich nicht wieder mitschleppen.

Wir gehen langsam zurück Richtung Hotel, das nur wenige Straßen von uns entfernt liegt.

»Du hast eine Bucket-List?«, fragt Jona nach einiger Zeit.

»Dämlich, ich weiß. Ich bin keine zwölf mehr, aber ich hatte mir damals ein Ziel gesetzt, das ich endlich erreicht habe. Deshalb möchte ich sie jetzt abarbeiten.« Immer noch fühle ich mich unwohl, wenn ich anderen von der Liste erzähle. Als wäre es etwas Kindliches, aber für mich ist diese Liste ein Ansporn, mehr in meinem Leben zu erreichen.

»Nein, gar nicht. Darf ich mal sehen?«

Ich zögere, weiß nicht, ob ich das möchte. Das ist Antons und mein kleines Projekt. Etwas, auf das wir hinarbeiten wollten, bevor …

Ach, Scheiße.

Ich glaube nicht, dass wir das diesen Sommer machen werden. Anton muss wochenlang in die Reha.

Wie automatisiert lasse ich den Kopf hängen. Ich presse die Lippen aufeinander, um mein zitterndes Kinn zu unterdrücken. Und den Schmerz, der wieder in mir aufsteigt.

»Okay.« Ich nehme mein Handy, öffne die Notizen-App und drücke es ihm in die Hand. »Eigentlich wollte ich das … mit jemandem dieses Jahr machen, aber … Keine

Ahnung, ob das noch was wird.«

Jona zieht die Stirn in Falten. Sofort schlendert er langsamer durch den knarzenden Schnee, um alles zu lesen. »Das sind krasse Sachen. Mega.«

»Oh, äh, ja. Ich weiß noch nicht, wann ich was mache.« Ein nervöses Lachen entfährt mir. Diese Liste war lange mein Geheimnis. Etwas, was ich mache, sobald ich glücklich bin, selbstbewusst. Sie mit einem fast Fremden zu teilen, ist ein großer Schritt für mich.

Anton hat mir so sehr geholfen, mir gezeigt, wie wunderschön ich bin. Wie wichtig ich bin. Wie sehr ich gemocht werden kann …

Auch wenn er sich an all das nicht mehr erinnert. Unsere Beziehung ist wie eine zerplatzte Seifenblase.

KAPITEL 40

Anton

Mittenwald, Deutschland

Wenn ich die Augen etwas zusammenkneife – nein, stark zusammenkneife –, sieht meine Physio aus wie Wanda. Dichtes braunes Haar, das in sanften Wellen über die Schultern fällt … Gerötete Wangen …

Warum denke ich schon wieder an sie? Es ist zum Kotzen!

Ich will dieses Zwergseidenäffchen vergessen, das so viel Stress in mir auslöst. Ihretwegen denke ich an Dinge, die ich mir verboten habe.

»So, Anton. Noch eine Wiederholung, dann sind wir für heute fertig. Du möchtest bestimmt den Wettkampf sehen, oder?« Saskia schaut mich an, während sie mein Bein sanft mit ihren Händen dreht.

Damit ich sehe, was die anderen haben und ich nicht?

Damit ich sehe, wie meine Kollegen ihren Traum leben, während ich an die Rehaklinik gefesselt bin?

»Na klar«, antworte ich leise und verdrehe die Augen.

Die arme Physio kann nichts für meine schlechte Laune. Ich lebe in einer Welt, die sich mehrere Tage ohne mich bewegt hat. Nur um dann herauszufinden, dass ich die letzten drei Wochen vor dem Sturz vergessen habe.

Puff! Einfach weg.

Sie legt mein Bein ab und klatscht zufrieden in die Hände.

Stöhnend lege ich mich ins Bett zurück und platziere die Beine in einem angenehmen Winkel. Meine Rippenbrüche machen es mir nicht leichter. Bei jeder kleinen Bewegung zieht es im Brustkorb, als würde in meinem Körper ein Alarm starten, der mir verbietet, weitere Bewegungen zu machen.

»Hat sich schon was bei deinen Erinnerungen getan? Irgendwas Neues?«, fragt Saskia beiläufig, doch ich höre ihr Interesse. Mein Gedächtnisverlust gehört nicht zu ihrem Gebiet.

Ich zupfe an der blassgrünen Bettdecke. »Nein. Nichts. Es ist, als hätte man die Wochen vor dem Sturz ausgelöscht. Ich weiß nichts mehr. Gar nichts.«

»Mist.«

»Kannst du laut sagen. Es ist wie ein Filmriss. Der schrecklichste meines Lebens.« Kraftlos blicke ich aus dem Fenster neben mir hinaus auf die verschneiten Alpen. Ein kleiner Schneesturm wütet seit heute Morgen, peitscht immer wieder Flocken gegen die Scheibe. »Was eine Kleinigkeit in deinem Leben verändern kann. Eine Unvorsichtigkeit, eine defekte Skibindung … und es ist aus.«

»Aber nicht für immer. Dein Kreuzband kriegen wir schon wieder hin.« Saskia klopft mir aufmunternd auf die Schulter, aber ihre Euphorie springt nicht über. Ist wahrscheinlich übertrieben und nicht ehrlich. Aber auch das ist ihr Job. Sie soll mich motivieren.

»Und die letzten Wochen? Was ist, wenn irgendwas passiert ist, was ich wissen muss?« Niemand erzählt mir was.

Ru nicht. Johann auch nicht. Und von Wanda ganz zu schweigen.

»Ich kenne mich nicht damit aus, aber in der Regel werden die Erinnerungen zurückkommen.« Meine Physio zieht ihre weiße Daunenjacke an.

»Das sagen alle. Und was ist bis jetzt passiert?« Ich lehne den Kopf nach hinten, bette ihn im Kissen ein.

»Lass mich raten: nichts?« Sie zwinkert mir amüsiert zu und hängt ihre Tasche um. »Ruh dich für heute aus. Bis morgen.«

»Ja. Bis morgen.« Mit einem gequälten Lächeln winke ich ihr hinterher.

Ich fühle mich seit dem Sturz einsam. Als hätte ich mich dort oben in den Bergen verlaufen. Kein Notruf dringt durch. Keine Suchaktion wird gestartet … weil mich niemand vermisst.

Mama und Papa müssen arbeiten. Nahezu jeden Tag. Mit ihrer Baufirma ist es schwierig, freizunehmen, weshalb ich sie seit dem Sturz nur wenige Minuten gesehen habe. Termine, Kunden und und und …

Die WhatsApp-Gruppe des Teams habe ich stummgeschaltet. Zu sehr schmerzt jede einzige Nachricht. Jedes minimale Event, das ich verpasse. Jede gute Platzierung, die ich nicht mit ihnen feiern kann.

Und dennoch brennt der Drang, mir den Wettkampf anzusehen, in meinen Fingerspitzen. Ich will nicht hinsehen, den Erfolg nicht sehen, der meiner hätte sein können – so scheiße und egoistisch es von mir klingt –, doch trotzdem will ich dabei sein. Wenn auch nur vor dem TV.

Es ist wie ein Unfall. Ich will nicht hinsehen, kann aber

nichts gegen meine Neugier unternehmen.

Ich ergreife die Fernbedienung und schalte den passenden Sender an. Nur wenige Sekunden im Wettkampf taucht Ru auf, der seinen ersten Sprung absolviert. Johann winkt ihn ab, Ru stößt sich direkt vom Balken und fährt den Anlauf hinunter. Mit einem starken Absprung balanciert er sich in der Luft aus und landet bei einer guten Weite. Nicht der erste Platz, aber er wird im zweiten Durchgang sein.

Auch wenn ich derjenige sein will, der diesen Erfolg erzielt, freue ich mich für Ru. Lächelnd schaue ich auf den Bildschirm, als sich plötzlich mein Magen schmerzhaft zusammenzieht. Wie ein unangekündigter Krampf.

Ich rümpfe die Nase, als Wanda und Jona auf dem Bildschirm auftauchen und Ru applaudieren. Sie lächeln breit. Wanda rümpft glücklich ihre Stupsnase, klatscht erst bei Ru, dann bei Jona ein.

Irgendetwas regt sich in mir, während ich sie mit ihm beobachte, aber es ist nicht greifbar. Auf irgendeine Weise fühle ich mich ersetzt. Wie ein kaputtes Teil an einem Auto. Aber es geht nicht ums Team, nein, es geht um Wanda und diesen Jona. Dieses Glück, das in ihren haselnussbraunen Augen funkelt, wenn sie ihn ansieht.

In den letzten Wochen hatte sie mich einige Mal so angesehen … glaube ich. Wir begruben unser Kriegsbeil – unter einer sehr dünnen Sanddecke. Doch was danach geschehen ist, ist für mich wie ein schwarzes Loch. Haben wir uns wieder gestritten? Will ich mich deshalb übergeben, wenn ich sie sehe? Wenn ich dieses Brodeln in mir habe, durch das ich fast austicke?

KAPITEL 41

Wanda

München, Deutschland

Wie hypnotisiert verfolge ich die unruhigen Wellen vor mir. Und die Surfer in Neoprenanzügen, die sich mit einem Board hineinstürzen. Es sieht kinderleicht aus. Wie sie sich aufs Board setzen, sich in Windeseile hinstellen und über die Wellen dieses reißenden Flusses segeln.

Eine kalte Brise erwischt mich, fröstelnd schiebe ich meinen Schal bis zu den Ohren und blicke zu Jona herüber, der die Surfer mit großen Augen beobachtet.

»Und du bist dir sicher, dass dir gleich nicht sämtliche Gliedmaßen abfrieren werden?« Mit hochgezogenen Augenbrauen wippe ich auf den Fersen, um mich warmzuhalten. Ich hatte die Hoffnung, München würde endlich etwas wärmer werden, doch die Temperaturen fallen immer weiter.

»Ich mache das nicht zum ersten Mal.« Jona gibt mir sein Sunny-Boy-Lächeln und geht einige Schritte näher ans Wasser, dann dreht er sich zu mir um. »Filme nur die guten Moves von mir, ja?«

»Aber natüüüüürlich!«, antworte ich sarkastisch.

Kopfschüttelnd geht er einen kleinen Abhang hinunter.

Die Eisbachwelle in München ist ein Touristen-Hotspot und eine Quelle für echte Surfer. Mitten in der Stadt.

Wie der ruhige Fluss so reißend wird … mit diesen starken Wellen, die mit einem lauten Plantschen gegen das Ufer schwappen. Wow …

Da Jona noch nicht an der Reihe ist, setze ich mich auf eine Bank in der Nähe und schaue in meine Nachrichten. Die letzte Hoffnung, das minimale Licht am Tunnel, ist ein Lebenszeichen von Anton. Dass er sich an uns erinnert, an den Kuss, die Bucket-List, die wir im Sommer abarbeiten wollten … an all die Gefühle, die unerwidert in mir toben und vor ihm verborgen bleiben.

Aber ich kann es ihm nicht sagen. Es würde ihn zu sehr beeinflussen, ja, ihn womöglich dazu zwingen, mich zu lieben, obwohl sein Herz etwas anderes sagt. Vielleicht hat der Sturz ihn verändert, ihn wachgerüttelt. Gezeigt, wie unsinnig es ist, mit mir zusammen zu sein.

Frustriert sacke ich auf der Bank zusammen und beobachte eine Taube, die über den Steinboden hopst.

Ich hole mein Handy aus der Tasche und schreibe Steve.

Wanda: Es ist merkwürdig, in München zu sein. Letztes Mal war ich bei Anton.

Nur wenige Straßen von hier ist seine leerstehende Wohnung ist, was unheimlich schmerzt. Er wurde aus seinem Alltag gerissen, steckt jetzt in einer Reha-Klinik in den Bergen. Ohne mich und ohne das Wissen, dass wir uns so nahe waren und ich ihn repariert habe, während er dasselbe für mich getan hat.

Steve: Scheiße, ja. Stimmt.

Steve: Moment. Was machst du überhaupt in München?

Wanda: Ich drehe ein Video mit Jona. Seinen neuen Alltag als A-Kader-Athlet.

Ich schaue hoch und suche ihn zwischen den vielen todesmutigen Sportlern. Im Neopren-Anzug steht Jona am Rande der Eisbachwelle, das orange Surfboard hält er fest in den Händen.

Steve: Oh, Antons Ersatz.

Wanda: Jap.

Steve: Gehst du ihn bald besuchen?

Diese Frage ist wie ein Stich ins Herz. Aber nicht mit einer Nadel oder einem Messer, sondern mit einem riesigen Schwert, das meinen ganzen Körper durchbohrt und mich immer wieder an dieses schreckliche Ereignis in Bischofshofen erinnert.

Wanda: Ich bin da nicht gewollt, denke ich.

Steve: Girl, das weißt du gar nicht! Wenn ihr füreinander bestimmt seid, sind Erinnerungen egal. Gefühle sind das, was zählt. Und die kann niemand auslöschen, oder?

Ich sperre das Handy, als ich sehe, dass Jona an der Reihe ist und bin froh, diese Situation nicht weiter mit Steve ausdiskutieren zu müssen. Ihr zumindest für die nächsten Minuten aus dem Weg zu gehen.

Es sieht majestätisch aus, wie Jona in diesem hautengen Anzug dasteht und sich ins Wasser kämpft. Wie Poseidon mit seinem Dreizack, aber Jona hat dafür ein Surfbrett in den Händen.

Schnell halte ich meine Spiegelreflexkamera auf ihn und stelle den Zoom ein. Wie gebannt verfolge ich seine Bewegungen. Es sieht kinderleicht aus, wie er sich auf das Brett schwingt und innerhalb von Sekunden die richtige Balance findet. Vielleicht hat er als Skispringer dadurch einen kleinen Vorteil.

Mit ausgebreiteten Armen manövriert Jona das Brett über die Wellen. Hin und wieder wackelt er, bleibt aber erstaunlich lange oben, bis ihn eine große Welle erwischt. Er torkelt nach hinten und rudert mit den Armen, bevor er mit einem lauten Platsch in den Fluss fällt.

Sofort taucht er auf und streicht sein blondes Haar gekonnt nach hinten. Grinsend ergreift er das Board, stampft damit aus dem Wasser und klatscht bei einigen Surfern ein.

Er ist besser, als ich dachte. So routiniert. Jona ist ein Alleskönner. Skispringen. Surfen. Bogenschießen.

Meine Jackentasche vibriert und eine weitere Nachricht geht ein. Ich hole es hastig heraus und balanciere es zusammen mit der Kamera in die Händen. Als würde jemand die Pause-Taste drücken, verweilt mein Blick zu lange auf dem Display. Das Display, auf dem ein Hintergrundbild von Anton und mir ist. Ich lächele jedes Mal, wenn ich es sehe.

Wir als Silhouetten auf der Schanze in Innsbruck, das Lichtermeer der Stadt hinter uns …

Wenige Minuten später kommt Jona grinsend auf mich zu. Seine nassen Haare blitzen unter der schwarzen Mütze hervor, die Ton in Ton mit seiner dicken Winterjacke ist.

»Du hast dich ja schnell umgezogen.« Beeindruckt zeige ich auf seine Jacke.

»Musste ich. Sonst wäre wirklich was abgefroren.« Verschmitzt vergräbt er die Hände in den Taschen.

»Du warst der Hammer! Ich habe das echt nicht erwartet!« Aufgeregt klatsche ich in die Hände, freue mich darauf, diese Szenen zu bearbeiten. »Wo hast du Surfen gelernt?«

»Ich bin jedes Jahr mit meiner Familie in Portugal im Urlaub. Als Kind habe ich dort Surf-Kurse belegt.«

Wir gehen ein Stück weiter, um den Schaulustigen Platz zu machen, die die Sportler weiter beobachten.

»Ich wollte auch immer surfen, obwohl ich keine Wasserratte bin, aber irgendwie reizt mich das. Steht auch auf meiner Bucket-List.« Nachdenklich erinnere ich mich an die Liste. Surfen ist einer der Punkte, die ich abhaken möchte. Einen Bikini – mit oder ohne Neopren-Anzug zu tragen – wäre für mich vor kurzem noch unmöglich gewesen. Ja, vielleicht ist es das jetzt auch noch. Meine Narben so offen und freizügig zu zeigen, könnte zu viel des Guten sein.

»Wenn du möchtest, kann ich dir mal die Grundlagen zeigen. Also, in einer speziellen Halle oder am Strand, wenn es wärmer ist.« Jona sieht flüchtig zu mir herüber, schaut dann aber wieder nach vorne, um uns durch die

Menschenmengen, die sich an diesem Dienstag in München tummeln, zu lenken.

»Ja, gerne!« Ich beiße mir sofort auf die Zunge, ein brennender Schmerz breitete sich aus. Diese Antwort kommt unüberlegt. Wie aus der Pistole geschossen. »Aber … ich weiß nicht.« Ich druckse herum, als Antons Gesicht in meinem Gehirn herumspukt.

»Oder komme ich dabei dir und einem Mann in die Quere?« Jona bleibt am Aussteller eines Souvenirladens stehen.

»Äh.« Gute Frage. Das wüsste ich auch gerne … »Es ist kompliziert.«

»Aber du hast keinen Freund?« Er hält eine Tasse mit der Aufschrift *Jonas* hoch. »Immer dieser Jonas. Nie finde ich meinen Namen.«

Ich schmunzele, will meinen Namen auf diesen typisch blauen Tassen mit den gemalten Blumen suchen, finde ihn aber nicht. »Das Problem kenne ich. Und … nein. So wirklich habe ich keinen Freund … denke ich.«

Anton und ich haben nie über das große B-Wort gesprochen. Waren wir in einer Beziehung? Oder war es nur ein Flirt, der zu etwas viel zu Großem geworden ist, vor dem wir uns nun fürchten? Wer kann überhaupt beweisen, dass Anton sich nicht mehr an uns erinnert? Womöglich sucht er nur einen Ausweg, weil er eingesehen hat, wie schrecklich es mit mir ist …

Diesen grausamen Gedanken schüttele ich ab, möchte ihm so etwas nicht zutrauen. Er war doch in letzter Zeit so ehrlich mir gegenüber …

Und über all das nachdenken, was wir jetzt gerade, in diesem Moment sind, möchte ich nicht. Es würde mich zerstören. Denn gerade sind wir nicht mehr als Bekannte. Kollegen, die sich aus dem Weg gehen. Bewusst oder unbewusst.

»Cool. Zeig deine Liste noch mal. Ich will was prüfen.« Er stellt die Tasse zurück und setzt ein schiefes Lächeln auf.

Ich frage mich wirklich, warum Jona im Winter einen so gesunden Hautton hat. Ich sehe aus wie ein Toastbrot, das seit Wochen herumliegt und langsam vor sich hin schimmelt.

»Ich weiß nicht. Sie ist dämlich.« Ich drehe mich weg und sehe mir – gespielt interessiert – einen Schlüsselanhänger mit einem blau-weißen Bierkrug an.

»Komm schon. Ich lache auch nicht.« Jona stellt sich neben mich und tippt mir auf die Schulter. »Versprochen.«

»Na gut.« Ich seufze und hole mein Handy aus der Tasche. Bevor ich es Jona gebe, lösche ich den Titel der Liste. Niemand – außer Steve, Anton und mir – soll wissen, warum ich sie gemacht habe. Letztes Mal hatte ich auf dem Display so weit nach unten gescrollt, bis er den Titel nicht mehr sehen konnte.

»Ein richtiges Brot backen. Ohne Luftloch in der Mitte. Finde ich gut.« Jona schmunzelt und wischt weiter auf dem Display herum. »Ein elegantes Abendessen im Restaurant mit einem knappen Kleid.«

»Das …« Ich entreiße ihm mein Handy, habe diesen Punkt total vergessen. »… reicht jetzt auch.« Hitze breitet sich auf meinen Wangen aus. Die Kälte, die gerade in München herrscht, kann mich nicht mehr erreichen. Prallt an mir ab, als wäre ich ein wasserabweisender Schuh.

»Aber klingt cool. Wenn ich dich bei irgendwas unterstützen soll, sag Bescheid. Ich liebe so was.«

»Okay.« Ich will mein Handy einstecken und diese Pläne einfach stehenlassen.

Aber mein Gewissen kann das nicht mit sich vereinbaren. Das waren Antons und meine Pläne. Ich will ihn nicht übergehen, auch wenn er gar nichts mehr von ihnen weiß.

Ich öffne die Nachrichten-App und schreibe ihm.

Wanda: Hey Anton, ich hoffe, dir geht's so weit gut. Ich wollte dich was fragen … Wir hatten vor Ewigkeiten mal darüber gesprochen, dass wir meine Bucket-List abarbeiten würden und … na ja … Steht dieser Plan noch?

Mein Herz will gleichzeitig schneller schlagen und stehenbleiben. Wenn die Liste Antons Erinnerungsvermögen auch nicht anspornt, weiß ich nicht mehr weiter …

KAPITEL 42

Anton

Mittenwald, Deutschland

In der Reha-Klinik zu liegen, ist die reinste Qual. Der Drang, mich zu bewegen, kribbelt in mir. Pulsiert in den Beinen. In den Beinen, die ich nun für einige Wochen nicht richtig benutzen werde.

Ich fühle mich wie ein Taucher ohne Sauerstoffflasche. Bin auf dem Meeresgrund und werde es nicht mehr rechtzeitig an die Oberfläche schaffen. Zu weit ist der Weg zum langersehnten Atemzug. Und mein persönlicher Atemzug ist der Sport, das Skispringen vor allem. Die Bewegung ist mein Ventil, um Dampf abzulassen. Schon als Kind brauchte ich Sport, war erst im Turnverein, dann beim Fußball, bis ich mit sechs Jahren im Skisprung-Verein landete. Der Sport ist ein Teil von mir, gehört zu mir wie Arme und Beine.

Nun an die Krücken gefesselt zu sein und stechende Schmerzen im Oberkörper zu haben, sobald ich mich bewege, ist schrecklich. Als hätte man mich ans Bett fesselt.

Abwesend starre ich aus dem Fenster neben mir, an dem einzelne Schneeflocken hängen. Es fühlt sich an, als würden sie mich von dort draußen auslachen, sich über meine

Bewegungsunfähigkeit lustig machen. Immerhin können die Schneeflocken fliegen und riechen, wie klar die Luft gerade ist.

Ich hingegen stecke hier fest und schaue eine weitere Folge des Rentner-Krimis *Alle gegen Josef,* weil ich keine Lust habe, zur Fernbedienung zu humpeln, die – wie sollte es anders sein? – beim TV liegt. Schnaufend scrolle ich nebenbei durch mein Handy, als eine Nachricht von Wanda eingeht.

Wanda: Hey Anton, ich hoffe, dir geht's so weit gut. Ich wollte dich was fragen … Wir hatten vor Ewigkeiten mal darüber gesprochen, dass wir meine Bucket-List abarbeiten würden und … na ja … Steht dieser Plan noch?

»Hä? Wir und was abarbeiten?« Mit gerunzelter Stirn lese ich die Nachricht ein weiteres Mal, falls sie sie an die falsche Person geschickt hat. Aber da steht eindeutig mein Name.

Womöglich haben wir das in den letzten Wochen abgemacht, die wie ein leeres Vakuum in meinem Gehirn herumschwimmen.

Aber Wanda und ich? Gemeinsame Pläne? Mist, ich muss mich echt erinnern.

Konzentriert kneife ich die Augen zusammen, fokussiere mich auf Wanda, auf dieses Zwergseidenäffchen von einer Frau, aber … Nichts. Es passiert rein gar nichts. Ich starre ins Schwarze, sehe keinerlei Erinnerungen.

»Wahrscheinlich funktioniert das auf Krampf nicht.« Ich atme tief durch, öffne die Augen und lese die Nachricht ein weiteres Mal.

Anton: Bevor ich nicht weiß, was in den letzten Wochen passiert ist, kann ich das nicht beantworten. Keine Ahnung. Aber wenn du irgendwas unternehmen willst, dann mach es doch.

Mein Finger schwebt über dem Senden-Button. Ich könnte Ru fragen … oder Johann … Aber sie würden mir womöglich in meine Gefühlslage reinreden. Und das ist das, was ich nicht möchte. Ich möchte die volle Kontrolle über mich selbst. Wenn ich sie schon körperlich nicht habe, möchte ich sie zumindest in meinem Kopf.

Kraftlos schicke ich die Nachricht ab und öffne Instagram, bis ich an Jonas Story hängenbleibe. Ein Selfie mit Wanda und der Beschreibung *»Drehtag in München«*.

Scheiße, wie gerne wäre ich jetzt zu Hause in meinen eigenen vier Wänden? Auf meiner Dachterrasse? Im kuscheligen Bett mit der frischen Bettwäsche … Ohne das Gefängnis, das Reha heißt. Ohne meine Physio Saskia, auch wenn sie nett ist und nichts für meinen Unmut kann.

Wanda lächelt schüchtern, ragt Jona bis zum Ohr. Ihr braunes Haar liegt in Wellen auf den Schultern und ich frage mich immer noch, warum sie es hasst, eine Mütze zu tragen. Meine Ohren wären bei den Temperaturen schon abgefroren. Oder zumindest knallrot.

Unweigerlich legt sich ein Schmunzeln auf meine Lippen, während ich sie weiter betrachte. Diese braunen Augen, die Zartbitterschokolade ähneln. Nein, nicht Vollmilch. Zartbitter, wirklich. Und ich rede nicht über die billigen Tafeln aus dem Supermarkt, sondern über die gute Schokolade. Schweizer Schokolade oder so. Irgendwas mit mehr … Klasse.

Ein Blitz durchzuckt mich. Krampfhaft umklammere ich das Handy in meiner Hand. Meine Knöchel treten weiß hervor.

Ich sehe Wanda vor meinem inneren Auge. Kleine Schneeflocken verfangen sich in ihren Haaren, als wir auf einer Schanze stehen. Und plötzlich ist da dieses Kribbeln in meinem Bauch. Wie Ameisen, die sich zusammentun, um etwas Großes zu bewegen. Und vielleicht ist das Große mein Herz, das einen Stupser braucht. Einen Anlasser, um Dinge für Wanda zu empfinden, die ich lange unterdrückt hatte.

»Waren wir … Sind wir … Ah!« Ich werfe das Handy vor mir auf die Bettdecke und ziehe an meinen Haaren. Muss mich unbedingt ablenken.

Diese Gefühlssache ist zu viel. Sie überwältigt mich. Ich hätte nicht gedacht, dass wir uns so nahegekommen sind. Ich wollte doch immer … nichts spüren. Nichts für sie empfinden.

Aber womöglich sind es nur Hirngespinste von der Gehirnerschütterung. Wunschvorstellungen oder Träume. Wie peinlich wäre es, wenn ich Wanda mit Halbwissen konfrontiere?

»Ru. Ich muss ihn fragen.« Schnell entsperre ich mein Handy und drücke auf seinen Kontakt.

Wenige Sekunden später nimmt er ab. »Hey! Was geht?«

»Vieles. Nur ich nicht.« Grinsend streiche ich über meine Bartstoppeln.

»Du Idiot.«

»Ru, ich muss mit der Tür ins Haus fallen: Lief da nun was zwischen Wanda und mir oder nicht?« Als würde ich in einer Quiz-Show sitzen, warte ich mit tippelnden Fingerspitzen auf seine Antwort. Die Ungewissheit bringt mich um. Diese nervige Herzschlag-Musik, um die Spannung zu steigern, pocht in meinen Ohren.

»Äh, gute Frage.«

»Wie, gute Frage? Du bist mein bester Freund!« Mein Puls beschleunigt sich, hämmert immer schneller gegen meinen Brustkorb. Seufzend setze ich mich auf, ein stechender Schmerz zieht durch meine Brust. »Au!«

»Mach langsam, okay?« Rus belustigte Stimme ertönt aus dem Handy. »Du warst sehr vage mit den Informationen, die du mir gegeben hast. Da läuft … lief definitiv was, aber was genau, kann dir nur Wanda erzählen. Du hast immer gepflegt deinen Mund gehalten, Mr Geheimnisvoll.«

»Shit.« Ich schließe die Augen, will mich mehr erinnern. Weiter in die Vergangenheit tauchen, Bilder entstehen lassen … aber nein.

»Jap. Shit.« Irgendwas knistert bei Ru im Hintergrund. »Also, nimm deinen Arsch in die Hand und frag sie.«

»Das ist leichter gesagt als getan.«

»Na ja, du möchtest eben immer am längeren Hebel sein. Bloß nicht blamieren, bloß nicht zu viele Gefühle zeigen …«

»Du klingst wie meine Mama.« Ich schnaufe, drehe mich ein wenig zur Seite, um wieder aus dem Fenster zu schauen. Doch die Schneeflocken sind verschwunden und werden von wenigen Sonnenstrahlen abgelöst.

»Wir kommen dich nach dem Skifliegen in Bad Mitterndorf besuchen. Ist ja ein Katzensprung. Spätestens da redet ihr. Klaro?«

»Ich wiederhole mich: Du klingst wie meine Mama.«

KAPITEL 43

Wanda

Bad Mitterndorf, Deutschland

»Boah.« Ich bleibe wie angewurzelt stehen und schaue auf die riesige Skiflugschanze vor mir. Wie in Zeitlupe filme ich den verschneiten Hang, der endlos erscheint, bis ich oben beim Schanzentisch ankomme. Von hier unten sieht er so winzig aus, so unnahbar. Aber in wenigen Minuten werden die ersten Springer ihr Training dort oben auf der Skiflugschanze absolvieren.

»So ein Wort höre ich selten aus deinem Mund.« Ru stellt sich neben mich. Die langen Ski trägt er locker auf den Schultern.

»Weil das so … krass ist. Und … da springt ihr einfach so runter?« Ich beende die Aufnahme und drehe mich weiter zu ihm.

»Jap. Aber am Ende der Saison ist gerne mal die Luft raus bei uns. Wer nicht fit ist, springt auch nicht. Zu gefährlich.«

Sofort erscheint Antons Unfall in meinen Erinnerungen. Wie ein Horrorfilm, den ich nicht abstellen kann.

Kopfschüttelnd fasse ich mir an den Kragen, nestele dort herum. »Wow.«

»Jap.« Ru zuckt neben mir zusammen, räuspert sich dann. »Oh, hey, Steve!«

»Hi, ihr beiden. Schon nervös, Ru?« Meine Freundin hat diese Woche frei und verbringt die meiste Zeit mit uns … oder eher mit Ru. Die beiden nähern sich immer mehr an, halten aber alles, was eine mögliche Beziehung involviert, geheim. Und da Anton in einer Reha-Klinik weit weg ist, habe ich keinen Freund mehr, der mir Informationen gibt.

»Nervös? Niemals! Höchstens Respekt …« Ru baut sich selbstsicher vor Steve auf, umklammert die Ski.

»Ja, ja. Ihr und euer Respekt. Es ist nicht schädlich zu erwähnen, dass man etwas Bammel vor dem Sprung hat.« Ich verdrehe die Augen und schaue zwischen meinen Freunden hin und her. Bemerke ihre verliebten Blicke. Dieses Schwärmen, das in der Luft greifbar ist. Das ich so gerne nehmen und Anton in einem Briefumschlag schicken möchte. Ihm endlich zeigen möchte, wie gern ich ihn habe. Aber wenn er sich an nichts erinnert, ist es schwierig. Wirkt gezwungen und verzweifelt.

Ich wende den Blick ab, kann diesen Schmerz langsam nicht mehr aushalten. Der Schmerz, an dem sich mein Herz verbrennt. Jedes Mal, wenn es verliebte Pärchen erspäht. Ru und Steve sind all das, von dem ich dachte, es mit Anton zu haben. Nach all den Streitereien, die wir zuvor hatten.

»So, ich muss jetzt nach oben. Bis später.« Ru beugt sich zu Steve, nähert sich ihren Lippen.

Wie gebannt verfolge ich diese – wie es für die beiden wirkt – normale Geste, bis Steves Augen immer größer werden, sie marginal den Kopf schüttelt und zu mir schielt. Ru verharrt wie versteinert in seiner Position und wartet einige

Sekunden. Dann holt er tief Luft und pustet Steve ins Gesicht.

»Äh!« Sie weicht einen Schritt zurück und wischt sich mit der flachen Hand über die Wange. »Was war das denn?!«

Ru gluckst. Eine leichte Röte legt sich auf seine blassen Wangen. »Da war eine Wimper. Hab' ich weggepustet.« Sofort dreht er sich um und geht Richtung Skilift, der sich am Rande dieser atemberaubenden Schanze befindet.

Steve kneift die Augen zusammen und verfolgt ihn mit ihrem Blick, bis Ru sich unter weitere Skispringer mischt. »Alter.«

»Ihr seid so bescheuert. Dir ist schon klar, dass ich weiß, was Ru vorhatte, oder?« Langsam gehe ich zu einer Bank, nicht weit von uns entfernt. Schnaufend setze ich mich hin, werde wenige Sekunden später von Steves blumigem Parfüm eingehüllt, als sie sich neben mich setzt.

»Ähm … Ja … Sorry.« Sie lächelt gezwungen und dreht sich weiter zu mir.

»Ich weiß, du hast es nicht so mit Beziehungen. Es ist selbstverständlich, dass du noch nichts offiziell machen möchtest.« Ich schaue in ihre braunen Augen, die nervös hin und her zucken. »Aber Ru ist ein guter Kerl. Nein. Er ist perfekt. Perfekt für dich. Gib euch eine Chance.«

Dann hätte zumindest eine von uns Glück in der Liebe. Aber auch falls Anton und ich nicht mehr unser eigenes Glück finden werden, hat er mir viel beigebracht. Er hat mir gezeigt, wie sehr ich geliebt werden kann. Auch mit meinen Narben. Narben zeigen meine Geschichte, aber sagen nichts darüber aus, wer ich bin. Sie zeichnen mich aus, machen mich zu einem Unikat. Und so muss ich an diesen schrecklichen Unfall in unserem Garten zurückdenken. Nicht an das Ende meines Lebens. An das Ende jeglicher Beziehungen, wie ich es sonst immer tat.

»Oh.« Meine Freundin rutscht auf dem Holz umher, streicht sich durchs Haar. »Also, nein. Darum geht es gar nicht.«

»Wie meinst du das?« Nun bin ich noch verwirrter.

Steve hebt etwas Schnee vom Boden auf und formt eine kleine Kugel. »Wir verstecken es nicht, weil wir nicht wissen, was wir wollen.« Vorsichtig platziert sie die Kugel auf der Rückenlehne zwischen uns. »Wir machen es … zu deinem Schutz. Weil du und Anton … Ihr seid in der Schwebe. Und wir wollen dich damit nicht verletzen.«

Ich bin stumm. Nicht nur mein Mund ist bewegungsunfähig, sondern auch mein Gehirn. Kein einziges Rädchen rattert dort. Nichts produziert irgendwelche Gedanken.

Ich bin vollkommen leer.

»Wie?« Ein einziges Wort, das ich irgendwie herausbekomme.

»Ja, zuerst haben wir alles geheim gehalten, weil wir wirklich noch am Anfang einer Beziehung waren. Aber seit Antons Unfall halten wir uns bewusst zurück. Schreiben nur miteinander, wenn du es nicht mitbekommst. Genauso wie unsere unzähligen Telefonate. Alles passiert … wenn du nicht anwesend bist. Damit wir dir nicht noch mehr Schmerz zufügen müssen. Das mit Anton ist schwer.«

Ein unangenehmes Kratzen breitet sich in meinem Hals aus, zuckt durch meine Luftröhre. Ich kann kaum atmen, klammere mich in meine gelbe Winterjacke, als wäre sie ein Sauerstoffzelt.

»Ich hoffe, du nimmst uns das nicht übel. Wir dachten, es wäre zu deinem Besten.« Steve presst die Lippen zusammen und streichelt über meine Schulter.

»Nein. Das ist … schon okay so. Ihr habt ja recht.« Kraftlos starre ich auf den Boden vor mir. Auf den plattgetretenen Schnee, der diese unschöne bräunliche Farbe annimmt, wenn er länger liegt.

»Er wird sich wieder erinnern. Ist doch bei jedem so, oder?« Steve klingt viel zu enthusiastisch.

Antons Unfall ist einige Wochen her und seine Erinnerungen sind immer noch nicht zurückgekommen. Sonst hätte er sich bei mir gemeldet, oder?

»Uh, und da kommt Jona auf dich zu gehechtet. Mach ihm mal deinen Beziehungsstatus klar. Der flirtet echt krass mit dir.« Meine Freundin stupst mich an und nickt in seine Richtung.

Ich folge ihrem Blick und entdecke Jona, der locker zu unserer Bank joggt.

»Bis später.« Steve grinst und steht auf. »Hey, Jona!«

»Hi!« Lächelnd winkt er ihr zu, setzt sich dann neben mich. »Wanda, ich habe eine Idee für deine Bucket-List.«

»Oh.« Der abrupte Themenwechsel überrascht mich, aber natürlich weiß Jona nicht, worüber ich gerade mit Steve gesprochen habe. Ich wackele mit den Schultern, als könnte ich so die Last loswerden.

Funktioniert nur bedingt.

»Wenn ich mich richtig erinnere, stand auf der Liste irgendwas von einem Weingut.«

»Ja, doch.« Ich denke kurz nach. »Ich wollte immer mal eines besuchen. So ganz schick, weißt du?«

»Perfekt!« Jona klatscht aufgeregt in die Hände. »Meine Tante hat ein Weingut in Portugal. Das könnten wir uns doch ansehen. Ich war selbst noch nicht da.«

Ich will Jona einen Korb geben. Aber ich schaffe es nicht. Mein Mund ist wie zugeklebt.

»Ähm, das klingt ganz gut. Wir könnten Steve und Ru mitnehmen … und noch ein paar andere aus dem Team.«

Wow, Wanda. Da redest du dich ja gut heraus …

»Oh.« Er legt die Stirn in Falten, öffnet den Mund, verstummt aber. Nach einer kurzen Pause redet er weiter. »Äh … Ja … Natürlich. Das würde auch gehen.«

Ich will diese Bucket-List anfangen. Jetzt, wo ich so selbstsicher geworden bin. Will endlich für mich einstehen. Mich im Spiegel betrachten, ohne angewidert zu sein, und allen zeigen, wie schön Selbstliebe sein kann.

Vielleicht erfüllt es mich auch mit etwas Stolz, wenn ich Anton den Fortschritt zeige, sobald er sich wieder an alles erinnert.

Wenn ich Steve und Ru mitnehme, wird es ein entspannter Ausflug unter Freunden. Ich arbeite meine Liste ab, während Anton alles dafür tut, seine Erinnerungen in einem unübersichtlichen Wald aufzusammeln.

KAPITEL 44

Anton

Mittenwald, Deutschland

»Du siehst gut aus, Anton. Supercool. Superrelaxed.« Ich schnipse meinem Spiegelbild zu und versuche mich an einem Lächeln, das einer hässlichen Fratze ähnelt.

In wenigen Minuten kommen Wanda, Ru und Steve vorbei, um mich in meinem kläglichen Reha-Zimmer zu besuchen.

Immer noch ist alles weiß. Weiß und steril. Nur meine kleine Kuscheltier-Ente bringt ein wenig Leben ins Zimmer und verweilt momentan auf meinem Kopfkissen.

Die Gedankenschnipsel aus den letzten Wochen vor dem Sturz bekomme ich einfach nicht sortiert. Ich drehe durch. Wanda und ich am Streiten. Wanda und ich Arm in Arm. Dann streiten wir uns allerdings wieder … bis wir auf irgendeiner Schanze einen Apfelstrudel essen.

Ich werde daraus nicht schlau. Vor allem nicht aus dieser Frau, die seit einem Dreivierteljahr in meinem Kopf herumspukt, ohne eine von diesen klimpernden Geisterketten zu haben. Sie ist schwerelos und klopft da an, wo es gerade am meisten nervt.

An der Tür zu meinem Herzen.

Ein letztes Mal schaue ich in den Spiegel. Zu dem Anton, der etwas blasser ist als sonst. Der müde Augen von den vielen Physio-Sessions hat und am liebsten nach Hause möchte. Nach Hause oder auf die Schanze.

Es klopft an der Tür.

»Zimmerservice!« Rus Stimme ertönt durch das weiße Holz.

Schnaufend nehme ich meine Krücken und kämpfe mich zur Tür.

»So was gibt es hier nicht«, sage ich mit einem Schmunzeln, als ich sie öffne.

Ru steht grinsend vor mir und hat locker seinen Arm um Steve gelegt. Wanda steht schräg hinter ihnen, sieht mich an, dann aber schnell auf den Boden. Als könne zu langer Blickkontakt eine Art Alarm auslösen. Als wäre ich verboten …

»Hi!« Diese Stimme sagt mir etwas. Ich habe sie in den letzten Wochen viel zu oft im TV gehört, wenn ich die Wettkämpfe verfolgt hatte. Sie schleicht sich langsam in mein Gehirn, wird dort abgespeichert, um mich für immer zu ärgern.

Mein Herz will stehenbleiben und diesen Moment zurückspulen. Will so sehr, dass ich vergesse, wie Jona lächelnd neben Wanda steht und die Vier wie ein Doppeldate aussehen.

»Kommt rein.« Ich ignoriere seinen Gruß und trete zur Seite.

»Für ein Reha-Zimmer ist das aber echt gemütlich«, sagt Ru, während er sich an mir vorbeidrängt. »O mein Gott! Da ist Bingo! Diese kleine Ente habe ich ja Jahre nicht gesehen.« Schnell rennt er zum Bett und nimmt das Kuscheltier in die Hand.

»Weil Bingo eigentlich zu Hause bleibt.« Ich schließe die Tür, nachdem auch Jona eingetreten ist. Obwohl ich sie ihm am liebsten gegen den Kopf geschlagen hätte.

Nichts gegen Jona an sich. Er ist ein feiner Kerl, aber in Kombination mit Wanda unerträglich …

»Wie geht's dir?«, fragt sie leise. Sie mustert mich mit ihren tiefbraunen Augen und erinnert mich daran, warum mein Herz schneller schlägt, wenn ich an sie denke. Wenn ihre Gestalt vor meinem inneren Auge erscheint.

»Na ja.« Ich zeige auf mein Bein, das in einer riesigen Bandage verpackt ist. »Die flicken mich hier so langsam. Aber den Rippen geht es besser.«

»Und dem Kopf?« Als hätte sie etwas Verbotenes gesagt, beißt sich Wanda auf die Unterlippe und zieht diese langsam zwischen ihren Zähnen heraus.

»Ähm.« Ich kratze mich am Hals, suche nach irgendeiner Ablenkung, um nicht antworten zu müssen.

»Hey, Jona. Du musst dir diesen krassen Ausblick mal ansehen.« Ru unterbricht unsere Unterhaltung, schaut mich intensiv mit seinen hellgrünen Augen an und wackelt mit den Augenbrauen.

Mein Zeichen, ruhig zu bleiben.

»Was? Da sind Berge. Wir sind fast jeden Tag in den Bergen.« Jona zuckt seine breiten Schultern und schaut misstrauisch zwischen Ru und mir her.

»Aber das sind *ganz besondere* Berge!« Energisch öffnet Ru die Balkontür. »Davon kannst du bestimmt ein gutes Bild für Instagram machen. Kommt mal mit, Steve und

Jona. Ihr werdet es nicht bereuen. Gruppenfoto!« Und schon geht Ru nach draußen.

Steve folgt ihm zügig, doch Jona bleibt misstrauisch. Er schürzt die Lippen, während er Wanda lange ansieht, die den Blickkontakt meidet und sich den hellen Boden ansieht. Dann dreht er sich um und folgt Ru und Steve.

»Das war ja gar nicht merkwürdig.« Wanda lacht nervös, setzt sich auf einen Stuhl am kleinen Esstisch.

»Ja.« Stöhnend setze ich mich ihr gegenüber, kralle mich in die Tischplatte, damit sie meinem Körper etwas Gewicht abnimmt. »Liegen und Gehen ist in Ordnung. Ich darf nur nicht aufstehen oder mich hinsetzen.«

»Das ist mehr als ungünstig.« Sie spielt an einer Haarsträhne und dreht sie immer wieder mit dem Zeigefinger ein. »Also keine neuen Erinnerungen?«

Doch. Ich glaube, irgendwas lief zwischen uns. Aber wann? Und wie? Und war es überhaupt echt?

Und wenn ich dich frage, wirst du die Wahrheit sagen? Würdest du etwas verheimlichen oder unsere Beziehung romantisieren, obwohl gar nicht so viel lief wie gedacht?

»Ich bin mir nicht sicher«, antworte ich stattdessen. »Ich muss erst mal alles sammeln und in die richtige Reihenfolge bringen. Aber die Ärzte sind zuversichtlich, dass ich mich bald wieder an das meiste erinnern kann.«

»Auch an den Sturz?« Wandas Stimme wird eine Oktave höher. Der Unfall scheint sie sehr mitgenommen zu haben. Sonst würde sie nicht am Ärmel ihres Pullovers nesteln, wie sie es immer tut, wenn sie nervös ist.

»Nein. Daran will ich mich gar nicht erinnern.« Ein verbittertes Lachen dringt aus meiner Kehle. »Aber anscheinend hätte ich die Tournee gewonnen, habe ich gehört. Wäre ich nicht gestürzt.« Es schmerzt. Scheiße, ja. Es zerreißt mich, so nahe am Sieg gewesen zu sein. An einem meiner größten Meilensteine gekratzt zu haben.

»Dann eben nächste Saison.«

»Nein. So einfach ist das nicht. Ich werde nächste Saison wahrscheinlich nicht einmal im Weltcup-Team sein.« Ich lehne mich erschöpft zurück. Meine Physio und ich haben viele verschiedene Trainingspläne für mich erstellt, damit ich so schnell wie möglich zurückkann. Aber kein Plan ist schnell genug, um an der nächsten Tournee teilzunehmen.

»Dauern Kreuzbandrisse so lange?«

»Na ja, nach einem halben Jahr darf ich leichtes Training machen. Sanfte Ballsportarten zum Beispiel. Krafttraining erst nach einem Jahr.« Wie ein Häufchen Elend sacken meine Schultern ab. Wie ein Kartenhaus, das vom Wind zerstört wurde.

»Scheiße.«

»Kannst du laut sagen. Und dann muss ich die verlorenen Muskeln erst wieder aufbauen. Es ist einfach … abgefuckt.« Ein Sturz kann deine komplette Karriere zerstören, dich jahrelang zurückwerfen, während deine Gegner Zeit haben, sich zu verbessern.

»Aber sieh es positiv. Dann hast du Zeit für neue Hobbys.« Wanda legt die Hände auf die Tischplatte und nickt mir zu.

Langsam bewege ich mich, lege meine in ihre. Sanft streichelt sie über meinen Handrücken, schickt eine prickelnde Gänsehaut über meine Arme, die bis in den Nacken kribbelt.

»Zum Beispiel?«, frage ich leise, etwas demotiviert.

»Keine Ahnung. Fang an, zu lesen. Oder zu malen. Dir stehen doch alle Türen offen, die nichts mit Sport zu tun haben.«

»Das ist aber nicht viel.« Ich ziehe die Augenbrauen nach oben, schaue Wanda intensiv an.

Auf irgendeine merkwürge Weise fühlt sich ihre Anwesenheit so gewöhnlich an. Als würde sie täglich vorbeikommen und Zeit mit mir verbringen. Aber vielleicht bilde ich es mir nur ein.

Oder haben wir uns doch geküsst?

Scheiße. Ich muss es wissen.

Wanda lächelt, während sie weiterhin über meine Hände streichelt.

»Wanda …«, beginne ich.

»Ja?« Ihre Hände verharren in der letzten Position, zucken, als ich ihr direkt in die Augen schaue.

»Haben wir … vor dem Sturz …«, stottere ich vor mich hin. »Haben wir …«

Abrupt wird die Balkontür aufgerissen. Ein eisiger Windzug fegt durchs Zimmer, entzieht mir Wandas Hände. Erschrocken dreht sie sich um, als die Drei vom Balkon wieder eintreten.

»Alter, das ist arschkalt draußen.« Jona reibt sich die Hände und stellt sich neben Wanda. »Na, konntet ihr Erinnerungen wiederherstellen? Die Festplatte neu aufsetzen?«

Ich will explodieren. Ihn aus meinem Zimmer schmeißen.

Aber nicht, weil Jona ein Arschloch ist. Ich kenne ihn flüchtig, er scheint ganz okay zu sein. Aber seinen eigenen

Ersatz für das Team im Zimmer stehen zu haben, der auch noch Sympathien für Wanda hat … Das ist zu viel.

»Nein, leider nicht«, sagt Wanda leise und schaut zu ihm auf.

Locker stützt er seine Hand auf ihrer Schulter ab.

Sie zuckt zusammen. Ich kann nicht deuten, ob es ihr unangenehm ist. Oder ob Jonas Hände einfach kalt sind und sich seine Körpertemperatur durch ihren Pulli brennt. Oder ob sie vor mir ihre Zuneigung nicht zeigen will. Oder, oder, oder …

»Äh, Anton. Was wolltest du fragen?« Wanda dreht sich wieder zu mir, schaut mich mit großen Augen an. Ein Funken Hoffnung liegt in ihnen.

Ru und Steve drehen sich demonstrativ zum Fenster und schauen hinaus aufs verschneite Gebirge.

»Oh, ähm, ob wir …« Ich denke scharf nach. Will vor den anderen nicht so eine intime Frage stellen. Vor allem nicht vor Jona, der die Finger von Wanda lassen soll. »Hatten wir … vor dem Sturz genug Videomaterial?«

Ich bin fake. So absolut fake.

Die ganze Saison lang waren mir Wandas Videos egal. Die Aufrufe auf YouTube, unser Ruf im Land. Alles war mir egal.

Das plötzliche Interesse wird sie mir nicht abkaufen.

»Oh.« Ihr Mund formt einen großen Kreis. »Klar. Ich habe deinen Sturz angeschnitten, aber nicht viel gezeigt. Für so was bin ich nicht.«

»Nein, nein. Das finde ich gut. Das Video findet man sowieso schon hundertfach im Internet. Dann muss es nicht noch in die Videos vom Team …« Ich sehe herüber zu Ru, der sich genervt die Hand an die Stirn schlägt.

So unauffällig wie möglich ziehe ich die Schultern zu den Ohren.

Es wäre mein Moment gewesen. Mein persönlicher, intimer Moment, um Wanda nach uns zu fragen. Oder nach dem Nicht-Uns. Was auch immer damals geschah.

Aber Jona musste hereinplatzen. Nicht nur heute. Sondern seitdem ich außer Gefecht bin.

KAPITEL 45

Wanda

Lissabon, Portugal

»Wow.« Genüsslich schließe ich die Augen und sauge die warme Luft Lissabons ein. »Es war eine großartige Idee, für zwei Tage hierher zu kommen und einfach mal abzuschalten.«

»Und dann auch noch mit dieser Aussicht!« Steve quietscht förmlich gegenüber von mir und hält ihr Weinglas mit beiden Händen fest. »Schaut euch die Berge an, die Pflanzen! Alles ist so grün! So … nicht-trist wie in Deutschland!«

Ich folge ihrem Blick, habe wahrscheinlich einen genauso dämlichen Gesichtsausdruck wie sie. Aber für die letzten Wettkämpfe noch einmal Kraft zu tanken – auch wenn ich nur unten an der Schanze stehe und mich nicht von ihr hinunterstürzen muss – tut einfach gut.

Zufrieden schaue ich an meinem orangen Kleid hinunter, das luftig an den Knien endet. Die Spaghettiärmel verdecken nur einen kleinen, ja minimalen Teil meiner Arme, geben Einblick auf meinen Oberarm, der vom Unfall vernarbt ist. Aber niemand, wirklich niemand hat mir bis jetzt irgendwelche Blicke zugeworfen. Keine dummen Sprüche, keine Verachtung.

Ich bin ich und das wird akzeptiert. Ist gar nicht so wichtig wie gedacht.

Und all das habe ich Anton zu verdanken. Egal, ob er sich daran erinnert oder nicht. Er hat mir mit seiner Fürsorge das Selbstvertrauen gegeben, das ich verdiene und nach dem ich mich so lange gesehnt habe.

»Wanda und ich waren letzte Woche Bogenschießen. Mann, sie ist echt besser als ich.« Jona streicht sein honigblondes Haar zurück, lächelt mich zufrieden an.

Ich habe immer mehr das Gefühl, ihm falsche Signale zu senden. Diese Freundschaft ist schön und ja, vielleicht ist er mein kleiner Anton-Ersatz, aber ich habe nur Augen für diesen verletzten Skispringer, der sich nicht mehr an unseren Kuss erinnert.

Jona hat dort keinen Platz. Den wird er auch niemals bekommen.

Jedoch glaube ich, ihm ist das nicht bewusst. Immerhin rede ich nicht über Antons und meine Beziehung, halte all das so privat wie möglich.

Und auch Steves Gesicht spricht Bände. Eine große Furche gräbt sich in ihre Stirn. Ihre Lippen sind leicht geöffnet, während sie misstrauisch zwischen Jona und mir hin und her schaut.

Ich schüttele minimal den Kopf.

»Wanda, da vorne ist ein riesiger Apfelbaum. Da muss ich ein paar Bilder für Instagram machen. Komm, du bist meine beste Kamerafrau!« Steve schiebt abrupt den Stuhl nach hinten, stellt ihr Glas hin und ergreift meine Hand.

»Oh!«

Mit einem Ruck zieht sie mich mit. Die Absätze meiner Sandalen klackern auf dem dunkelroten Steinboden.

»Stimmt! Ich kann unser Gruppenfoto teilen«, höre ich Jona nuscheln, bevor wir außer Hörweite sind.

Steve verlangsamt ihre Schritte und hält ihr Maxikleid hoch, damit sie nicht darauf tritt. Nach einigen Metern bleibt sie stehen und dreht sich um. Die untergehende Sonne strahlt sie von hinten an, lässt sie frisch aussehen, ausgeruht. Als wäre sie seit Monaten auf diesem Weingut mitten im Nirgendwo.

»So, raus mit der Sprache.« Sie stemmt die Hände in die Hüften.

»Was? Womit?« Scheiße, ich glaube, ich habe wirklich falsche Signale gesendet.

»Du und Jona. Läuft da was?« Meine Freundin macht eine kleine Pause. »Denn wenn ja, dann wäre das Anton gegenüber echt arschig. Ihr wart doch beinahe ein Paar. In einer Beziehung! Sie gehen nicht fremd, junge Lady!« Anschuldigend zeigt meine Freundin mit dem Zeigefinger auf mich. Ihre großen Ohrringe verfangen sich dabei im Haar.

»Fremdgehen? Ich? Niemals!« Erschrocken über Steves Gedanken gehe ich weiter Richtung Apfelbaum, der nur noch wenige Meter von uns entfernt ist. »Ich gebe Anton nur Freiraum.«

»Und lenkst dich mit Jona ab?«

»Nein!« Ich drehe mich zu ihr um, kaue auf meiner Unterlippe. Muss die Situation unbedingt klarstellen. »Ich vermisse Anton, so sehr. Aber wenn ich ihm vom Kuss erzähle, könnte er sich gezwungen fühlen, mich zu mögen. So will ich eine Beziehung nicht aufbauen.« Seufzend setze ich mich ins Gras unter den Baum, streiche mein Kleid glatt.

»Habt ihr euch *nur* geküsst?« Da sind sie wieder: die tiefen Falten auf Steves kleiner Stirn.

»Nein.« Kichernd boxe ich ihr auf den Oberarm. Eine Hitzeschwall rollt über mich, als ich an Antons Bauchmuskeln denke, an die wohlgeformten Arme und seine Lippen in meiner Halsbeuge.

»Aha!« Lachend bettet meine Freundin ihren Kopf auf meiner Schulter ein. »Und jetzt wartest du einfach ab? Ich könnte das nicht aushalten.«

»Deshalb unternehme ich so viel mit Jona. Nicht weil ich einen Freund – oder eine Affäre – suche. Sondern um beschäftigt zu sein, um mich abzulenken. Ich glaube nur, ich habe falsche Signale gesendet.« Ein Grashalm kitzelt an meinem Oberschenkel. Ich umgreife ihn und ziehe ihn hinaus.

»Dann musst du das klarstellen. Wenn Anton euch falsch interpretiert und seine Erinnerungen wiederkommen, hast du ein Problem.«

»Ja, du hast recht.« Gedankenverloren wickele ich den Grashalm um meinen Finger. »Ich bin zum ersten Mal glücklich. Seit Ewigkeiten. Wusstest du das?« Ich schaue hinauf zur saftig grünen Baumkrone. Einige Vögel zwitschern über mir. Es ist das reinste Paradies, in Portugal sein zu dürfen.

»Nein.« Steve drückt ihren Kopf weiter in meine Schulter, atmet hörbar aus.

»Das ist Antons Verdienst. Ich will all das eigentlich mit ihm teilen, aber … Er braucht Zeit.«

»Er mochte dich auch schon Wochen vor dem Unfall. Es ist nicht so, als würden keinerlei Gefühle in ihm schwirren.

Das kann ich mir nicht vorstellen.« Steve ergreift meine Hand. »Wanda, schreib ihm. Teile diese wunderschöne Aussicht mit Anton und lass ihn an deinem Leben teilhaben. Freund oder Nicht-Freund, ist echt egal.«

»Damit er denkt, ich sei verrückt? Wir fauchen uns seit dem Sturz nur an.« Wie ein kleines Kind verschränke ich die Arme vor der Brust.

»Weil ihm die Bestätigung fehlt. Die Erinnerungen an Silvester und die Tage danach, die – glaube ich – echt intensiv für euch waren.« Steve zwinkert mir anzüglich zu, knurrt vor sich hin.

»Boah, Steve. Stopp.« Lachend klopfe ich wieder auf ihren Oberarm.

»Schick ihm ein Bild. Los.«

Ich hole mein Handy aus der kleinen Umhängetasche, entsperre es und öffne den Chat mit ihm. »Shit.«

»Was?«

Ich kneife die Augen zusammen, hoffe so sehr, Halluzinationen zu haben. Aber auch beim nächsten Augenaufschlag sehe ich unseren traurigen Chatverlauf. »Er hat das Foto von Jona schon gesehen. Das, was er vorhin gepostet hat. Und … auf die letzte Nachricht habe ich gar nicht geantwortet. Das muss ich vergessen haben.«

»Wanda!« Meine Freundin schlägt mit der Faust gegen meinen Oberarm.

»Sorry! Ich war die letzten Tage so viel unterwegs. Das muss untergegangen sein.«

Steve entreißt mir das Handy. Gemeinsam schauen wir uns die Nachrichten an.

Anton: Hey, wenn ihr in Bad Mitterndorf seid, musst du unbedingt in dieses Restaurant. Ich schick dir gleich mal den Link.

»Wie schön, dass du nicht geantwortet hast.« Steve klingt wie eine fauchende Katze.

Anton: Wow, ihr seid in Portugal? Zu viert? Toll … Ich hoffe, du hast einen schönen Urlaub.

»Seit wann schreibt Anton wieder so mit dir?« Sie gibt mir mein Handy zurück.

»Anscheinend seit ein paar Tagen. Ach, Mist. Steve, ich bin eine schlechte Freundin.« Erschöpft lege ich den Kopf in den Nacken und schaue wieder zur Baumkrone, als hätte sie eine Antwort für mein Problem.

»Ja, da hast du recht.«

»Kacke.«

»Du tust jetzt Folgendes: Erzähle Jona von deiner Beziehung mit Anton – egal, ob das übertrieben ist oder nicht. Und dann redest du mit Anton und erzählst ihm alles. Dieses Herumgeschwimme ist ja schrecklich … UND ANTWORTE DEM ARMEN KERL!«

Ich zucke zusammen, öffne sofort das Tastenfeld zum Antworten.

Wanda: Ja, wir tanken ein bisschen Sonne, bevor die nächsten Wettkämpfe anstehen :)

»Gut.« Zufrieden steht Steve auf. »Dann lass uns endlich Bilder für Instagram schießen.«

»Hey, Jona. Kann ich kurz mit dir reden?« Steve und Ru schlendern vor uns, werden vom malerischen Sonnenuntergang umhüllt.

»Klar.« Er geht langsamer, um Abstand zum Pärchen vor uns aufzubauen.

Okay, Wanda. Sei einfach ehrlich.

Ich falte die Hände wie bei einem Vortrag. Habe die folgenden Worte in den letzten Minuten immer wieder geprobt. »Ich weiß nicht, ob ich in den letzten Wochen falsche Signale gesendet habe.« Ich knete meine schwitzigen Hände, fokussiere mich auf einen riesigen Vogel, der über uns kreist. »Ich habe sozusagen … irgendwie … einen Freund und wollte … also …«

»Oh.« Jona durchbricht mein peinliches Stammeln. »Ein Freund?«

»Sozusagen. Es ist nicht wirklich offiziell. Wir haben noch einiges zu klären. Aber ich denke nur an ihn. Jede Sekunde.« Mein Herzschlag beschleunigt sich, als ich Antons schiefes Grinsen vor meinem inneren Auge sehe. Diese weißen Zähne, die perfekt in Reih und Glied sitzen. Diese strahlenden Augen, die mich seit Tag Eins in den Bann ziehen.

»Ah, okay. Dann … ja …«

Das wird ja immer unangenehmer.

»Ich dachte, wir könnten Dinge als Freunde unternehmen. Und ja, vielleicht warst du mein kleiner Anton-Ersatz. Das tut mir echt leid.«

»Anton?!« Jona stellt sich vor mich, vergräbt die Hände in den Taschen seiner beigen Shorts. »Du hast was mit Anton?«

»Upps.« Shit, das wollte ich gar nicht erzählen. »Na ja, irgendwie. Er soll wegen dir und mir nichts Falsches denken, weiß du? Es gibt nur ihn. Egal, was ich dagegen unternehme.«

»Gegen den großen Anton Mayr kommt wohl niemand an«, nuschelt Jona und kratzt sich am Hinterkopf. »Hm, okay. Das kam … unerwartet.«

»Sorry. Ich glaube, ich habe einfach Mist gebaut. Ich war so froh, endlich genug Selbstbewusstsein zu haben, offener zu werden. Und habe das irgendwie falsch herübergebracht.«

»Das kannst du laut sagen.«

Ich klammere mich an mein Kleid, brauche einen Halt, um diese äußerst unangenehme Situation irgendwie zu überstehen.

Aber Steve hat recht. Ich muss mit Anton reden, wenn ich Zeit habe. Zu lange bin ich schon in dieser ungewissen Schwebe und weiß nicht, was mich erwartet, sobald er sich erinnert.

KAPITEL 46

Anton

Mittenwald, Deutschland

»Ein Weingut. Zu viert. Wie ein Doppeldate. So ein Scheiß, ey.« Ich werfe mein Handy auf den kleinen Tisch neben mir und drehe mich zu meiner Physio Saskia, die in diesem Moment eine kleine Turnmatte zusammenrollt.

»Wanda ist ein freier Mensch. Insofern du nicht weißt, was du fühlst, kann sie sowieso machen, was sie will.« Sie presst die Lippen aufeinander und sieht mich eindringlich an.

Ich fühle so viel, was allerdings nicht mit meinen Erinnerungen übereinstimmt. Sie sind geplagt von Streitereien und Wut im Bauch. Dabei möchte ich jedes Mal, wenn ich an Wanda denke, schweben. Hoch gen Himmel. Mich irgendwo auf die Wolken setzen und sie beobachten. Die Konturen ihrer süßen Stupsnase mit dem Zeigefinger nachfahren …

Erschöpft lasse ich den Kopf hängen. Will das alles nicht mehr.

»Hast du am Wochenende was vor?« Saskia zieht ihre Daunenjacke an und schließt den Reißverschluss.

»Nope. In Selbstmitleid versinken vielleicht.«

»Wenn dir langweilig ist, kannst du gerne zu mir nach Hause kommen. Ich muss mit meiner Tochter noch eine Torte backen. Darin bin ich echt eine Niete.« Grinsend klopft sie mir auf die Schulter.

»Ich und Backen. Niemals.« Ich stimme mit ein, lächele, obwohl mir gar nicht danach zumute ist. »Aber eine Torte habe ich noch nie gemacht. Ich …«

Alles in mir gefriert, als ein weiterer Gedankenbrocken vor meinem inneren Auge erscheint. Und nein, es ist kein Abendessen in einem der Hotelrestaurants, die auf irgendeinem Grund andauernd aufploppen. Auch nicht die hunderten Runden Mario Kart mit Ru.

Die Schanze in Innsbruck. Wanda und ich. Arm in Arm. Die Bucket-List mit der dreistöckigen Torte und dem Karaoke …

Der Kuss an Silvester. Feuerwerk. Im Himmel und in meinem Bauch. Explosionen um mein Herz herum, die nicht mehr einzudämmen waren.

»Anton? Alles gut?«

Erschrocken schaue ich nach rechts, entdecke Saskia, die mich mit einer großen Furche auf der Stirn ansieht.

»Ja.« Meine Antwort soll selbstsicher klingen, gleicht aber eher die eines kleinen Kindes, das noch eine Kugel Eis möchte. »Nein.«

»Soll ich einen Arzt holen?« Unsicher kaut sie auf der Unterlippe herum, während sie auf meine Zimmertür zeigt, sich bereit macht, Hilfe zu holen.

»Nein, ich … Könntest du deine Torte verschieben?« Ich humpele im Zimmer auf und ab, muss mich bewegen, um zu denken.

»Wieso?«

»Weil wir zum Skifliegen nach Oberstdorf fahren. Ich muss zu Wanda.« Erwartungsvoll schaue ich meine Physio an, denke noch einmal über meine Worte nach. »Äh, könntest du mich fahren? Darauf wollte ich hinaus.« Ein nervöses Lachen entfährt mir.

Also haben wir uns doch geküsst!

Ein warmer Schauer überrollt mich, kitzelt mich von den Zehenspitzen bis in den Haaransatz.

Seit Lina bin ich vorsichtig mit meinen Gefühlen. Will sie gar nicht zulassen, wusste aber schon lange von meinen Gefühlen für Wanda. Aber die Fäden waren lose, hatten Lücken und konnten nichts richtig verbinden. Alles war schwammig: meine Gefühle und die Vergangenheit.

Und nun ist der Schlüsselpunkt da. Heraufbeschworen von einer Torte.

Dass ich nicht lache.

Es ist ein schmerzhaftes Gefühl, nach dem schlimmen Sturz zurück an der Schanze zu sein. Und es ist nicht die Angst, die mir dieser Koloss einjagt. Nein. Es ist diese Neugier. Der Wille, auf den Ski hinunterzuspringen.

Ich muss wissen, ob ich es noch kann. Ob ich eventuelle Furcht verspüre oder immer noch voller Freude bin, wenn ich schwerelos den Hang hinuntergleite.

Und das ist einer der Gründe, warum ich nicht verletzt zu einem Wettkampf wollte.

Aber hier stehe ich mit Saskia und ihrer Tochter Talia. Hunderte Menschen tummeln sich um uns und tragen die Fahnen ihrer Lieblingsnation herum.

Ich habe bereits einige Fotos mit Fans gemacht und es noch nicht ins Springerlager geschafft. Dort, wo ich Wanda vermute.

Ich muss jetzt mit ihr reden. Sofort. Nicht übers Telefon. Sondern Auge um Auge.

»Danke für die Tickets.« Talia stupst mein Bein an und sieht mich mit ihren großen blauen Augen an.

»Gerne. Danke, dass ich hinten bei dir sitzen durfte, Champ.« Ich klopfe ihr locker auf den Rücken, winke Saskia und ihr zu und mache mich mit meinen Krücken auf die letzten Meter zum Springerlager.

»Hey, du bist wieder da!« Yuki Kato nickt mir zu, als ich an ihm vorbeihumpele.

»Ich bin nicht wieder da.« Schnaufend schaue ich auf meine Krücken. Diese Stelzen, die mich daran hindern, meinen Lieblingssport auszuüben.

Ich bleibe stehen, drehe mich im Kreis, um Wandas Haarschopf zu erblicken. »Irgendwo musst du doch sein. Ich muss deine Haare suchen. Du wirst keine Mütze tragen …«

Und dann, nur wenige Sekunden später, blitzt Wandas braunes Haar hinter zwei großen Männern hervor. Ru und Jona.

War ja klar …

Meine Entschlossenheit zieht sich zurück. Will den Kampf absagen und die riesige Distanz zu Wanda akzeptieren. Aber tief im Inneren weiß ich, dass ich damit nicht leben kann. Ich will nicht mehr ohne sie sein.

Auf wackeligen Krücken – der Kies unter mir macht es nicht leichter – bewege ich mich weiter zu ihr. Wanda scheint mich nicht zu bemerken. Sie lächelt, gestikuliert wild mit den Händen und zeigt auf die Schanze.

Bis sie an Ru vorbeisieht und ihr jegliche Gesichtszüge entgleisen.

Und ich weiß nicht, ob ich lachen oder weinen soll. Denn diese Ungewissheit macht mich fertig. Warum sieht sie so geschockt aus?

»Anton!« Wanda drängt sich an Jona und Ru vorbei und stürmt die letzten Meter auf mich zu. »Was zum Teufel machst du hier?«

Schnaufend bleibe ich stehen und schaue mich um. Will keine TV-Kameras auf mich gerichtet haben. »Äh, hi. Können wir irgendwo reden, wo wir nicht beobachtet werden?«

Wanda presst die vollen Lippen aufeinander, nickt aber und sieht herüber zur kleinen Springerhütte, in der ich mich sonst mit den anderen für den Wettkampf vorbereitet hatte.

Sie geht voran, ich versuche, so gut wie möglich mit ihr Schritt zu halten. Es ist aber schwieriger als gedacht, elegant auf dem unebenen Boden zu humpeln.

Die hölzerne Tür fällt hinter uns ins Schloss und verbannt damit jeglichen Lärm von außen. Keine Gespräche dringen zu uns durch, kein Stadionsprecher, der die Menge anheizt.

Nur Wanda und ich.

Und mein schwerer Atem.

Ich bin wirklich aus der Puste …

Sie öffnet den Mund, aber ich hebe die Hand – samt Krücke –, um Wanda zu stoppen. Jetzt ist meine Zeit gekommen. Ich muss ehrlich sein und darf meine Gefühle fürs erste Mal seit langem nicht wieder unterdrücken.

»Ich erinnere mich. An fast alles.« Ich lehne die Krücken an die Wand und ignoriere das Ziehen im Bein. Der Drang, mich frei zu bewegen, während ich Wanda mein Herz ausschütte, ist zu groß.

»Was?« Ihre Lippen bewegen sich kaum. Mit großen Augen folgt sie meinem Gehumpel.

»Wir haben uns geküsst. An Silvester. Dann noch das Date in Innsbruck. Wanda, ich weiß wieder alles. Und ich darf dich nicht an Jona verlieren.« Langsam gehe ich einen Schritt auf sie zu, nestele an meinen Fingern, weil ich so unsicher in dieser Situation bin. Nicht weiß, wie sie reagieren wird. »Du hast seit dem Sommer alles verändert und das hätte ich dir schon vor dem Sturz sagen sollen, ich Idiot. Ich vermisse dich. Du bist mein Tornado im Sonnenschein, dieser kleine Wirbelwind, der mich auf Trapp hält.« Ein Schmunzeln legt sich auf meine Lippen, als ich an die Anfangszeit zurückdenke, in der ich nichts von meinen Gefühlen wissen wollte. Sie bitter unterdrückt hatte. »Du bist mein kleines Chaos, das die schönen Gefühle aufwirbelt und die schlechten verschluckt.«

»Anton …« Sie schürzt die Lippen, weicht meinem intensiven Blick aus.

»Du stopfst dieses aufgerissene Loch, das seit über einem Jahr in mir klafft. Und ich will – muss – diese Chance nutzen. Darf nicht mehr länger warten.« Obwohl ich mich nicht bewege, bin ich außer Atem. Würde mich am liebsten setzen, um meinen Gefühlsausbruch zu verdauen. »Wanda, ich liebe dich.«

KAPITEL 47

Wanda

Oberstdorf, Deutschland

Zu träumen, ist ein wertvolles Element. Eine Gabe. Und ich liebe sie.

Denn das, was hier gerade passiert, kann keine Realität sein. Dieser ehrliche Anton, der mir gegenübersteht, muss eine Illusion sein. Er hat all unsere schönen Erinnerungen vergessen und, ganz ehrlich, ich habe nicht daran geglaubt, dass sie ihn wiederfinden und ihm zeigen, wie schön das Zusammensein war.

Denn ich wollte nicht diejenige sein, die Anton irgendwas einredet. Ihm eine Beziehung einredet, die er eigentlich nicht möchte. Vielleicht nicht so intensiv fühlt wie zuvor. Oder wie ich.

Und doch stehen wir hier in dieser kleinen Holzhütte. Winzige Schneeflocken kleben am Fenster hinter Anton und geben dieser Situation etwas Friedliches.

»Anton?« Mehr bekomme ich nicht über die Lippen.

Als ich heute Morgen aufstand, war er nicht auf meinem Tagesplan.

»Ja?«

»Ich wollte auch unbedingt mit dir reden. Da lief nie was mit Jona. Niemals. Ich …« Kopfschüttelnd tigere ich durch die kleine Hütte. Das Holz knarzt unter mir wie der Schnee vor der Tür. »Ich habe Wochen auf deine Erinnerungen gewartet.«

»Warum hast du nichts gesagt? Du hättest uns so viel erspart.« Antons Stimme ist leise. Eine Spur Verletztheit und Trauer schwingt durch den Raum.

Abrupt bleibe ich stehen und drehe mich zu ihm. Blicke in dieses wunderschöne Gesicht, das ich doch so gerne hassen wollte. Nicht an mich heranlassen wollte. »Wäre es wirklich leichter gewesen, wenn ich dir alles erzählt hätte? Wenn ich dir erzählt hätte, wie sehr du mein Selbstbewusstsein gestärkt hast? Wie schön unsere Nächte waren und wie sehr sich deine Arme wie ein Zuhause anfühlen?«

Anton presst die Lippen aufeinander und schweigt.

»Es wäre wie eine Geschichte gewesen. Wie ein Märchen irgendwo aus einem fernen Land. Aber ich hätte deine Gefühle nicht hervorzaubern können wie eine verschollene Hexe aus dem Wald. Das hätte nicht funktioniert …« Frustriert setze ich mich auf eine kleine Bank am Rande des Mini-Raumes und nestele an meinen Händen.

»Ja, womöglich.« Anton bewegt sich kein bisschen. Er steht wie angewurzelt da. »Ich möchte da anknüpfen, wo wir aufgehört haben.«

Ich erschrecke, als seine warme Hand mein Kinn anhebt. Es ist elektrisierend, nahezu magisch. Wie hypnotisiert schaue ich auf, blicke in diese strahlendblauen Augen, in denen endlich wieder Leben herrscht.

»Du weißt gar nicht, wie lange ich auf diesen Satz gewartet habe«, flüstere ich mit brüchiger Stimme und stehe auf. Ein großer Klumpen nistet sich in meinem Hals ein, macht es mir immer schwerer, Anton mit fester Stimme gegenüberzutreten.

Aber das will ich gar nicht mehr.

Das brauche ich nicht mehr.

Ich muss keine Schutzmauer aufbauen, die mich daran hindert, verletzt oder gedemütigt zu werden.

Bei Anton bin ich Wanda. Einfach nur Wanda. Mit all meinen Ecken und Kanten, die ich dank ihm lieben gelernt habe und die so sehr in den Hintergrund gerückt sind, dass ich sie manchmal vergesse.

Ich übersehe meine Narben und den innerlichen Schmerz, den sie auslösen. Fokussiere mich nur auf meine turbulenten Gefühle, die mich Anton immer näherbringen.

Und das fühlt sich so verdammt gut an.

Ein – nahezu, wir wollen mal ehrlich sein – unbeschwertes Leben zu führen, ist so neu für mich. So erfrischend.

Sanft legt Anton eine Hand an meine Taille, die andere an meine Wange. »Weil du Doofnuss beim ersten Mal nicht reagiert hast: Ich liebe dich, Seide.«

Ein Grunzen löst sich aus meiner Kehle. Erschrocken lege ich die Hand auf den Mund, lache aber weiter, als Antons Mundwinkel zucken.

»Ich dich auch. Selber Doofnuss«, antworte ich schmollend und überbrücke die letzten Zentimeter zu dem Kerl, den ich vor wenigen Monaten noch mit seiner egoistischen Arschloch-Art verabscheut habe. Der Kerl, der sein wahres Ich und seine Verletzlichkeit gezeigt hat und so … real wurde.

Ein leises Seufzen stiehlt sich zwischen unsere Lippen, als sie sich treffen. Zeigt die Anspannung und Ungewissheit der letzten Wochen, die endlich explodieren.

Mit einem Ruck zieht Anton mich an sich heran und vergräbt seine Finger verlangend in meinem Haar. Langsam streichele ich über seinen Rücken, ziehe ihn noch näher zu mir, um das aufzuholen, was wir verpasst haben.

Unser Kuss wird fordernder, verlangender. Mit schweren Atemzügen bitte ich mit meiner Zunge um Einlass, will noch mehr von Anton.

Mit einem lauten Knall fliegt die Tür der Holzhütte auf.

Anton und ich lassen voneinander ab. Wie Teenager, die sich heimlich im Kinderzimmer getroffen haben und von ihren Eltern erwischt wurden.

Ru steht in der Tür, sein Gesicht nimmt die Farbe seines Haars ein. »Oh, ähm … Hi.«

»Hi«, antworte ich kleinlaut und streiche mit der Fingerspitze über meine Lippen. Genau dort, wo sich vor wenigen Sekunden noch Antons befunden haben.

»Coole Sache, euer Kuss.« Ru lacht nervös und schnipst uns mit den Fingern zu. »Hammer. Echt. Toll.« Er räuspert sich und schaut nach hinten. »Aber nehmt euch doch gerne ein Zimmer. Wir müssen uns gleich von der Schanze stürzen und würden uns gerne noch mal zurückziehen.«

Schnell halte ich die Hände vor meine glühenden Wangen, aber es ist zwecklos. Beschämt sehe ich zu Anton herüber, der wahrscheinlich die gleiche Gesichtsfarbe hat wie Ru und ich.

»Guter Vorschlag, Mann.« Anton geht zu unserem Freund und klopft ihm auf die Schulter. »Auf die Idee wäre ich gar nicht gekommen. Na los, Wanda.« Er dreht sich zu mir und zwinkert.

Quietschend tippele ich hinter Anton her hinaus in die Kälte Österreichs.

»Jetzt sag mal: Warum nennst du mich Seide?« Sanft hake ich mich bei ihm ein, schlendere über das Schnee-Kies-Gemisch.

»Weil du wie ein Zwergseidenäffchen aussiehst.« Anton grinst und gibt mir einen flüchtigen Kuss auf den Scheitel. »Einfach süß.«

KAPITEL 48

Anton

München, Deutschland

Zwei Monate später …

»Wir sollten mal an so einer Back-Show teilnehmen.« Steve legt einen Tortenboden auf die rosa Creme, die sie vorhin angerührt hat.

»Wieso?« Konzentriert schneide ich Erdbeeren in kleine Stücke und reiche sie ihr, damit sie sie pürieren kann.

»Weil Ru und ich euch fertig machen würden. Ha!« Triumphierend hebt sie den Spritzbeutel und nickt Ru zu, der mit Schweißperlen auf der Stirn neben ihr steht und hektisch Fondant ausrollt.

»Mann, ich glaube eher, *du* würdest sie fertig machen.« Grinsend tupft er etwas Sahne auf Steves Nase.

»Ru!« Schmollend wischt sie sich übers Gesicht.

»Schmiert eure Bakterien nicht in den Kuchen!« Ermahnend hebe ich den Finger.

Von weitem ertönt Wanda im Flur, die aufgeregt telefoniert. Vor wenigen Minuten ist sie aus der Küche gesprintet, als ein Anruf einging.

»Ja. Super. Vielen Dank noch mal. Tschüss!« Hibbelig hüpft

sie in die Küche und drückt auf das Handydisplay. »Ihr könnt einpacken, Bitches! Ich habe den Job!«

»Ah! O mein Gott!« Steve drückt Ru den Spritzbeutel in die Hand und rennt zu ihrer Freundin. »Echt jetzt?!«

»Echt jetzt! Nach dem Sommer geht's los.« Wanda umarmt Steve und dreht sich dann lächelnd zu mir. »Und so ein Mist. Der Job ist in München.«

»Ja, echt kacke. Ich habe gehört, der Wohnungsmarkt soll eine Katastrophe sein«, sage ich mit einer riesigen Portion Sarkasmus und schneide eine weitere Erdbeere klein.

»Ey!« Wanda klopft mir lachend auf den Oberarm. »Wir hatten was anderes besprochen.«

»Ich weiß.« Schnell drücke ich einen Kuss auf ihren Scheitel. »Wenn du den Job beim Fernsehen bekommst, ziehst du zu mir. Ich scherze doch nur.«

»Und dann kommst du gar nicht mehr nach Hamburg?« Steve setzt sich an den großen Esstisch in meinem Wohnbereich, lässt den gestressten Ru allein bei der dreistöckigen Torte.

»Eher selten, ja.« Wanda senkt den Blick.

Ihr fällt es schwer, Hamburg zu verlassen. Vor allem wegen Steve. Aber der Job als Kamerafrau ist so perfekt für sie.

»Ich habe gehört, du wirst auch öfter hier in der Nähe sein.« Wanda zwinkert ihrer Freundin zu und setzt sich neben sie. »Und ja, ich bin das Wochenende immer unterwegs, aber innerhalb der Woche bin ich hier in der Wohnung und immer für dich zu haben. Und für Anton, wenn noch Zeit ist.«

»Dass dein Vertrag bei uns ausgelaufen ist, ist doof, aber du bist ja immer noch da. An den Schanzen. Hinter der

Kamera fürs deutsche Fernsehen. Hammer!« Ru stellt sich neben mich. Der Duft von Vanilleextrakt steigt in meine Nase. »Und das ist okay für dich, Anton? Immerhin reist Wanda an fast alle Wettkampfstationen, während du … na ja …«

»Während ich hier mit dem Aufbautraining versauere?« Neugierig hebe ich die Augenbrauen.

»Äh, ja. So ungefähr.«

»Natürlich bin ich neidisch, aber sieh sie dir an.« Ich nicke zu den beiden Frauen gegenüber von uns. »Wenn Wanda damit glücklich ist, bin ich es auch. Und irgendwann, hoffentlich in einem Jahr, kann ich wieder an den Wettkämpfen teilnehmen mit dem Wissen, dass sie unten steht und mich anfeuert.«

»Du bist echt eklig-romantisch geworden, weißt du das?« Ru tropft sich etwas Sahne auf den Finger und schleckt sie ab.

»Und du ganz schön unhygienisch.« Lachend entreiße ich ihm den Spritzbeutel. »Eine dreistöckige Torte backen. Nur einer ihrer Bucket-List-Dinge«, fasse ich zusammen.

»Ich glaube, ihr größtes Ziel hat Wanda aber schon seit Monaten erreicht«, flüstert Ru.

»Echt?« Ich runzele die Stirn und warte auf seine Antwort.

Surfen, kurzärmlige Kleidung, Torte …

»Du. Du bist ihre größte Errungenschaft. Ihr Ticket zur bedingungslosen Liebe.« Mein Kumpel stützt die Hände auf der Theke ab und schaut herüber zu Wanda und Steve.

»Und du nennst mich eklig-romantisch. Ja, ja.« Zufrieden schaue ich mich in dieser Wohnung um, die die Freude und das Leid vereint.

Erst vor wenigen Monaten war ich ein Schatten meiner Selbst. Erfüllt mit Trauer und purer Wut, die ich nicht kontrollieren konnte. Mein Leben war mir egal, so unwichtig wie die Tageszeitung in meinem Briefkasten.

Aber ich habe gelernt, nach vorne zu sehen. Egal wie groß der Rückschlag ist. Denn die Sonne geht jeden Tag auf und schenkt uns das Licht, das wir zum Leben brauchen. Jeder Morgen ist ein Neuanfang, der das Potential hat, Löcher in unseren Herzen zu füllen. Oder sie zumindest zu flicken.

Und Wanda ist kein Pflaster, nein. Sie ist ein riesiger Verband, der mich zusammenhält und langsam heilt.

ENDE

DANKSAGUNG

Und damit wird mein vierter Roman – aber meine erste Sports Romance – beendet!

Vielen Dank, dass du die Skisprung-Truppe begleitet und sie hoffentlich mit allen ihren Ecken, Kanten und Dramen lieben gelernt hast. Ich liebe diesen Sport seit meiner Kindheit. Er verdient viel mehr Anerkennung, was er durch diesen Roman hoffentlich bekommt. Ich meine, wer kann schon behaupten, dass er fliegen kann?!

Ein großes Dankeschön geht heraus an den Sibost Verlag, der dieses Projekt erst verwirklicht und zum Leben erweckt hat. Mit diesem Buch ist ein großer Traum in Erfüllung gegangen.

Lasst uns alle ein Herz an den fluffigsten Hamster Tyroon schicken, der uns leider während des Schreibprozesses verlassen musste und nun im Hamster-Himmel verweilt. Wir lieben dich, Tyroon!

Und vielen Dank an alle Leser*innen und Blogger*innen, die dieses Buch gelesen und unterstützt haben. Es macht mir unheimlichen Spaß, euer Feedback zu lesen.

Liebe Grüße
Kikki Oskar

ÜBER DIE AUTORIN

Kikki Oskar wurde 1997 in Norddeutschland geboren und schreibt leidenschaftlich Liebesromane.

Das Abtauchen in andere Welten ist das, was sie am Lesen und Schreiben besonders begeistert. Die Autorin liebt den Wintersport und kann es kaum abwarten, bis die ersten Schneeflocken vom Himmel fallen.

Abseits vom Schreiben reist sie gerne oder spielt die neuesten Videospiele.

Weitere Veröffentlichungen der Autorin:

Beach Talk – Meine Angst und ich
Bach to Silver Haven
Make A Wish
Beach Talk – Mein Ruhm und ich